dtv

Reihe Hanser

Die Sterne sind so ungeheuer weit weg und den Menschen doch jede Nacht so nah. Sie sind unsere Begleiter vom Beginn unseres Lebens an. Kaum jemand kann sich der Faszination des Firmaments in seiner funkelnden Schönheit entziehen. Aber Sterne sind keine strahlenden Punkte am Himmel. Ein paar davon sind Planeten wie die Erde, die meisten aber riesige Gasbälle wie unsere Sonne. Wie bewegen sich diese Planeten und Sterne? Wie werden sie geboren? Wie entstand das Universum? Wie entwickeln sich die Galaxien? Gibt es außerhalb des Sonnensystems bewohnte Planeten?
Was Menschen über das Weltall durch die Jahrhunderte bis heute erforschen konnten, erzählt dieses Buch spannend und verständlich.

Helmut Hornung, geboren 1959, studierte Anglistik und Germanistik. Von Kindheit an galt sein besonderes Interesse der Astronomie. Seit 1980 veröffentlichte er Hunderte von Artikeln zu diesem Thema.
Sein Buch *Safari ins Reich der Sterne* wurde mit dem Deutschen Jugendliteraturpreis als bestes Jugendsachbuch 1993 ausgezeichnet.
1994 begann er als Redakteur der *Süddeutschen Zeitung* mit seinen monatlichen Himmelsvorschauen und konnte sich damit eine große Leserschaft erobern. Helmut Hornung arbeitet heute als leitender Wissenschaftsredakteur bei der Max-Planck-Gesellschaft. Er lebt mit seiner Familie in der Nähe von München.

Uwe Klindworth, geboren 1957 in Hamburg, spezialisierte sich 1989, nach fünf Jahren Studium an der Fachhochschule für Gestaltung in Hamburg, als freischaffender Illustrator hauptsächlich auf den Kinder- und Jugendbuchbereich. Er lebt heute bei Bremen.

HELMUT HORNUNG

Streifzüge durch das All

Forscher enträtseln ferne Welten

Mit Illustrationen von Uwe Klindworth

Deutscher Taschenbuch Verlag

Für Margarita, Julia und Manuel

Das gesamte lieferbare Programm der *Reihe Hanser*
und viele andere Informationen finden Sie unter
www.reihehanser.de

In neuer Rechtschreibung
Oktober 2008

Umschlagbilder:
ESA – C. Carreau, NASA / JPL Caltech and The Hubble Heritage Team (STScI/AURA),
NASA / JPL
Umschlag- und Innengestaltung, Satz: Doris Katharina Künster
Druck und Bindung: Kösel, Krugzell
Gedruckt auf säurefreiem, chlorfrei gebleichtem Papier
Printed in Germany • ISBN: 978-3-423-62370-4

Inhalt

Vorwort

Das Weltall war gerade mal acht Milliarden Jahre alt, als ich anfing, mich für Astronomie zu interessieren. Ich war damals acht Jahre alt. Die Forscher diskutierten heftig über eine neue Theorie, wonach eine Urexplosion das Universum geschaffen habe. Lächerlich, meinten andere, das Weltall habe weder Anfang noch Ende, sondern die Materie sei immer schon gleich verteilt gewesen und werde ständig und überall im Raum neu hervorgebracht.

Eines meiner Lieblingsbücher war der *Atlas der Planeten*. Darin gab es Dutzende verschwommener Schwarz-weiß-Zeichnungen und jede Menge grießeliger Fotos von Merkur, Venus oder Mars. Jupiter besaß zwölf Monde, Saturn zehn. Der Große Rote Fleck auf dem Gasriesen Jupiter, so schrieb der Autor, sei »ein gänzlich undurchsichtiges Rätsel«. Vielleicht verberge sich dahinter ein sehr großer, fester Körper, der in einem Ozean von flüssigem Gas treibe.

Heute ist das Weltall 13,7 Milliarden Jahre alt und sehr wahrscheinlich mit dem Urknall entstanden – jedenfalls empfangen Satelliten den Nachhall dieser »Explosion« und haben Kosmologen die Signale zu einem Babyfoto des Universums zusammengesetzt. Raumsonden liefern Zehntausende von farbigen und gestochen scharfen Nahaufnahmen der

Planeten. Um Jupiter schwirren mindestens 63 Monde, um Saturn mindestens 60. Und der Große Rote Fleck ist ein gewaltiger Wirbelsturm innerhalb der dichten Jupiteratmosphäre aus Wasserstoff, Helium, Deuterium, Methan, Ammoniak und Phosphin.

Die Astronomie zählt zu den ältesten Wissenschaften. Aber in die Jahre gekommen ist sie keineswegs! Im Gegenteil: Wie die Beispiele zeigen, entwickelt sie sich rasend schnell. Angeblich verdoppelt sich unser Wissen von der Welt alle zehn Jahre. Das gilt auch und besonders für unsere Kenntnisse von der Welt der Sterne. Mehr noch: Die Astronomie erlebt derzeit geradezu ein goldenes Zeitalter, weil Fernrohre und Satelliten vom technischen Fortschritt profitieren und immer präzisere Bilder und Daten erzeugen.

Trotz Roboterteleskopen und Hightechsonden, trotz Raumfahrt und Supercomputern: Die Astronomie wirft täglich mehr Fragen auf, als sie Antworten zu geben vermag. Auch wenn es paradox klingt, ist das der beste Beweis für eine lebendige Wissenschaft – von der dieses Buch erzählt. Es nimmt den Leser mit auf eine Reise zu den Grenzen von Raum und Zeit. Und vielleicht spürt der eine oder andere während der Reise dieselbe Faszination wie die Astronomen im alten Babylon. Oder wie der Autor dieses Buchs vor mehr als vier Jahrzehnten, als das Weltall gerade mal acht Milliarden Jahre alt war.

Helmut Hornung
München, im Juli 2008

1

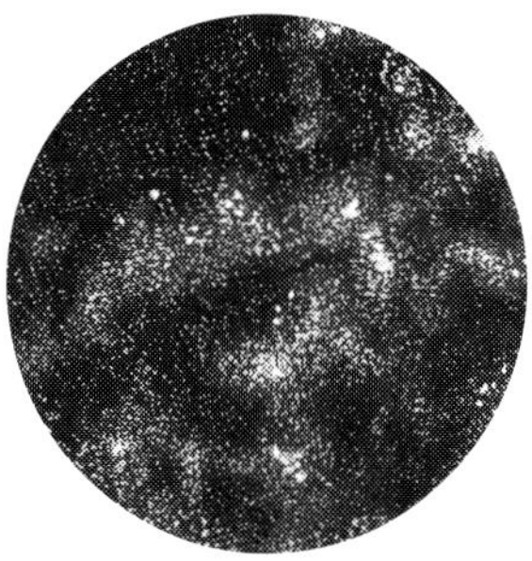

Der Weg in die Unendlichkeit

• Planetenjäger

»Zweite Erde entdeckt!« Die Schlagzeile verhieß eine Sensation. Ein blauer Planet, irgendwo in den Weiten des Weltalls. Meere und Kontinente. Üppige Vegetation. Tiere. Intelligente Lebewesen vielleicht. Hatte sich im Frühjahr 2007 ein uraltes Menschheitsrätsel geklärt? Sind wir doch nicht allein im Universum? Gibt es außer uns noch andere Zivilisationen? Die Medien jedenfalls waren elektrisiert. Und selbst die Forscher, denen die Beobachtung geglückt war, sprachen in ihrer Pressemitteilung von einem erdähnlichen Planeten, der seinen Mutterstern namens Gliese 581 innerhalb der »bewohnbaren Zone« umläuft.

Die Astronomen tauften den exotischen Fund wenig romantisch Gliese 581 c. Er soll die fünffache Masse der Erde haben und den eineinhalbfachen Durchmesser, also rund 20 000 Kilometer. Die Durchschnittstemperatur auf der Oberfläche wurde zwischen 0 und 40 Grad Celsius geschätzt – ideale Bedingungen für die Entwicklung von Leben. Und genau das macht den gut 20 Lichtjahre von uns entfernten Gliese 581 c im Sternbild Waage auf den ersten Blick zu etwas Besonderem unter den mehr als 300 bisher bekannten Planeten außerhalb unseres Sonnensystems.

Die Geschichte dieser extrasolaren Welten begann am 6. Oktober 1995. An jenem Freitag präsentierte der Genfer Wissenschaftler Michel Mayor auf einer Tagung in Florenz eine Sensation: Um einen Stern im Bild Pegasus hatte er einen planetenähnlichen Himmelskörper aufgespürt. Er besitzt die halbe Masse des Jupiters und umkreist seinen Stern rasend schnell innerhalb von vier Tagen im Abstand von nur siebeneinhalb Millionen Kilometern. Zum Vergleich: Die Distanz unserer Erde zur Sonne beträgt 150 Millionen Kilometer.

Seit Oktober 1995 haben die Sternforscher gelernt, dass Planeten im Universum durchaus an der Tagesordnung sind. Und seit Tausenden von Jahren wimmelt es in der Science-Fiction-Literatur nur so von seltsamen Wesen. Da ist etwa König Endymion. Er befehligt 60 Millionen Infanteristen und 130 000 Kavalleristen auf dreiköpfigen Geiern, Kohlvögeln und Riesenflöhen. Ausgerüstet mit den modernsten Waffen – Spinnen und Knoblauchwerfern – erwarten seine Soldaten den Gegner. Es ist ein früher *Krieg der Sterne,* dessen Vorbereitungen Lukian von Samosata (um 120 bis um 180 nach Chr.) in seiner *Wahren Geschichte* beschreibt: König Endymion und sein Heer leben auf dem Mond, und dort rüstet man sich gegen das Sonnenvolk.

••• Zweite Erde entdeckt? Bei dem Stern Gliese 581 (der rote Ball rechts im Hintergrund) fanden die Astronomen insgesamt drei Planeten. Einer davon galt wegen seiner Größe und der Oberflächentemperatur zunächst als idealer Ort für Leben. Mittlerweile bezweifeln die Forscher, dass Gliese 581 c bewohnt sein kann. Und gesehen hat ihn auch noch niemand – die Abbildung entstammt der Fantasie eines Künstlers.

Obwohl Lukian diese als Satire gedacht hat, zählt er neben dem griechischen Philosophen Plutarch zu jenen Autoren, die im Mond so etwas wie eine belebte zweite Erde sahen. Selbst der berühmte Astronom Johannes Kepler (1571 bis 1630) glaubte, dass der Trabant von schlangengleichen Wesen bewohnt sei, die in riesigen Burgen inmitten ausgedehnter Sümpfe hausen sollten. Bis ins 19. Jahrhundert hinein hielten sich allerlei Spekulationen um die Levanier, wie Kepler seine Mondbewohner nannte (vergleiche Kapitel 4). So wollte ein Astronom namens Franz von Paula Gruithuisen (1774 bis 1852) mit einem kleinen Linsenteleskop auf dem Mond »ein kolossales Kunstgebäude« gesehen haben – offenbar ein Tempel, der zu einer Stadt gehöre. Für den französischen Schriftsteller Bernard Le Bovier de Fontenelle (1657 bis 1757) hingegen war der Mond ein alter Hut: In seinem Büchlein *Gespräche über die Vielzahl der Welten* beschreibt er ein ganzes Universum mit unzähligen Sternen, um die bewohnte Planeten kreisen.

Heute bevölkern Figuren wie Perry Rhodan, Darth Vader oder Captain Kirk und Konsorten den Kosmos und treffen auf die unglaublichsten Kreaturen. Verständlich, dass die real existierenden extrasolaren Planeten die Fantasie anregen – erst recht, wenn angeblich eine »zweite Erde« darunter ist. Aber können wir uns bald auf Besuch vom Planeten Gliese 581 c freuen? Es sieht nicht danach aus. Wenige Wochen nach der Entdeckung begannen die Astronomen zu rechnen. Ergebnis: Die ursprünglich angegebenen Idealtemperaturen von 0 bis 40 Grad Celsius würden sich nur dann einstellen, wenn der Planet keine Atmosphäre hätte – und ohne die kann Leben gar nicht existieren! Ein Teufelskreis. Gliese 581 übrigens hat noch zwei weitere Planeten, doch die kommen wohl ebenso wenig als Heimat von Außerirdischen in Frage: Einer besitzt etwa 15 Erdmassen und rast alle fünfeinhalb Tage um seine Sonne; der andere hat acht Erdmassen und benötigt für einen Umlauf nur 84 Tage. Der Wirbel um Gliese 581 c jedenfalls war nicht angemessen. Und noch etwas ist manchen Medien entgangen: Die auf den ersten Blick sensationellen Fotos aus der Pressemitteilung zeigen nicht etwa den Planeten, wie er wirklich ausssieht, sondern eine künstlerische Darstellung der Szenerie. Warum?

Um diese Frage zu klären, kehren wir zum Beginn der Planetenjagd zurück. Denn eines konnte auch Michel Mayor am 6. Oktober 1995 in Florenz nicht vorweisen: ein Foto seines Fundes! Die Begründung ist einfach. Ein Planet strahlt nicht selbst, sondern er wird von seinem Mutterstern beleuchtet. Dieser wiederum übertrifft mit seinem Glanz den winzigen Planeten ganz erheblich. Außerdem sind die Entfernungen selbst zu den nächsten Sternen so gewaltig, dass sogar die größten Fernrohre bisher nahezu chancenlos sind, einen extrasolaren Planeten abzubilden. Das Ganze ähnelt der Aufgabe, ein Staubkorn zu fotografieren, das in acht Zentimetern Abstand um eine 80 Kilometer entfernte 100-Watt-Glühbirne kreist.

Ein einziges Mal könnte das bisher gelungen sein: Die Aufnahme des 170 Lichtjahre entfernten Objekts 2M1207b gilt als erstes Bild eines Exoplaneten. Und wir dürfen derweil ein wenig träumen – wie der deutsche Astronaut Ulrich Walter. Er schlägt ein Generationen-Raumschiff vor, eine kosmische Arche, mit der Menschen eines Tages aufbrechen und über Jahrhunderte nach neuen Welten suchen. Ein solches Raumschiff kommt uns gerade recht. Wir nennen es *Intergalaxos* und rüsten es mit einem Hyperneutronentriebwerk aus, das uns auf ein Vielfaches der Lichtgeschwindigkeit beschleunigt. Und noch eine entscheidende Änderung nehmen wir vor: Wir starten nicht von der Erde, sondern von einem fernen Planeten an den Grenzen von Raum und Zeit. Nennen wir ihn Formicolo.

• Irrlichter am Horizont

An der Spitze eines gleißenden Feuerstrahls steigt die *Intergalaxos* in den nächtlichen Himmel, der sich über dem fernen Planeten wölbt. Nach wenigen Minuten durchstößt das Raumschiff die Atmosphäre und taucht lautlos in den Weltraum. Durch die dicken Scheiben bietet sich uns ein faszinierendes Bild: Tausende von Sternen funkeln am dunklen Himmel. Unter dem Raumschiff dreht sich eine mächtige Kugel: Formicolo. *Intergalaxos* steuert auf ein zigarrenförmiges Gebilde zu. Ein Ruck und der Andockmechanismus ist eingerastet. Wie ein Tautropfen an einem Grashalm hängt die *Intergalaxos* am Hyperneutronentriebwerk.

Die Computer in der Kommandozentrale laufen auf Hochtouren. Das Triebwerk zündet auf den Bruchteil einer Sekunde genau. Der Weltraumkreuzer verlässt die Umlaufbahn und jagt mit unvorstellbarer Geschwindigkeit davon. Formicolo schrumpft immer mehr. Der Globus des Planeten verschwindet als Erster in der Dunkelheit. Sein Mutterstern dagegen leuchtet noch für einige Zeit als helles Lichtpünktchen, bis es endlich von den unzähligen anderen nicht mehr zu unterscheiden ist. Aber nicht nur anscheinend unzählige Sterne zeigen sich, sondern auch mehr oder weniger blasse Fleckchen unterschiedlicher Größe. Viele, vor allem die helleren, sind gleichmäßig über das gesamte All verteilt. Manche bilden auch kleinere Gruppen, die wie Nebelhaufen wirken. Auf einen solchen Haufen nimmt die *Intergalaxos* Kurs. Die Reise in die Unendlichkeit kann beginnen …

Der Planet Formicolo liegt mittlerweile weit zurück. Stockfinster ist es draußen. Beim Blick aus dem Fenster könnte man meinen, dass der Weltraum leer ist. Ein unheimliches Gefühl, so als ob wir um Mitternacht durch ein verlassenes Haus schlichen. Aber halt, schimmern da in

••• Galaxien, so weit das Auge des Weltraumteleskops *Hubble* reicht. Mehrere Hundert Milliarden Milchstraßensysteme treiben im All.

der Ferne nicht ein paar Nebelfetzen? Richtig, die waren uns ja vorhin schon aufgefallen. Jetzt, da sich unsere Augen vollständig an die Dunkelheit gewöhnt haben, erscheinen immer mehr dieser schwach glimmenden Wölkchen. Eben tauchen am linken Rand des Fensters etwa drei Dutzend solcher Lichter auf. Auf eines fliegt die *Intergalaxos* zu. Das verstehe, wer will! Schließlich sollte unsere Reise doch zur Erde führen. Was hat die mit einem solchen Fleckchen zu tun? Was verbirgt sich überhaupt hinter diesen merkwürdigen Nebeln?

Die Astronomen früherer Jahrhunderte haben sich ähnliche Fragen gestellt, als sie durch ihre Fernrohre zum Himmel blickten. Aber erst seit einigen Jahrzehnten kennen wir die Antwort. Die Nebelfleckchen sind die größten Ausstattungsstücke des Weltraums. Fachleute nennen sie Galaxien (das Wort leitet sich vom griechischen *galactos* ab, was »aus der Milch« bedeutet). Sie bestehen aus gigantischen Gas- und Staubwolken und enthalten Milliarden und Abermilliarden Sonnen. Daher passt die Bezeichnung Sternsysteme wohl am besten, denn Sonnen sind nichts anderes als Sterne. Auch unsere Sonne ist ein Stern – der uns nächstgelegene.

Galaxien treten in sehr unterschiedlicher Gestalt auf: So erscheinen einige als Kugeln, andere sind oval oder sehen aus wie Fußbälle, aus denen die Luft entwichen ist. Außerdem gibt es ganz unregelmäßige Systeme; in der Sprache der Astronomen heißen sie deswegen irregulär. Zu den schönsten gehören allerdings die sogenannten Spiralgalaxien: Aus einem hellen Kern ragen zwei oder mehr spiralförmige Arme heraus. Weil die Arme – sie bestehen aus Sternen, Gas und ein wenig Staub – hell leuchten, gleichen diese kosmischen Objekte Feuerrädern, wie man sie an Silvester abbrennt, um das neue Jahr zu begrüßen.

Egal, wohin die Sternforscher mit ihren riesigen Teleskopen im Weltraum schauen, überall blicken sie auf Galaxien. Wie viele es gibt, vermag niemand zu sagen. Man kann ihre Zahl nur abschätzen; sie ist im wahrsten Sinne astronomisch hoch: Mehrere Hundert Milliarden Kugeln und Ovale, Spindeln und unregelmäßige Gebilde bevölkern das Universum. Eine Milliarde, das sind tausend Millionen – unvorstellbar viel. Willst du diese Zahl in Ziffern aufschreiben, brauchst du mindestens fünf Sekunden. Denn hundert Milliarden entspricht einer Eins mit elf Nullen: 100 000 000 000.

Damit haben wir das Rätsel der kosmischen Lichter gelöst, die wir von der *Intergalaxos* aus beobachten: Es handelt sich um Galaxien. Die Astronomen wissen, dass nur ganz wenige von ihnen Einzelgänger sind, das heißt, völlig allein im All treiben. Die meisten bevorzugen es, in Gruppen dahinzusegeln – so, als würden sie eine Wettfahrt austragen. An einer solchen Regatta nehmen oft Tausende von Sternsystemen teil. Diese Galaxienhaufen sind die Bausteine des Universums. Der gesamte Kosmos ist mit ihnen ausstaffiert. Kein Wunder also, dass wir sie beim Blick aus dem Raumschiff bemerkt haben. Und weil sie so weit von uns entfernt sind, schimmern sie als kleine Wölkchen.

Die *Intergalaxos* nähert sich nun einer besonders schönen Gruppe von Galaxien aller möglichen Formen, Größen und Helligkeiten. Das mächtigste System gleicht einer gewaltigen Spindel mit zwei deutlich ausgeprägten Armen. Dieses kosmische Gebilde aus der Nähe zu betrachten, das wäre schon eine tolle Sache.

Doch da hat die *Intergalaxos* schon abgedreht. Das Feuerrad schrumpft zu einem winzigen Etwas und wird schließlich von der Schwärze des Weltalls verschluckt.

Unsere Ohren haben sich inzwischen an das monotone Summen im Passagierraum gewöhnt, nehmen es gar nicht mehr wahr. Stille. Dunkelheit. Beim Versagen des Triebwerks wären wir auf ewig dazu verdammt, dahinzutreiben – ohne Hoffnung, jemals wiedergefunden zu werden oder gar auf der Erde zu landen. Ein erschreckendes Gefühl ...

• Unsere Heimat im All

Wie auf einer Kinoleinwand tauchen im Fenster an der rechten Seite aus der Schwärze des Weltalls jetzt zwei gewaltige Lichtspindeln auf. Beide sind etwa gleich groß und von kleineren, unregelmäßig geformten Wölkchen umgeben. Je aufmerksamer wir das Bild betrachten, umso mehr Sternsysteme zeigen sich. Erinnern wir uns: Nicht lange nach dem Start nahm die *Intergalaxos* Kurs auf einen fernen Nebelhaufen. Wegen der unvorstellbar hohen Geschwindigkeit haben wir ihn jetzt fast erreicht. Wir wissen, dass die bizarren Gebilde vor uns Galaxien sind. Und weil die Reise zur Erde geht, muss sich unser Planet inmitten einer dieser Spiralen befinden. Aber in welcher?

Zwar ist noch kein Mensch an Bord eines Raumschiffs schneller als das Licht durch das Universum geflogen. Aber die Astronomen kennen den Standort der Erde im Weltall recht gut und haben eine Karte ihrer kosmischen Umgebung entworfen. Danach zählt die lokale Galaxiengruppe mindestens 30 Mitglieder – wahrscheinlich sind es noch viel mehr – und bildet damit einen eher kleinen Galaxienhaufen. Auch die einzelnen, überwiegend irregulären Sternsysteme können im Vergleich zu vielen anderen Galaxien nicht gerade als Giganten bezeichnet werden. Deshalb erscheinen sie einem Reisenden aus größerer Entfernung als blasse, unscheinbare Lichtfleckchen. Mit zwei Ausnahmen: dem Andromedanebel und unserem eigenen System, der Galaxis. Man muss nicht in den Weltraum reisen, um diese Objekte zu beobachten. In einer klaren, mondlosen Nacht fernab den Lichtern einer Stadt zeigen sie sich dem bloßen Auge.

Während der Sommermonate hat bestimmt jeder schon einmal ein diffuses Band am nächtlichen Himmel gesehen, das sich vom nordöstlichen bis zum südwestlichen Horizont erstreckt: die Milchstraße. Sie gehört zur Galaxis und ist ein Teil jenes Stern-, Staub- und Gasarms, in dem sich die Erde befindet. Und den Andromedanebel entdecken geübte Beobachter auf Anhieb; er steht ein wenig über dem zweithellsten Stern der Konstellation Andromeda (daher sein Name) und erscheint als kleines, verwaschenes Lichtfleckchen. Später werden wir uns noch ausführlich mit dieser Galaxie beschäftigen und auch erfahren, wie sie zu finden und am besten zu beobachten ist. Aber kehren wir zunächst an Bord der *Intergalaxos* zurück.

In sicherer Entfernung hat das Raumschiff längst den Andromedanebel passiert. Die Reisegeschwindigkeit ist merklich niedriger geworden. Vorsichtig verlassen wir unseren Sitzplatz, fahren mit dem Lift in die zweite Etage und laufen einen Gang entlang. Das gleichmäßige Summen wird lauter. Wir nähern uns einer Schiebetür. Sie schwingt automatisch zur Seite und wir betreten das Cockpit. Die Wände des Raumes sind mit Bildschirmen bedeckt. In der Mitte der Kommandozentrale steht ein großer Kasten: das Elektronenhirn, der stumme Pilot, der die *Intergalaxos* steuert. Doch wir haben kaum Zeit, uns näher umzusehen, denn das, was jetzt hinter dem großen Fenster zum All auftaucht, fesselt unsere Blicke: In ihrer ganzen Pracht breitet sich vor uns die Galaxis aus wie eine überdimensionale strahlende Schallplatte. In ihrer Mitte ist die Materie besonders stark konzentriert und hat die Form eines Wulstes. Er leuchtet in einem dunklen Gelb und hebt sich deutlich von der eher bläulich gefärbten Scheibe ab, die das Zentrum umgibt. Nicht allzu weit von diesem Kern entfernt kreisen runde, rötliche Gebilde: die Kugelsternhaufen. Zehntausende alter Sterne stehen darin dicht beisammen. In größerer Distanz begleiten zwei unregelmäßige Galaxien unsere kosmische Heimatinsel: die beiden Magellanschen Wolken.

Immer näher kommt die Scheibe, immer deutlicher werden die Spiralarme. Sie wirken keineswegs glatt, sondern erscheinen körnig. Tatsächlich lösen sie sich allmählich in unzählige, unterschiedlich helle Lichtpünktchen auf. An einigen Stellen durchbrechen rote oder blaue Wolken die Sternenbänder. Andernorts verschlucken schwarze Nebelfetzen die Strahlen der hinter ihnen liegenden Objekte und erwecken dadurch den Eindruck von Löchern im Himmel.

• Kurs Richtung Erde

Etwa auf halbem Weg zwischen dem gelben Kern und dem Rand der blauen Scheibe dringt das Raumschiff in einen der Spiralarme ein. In dem Wirrwarr aus Sonnen, Gas und Staub stoßen wir sicher mit einem Stern zusammen. Schon rasen wir ganz dicht an gleißend hellen Lichtkugeln vorbei, die sich mit Nebelschwaden abwechseln. Immer dichter wird der galaktische Wald. Wie bei einem Gewitter türmt sich eine mächtige Wolkenwand vor uns auf. Ohne den Kurs zu ändern, steuert die *Intergalaxos* direkt auf sie zu. Wir schließen die Augen. Gleich muss es zum Zusammenprall kommen!

Endlos erscheinende Sekunden vergehen. Noch immer kneifen wir die Augen fest zusammen. Aber es bleibt ruhig. Vorsichtig öffnen wir die Lider, blinzeln durch das dicke Glas an der Stirnseite des Cockpits – und glauben zu träumen: Die bedrohliche Wolke hat sich in Luft aufgelöst, vom Gewimmel der Kugeln ebenfalls keine Spur mehr. Dennoch ist die kosmische Landschaft nicht in vollständige Dunkelheit gehüllt. Vielmehr ähnelt sie einer klaren Nacht auf der Erde. Der galaktische Wald hat sich gelichtet. Wie beleuchtete Nadelspitzen stehen einzelne Sterne am Himmel, gruppieren sich zu Bildern. Aber selbst ein erfahrener irdischer Beobachter könnte mit diesen Konstellationen nichts anfangen und würde vergeblich nach dem Großen Wagen, der Andromeda oder dem Orion suchen. Ein Zeichen dafür, dass wir noch sehr fern von der Erde im Weltall treiben, denn nur von dort aus erscheinen die Sternbilder in der uns vertrauten Form.

Wäre ein Astronom an Bord der *Intergalaxos*, er hätte uns sicher die Angst vor einem Zusammenstoß genommen. Denn obwohl die Spiralarme sehr viele Sterne enthalten und aus der Ferne kompakt aussehen, sind die Entfernungen zwischen den Sternen nach irdischen Maßstäben derart gewaltig, dass sich ein Raumschiff ohne Mühe hindurchmanövrieren könnte: Die Sterne innerhalb der Milchstraße sind so dünn gesät wie eine Handvoll Reiskörner, ausgestreut über Mitteleuropa!

Aufgeregt sind wir trotzdem. Aber die Reise muss ja bald zu Ende gehen, denn das größte Stück der Strecke liegt hinter uns. Inzwischen haben wir uns im Cockpit genauer umgesehen und dabei einen Monitor entdeckt, der die Umgebung zeigt wie der Bildschirm einer Videokamera. Ein Fadenkreuz gibt offenbar die exakte Flugrichtung an. Noch scheint es an einer beliebigen Stelle zu ruhen. Man könnte meinen, die

Reise führe ins Unbestimmte, würde sich nicht plötzlich ein kaum wahrnehmbares Lichtpünktchen vom schwarzen Hintergrund ablösen und sehr langsam zum Mittelpunkt des Fadenkreuzes wandern. Nach einigen Minuten steht es genau im Visier. Kein Zweifel: Bei dem schwachen Pünktchen handelt es sich um einen ganz gewöhnlichen, eher kleinen und unscheinbaren Stern – und dieser Stern ist die Sonne, unsere Sonne!

Am irdischen Himmel erstrahlt die Sonne besonders hell, weil sie uns nahe steht. Von der *Intergalaxos* aus sehen wir sie jedoch aus sehr großer Entfernung, weshalb sie wesentlich schwächer leuchtet. Dasselbe kennen wir von einem Autoscheinwerfer: Blicken wir aus nur wenigen Zentimetern Entfernung in das Licht, so werden wir geblendet; in einigen Kilometern Abstand hingegen schrumpft der starke Strahler zu einem kümmerlichen Lichtpunkt. Da wir der Sonne entgegenrasen, sollten wir jetzt den umgekehrten Effekt beobachten. Tatsächlich nimmt die Helligkeit des Pünktchens im Fadenkreuz allmählich zu.

Jäh werden wir aus unseren Gedanken gerissen, als aus dem Nichts eine überdimensionale kohlschwarze Kartoffel auftaucht und Sekunden später wieder verschwindet. Aber bei dieser einen seltsamen Begegnung bleibt es nicht. Immer mehr kosmische Kartoffeln werden sichtbar, Dutzende, Hunderte, Tausende. Jeder Astronom würde uns beneiden, denn nicht einmal eine unbemannte Raumsonde hat aus diesem Bereich an den Grenzen des Sonnensystems bisher Fotos zur Erde übermittelt. Folglich weiß kein Wissenschaftler, wie es in dieser Oortschen Kometenwolke wirklich aussieht. Denn die kohlschwarzen Himmelskörper sind nichts anderes als die tiefgefrorenen Kerne von Kometen, die hier draußen ihre Bahnen um die Sonne ziehen und selbst den großen Teleskopen verborgen bleiben.

Fasziniert und ängstlich zugleich wenden wir uns vom Monitor ab und treten ans Fenster, um das Spektakel besser verfolgen zu können. Allzu lang dauert die Vorstellung nicht, schon verschwinden die Kometenkerne aus dem Blickfeld. Neue Akteure betreten die Bühne: der Zwergplanet Pluto, die glatten Kugeln von Neptun und Uranus, der wundervoll beringte Saturn und Jupiter, ein gigantischer Gasball mit dunkelbraunen Bändern und dem auffälligen roten Fleck. Noch einmal zucken wir zusammen. Wieder blockieren Tausende von kleinen Brocken unsere Bahn. Aber ohne Probleme durchqueren wir den Schwarm der Kleinplaneten und steuern auf eine goldgelbe Kugel mit einer wei-

••• Der schönste Platz im Universum ist die Erde. Doch wir Menschen gehen nicht gerade zimperlich mit dieser zerbrechlichen Welt und ihrer Atmosphäre um.

ßen Kappe zu, den Mars. So wundervoll die Aussicht auch sein mag, etwas anderes erregt unsere Aufmerksamkeit: Ein blau schimmerndes Scheibchen, nein, eine Kugel, die sich in der Ferne vom tiefen Schwarz des Himmels abhebt: die Erde! So müssen sich einst die Seefahrer gefühlt haben, wenn sie nach Monaten oder gar Jahren in den Heimathafen zurückkehrten.

Wir verlassen das Raumschiff. Der Computer hat das Triebwerk ausgeschaltet und die *Intergalaxos* rund 50 000 Kilometer von der Erde entfernt im Weltraum geparkt. Die Strecke zur Oberfläche legen wir in Gedanken zurück. Dabei haben wir es so eilig, dass wir die Lichtpünktchen der Planeten Venus und Merkur übersehen und glatt vergessen, einen Blick auf Sonne, Mond und die jetzt wieder vertrauten Sternbilder zu werfen. Endlich haben wir wieder festen Boden unter den Füßen. Die Erde ist eben doch der schönste Platz im Universum!

• Der Bauplan des Universums

Nach unserer sicheren Landung wollen wir die Stationen der Reise stichpunktartig notieren und unser kleines Lexikon durch weitere Informationen ergänzen.

Superhaufen. Vor Jahren dachten die Astronomen, die Superhaufen seien die größten Strukturen im Universum. Aber offensichtlich durchziehen sie den Kosmos wie ein gigantisches Netz, das den Blasen eines Schaumbads gleicht. Superhaufen setzen sich aus vielen kleineren Ansammlungen von Galaxien zusammen. Ihr mittlerer Durchmesser beträgt 300 bis 400 Millionen Lichtjahre.

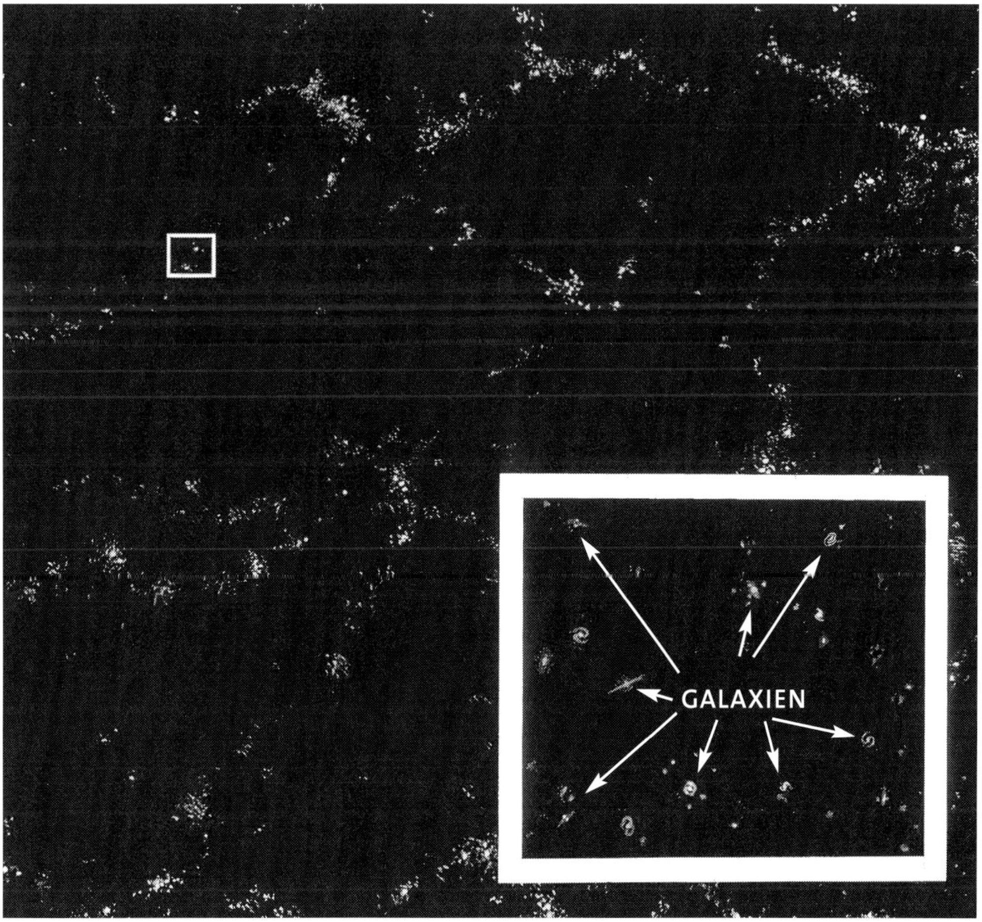

••• Wie ein gigantisches Netz durchziehen Superhaufen das Weltall.

Galaxienhaufen. Sie enthalten ein paar Dutzend bis zu einige Tausend Sternsysteme. Während Superhaufen die Zimmer des Weltraums bilden, sind Galaxienhaufen die 30 bis 40 Millionen Lichtjahre großen Möbelstücke.

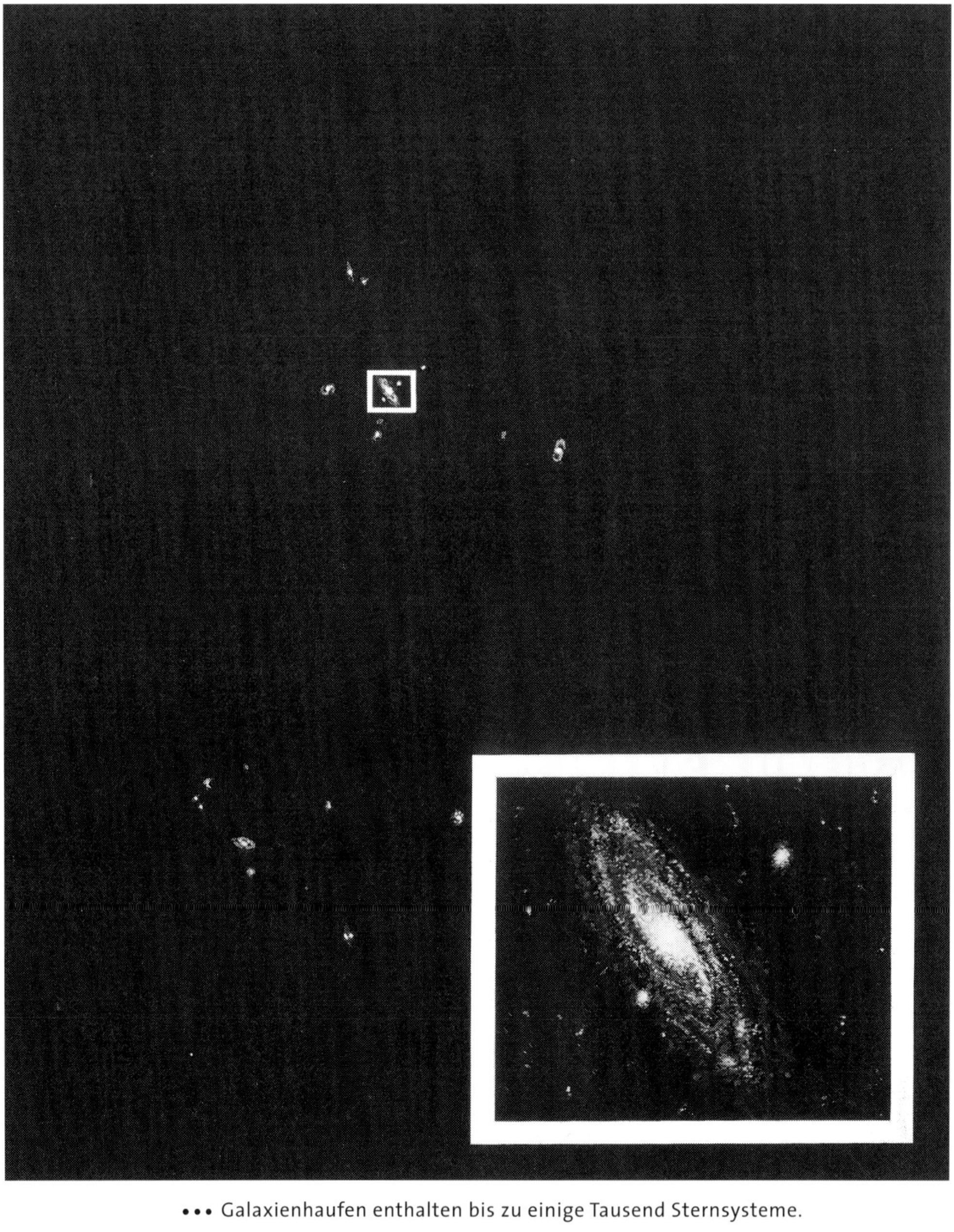

••• Galaxienhaufen enthalten bis zu einige Tausend Sternsysteme.

••• Nachbar im All: Die Andromedagalaxie ist rund 2,5 Millionen Lichtjahre von unserem eigenen Sternsystem entfernt und ähnlich geformt wie dieses.

Lokale Gruppe. Ein eher kleiner Galaxienhaufen, dem unser Milchstraßensystem, die Galaxis, angehört. In der lokalen Gruppe haben die Forscher bisher drei Dutzend anderer Galaxien entdeckt. Bekanntestes Beispiel ist der Andromedanebel in etwa 2,5 Millionen Lichtjahren Entfernung.

Galaxien. Sie treten in unterschiedlichen Formen auf: als Ellipsen, Spiralen oder unregelmäßige Objekte. Unser Sternsystem ist eine typische Spiralgalaxie und setzt sich aus 100 bis 200 Milliarden Sternen sowie ausgedehnten Gas- und Staubwolken zusammen. Durchmesser: 100 000 Lichtjahre. Dicke: 5000 Lichtjahre (Scheibe) bis 15 000 Lichtjahre (Kern).

Sterne. Sie versammeln sich vor allem in den Galaxien und beziehen die Energie aus gigantischen Atommeilern in ihrem Innern. Der am besten untersuchte Stern ist unsere Sonne. Sie erscheint uns nur wegen ihrer Nähe so hell. Ebenso wie alle Lichtpunkte, die wir am Himmel beobachten, gehört die Sonne zur Galaxis. Der nächstgelegene Fixstern heißt Proxima Centauri und ist 4,3 Lichtjahre entfernt.

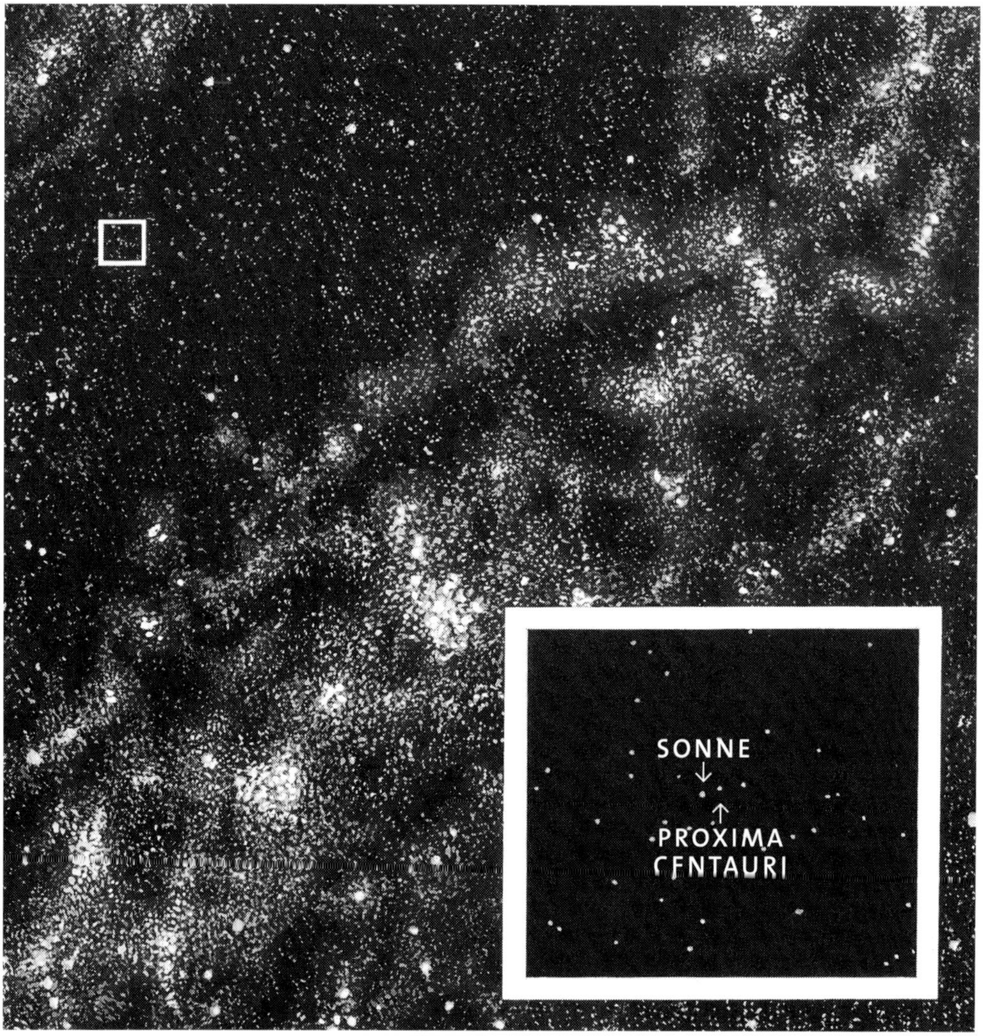

••• Weißt du wie viel Sternlein stehen?
Scheinbar unzählige Lichtpünktchen bevölkern das fahle Band der Milchstraße.
Der uns nächstgelegene Stern ist Proxima Centauri in 4,3 Lichtjahren Entfernung.

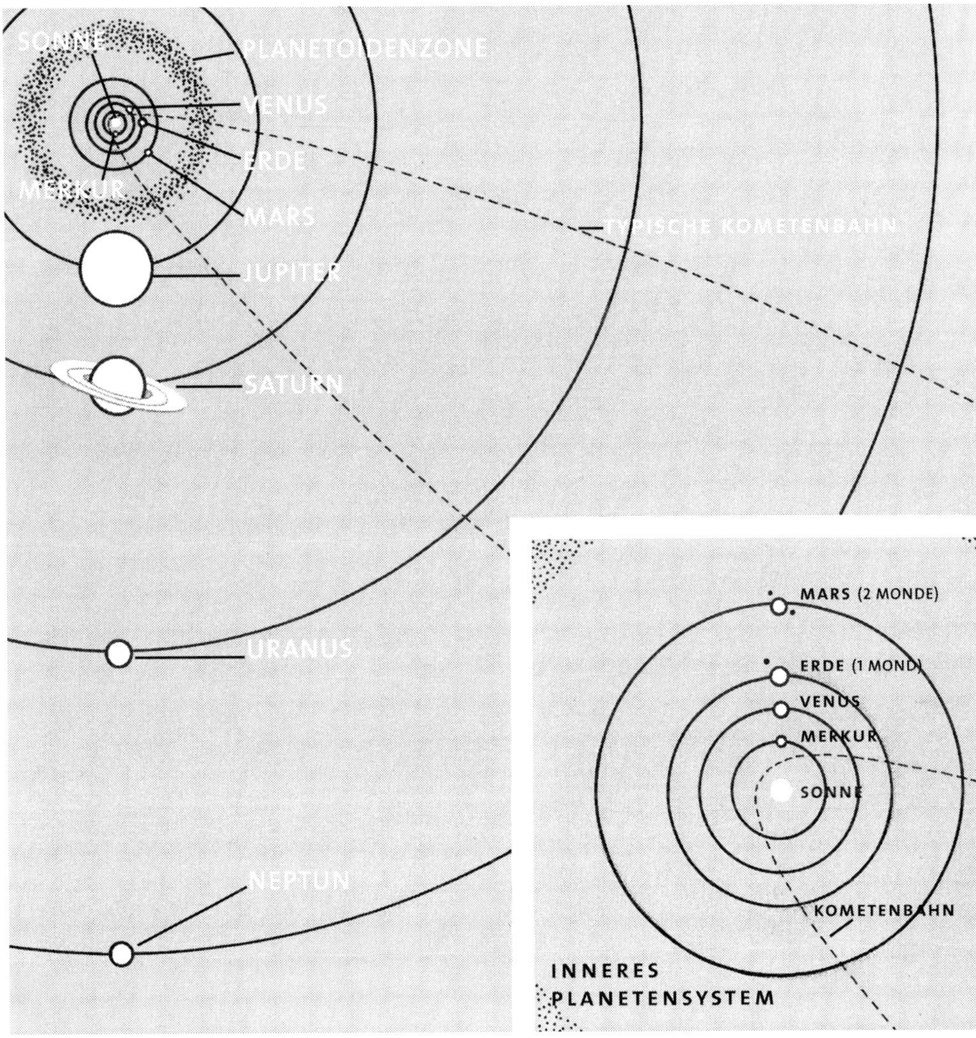

••• Als einer von 100 bis 200 Milliarden Sternen treibt unsere Sonne mit ihren acht großen Planeten in der Galaxis.

Sonnensystem. Es besteht aus den acht großen Planeten Merkur, Venus, Erde, Mars, Jupiter, Saturn, Uranus und Neptun und den vier Zwergplaneten Pluto, Ceres, Eris und Makemake. Zusammen mit den klassischen Planetoiden (zwischen Mars und Jupiter), den transneptunischen Objekten (jenseits der Neptunbahn) und den Kometenkernen (bis an die Grenzen des Systems) bewegen sie sich um die Sonne. Die meisten Planeten werden von einem oder mehreren Monden umrundet. Der Abstand zwischen Erde und Sonne beträgt 8,5 Lichtminuten.

Das also ist der Bauplan des Universums. Er ist sehr vereinfacht dargestellt, denn von den einzelnen Objekten wissen die Astronomen heute so viel, dass sie über jedes ein Buch mit mehreren Tausend Seiten schreiben könnten. Wir wollen die Geheimnisse des Weltalls bei Weitem nicht so ausführlich ergründen. Aber selbst auf einem kurzen Streifzug durch den Kosmos gibt es mehr zu entdecken, als mancher auf den ersten Blick vermutet.

Wer eine Reise unternimmt, muss sich aber erst mal Gedanken über Route und Entfernungen machen. Entfernungen? Dazu gehören die Begriffe Lichtjahre und Lichtminuten. Wir brauchen sie zum Verständnis der gigantischen Abstände im Universum. Das Lichtjahr ist das Maß aller Dinge.

• Ein Ritt auf dem Licht

Trainierte Radfahrer legen in einer Stunde ohne Weiteres 25 Kilometer zurück. Man sagt dann, sie sind durchschnittlich 25 Stundenkilometer (abgekürzt 25 km/h) schnell gefahren. Mit dieser Geschwindigkeit schaffen sie eine Strecke von 100 Kilometern Länge in vier Stunden. Mit dem Auto geht das viel rascher. Bei freien Straßen dauert die Fahrt eine Stunde. Theoretisch bräuchten wir daher Entfernungen nicht in Kilometern anzugeben, sondern in jener Zeit, die ein Verkehrsmittel für die entsprechende Strecke benötigt. Solche Angaben erscheinen eigentlich nur bei sehr großen Distanzen sinnvoll, wenn man etwa von »Flugstunden« spricht.

Wo wäre die Umrechnung vom Längen- ins Zeitmaß besser geeignet als im Weltall? Aber welches Transportmittel benutzen wir dafür? Ein Fahrrad vielleicht? Drücken wir den Abstand zwischen Erde und Mond (384400 Kilometer) einmal in Fahrradstunden aus. Ein Radfahrer legt

in jeder Stunde 25 Kilometer zurück, in 100 Stunden also 2500 Kilometer, in 1000 Stunden 25 000 Kilometer und so weiter. Erst nach 15 376 Stunden käme er am Mond an: nach einem Jahr und neun Monaten. Das schafft niemand!

Geben wir einem Autorennfahrer die Chance: Mit 300 km/h rast er los – und erreicht den Mond doch erst nach 53 Tagen. Selbst ein Düsenjet (1000 km/h) würde für die Strecke 16 Tage benötigen. Der Mond ist demnach rund 384 Flugstunden von der Erde entfernt. Das mag ja noch angehen. Aber bei der Sonne wird es schon kritischer. Wissenschaftler haben berechnet, dass unser Planet in nicht weniger als 150 Millionen Kilometern Abstand um die Sonne kreist – entsprechend 150 000 Flugstunden, 6250 Flugtagen und mehr als 17 Flugjahren. So geht es nicht. Wir müssen auf ein anderes Fortbewegungsmittel umsteigen. Eines, das viel rascher unterwegs ist. Nehmen wir doch gleich das schnellste überhaupt: das Licht.

Licht verhält sich recht merkwürdig. Die Physiker haben herausgefunden, dass es sich entweder als Welle oder als Teilchen (Photon) fortbewegen kann. Ein solches Lichtteilchen soll uns als Transportmittel dienen. Zunächst richten wir eine starke Halogenlampe auf den Mond und schalten sie ein. Im selben Moment rasen die Photonen mit der Geschwindigkeit von 300 000 Kilometern in der Sekunde (300 000 km/s) los! Nach knapp 1,3 Sekunden kommen sie am Mond an. Starten wir erneut, dieses Mal zur 150 Millionen Kilometer entfernten Sonne. Jetzt haben wir etwas mehr Zeit, denn immerhin acht Minuten und 20 Sekunden dauert die Reise mit dem Licht. Schließlich wollen wir den Aufbruch in die Tiefen des Universums wagen. Nach fünf Stunden rasen die Photonen am Neptun vorbei und dringen am Rand des Sonnensystems in die Oortsche Kometenwolke ein. Nach einem Jahr haben sie die beachtliche Strecke von 9,46 Billionen Kilometern zurückgelegt. Eine wichtige Größe, denn dieses sogenannte Lichtjahr gilt als grundlegende Entfernungseinheit der Astronomie.

••• Licht hält den Geschwindigkeitsrekord. Mit 300 000 Kilometern in der Sekunde rasen seine Teilchen durch die Welt. Für die Reise zum Mond brauchen sie 1,3 Sekunden.

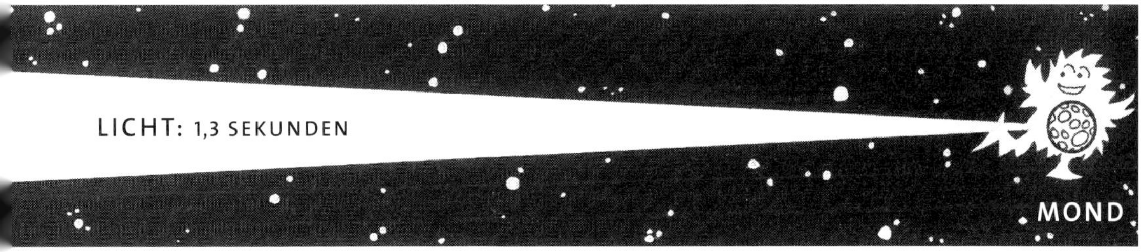

Zum nächsten Fixstern Proxima Centauri ist das Licht 4,3 Jahre unterwegs, zum Andromedanebel 2,5 Millionen Jahre, was einer Strecke von 24 Trillionen Kilometern (eine 24 mit 18 Nullen) entspricht. Wer soll sich das vorstellen! Selbst wenn die Menschen noch so lange darüber nachdenken, kosmische Dimensionen bleiben unbegreiflich. Glücklicherweise gibt es eine kleine Hilfe: die Verkleinerung der Entfernungen auf einer Karte.

• Kosmische Dimensionen

Wer in der Stadt nahe bei einer Schule wohnt, hat Glück. Weil er es nicht sehr weit hat, kann er morgens länger schlafen. Nach dem Unterricht sitzt er früher beim Mittagessen als sein Mitschüler, der im fünf Kilometer entfernten Dorf lebt und den Bus nehmen muss. Entfernungen spielen eine wichtige Rolle in unserem Leben. Solange die Strecken nicht allzu groß sind, können wir sie uns ganz gut vorstellen. Jeder hat seinen Schulweg im Kopf oder weiß, wie weit es in die nächste Großstadt ist. Viele Berufstätige, die täglich 40 oder 50 Kilometer bis zu ihrer Arbeitsstelle fahren, kennen den Weg ebenfalls schon auswendig.

Aber wie sieht es mit längeren Strecken aus? Wer schon einmal nach Italien in Urlaub gefahren ist, wird sich vielleicht an die Reisedauer erinnern. Aber sich die Route richtig vorzustellen, das gelingt ihm wohl nicht. Zu groß ist der Maßstab.

Es gibt dennoch eine Möglichkeit, um einen Eindruck von Distanzen zu bekommen: die Landkarte. Der Trick bei der Sache besteht darin, die Verhältnisse in der Natur einfach viel kleiner darzustellen. Da sind es eben von unserer Stadt bis zum nächsten Dorf nicht mehr fünf Kilometer, sondern nur noch fünf Zentimeter, also 100 000-mal weniger. (Ein Kilometer hat 1000 Meter, ein Meter 100 Zentimeter; du musst nur 1000 und 100 miteinander multiplizieren, um zu diesem Ergebnis zu gelangen.) Weil ein Kilometer als Strecke von einem Zentimeter abgebildet wird, besitzt die Karte einen Maßstab von 1:100 000. Beträgt die Entfernung zwischen unserem Wohnort und der Großstadt in Wirklichkeit 50 Kilometer, so erscheint der Weg auf einer solchen Karte als 50 Zentimeter lange Strecke.

Dieser Maßstab bringt einen allerdings leicht in Schwierigkeiten, will man noch größere Entfernungen darstellen. Denn wenn ein Zentimeter auf dem Papier einem Kilometer entspricht, dann hätte eine Karte von

Deutschland die beachtliche Länge von rund 900 Zentimetern, also neun Metern. Daher werden Länder noch stärker geschrumpft – und erst recht ganze Kontinente oder gar die Erde selbst. Während unser Planet tatsächlich einen Durchmesser von knapp 12 800 Kilometern hat, misst ein solcher Globus, den man ins Regal oder auf den Schreibtisch stellt, beispielsweise nur etwa 26 Zentimeter. Der Erdball ist demnach 50 000 000-fach verkleinert.

Eine Schrumpfung hilft uns also dabei, uns bestimmte Größenverhältnisse besser vorzustellen. Besonders leicht fällt das beim Vergleich von Durchmessern oder Entfernungen. Die Astronomen wissen längst, dass der Mond von der Erde im Mittel 384 400 Kilometer entfernt ist und seine Kugel etwa 3500 Kilometer misst. Daher wäre ein Mondglobus im oben genannten Maßstab sieben Zentimeter groß und mehr als siebeneinhalb Meter vom Erdball entfernt. Zugegeben, diese Distanz erscheint nicht gerade als sehr aufregend. Aber du darfst nicht vergessen, dass der Mond zur allernächsten Nachbarschaft unseres Heimatplaneten gehört, sich gleichsam vor der Haustür der Erde aufhält. Und immerhin haben wir seinen Abstand um das 50 000 000-Fache verringert.

Das Beispiel zeigt, dass die Größenordnungen im Weltraum die menschliche Fantasie weit übersteigen. Oder kannst du dir eine Strecke von 384 400 Kilometern vorstellen? Sicher nicht. Das können nicht einmal die Astronauten, die vor 40 Jahren zum Mond geflogen sind. Je weiter man in die Tiefen des Universums vordringt, umso dramatischer wird es.

• Das Weltall im Modell

Eben haben wir das System Erde – Mond verkleinert, von 384 400 Kilometer auf siebeneinhalb Meter. Im selben Maßstab hätte unsere Galaxis eine Ausdehnung von 19 Milliarden Kilometern, und der Andromedanebel wäre 475 Milliarden Kilometer entfernt. Es bleibt wohl nichts anderes übrig, als das Weltall noch viel stärker zu schrumpfen.

Ausgangspunkt sei das Deutsche Museum in München – und das Sonnensystem. Wir pressen das Sonnensystem zu einem Staubkörnchen von einem zehntel Millimeter Größe zusammen und deponieren es irgendwo in den Räumen der Astronomie-Ausstellung (siehe Seite 32 Astrotipp 1 und Seite 302 Ausstellungsplan). Sonne, Erde und die übrigen Planeten sind bei diesem Maßstab gar nicht mehr zu sehen, nicht einmal mit einer Lupe. Ein Lichtjahr ist nun 80 Zentimeter lang, der nächste Fixstern, Proxima Centauri, knapp dreieinhalb Meter entfernt; die gesamte Galaxis misst 80 Kilometer im Durchmesser. Die Sonne befindet sich allerdings nicht im Zentrum unseres Sternsystems. Aus diesem Grund liegt der Nabel der Milchstraße im mehr als 22 Kilometer entfernten Starnberg. Und wo, bitte, geht's zum Andromedanebel? Dazu müssten wir von München nach Moskau fliegen. Erst dort hätten wir die Spiralarme der Nachbargalaxie erreicht.

Wegen dieser gewaltigen Entfernungen erscheint es extrem unwahrscheinlich, dass die Erde jemals Besuch von Wesen aus dem Andromedanebel erhält. Oder gar von Bewohnern eines Planeten wie Formicolo, der zum Sternsystem eines fernen Galaxienhaufens gehört. Daher bleibt eine Reise durch den Kosmos für uns wohl immer ein Traum, der niemals in Erfüllung gehen wird. Zur Enttäuschung besteht dennoch kein Grund: Was die Astronomen selbst über die dunkelsten Winkel im Weltraum wissen und wie sie zu diesen Kenntnissen gelangt sind, mag uns entschädigen. Allein schon das minutenlange Betrachten des gestirnten Himmels kann zu einem unvergesslichen Erlebnis werden – selbst wenn man mit beiden Beinen fest auf dem Boden bleibt.

1 ASTROTIPP

Es gibt viele Wege, um sich mit den Geheimnissen des Weltalls vertraut zu machen. Vielleicht hat dich der erste in eine Buchhandlung geführt. Vielleicht bist du dort auf dieses Buch gestoßen. Oder aber du hast es zum Geburtstag oder zu Weihnachten geschenkt bekommen. Es wäre natürlich toll, wenn dich die Astronomie nach der Lektüre so fasziniert, dass du mehr über die Wissenschaft von den Sternen erfahren willst. Für diesen Fall findest du im Anhang ein kleines Verzeichnis mit empfehlenswerten Büchern. Es ist zwar keineswegs vollständig, aber trotzdem dürfte für jeden Geschmack etwas dabei sein.

Die zweite Möglichkeit, eine Reise ins Universum anzutreten, ist ein Besuch im Museum. Mag sein, dass du schon einmal in der Astronomie-Abteilung des Deutschen Museums in München warst. Es hat sich bestimmt gelohnt. Denn schließlich kann man dort die Himmelskunde nicht nur erleben, sondern in vielen Demonstrationen auch be-*greifen*. Möglich, dass du eine solche Exkursion erst vorhast. Damit du dich in den Räumen zurechtfindest, ist am Ende des Buches ein Lageplan mit einer Beschreibung der wichtigsten neun Stationen abgebildet.

Du musst natürlich nicht unbedingt nach München fahren, um dem gestirnten Himmel ein Stückchen näher zu rücken. Oft genügt dafür schon der Abstecher in ein Planetarium, das es in vielen Städten Deutschlands gibt. Planetarien sind Gebäude mit riesigen Kuppeln, auf deren Innenseite ein Projektor Sonne und Mond, Sterne und Planeten abbildet. Aber damit nicht genug. Das künstliche Firmament bewegt sich im Zeitraffer. Innerhalb weniger Minuten gehen Sterne auf und unter, führen die Planeten ihre kunstvollen Schleifenbewegungen vor, verfinstern sich Sonne und Mond, huschen Meteore über das Gewölbe. Dabei sitzen die Zuschauer bequem in ihren Sesseln, brauchen nicht zu frieren oder sich über Wolken zu ärgern. Im Planetarium ist der Himmel immer klar.

Ein vierter Weg zur Astronomie führt über eine Volkssternwarte. Solche Laien-Observatorien arbeiten häufig mit Volkshochschulen zusammen und sind meist durch die Initiative von mehreren engagierten Amateuren entstanden. Sie verfügen teilweise über Fernrohre beachtlicher Größe und modernster Technik. Die Mitarbeiter einer Volkssternwarte sind wahre Idealisten und verstehen es, die Begeisterung für ihr Hobby auf die Besucher zu übertragen. Darüber hinaus gibt es an vielen derartigen Einrichtungen Jugendgruppen, die sich regelmäßig treffen, um unter der Anleitung von alten Hasen gemeinsam zu beobachten oder Teleskope zu basteln. Melde dich doch einfach mal bei einer Volkssternwarte!

2

Unzählige Sterne über uns

• Das Geheimnis von Lascaux

Im Jahr 1940 wurde in der südfranzösischen Gemeinde Montignac eine 140 Meter tiefe Höhle entdeckt. An den steinernen Wänden befinden sich viele Malereien. Sie zeigen große Büffelherden, galoppierende Elche oder verwundete Rehböcke. Zum Teil erinnern die Darstellungen an moderne Malerei aus dem 20. Jahrhundert. Als Experten die Bilder von Lascaux näher untersuchten, kamen sie aus dem Staunen nicht mehr heraus: Die farbigen Graffiti stammen zweifelsfrei aus dem 15. Jahrtausend vor Christus! Die Wissenschaftler waren fassungslos. Hielten sie doch die damaligen Europäer, die sogenannten Cro-Magnon-Menschen, für eher primitiv. Die fantastischen Zeichnungen wollten so gar nicht in dieses Bild passen. Die Cro-Magnons mussten wesentlich intelligenter und geschickter gewesen sein, als man es ihnen zugetraut hatte.

••• Schon vor 17 000 Jahren beobachteten Menschen den gestirnten Himmel. Das beweist dieses Felsgemälde in der Höhle von Lascaux in Frankreich. Forscher fanden darauf die Darstellung von fünf Sternen, hier markiert durch Strahlenkreise.

Was haben Jagdszenen aus dem 15. Jahrtausend vor unserer Zeit mit dem Weltall zu tun? Eine ganze Menge! Da gibt es in Lascaux eine Darstellung, die einen Wisent zeigt und vor ihm einen Mann, den das Tier offensichtlich gerade umstößt, außerdem einen Vogel, der auf einer Stange sitzt. Ein Forscher nahm das Bild genau unter die Lupe und entdeckte darauf ganz dünne Linien und feine Kreise. Was bedeuten diese seltsamen Zeichen? Sahen sie nicht aus wie Figuren auf einer modernen Sternkarte? Sollte der Künstler etwa den nächtlichen Himmel beobachtet haben und von einigen Sternen so beeindruckt gewesen sein, dass er sie im Bild festhalten wollte? Tatsächlich ergaben weitere Untersuchungen, dass der unbekannte Maler unter anderem drei helle Sterne abbildete, die heute Atair, Deneb und Wega heißen und das Sommerdreieck formen. Die Cro-Magnons kannten sich mit den Sternen aus!

Täglich sahen sie eine helle Scheibe am fernen Horizont aufgehen und über das Himmelsgewölbe ziehen. Sie spendete Licht und Wärme, und wenn sie auf der entgegengesetzten Seite des Erdkreises versank, wurde es dunkel und kalt. Daran hatte man sich schnell gewöhnt. Aber wie groß mag der Schrecken der Urmenschen gewesen sein, als sich diese Scheibe mit einem Mal verfinsterte und die Landschaft in ein gespenstisches Licht tauchte? Aber auch eine Nachtscheibe gab es, die genauso groß war. Sie leuchtete viel schwächer und wärmte nicht. Außerdem veränderte sie ihre Gestalt ständig: Bald war sie rund, bald sichelförmig – und gelegentlich ganz verschwunden. Auch sie schien bisweilen zu verlöschen. Dabei verfärbte sie sich dunkelrot. Dies geschah stets, wenn die Scheibe vollständig zu sehen war.

Der Himmel schien voller Rätsel. So ließen sich bestimmte Sterne zu markanten Figuren zusammenfassen. Sie veränderten ihre Form nicht. Manche zeigten sich das ganze Jahr über. Andere hingegen verschwanden für einige Zeit, tauchten aber in regelmäßigen Abständen wieder auf. Da gab es aber auch Lichtpunkte, die für eine solche Einteilung gänzlich unbrauchbar waren, denn sie wanderten am Himmel umher, standen mal in dieser, mal in jener Sternenfigur. Was nützte es, wenn die rechte Ecke eines Quadrats nach einiger Zeit davonlief und ein Dreieck zurückließ? Bei diesen Wanderern musste es sich um etwas ganz Besonderes handeln, fielen sie doch allein durch ihr helles, ruhiges Licht auf. Alle übrigen Sterne flimmerten hingegen mehr oder weniger stark. Gelegentlich löste sich einer vom Firmament und flog wie ein glühender Stein durch die Luft. Dabei hinterließ er eine leuchtende Spur und verschwand ebenso plötzlich, wie er gekommen war. Nebelsterne mit langen Schweifen tauchten auf und bewegten sich langsam über das nächtliche Firmament.

All diese Erscheinungen nahmen die Menschen damals wahr. Ohne Fernglas oder Teleskop, nur mit dem bloßen Auge verfolgten sie aufmerksam, was sich hoch über ihren Köpfen abspielte. So erwachte vor Tausenden von Jahren das Interesse an der Astronomie. Das Wort stammt aus dem Griechischen und setzt sich aus *ástron* (Stern) und *nómos* (Gesetz) zusammen. Ein Astronom ist also ein Wissenschaftler, der die Gesetze der Sterne ergründet.

Unsere Vorfahren aus der Steinzeit konnten den Bauplan des Weltraums nicht verstehen. Sie wussten nur sehr wenig über die Himmelslichter, die sie sahen. Aber wie geht es uns heute? Die beiden Scheiben von Sonne und Mond, die Figuren der Sternbilder, die wie glühende Steine aufblitzenden Meteore oder die geschweiften Kometen kennt jeder. Aber weißt du auf Anhieb, warum die Sonne im Osten auf- und im Westen untergeht? Wie die Mondphasen zustande kommen oder Finsternisse entstehen? Kannst du erklären, woraus die Sterne bestehen und wodurch sie sich von den Planeten unterscheiden? Dabei richtet sich unser Alltag nach den Regeln des Kosmos: Wir schlafen nachts und arbeiten am Tag. Die Uhr am Handgelenk zeigt diesen 24-stündlichen Wechsel von Tag und Nacht auf die Sekunde genau an. Wir freuen uns, wenn die Sonne an warmen Sommerabenden lange scheint, während sie im Winter schon sehr früh untergeht. Wenn es bei uns kalt ist, fliegen viele Touristen auf die Südhalbkugel der Erde und liegen dort in der Sonne. Aber kaum einer macht sich Gedanken darüber, warum die Jahreszeiten nicht überall auf der Erde und zu jeder Zeit dieselben sind. Etwas zu akzeptieren, weil es so und nicht anders ist, macht keinen großen Spaß.

Die Erde ist nicht leer, sondern bevölkert mit Lebewesen. Selbst Wüsten oder die Pole leben, obwohl man sie auf den ersten Blick für tot halten könnte. In der Natur gibt es keinen Platz, der wirklich leer ist. Überall treffen wir auf Materie, selbst wenn diese nicht lebt, wie etwa Eis oder Steine. Forscher haben herausgefunden, dass unser Planet nur ein Staubkörnchen im Universum ist, ein winziger Teil der Natur. Daher liegt es nahe anzunehmen, dass auch die gesamte Natur, wir nennen sie Kosmos, Universum, Weltraum oder Weltall, nicht leer ist, sondern Materie enthält. Sonne, Mond und Planeten, Sterne und Nebel gehören zu der Materie, mit denen der Weltraum ausgestattet ist. Es lohnt sich, ihn näher zu erkunden.

• Wohnsitz von Göttern und Helden

Vor 6000 Jahren siedelten die Sumerer in der fruchtbaren Ebene zwischen den beiden Strömen Euphrat und Tigris. Keiner weiß, woher das Volk kam, das in Mesopotamien die Grundlagen für die Hochkulturen Vorderasiens schaffen sollte. Mesopotamien bedeutet so viel wie »Zwischenstromland« und umfasst heute im Wesentlichen das Staatsgebiet des Irak.

Die Sumerer erfanden die Keilschrift, sie bauten Schulen und Akademien. Aber auch in Landwirtschaft und Handwerk erwiesen sie sich als wahre Meister. So legten sie Entwässerungssysteme an und errichteten gewaltige Bauwerke, Türme und Wehranlagen. In den steinernen Palästen und prächtigen Tempeln walteten Beamte und Priester ihrer Ämter. Fürsten, die sich als Stellvertreter der Stadtgottheiten verstanden, regierten über die Städte Ur, Lagasch, Kisch und Nippur. Das Volk verehrte aber auch den Sonnengott Utu oder den Mondgott Nanna und seine Gemahlin Ningal – ein Zeichen, dass sich die Gebildeten intensiv mit den unerklärlichen Erscheinungen am Firmament beschäftigten.

Aber selbst wenn die Sumerer auf einen Berg kletterten, kamen sie dem Himmel und seinen Rätseln keine Spur näher. Er blieb für die Menschen verschlossen. War er nicht von höheren Wesen bewohnt, von Göttern? Als die wahren Herrscher über das Volk mussten sie den Fürsten auf Erden ihre Entscheidungen mitteilen! Doch Sonne, Mond und die funkelnden Lichtpünktchen blieben stumm, sie redeten nicht zu den Menschen. Aber sie bewegten sich. Jeder verfolgte die Wanderungen von Sonne und Mond. Gewissenhafte Priester studierten darüber hinaus die teilweise verschlungenen Himmelspfade von fünf besonderen Sternen – den damals bekannten Planeten Merkur, Venus, Mars, Jupiter und Saturn. Und noch etwas hatten die Gelehrten herausgefunden: Obwohl sich der Sternhimmel im Laufe des Jahres verändert und die meisten Bilder täglich von Osten nach Westen ziehen, ist die Gestalt der Figuren stets dieselbe.

Daher lag es nahe, diese Figuren in Himmelskarten einzuzeichnen, wo sie als markante Ortsmarken die himmlische Landschaft charakterisierten wie Berge, Wüsten und Flüsse die irdische. Jetzt konnten die Priester den genauen Aufenthalt eines Wandelsterns beschreiben und so kamen die Sternbilder zu ihren Namen. Aber es waren nicht gewöhnliche Bezeichnungen, schließlich gehörte das Firmament zum Reich der Götter. Daher versetzten die ersten Astronomen alle möglichen Fabelwesen an den Himmel. Die Namen der Sternbilder und ihre Bedeutungen wurden von Generation zu Generation weitergegeben, bis zu den Babyloniern. Dieses Mischvolk aus Sumerern und Akkadern erlebte unter seinem Herrscher Hammurapi (1728 bis 1686 vor Christus) einen ersten Höhepunkt. Mit der Eroberung durch den Perserkönig Kyros II. endete 539 vor Christus die Blütezeit Babylons, dessen Priester besonders geschickte und ausdauernde Beobachter waren.

• Der geschmiedete Himmel

Am 4. Juli 1999 stießen Raubgräber in einer ringförmigen Wallanlage nahe der Stadt Nebra in Sachsen-Anhalt auf etwas Seltsames: Neben zwei Schwertern, einem Beil, einem Meißel und Bruchstücken zweier Armreife förderten sie eine kreisrunde Bronzescheibe mit Auflagen aus Goldblech zutage. Die Scheibe wechselte mehrmals den Besitzer und gelangte schließlich über Umwege in die Hände von Hehlern, die sie für 700 000 Mark auf dem Schwarzmarkt anboten. Im Februar 2002 trafen sich die Hehler mit einem vermeintlichen Kaufinteressenten in einem Hotel in Basel. Dort schnappte die Polizei zu, denn den Lockvogel spielte der Landesarchäologe Harald Meller. Endlich war der Fund in rechtmäßigen Händen. Und das ist gut so: Die Scheibe – ihr Wert ist unschätzbar, versichert ist sie mit 100 Millionen Euro – kann man heute im Museum Arche Nebra bestaunen. Sie gilt als einmalig.

Hinter dem »Eimerdeckel«, für den die Grabräuber die Scheibe zunächst hielten, verbirgt sich nichts weniger als eine Sternkarte aus der Bronzezeit. Ihr Alter schätzen die Fachleute auf 3600 Jahre. Die Scheibe misst gut 30 Zentimeter im Durchmesser und zeigt Sonne, Mond und 32 goldene Plättchen, die offenbar Sterne symbolisieren. Eine Gruppe von sieben Sternen hebt sich deutlich von den anderen, eher zufällig verteilten Goldplättchen ab. Archäologen sehen in diesem Siebengestirn die Plejaden, die wir an einem klaren Winterabend in der Konstellation Stier beobachten können.

••• Als Karte oder Kalender diente die Himmelsscheibe von Nebra den Menschen vor dreieinhalb Jahrtausenden. Deutlich zu sehen sind Sonne, Mond und 32 Sterne, darunter die Plejaden.

Möglicherweise diente die Himmelsscheibe von Nebra nicht nur als Karte, sondern als Kalender. Vielleicht verkündete ein Priester mit ihrer Hilfe seinem Volk die genauen Jahreszeiten – Kenntnisse, die für Saat und Ernte wichtig waren. Warum der geschmiedete Himmel nur einige Hundert Jahre in Gebrauch war und um 1600 vor Christus vergraben wurde, bleibt wohl für immer ein Geheimnis. In jedem Fall zeigt die Scheibe, dass die Menschen in Mitteleuropa seinerzeit erstaunlich gut über den Lauf der Gestirne Bescheid wussten. Und das verändert unser Geschichtsbild ganz erheblich. Denn bis vor einigen Jahren hatte man angenommen, dass vor allem die Kulturen im Vorderen Orient Astronomie betrieben. Jetzt haben sich auch die frühen Mitteleuropäer als Meister der Sternkunde erwiesen.

• Spaziergänge am Firmament

Wir wollen uns auf die Spuren der alten Priesterastronomen begeben und uns mit einigen markanten Sternbildern vertraut machen. Eine bedeutende Rolle bei der Überlieferung bis in unsere Zeit spielten die griechischen Astronomen: Einerseits haben sie die Bezeichnungen für bestimmte Konstellationen von den Babyloniern übernommen und sie lediglich in ihre Sprache übersetzt, zum anderen aber auch viele Götter und Helden der eigenen Sagenwelt an den Himmel projiziert. Als Andromeda, Orion oder Herkules (griechisch Herakles) begegnen sie uns noch heute. Mal sehen, wo wir sie treffen.

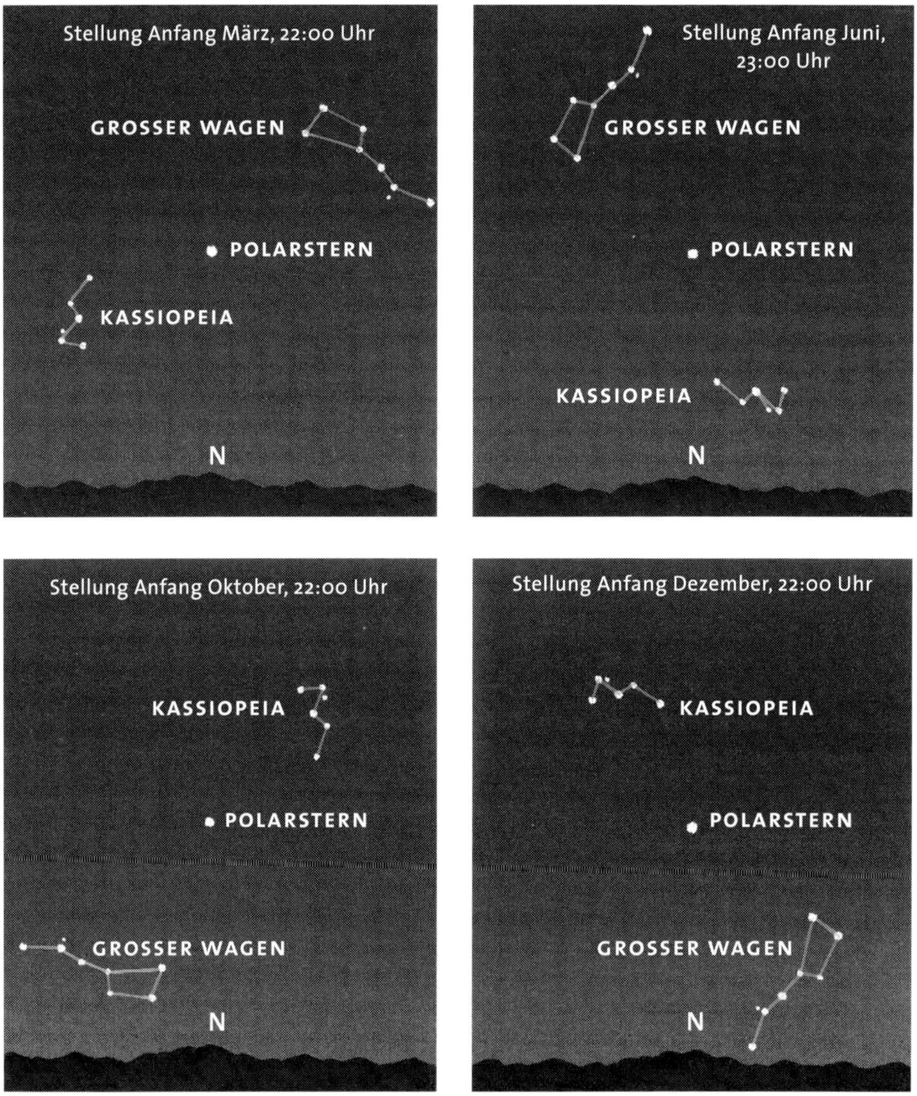

••• Himmlische Wegweiser: Im Laufe eines Jahres ändern sich die Stellungen von Kassiopeia und Großem Wagen über dem Horizont. Die fünffache Verlängerung der beiden hinteren Kastensterne des Großen Wagens zeigt stets zum Polarstern und gibt damit die Nordrichtung an.

Zwei himmlische Wegweiser. Stellen wir uns eine klare Frühlingsnacht auf dem Land vor. Im Norden funkeln die sieben Sterne des Großen Wagens. Diese Figur gehört nicht nur zu den bekanntesten Konstellationen, sondern sie ist auch eine der wichtigsten. Denn der Große Wagen dient als Führer und gibt die Himmelsrichtungen an. Wir müssen nur die gedachte Linie, welche die hinteren beiden Kastensterne miteinander verbindet, fünfmal nach unten verlängern. Dort steht ein nicht sehr auffälliges Lichtpünktchen: der Polarstern. Er weist stets nach Norden. Seine Höhe über dem Horizont entspricht der geografischen Breite des Beobachtungsorts und beträgt etwa in München rund 48 Grad. Osten befindet sich rechts, Westen links und nach Süden blicken wir mit dem Polarstern im Rücken.

Sehen wir uns die Konstellation noch einmal genau an. Bilden wir es uns nur ein oder stehen dort, am Knick der Deichsel, tatsächlich zwei Sterne dicht beisammen? So ist es in der Tat. Wir haben das Reiterlein entdeckt. Es heißt Alkor und bildet mit seinem helleren Partner Mizar das Paradebeispiel für einen Doppelstern. Was es damit auf sich hat, werden wir später erfahren (vergleiche Kapitel 6).

Der Große Wagen ist kein eigenständiges Sternbild, sondern Teil der weit ausgedehnteren Konstellation Großer Bär, dessen übrige Sterne jedoch relativ schwach leuchten. Streng genommen ist der Bär eine Bärin, denn nach der griechischen Sage handelt es sich um Kallisto, die Tochter des Königs von Arkadien und eine der vielen Geliebten des Göttervaters Zeus. Seine Gemahlin Hera sah dieses Verhältnis natürlich äußerst ungern. Um seine Freundin vor der Eifersucht Heras in Sicherheit zu bringen, versetzte Zeus Kallisto als Bärin an den Himmel; dort steht sie noch heute, zusammen mit ihrem Sohn Arkas, dem Kleinen Bären. Auch diese Konstellation enthält sieben Sterne, die einen Wagen bilden – den Kleinen Wagen. An der Spitze der Deichsel steht der Polarstern.

Benutzen wir ihn als Ausgangspunkt für einen Abstecher zur Kassiopeia. Wenn wir die Linie zwischen dem ersten Deichselstern des Großen Wagens und dem Polarstern verlängern, dann stoßen wir auf eine W-förmige Gruppe von fünf Sternen. Die Kassiopeia steht dem Großen Wagen stets gegenüber. Die Araber sahen in dem Himmels-W eine Hand, ein liegendes Kamel oder zwei Hunde. Ebenso identifizierten sie die Konstellation mit einer Frau, die auf einem Stuhl sitzt. Bei den Griechen ist es keine gewöhnliche Frau, sondern Kassiopeia, Königin von Äthiopien, Gemahlin des Kepheus und Mutter der Andromeda.

Kassiopeia war sehr stolz auf ihre hübsche Tochter und hielt sie in ihrer Eitelkeit sogar für schöner als die Nereiden, die Meeresnymphen. Das ließen sich diese aber nicht gefallen; heftig beklagten sie sich bei ihrem Herrn, dem Gott Poseidon. Der schickte sogleich Ketos (lateinisch: Cetus) los, ein schreckliches Meerungeheuer. Ketos schwamm zu den Gestaden Äthiopiens und drohte, das Land durch heftiges Schlagen seiner gewaltigen Schwanzflosse zu überschwemmen. Alles schien verloren, doch das Orakel zu Delphi wusste Rat: »Kepheus muss seine Tochter dem Ketos opfern, dann wird Äthiopien gerettet werden.« Auf Drängen seines Volkes kettete der König die geliebte Andromeda an einen Felsen. Sogleich nahte Ketos und durchpflügte mit weit aufgerissenem Maul die Wellen. Doch im letzten Moment stürzte der junge Held Perseus heran, tötete das Ungeheuer und rettete Andromeda. Zur Erinnerung an dieses sagenhafte Geschehen haben die Griechen nicht nur Kassiopeia, sondern auch Andromeda, Kepheus, Ketos und Perseus ans Firmament versetzt. Die beiden Sternbilder Großer Wagen und Kassiopeia gehen in unseren Breiten niemals unter, stehen also das ganze Jahr über am Himmel. Und weil sie sich immer in der Nähe des Polarsterns aufhalten, heißen sie zirkumpolar (»um den Pol herum«). Kepheus, Drache und Giraffe sind ebenfalls solche Zirkumpolar-Sternbilder.

Frühling. Ein laues Lüftchen hat die feinen Cirruswölkchen weggeblasen, der gestirnte Himmel entfaltet seine ganze Pracht. Hoch über dem Horizont erkennen wir den Großen Wagen. Er scheint allerdings umgestürzt zu sein, denn die Deichsel zeigt nach unten. Das vertraute W der Kassiopeia haben wir ebenfalls rasch gefunden. Wenden wir unseren Blick jetzt dem Südhimmel zu, den die mächtige Figur des Löwen mit seinem Hauptstern Regulus beherrscht. Deutlich unterscheiden wir den trapezförmigen Körper, auf dem rechts oben der gestirnte Kopf ruht. Die meisten alten Völker verglichen das Bild mit einem Raubtier; bei den Babyloniern hieß es Aru, bei den Persern Ser, bei den Griechen Nemeischer Löwe.

Der Nemeische Löwe war kein gewöhnlicher Löwe, sondern der Sohn einer prominenten Mutter, der Mondgöttin Selene. Mit unerbittlicher Strenge herrschte das Tier in seinem Revier auf der südgriechischen Halbinsel Peloponnes. Sein Fell war hart wie Stahl, seine Krallen bestanden aus Diamant. Der Löwe galt als unverwundbar. Dies schützte ihn jedoch nicht vor der gewaltigen Kraft des Herkules. Ihm hatte das Orakel nämlich Unsterblichkeit verheißen, sollte er zwölf Heldentaten vollbrin-

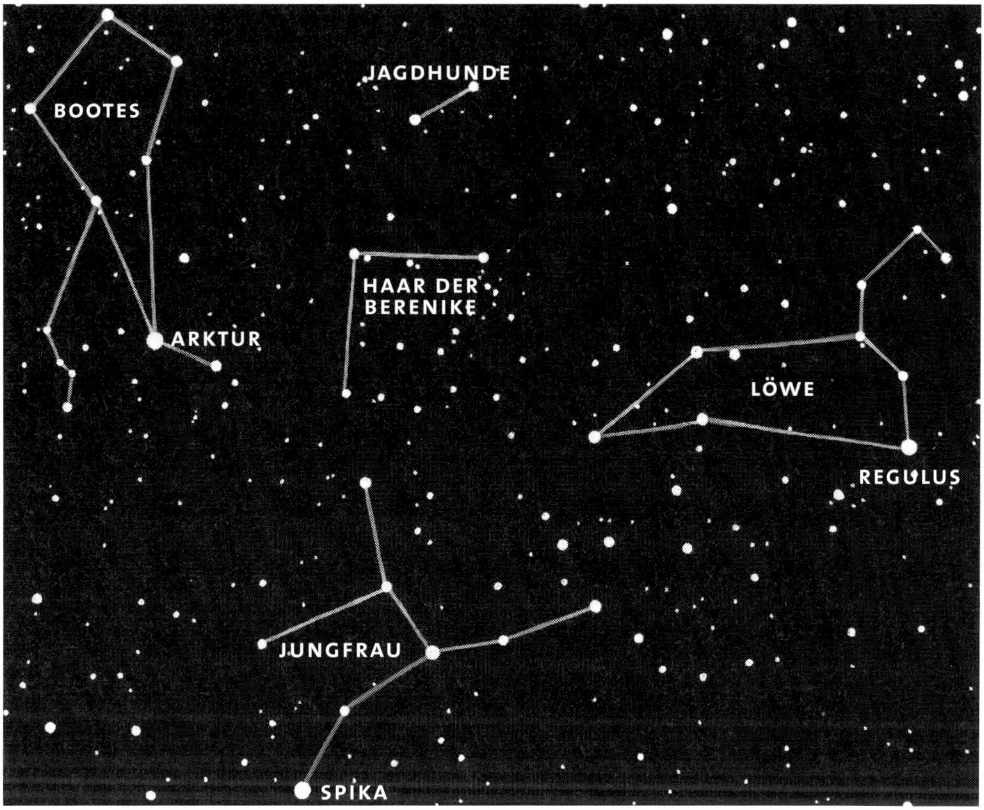

••• Löwe, Bootes und Jungfrau prägen den abendlichen Frühlingshimmel.

gen. Als Erstes musste Herkules das Monster zur Strecke bringen. Herkules pirschte sich an die Höhle des Nemeischen Löwen heran – und erwürgte das Tier mit bloßen Händen.

Links vom Löwen funkelt ein sehr heller, gelblicher Stern. Er wird Arktur genannt und gehört zum Bild des Bootes, was so viel heißt wie Rinderhirt oder Ochsentreiber. Allerdings bedarf es schon einiger Fantasie, um in der Figur den Umriss eines Mannes zu erkennen. Den Menschen früherer Epochen fiel dies anscheinend nicht schwer. Nach Meinung der Griechen hatte Bootes eine wichtige Aufgabe: Er musste die sieben himmlischen Dreschochsen auf Trab halten, zu denen die Sterne des Großen Wagens umfunktioniert wurden. Bootes erfüllt seine Pflicht überaus gewissenhaft, im Lauf eines Tages drehen sich die Ochsen wie die Zeiger einer Uhr um den Polarstern. Zwischen den beiden Sternbildern besteht übrigens eine deutliche Verbindung: Die Wagendeichsel zeigt gleichsam als Richtungspfeil auf Arktur.

Schräg unterhalb von Bootes und Löwe leuchten wenige Sterne. Nur einer springt sofort ins Auge: Spika, Hauptstern der Jungfrau. Da die übrigen Sterne des Bildes schwach glimmen, müssen wir einen Beobachtungsplatz ohne Streulicht beziehen und auf eine klare Nacht mit guter Durchsicht warten, um die Konturen dieser Konstellation auszumachen. Bei nahezu allen alten Kulturen galt das Sternbild als Symbol der Fruchtbarkeit. So verglichen es die Babylonier mit einer Kornähre, später mit Ishtar, Königin der Sterne.

Die Griechen schließlich sahen darin die Jungfrau Persephone und hatten auch gleich eine Geschichte parat: Persephone war die Tochter der Fruchtbarkeitsgöttin Demeter. Als das Mädchen auf einer Wiese Blumen pflückte, wurde es von Hades, dem Gott der Unterwelt, entführt. Er machte Persephone zu seiner Frau und verschwand mit ihr. Das passte Demeter ganz und gar nicht. Sie drohte sogar damit, die Felder unfruchtbar werden zu lassen. Da schaltete sich Zeus in den Zwist ein: Während eines Drittels des Jahres, so bestimmte es der gestrenge Göttervater, sollte Persephone bei ihrem Gemahl in der Unterwelt leben, die restliche Zeit dürfe sie auf der Erde verbringen.

Sommer. Mittlerweile ist es Juli geworden und wir müssen lange warten, bis endlich die Dunkelheit anbricht. Aber wir werden belohnt. Die Milchstraße zeigt all ihre Schönheit und zieht sich als diffuses Sternenband über das Firmament. Im Nordwesten sehen wir den Großen Wagen, östlich des Polarsterns ist Kassiopeia in Stellung gegangen. Nachdem wir diese beiden Wegweiser aufgespürt haben, wollen wir uns nach Süden orientieren. Da entdecken wir hoch über unseren Köpfen, inmitten der Milchstraße, ein riesiges Kreuz. Oder ist es ein Vogel mit ausgebreiteten Schwingen? Wohl eher, denn das Sternbild heißt seit dem Altertum Schwan, sein Hauptstern Deneb.

Die Griechen sahen im Schwan den Göttervater, der die schöne Nemesis verfolgt. Zeus hatte es sich nun einmal in den Kopf gesetzt, dieser Tochter der Nachtgöttin Nyx nachzustellen. Daher ist er höchstpersönlich in ihr Reich hinabgestiegen und fordert jetzt das junge Mädchen. Doch Nyx weigert sich, ihre Tochter einem wie Zeus zu geben. So geraten beide in Streit und schreien sich schließlich so laut an, dass Nemesis auf den Disput aufmerksam wird. Schnell begreift sie, worum es geht. Und weil auch sie mit dem Göttervater nichts zu tun haben will, wirft sie geschwind den Mantel der Nacht über ihre Schultern, verwandelt sich zur Tarnung in eine Wildgans und fliegt davon. Zeus bemerkt ihre Flucht, nimmt die Gestalt eines Schwans an und verfolgt Nemesis – die er, wie könnte es anders sein, auch einholt.

Nicht weit vom Schwan entfernt blinkt ein weißer Stern namens Wega. Er steht rechts oberhalb einer kleinen Raute, der Leier. Während die Araber das Sternbild wahlweise mit einem Maultier, einer Gans oder einem Steinadler identifizierten, hielten es die Griechen für das vom flinken Götterboten Hermes erfundene Musikinstrument. Als Schutzpatron der Diebe will er sich eines Tages selbst als solcher betätigen und Rinder von der Wiese Apollons, seines Halbbruders, stehlen. Zuvor tötet Hermes eine Schildkröte, nimmt sie aus und spannt sieben Saiten über den Panzer – fertig ist die Leier. Er wird sie noch gut brauchen können. Denn als Apollon den Diebstahl bemerkt, ist er auf Hermes ziemlich

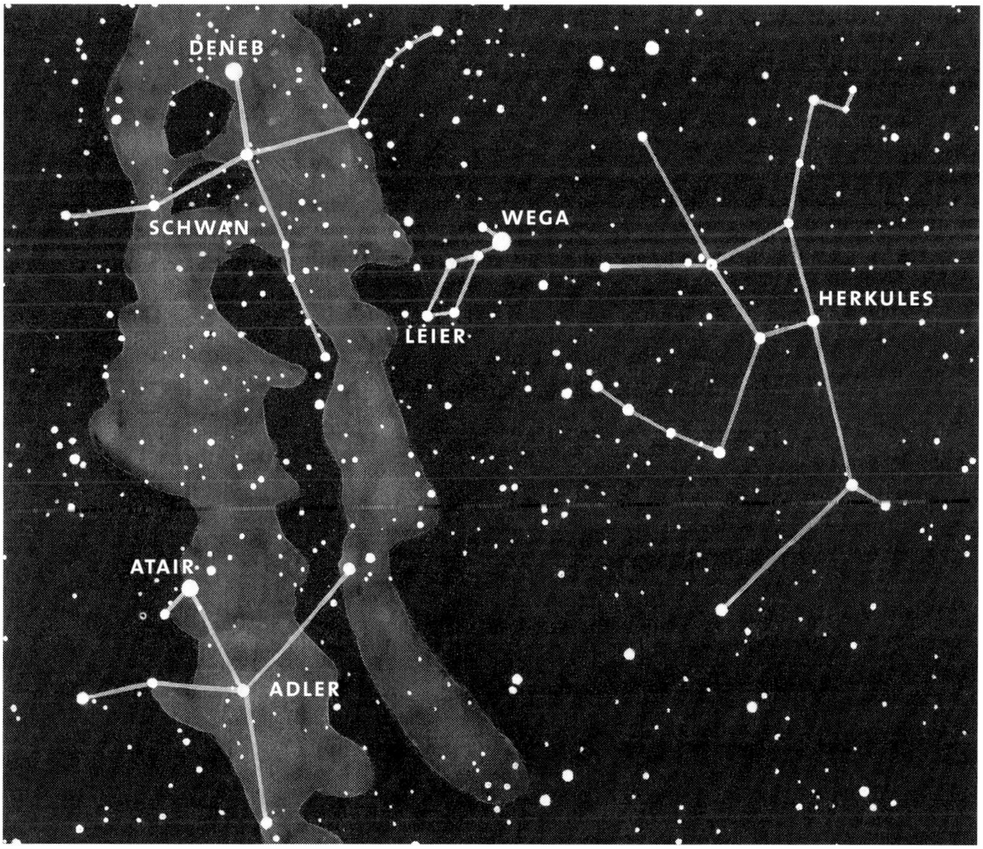

••• Den Sommerhimmel dominieren Schwan, Adler und Leier.

sauer. Zur Versöhnung schenkt ihm dieser seine Erfindung. Apollon ist hellauf begeistert. Später überlässt er das Instrument seinem Sohn Orpheus. Nach dessen Tod wird die Leier zur ewigen Erinnerung an den Himmel versetzt.

Ein drittes und letztes Sommersternbild wollen wir noch betrachten: Unterhalb von Schwan und Leier zieht der Adler seine Kreise. Die Figur ist nicht so ausgeprägt, aber den hellen Hauptstern Atair können wir praktisch nicht übersehen. Das Bild war bereits den Babyloniern aufgefallen. Sie glaubten, darin einen Geier zu erkennen. Die Perser machten den Geier zum Falken, Ägypter und Griechen schließlich zum König der Lüfte. Der Adler war in eine zwielichtige Geschichte verwickelt, hatte er doch einen Knaben geraubt. Auch dabei hatte Zeus seine Finger im Spiel. Er war es nämlich, der den Vogel beauftragte, Ganymedes zu entführen. Der Adler befolgte den Befehl seines Herrn und Meisters und brachte den Jüngling zum Olymp. Dort, in der Wohnung der Götter, ist Ganymedes seitdem als Mundschenk tätig.

Bevor es Herbst wird, werfen wir noch einen kurzen Blick auf die drei Bilder, die wir eben kennengelernt haben. Ihre Hauptsterne Deneb, Wega und Atair bilden die Spitzen des sogenannten Sommerdreiecks.

Herbst. Der goldene Oktober hat den ganzen Tag über seinem Namen alle Ehre gemacht. Nicht ein Wölkchen zeigte sich am tiefblauen Himmel. Nun freuen wir uns auf eine ebenso klare Nacht. Unmittelbar nach Einbruch der Dunkelheit beginnen wir unsere Exkursion – man weiß im Herbst ja nie, ob einem der Nebel nicht doch noch einen Strich durch die Rechnung macht. Der Große Wagen zieht in dieser Jahreszeit gemächlich über den Nordhorizont, kommt ihm bedenklich nahe, berührt ihn jedoch niemals. Obenauf ist dagegen die Kassiopeia, sie steht fast im Zenit. So heißt der höchste Punkt am Himmelszelt; wir visieren ihn unwillkürlich an, wenn wir uns auf den Boden legen und senkrecht nach oben blicken. Südlich von Kassiopeia, aber immer noch in beachtlicher Höhe, funkelt ein ausgedehntes Sternenviereck mit einer geschwungenen Deichsel. Haben wir hier einen dritten, gleichsam einen »Größten Wagen« entdeckt?

In der Tat weist diese Konstellation eine gewisse Ähnlichkeit zum himmlischen Nordpolführer auf. Eigentlich sind es sogar zwei Sternbilder, die unübersehbar den Herbst dominieren, der Pegasus (Wagenkasten) und die Andromeda (Deichsel). Allerdings gehört Sirrah, der östliche Eckstern des Kastens, schon zur Andromeda – ja, er ist sogar ihr Hauptstern. Andererseits dehnt sich der Pegasus weit nach Westen aus, weist in dieser Richtung aber nur schwächere Sterne auf.

Von der in letzter Sekunde glücklich geretteten Andromeda, der Tochter von Kassiopeia und Kepheus, haben wir schon gehört. Es sei hier noch erwähnt, dass sich ein Stückchen oberhalb des mittleren Sterns der zweieinhalb Millionen Lichtjahre entfernte Andromedanebel versteckt. In einer klaren Nacht wie dieser können wir ihn mit bloßem Auge als verwaschenes Fleckchen erkennen. Mit Pegasus haben die Griechen ein äußerst merkwürdiges Wesen an den Himmel gesetzt: ein geflügeltes Pferd. Es soll dem Blut des schrecklichen Monsters Medusa entsprungen sein. Unmittelbar nach seiner Geburt begab es sich zum Olymp und trat in die Dienste des Göttervaters. Pegasos (lateinisch: Pegasus) erlebte alle möglichen Abenteuer. Zu den bekanntesten gehört wohl die Geschichte mit Bellerophon.

Dieser Sohn des Königs Glaukos von Korinth entschloss sich eines Tages dazu, der fürchterlichen Chimaira den Garaus zu machen. Denn dieses Ungeheuer aus Ziege, Löwe und Drache trieb seit Langem in Lykien ihr Unwesen. Zuerst half die Göttin Pallas Athene dem wagemutigen Königssohn, den wilden Pegasos zu bändigen. Schließlich ließ sich das fliegende Pferd von dem Menschen besteigen und raste mit ihm durch die Lüfte davon. Bald tauchte Lykien unter den beiden auf. Und da erblickten sie auch schon die Chimaira. Das tollkühne Gespann stürzte sich auf das Untier. Ein wilder Kampf entbrannte, der der Chimaira schließlich das Leben kostete. Bellerophons Leben nahm eine tragische Wendung: Er wollte mit Pegasos bis zum Himmel hinauffliegen. Zeus wurde zornig und schickte eine Fliege, die Pegasos stach. Dieser warf Bellerophon ab. Der überlebte den Sturz, war aber für immer gelähmt.

Bevor wir unsere Wanderung über den Herbsthimmel beenden, wollen wir noch einen kurzen Blick auf den Perseus werfen. Er steht östlich der Andromeda und südlich der Kassiopeia – und dort gehört er auch hin. Schließlich hat er Andromeda aus höchster Not vor Ketos gerettet. Diese Aktion war jedoch nicht die einzige Heldentat des Jünglings. Adel verpflichtet und Perseus stammte aus höchsten Kreisen. Zeus war sein Vater, Danae seine Mutter. Auf Geheiß des Königs Polydektes zog Perseus gegen die Gorgonen zu Felde, drei Schwestern mit nicht gerade

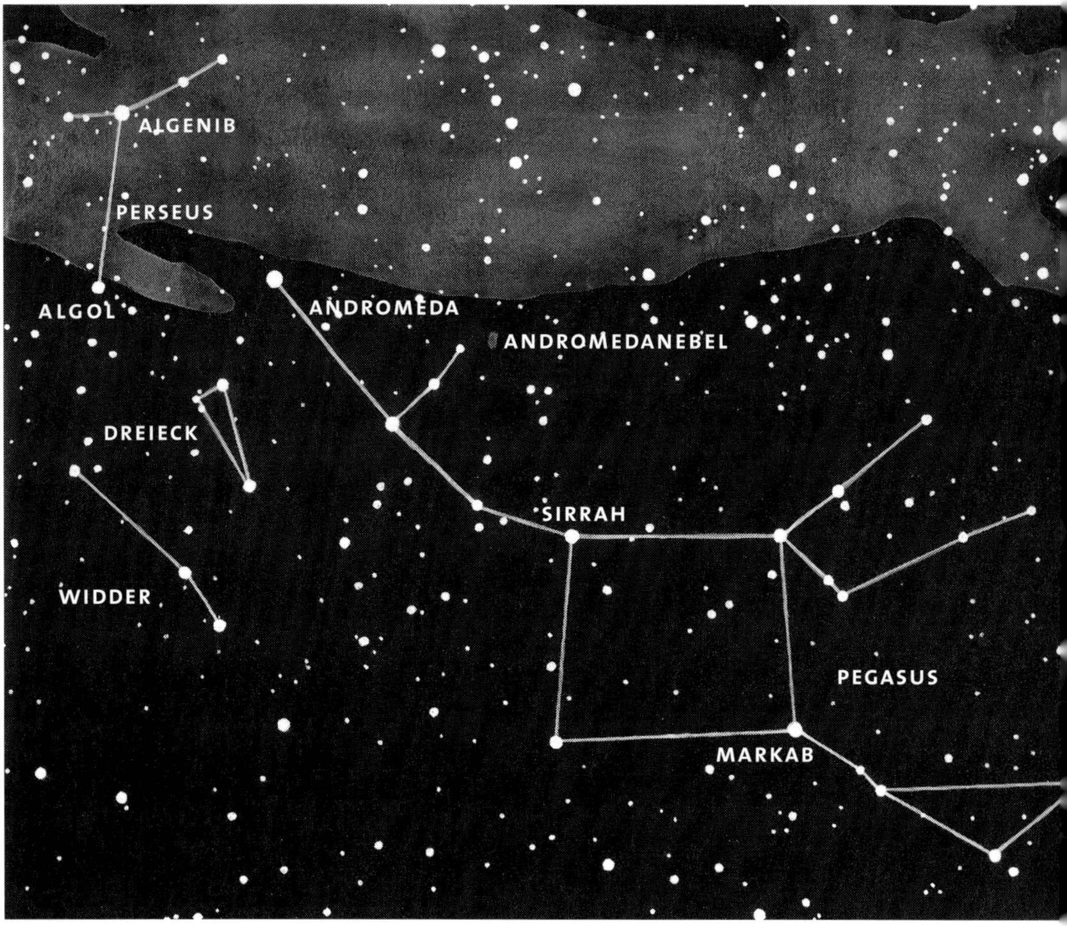

••• Im Herbst fesseln Andromeda, Pegasus und Perseus unsere Blicke. Der Andromedanebel verrät sich in klaren, mondlosen Nächten als blasses Nebelfleckchen.

appetitlichem Äußeren: Schlangenhaare züngelten auf ihren Köpfen, die weit aufgerissenen Augen funkelten blutrot. Ihr Anblick war für einen Sterblichen nicht nur grauenerregend, sondern auch tödlich. Denn die Gorgonen versteinerten jeden Menschen, der ihnen ins Gesicht sah.

Perseus gelang es natürlich, die drei schrecklichen Schwestern zu besiegen. Einer von ihnen schlug er sogar das Haupt ab. Den Kopf der Medusa im Gepäck, machte sich Perseus mit geflügelten Schuhen wieder auf den Heimweg. Da erreichte ihn der Hilferuf aus Äthiopien: Andromeda, an den Felsen gekettet, flehte um ihr Leben …

Das Bild Perseus zeigt erfahrenen Beobachtern etwas Besonderes: Das neben dem Hauptstern Algenib hellste Licht heißt Algol und verändert seine Leuchtkraft mit einer Periode von knapp drei Tagen. »So etwas geht nicht mit rechten Dingen zu«, meinten die Griechen damals. Aber wozu hatten sie ihre schönen Sagen. Danach konnte Algol nichts anderes sein als das teuflische Auge der Medusa. Wir werden noch erfahren, dass hinter dem Lichtwechsel des geheimnisvollen Sterns tatsächlich keine schwarze Magie steckt.

Winter. Wer in einer klirrend kalten, klaren Januarnacht im Gebirge nicht auf den Geschmack kommt, den Himmel zu beobachten, dem ist nicht mehr zu helfen. Jetzt herrscht Hochkonjunktur für alle Amateurastronomen und solche, die es einmal werden wollen. Anscheinend Millionen von weiß, gelb, rot oder blau blinkenden Pünktchen verzieren das Sternenkleid des winterlichen Firmaments. Selbst wenn wir mit bloßem Auge nur ungefähr 2500 Sterne auf einmal sehen können, ändert das nichts am überwältigenden Eindruck. Wie ein Edelstein blitzt im Südosten Sirius, der hellste Fixstern, den der irdische Himmel zu bieten hat. Danach suchen wir zunächst nach dem Großen Wagen, dessen Deichsel jetzt nach unten weist, direkt auf den Horizont. Die eitle Königin Kassiopeia steht westlich des Polarsterns dem Großen Wagen gegenüber. Da sie gleichsam auf dem Rücken liegt, hat sich das W nun in ein M verwandelt.

Obwohl viele prominente Helden und mythologische Wesen im Winter auf der Himmelsbühne agieren, wollen wir nur drei Bilder näher ansehen. Da ist zunächst einmal der Orion, neben dem Großen Wagen wohl die bekannteste Konstellation. Die drei Gürtelsterne, der orange leuchtende Hauptstern Beteigeuze (oben links) und der blau schimmernde Rigel (unten rechts) verleihen dem Jäger der griechischen Sage ein unverwechselbares Äußeres. Selbst ungeübte Beobachter können ihn gar nicht übersehen. Mit ein wenig Fantasie gelingt es sogar, in dem Bild eine menschliche Gestalt zu erkennen.

Orion hatte drei Väter: Zeus, Poseidon und Hermes. Auf seinen Streifzügen durch die Wälder der griechischen Inselwelt erlegte er mit seiner gewaltigen Keule wilde Tiere. Orion war so erfolgreich, dass Artemis, die Göttin der Jagd, auf ihn aufmerksam wurde. Beide verliebten sich ineinander. Doch die Romanze dauerte nicht lange: Artemis schickte einen Skorpion los, der Orion in den rechten Fuß stach. Der kraftvolle Jäger starb am Gift dieses Tieres. Ein Wiederbelebungsversuch durch Asklepios, den Gott der Heilkunst, scheiterte an Zeus. Dieser sah Orion lieber tot als lebendig, denn der Held interessierte sich für dieselben Frauen wie Zeus. Aus Rache tötete der oberste Gott mit einem Blitz auch noch Asklepios. Immerhin entschloss er sich, alle Beteiligten an den Himmel zu verbannen, wo sie als die Sternbilder Skorpion und Schlangenträger (Asklepios) weiterleben.

Rechts oberhalb des Orion weckt der rötlich blinkende Aldebaran unsere Aufmerksamkeit. Er steht an der Spitze eines lang gestreckten Sternendreiecks. Was könnten die frühen Kulturen darin erblickt haben? Bestimmt nicht nur eine geometrische Figur! Irgendein Fabelwesen wird es wohl sein. Wie sehr wir uns auch anstrengen, auf einen Stier wäre sicher keiner von uns gekommen. Dennoch identifizierten schon die Babylonier das Bild mit diesem Tier. Dabei stellte Aldebaran das blutunterlaufene Auge dar, die beiden anderen Sterne des Dreiecks markierten die Hörner.

Besonders sagenhaft klingt wieder einmal die Deutung der Griechen: Zeus, der mit seinen Göttergeschäften offensichtlich nicht voll ausgelastet war, machte sich einst an die hübsche Europa heran. Um das Mädchen nicht zu erschrecken, schlüpfte er in die Gestalt eines prächtigen weißen Stiers und lauerte ihr auf, als sie mit ihren Freundinnen auf einer Wiese Blumen pflückte. Nichts ahnend näherte sich Europa dem zahmen Tier und bestieg es sogar. Darauf hatte Zeus nur gewartet. Mit der süßen Last auf seinem Rücken galoppierte er davon, stürzte sich ins Meer und schwamm mit der vor Angst zitternden Europa zur Insel Kreta. Dort verwandelte sich der Stier in einen Jüngling. Er verführte das Mädchen und stieg sogleich, nun wieder in Tiergestalt, zum Himmel auf. Europa blieb zurück und brachte neun Monate später einen Jungen zur Welt. Als König Minos sollte er in die Mythologie eingehen. Und auch seine Tochter Ariadne spielt in der Sagenwelt eine Rolle.

Verlängern wir das obere der beiden Stierhörner in östlicher Richtung, treffen wir auf zwei hellgelbe Sterne, Kastor und Pollux in den Zwillingen. Eigentlich ist es sehr seltsam, dass Zwillinge Halbbrüder sind. Für die Griechen war das kein Problem: Danach hatte Pollux Zeus zum Vater, Kastor einen gewissen Tyndareos. Aber wenigstens war ihre Mutter dieselbe, nämlich Leda. Kastor und Pollux verband eine innige Bruderliebe. Als Kastor im Kampf fiel – als Sohn eines Menschen war er ja sterblich –, bat Pollux seinen Vater, eine Ausnahme zu machen und seinen Halbbruder nicht in die Unterwelt zu schicken, sondern in den Olymp aufzunehmen. Aber Zeus ließ so etwas nicht zu. Er schlug Pollux jedoch vor, abwechselnd je einen Tag in der Welt der Götter zu leben und einen Tag im Reich der Toten bei Kastor zu verbringen. Das ließ sich der getreue Pollux nicht zweimal sagen.

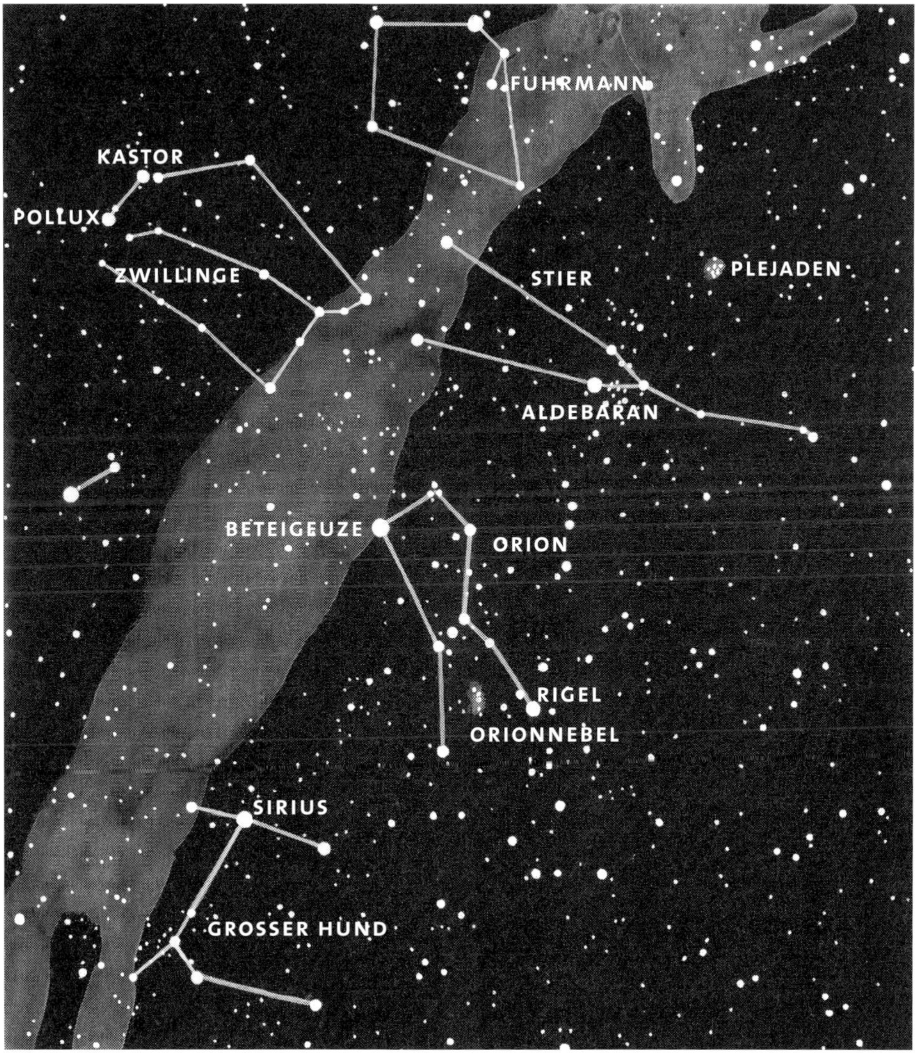

••• Zu den bekanntesten Konstellationen gehört der Orion mit dem Gasnebel im sogenannten Schwertgehänge. Zusammen mit Stier und Zwillingen bestimmt Orion den Winterhimmel.

Werfen wir noch einen Blick auf die Plejaden. Dort, oberhalb des Stiers, erkennen wir bei flüchtigem Hinsehen ein verwaschenes Dreieck. Eine genauere Beobachtung löst es in acht Einzelsterne auf, die sich auf engem Raum versammeln. Weshalb die Figur Siebengestirn heißt, steht in den Sternen! Denn mit bloßem Auge sieht man entweder sechs oder gleich acht oder neun Lichtpünktchen. Morgen wollen wir die Plejaden in aller Ruhe mit dem Fernglas betrachten. Ebenso haben wir uns vorgenommen, den Orion nochmals ins Visier zu nehmen, denn eben entdecken wir unterhalb seines Gürtels ein undefinierbares Häufchen schwacher Sterne.

• Planquadrate

Die Astronomen haben den Himmel in 88 Sternbilder eingeteilt. Rund 50 davon lassen sich in unseren Breiten während eines Jahres ganz oder teilweise beobachten, die übrigen nur von der Südhalbkugel der Erde aus. Obwohl das Firmament mit Koordinaten exakt vermessen ist, dienen die Konstellationen den Fachleuten traditionell als zusätzliche Planquadrate. Dabei verwenden sie die lateinischen Sternbildnamen und sprechen von Ursa major (Großer Bär), Leo (Löwe) oder Lyra (Leier).

Im Jahr 1603 veröffentlichte Johannes Bayer (1572 bis 1625) einen dicken Himmelsatlas. In dieser *Uranometria* ordnete er die Sterne gemäß ihrer Helligkeit und benannte sie nach dem griechischen Alphabet: Wer innerhalb eines Bildes am kräftigsten strahlt, erhielt die Bezeichnung α (alpha), der zweithellste Stern hieß β (beta) und so weiter. Viele Sterne tragen allerdings auch Eigennamen. Das geht vor allem auf die Araber zurück, die besonders auffällige Himmelslichter getauft haben. Rigel etwa hieß bei ihnen »Rijl al-Jauza al-Yusra«, was so viel bedeutet wie »linker Fuß von al-Jauza«; al-Jauza ist offenbar der Name jener Sternenfigur, die später zum Orion wurde. In modernen Karten findet man für Rigel meist die Bayersche Bezeichnung β Orionis oder – Astronomen lieben Abkürzungen – schlicht β Ori.

Das Himmelszelt umspannt die Erde anscheinend wie eine Kugel. Die Heimat der alten Hochkulturen war Vorderasien oder Südeuropa. Deshalb sahen die Menschen nur jenen Ausschnitt des Gewölbes, der sich über ihren Hütten, Häusern und Palästen zeigte. Große Teile der südlichen Halbkugel blieben ihnen gänzlich verborgen. Erst als spanische und portugiesische Abenteurer zu neuen Ufern aufbrachen und mit ihren Schiffen die Welt erkundeten, entdeckten sie gleichzeitig den Südhimmel. Falls nicht gerade Stürme tobten oder Nebel über dem Ozean lag, beobachteten Kapitäne und Offiziere den Lauf von Sonne und Mond. Derartige Messungen waren und sind ein wichtiges Hilfsmittel für die Navigation. Je weiter nach Süden die Seeleute segelten, umso fremder erschienen ihnen die Sternbilder. Noch bevor sie an der Küste einer unbekannten Insel landeten, betraten sie zuerst am Firmament im wahrsten Sinne Neuland.

Im Jahr 1595 verließ ein holländisches Schiff seinen Heimathafen und nahm Kurs Richtung Ostindien. An Bord befand sich Pieter Dirkszoon Keyser (1540 bis 1596). Während der langen Reise vertrieb er sich die Zeit mit allerlei astronomischen Beobachtungen und gab zwölf Konstellationen des südlichen Himmels einen Namen. Ein Sternglobus von 1600 zeigt diese neuen Bilder. Keyser hatte sie nach Vögeln und Fischen getauft: Pfau, Goldfisch oder Paradiesvogel. Wie der Holländer auf diese wahrlich exotischen Namen kam, bleibt für immer sein Geheimnis.

Weniger rätselhaft ist dagegen, woher die Bezeichnungen für die übrigen Sternbilder stammen. In der Mitte des 18. Jahrhunderts beauftragte die französische Akademie der Wissenschaften den Astronomen Nicolas de Lacaille (1713 bis 1762), den Südhimmel möglichst exakt zu kartieren. Der Forscher begab sich daraufhin ans Kap der Guten Hoffnung und durchsuchte zwei Jahre lang mit seinem kleinen Fernrohr den Sternhimmel. Und weil Lacaille in einer logischen und vernünftigen Zeit lebte – sie wird heute als die Epoche der Aufklärung bezeichnet –, hatte er nichts Besseres zu tun, als auch den Sternfiguren logische und vernünftige Namen zu geben. Was sollte der ganze mythologische Krimskrams? Unter Zirkel, Pendeluhr oder Mikroskop konnte man sich wenigstens etwas Genaues vorstellen! Wer sich mit der Geschichte der Sternbilder beschäftigt, lernt auch eine Menge darüber, wie die Menschen früher dachten und fühlten.

• Ewig rotiert die Himmelsmaschine

»Panta rhei – alles fließt.« Das wussten schon die griechischen Philosophen. Ihre Weisheit gilt aber nicht nur für das menschliche Leben. Selbst im Weltall beobachten wir Werden und Vergehen, wird Neues geboren, während Altes stirbt. Auch der Himmel verändert sich. Jeder kennt den periodischen Wechsel von Tag und Nacht: Die Sonne geht im Osten auf,

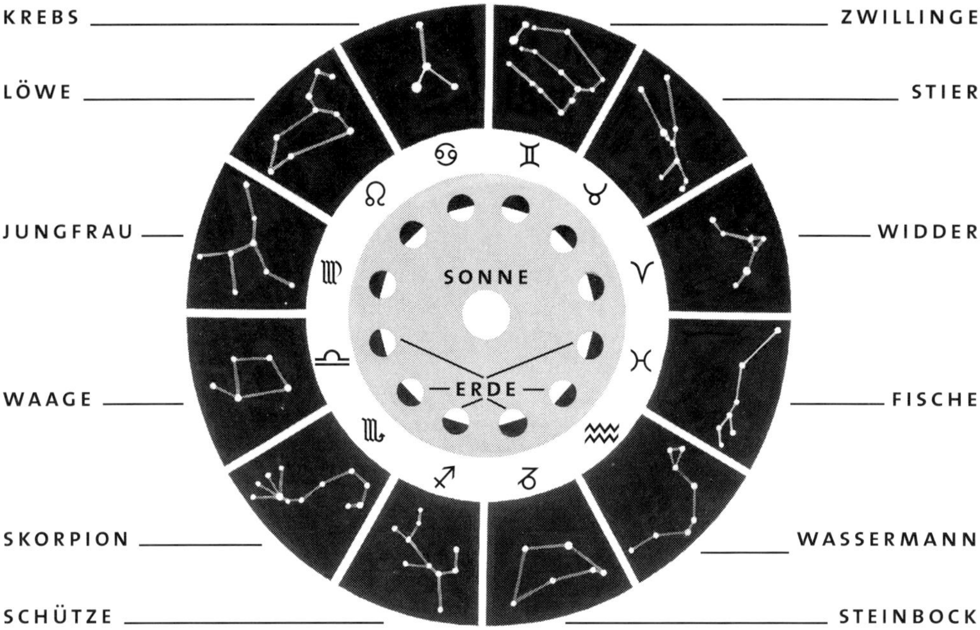

••• Einmal im Jahr läuft die Erde um die Sonne. Dies spiegelt sich in der Wanderung des Tagesgestirns durch die zwölf Tierkreiszeichen wider. Sie flankieren den scheinbaren jährlichen Sonnenpfad, die Ekliptik.

erreicht im Süden ihren höchsten Stand und sinkt abends im Westen unter den Horizont. In dieser täglichen Wanderung spiegelt sich die Drehung unseres Planeten von Westen nach Osten wider.

Die Erdachse (man kann sie natürlich nicht wirklich beobachten) durchstößt das Firmament in zwei Punkten: dem Himmelsnord- und dem Himmelssüdpol. An ihnen ist das Sterngewölbe gleichsam aufgehängt. Ähnlich der Nabe eines Rads, bewegen sich die Pole nicht. Weil der Polarstern zufällig nur ein halbes Grad von der nördlichen Nabe entfernt steht, scheint auch er zu ruhen; tatsächlich beschreibt er einmal in knapp 24 Stunden eine winzige Kreisbahn.

Die tägliche Drehung der Himmelsbühne ist nicht die einzige Bewegung. Mit Löwe, Jungfrau, Stier und Zwillingen haben wir bereits vier Sternbilder des Tierkreises kennengelernt. Ihnen kommt eine besondere Bedeutung zu, flankieren sie doch den jährlichen Weg der Sonne über den Himmel. In Wirklichkeit ist es wieder unser Planet, der nicht stillsteht. Mit einer Geschwindigkeit von 30 Kilometern in der Sekunde (!) läuft er um die Sonne. Gott sei Dank spüren wir diesen Flug des Raumschiffs Erde nicht. Dennoch können wir ihn verfolgen.

Stellen wir uns vor, die Erde wäre ein Zug, der sich mit gleichförmiger Geschwindigkeit auf einer absolut geraden Strecke bewegt. Nehmen wir weiter an, dass unser Abteil gegen Erschütterungen oder Geräusche perfekt gedämpft ist. Jetzt blicken wir nach draußen und sehen einen nahen Baum am Bahngleis an uns vorbeigleiten wie auf einer Kulisse, an der jemand zieht. Weit entfernte Berge bewegen sich in der kurzen Zeit, die unser Experiment dauert, dagegen überhaupt nicht. Daher glauben wir, dass der Zug steht. Geradeso verhält es sich mit der Sonne (als Kulissen-Baum) und den Sternbildern (Berge). Allerdings werden die Sterne, die ja auch tagsüber leuchten, von der Sonne überstrahlt und erscheinen nur während einer totalen Sonnenfinsternis. Würden zwei Sonnenfinsternisse im Abstand von einigen Wochen stattfinden und könnten wir sie jeweils verfolgen, so wären die unterschiedlichen Standorte der Sonne deutlich zu beobachten.

Über diese scheinbare Marschroute wussten bereits die alten Kulturvölker bestens Bescheid. Die Griechen nannten sie Ekliptik. Im Laufe eines Jahres zieht die Sonne durch alle zwölf Tierkreis-Sternbilder: Steinbock, Wassermann, Fische, Widder, Stier, Zwillinge, Krebs, Löwe, Jungfrau, Waage, Skorpion und Schütze sind die Kilometersteine dieser Reise. Aber auch die übrigen sieben großen Planeten und der Mond wandern auf dem vorgegebenen Pfad und halten sich stets in Ekliptiknähe auf. Täglich legt die Sonne etwas weniger als ein Grad nach Osten zurück. Was würde passieren, fielen die Ekliptik (das heißt die an den Himmel projizierte Bahn der Erde) und die Äquatorebene unseres Planeten zusammen? Dann wären Tage und Nächte immer gleich lang – und es gäbe keine Jahreszeiten.

• Die Erde liegt schief ...

Aber verursacht denn nicht die unterschiedliche Entfernung zwischen Erde und Sonne die Jahreszeiten? Diese »Theorie« ist leider immer noch weit verbreitet, doch ihre Verfechter liegen damit ganz schön daneben. Träfe diese Annahme zu, dann wäre es bei uns im Januar brütend heiß. Warum? Weil in diesem Monat, meist um den 2. Januar herum, unser Planet auf seiner leicht ovalen Bahn um den Mutterstern mit etwa 147 Millionen Kilometern den geringsten Abstand zur Sonne erreicht. Und obwohl uns Anfang Juli rund 152 Millionen Kilometer von der Sonne trennen, laufen wir nicht mit dem Wintermantel herum, sondern sitzen

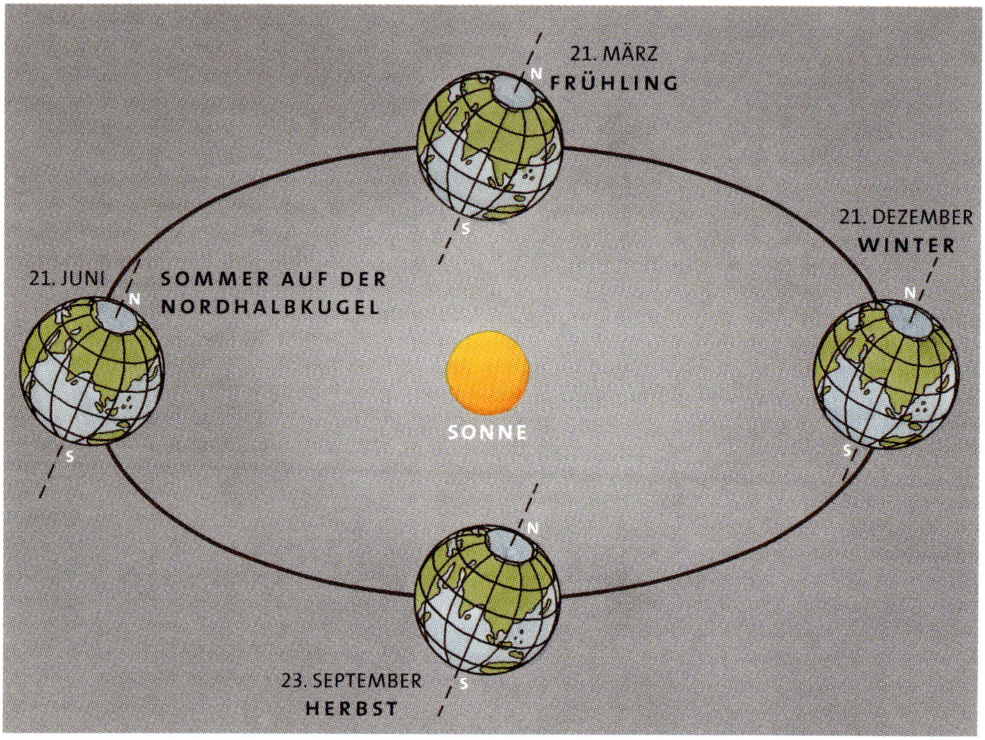

••• Die Rotationsachse der Erde ist gegenüber der Bahnebene um 23,5 Grad geneigt. Für jeden Ort auf dem Globus steht die Sonne während eines Jahres unterschiedlich hoch über dem Horizont, entsprechend ändert sich der Lichteinfall. So entstehen die Jahreszeiten.

schwitzend in der Schule, warten auf Hitzefrei und sehnen uns nach den Sommerferien.

Außerdem ist der Unterschied von fünf Millionen Kilometern minimal und beeinflusst die Temperaturen auf der Erde nicht. Schließlich vergessen die Anhänger der Entfernungstheorie, dass die Sonne im Sommer viel höher am Himmel steht als im Winter. Hier aber müssen wir den Schlüssel für die korrekte Erklärung der Jahreszeiten suchen. Und in der Tatsache, dass der Blaue Planet ziemlich schief liegt.

Dies klingt beängstigend. Aber keine Angst, die Erde kippt nicht um. Vielmehr ist ihre Drehachse gegenüber der Umlaufebene schon seit Jahrmillionen um etwa 23,5 Grad geneigt. Sehen wir uns dazu die Abbildung an. Sie stellt die Verhältnisse zwar nicht im richtigen Maßstab dar, aber das spielt keine Rolle. Betrachten wir die Stellung der Erdachse am 21. Juni: An diesem Tag zeigt die Nordhalbkugel zur Sonne, die jetzt am

Himmel ihre Höchststellung bezogen hat. Dadurch fallen die wärmenden Strahlen relativ steil ein und heizen den Boden rasch auf. Während auf der nördlichen Halbkugel der Sommer beginnt, wird es auf der südlichen Winter. Am 21. Dezember ist es genau umgekehrt: Nun weist die Nordhalbkugel von der Sonne weg. Diese steigt nicht sehr hoch über den Horizont, ihre Strahlen fallen in flachem Winkel ein und haben kaum Kraft. Der Winter hat uns fest im Griff, die Bewohner der Südhalbkugel dagegen freuen sich auf den Sommer. Der 21. März ist ein besonderer Tag, weil die Sonne dann exakt in der Äquatorebene wandert. In unseren Breiten erwacht die Natur, der Frühling hält seinen Einzug. Am 23. September wiederholt sich das Spiel, allerdings mit verändertem Vorzeichen. Die Abende werden kühler, die Wiesen duften nach feuchtem Gras, es wird Herbst.

• ... und kreiselt dazu

Hipparch (um 194 bis 120 vor Christus) aus Nikäa in der heutigen Türkei war ein kluger Mann. Viele halten ihn für den größten Astronomen des Altertums. Er begnügte sich nicht damit, staunend die Sternbilder zu betrachten und dabei über Zeus und die anderen Götter zu spekulieren. Hipparch musterte den Himmel mit selbst gebauten Winkelmessinstrumenten, notierte sich die Beobachtungen genau und brütete bei schlechtem Wetter stundenlang über seinen Aufzeichnungen. Vielleicht saß Hipparch eines Nachts in seiner Hütte, wieder einmal in Arbeit versunken. Da stutzte er: »Irgendetwas stimmt nicht«, sagte der Himmelsforscher leise vor sich hin, »wenn ich nur wüsste, was.« Er fasste sich ans Kinn, strich sich durch die Haare und schüttelte immer wieder den Kopf. Die Frage beschäftigte Hipparch so stark, dass er kaum Schlaf fand und ständig darüber nachgrübeln musste. Nach vielen durchwachten Nächten kam ihm ein geradezu ungeheuerlicher Verdacht. Nein, daran wollte er selbst nicht glauben. Je länger er sich allerdings mit dem Gedanken beschäftigte, umso einleuchtender erschien er ihm. »Bei Zeus, das ist es tatsächlich«, rief er plötzlich aus, »das muss es sein!« Hipparch hatte entdeckt, dass unser Planet taumelt.

Der griechische Gelehrte glaubte allerdings an eine ruhende Erde. Daher meinte er, dass allein das Sterngewölbe diese seltsame Bewegung ausführt. Heute wissen es die Astronomen besser, nennen das Taumeln Präzession und haben eine ebenso einfache wie verblüffende Erklärung dafür: Unser Planet verhält sich tatsächlich wie ein Kreisel, den jemand angetippt hat. Die Forscher verstünden ihr Handwerk schlecht, hätten sie nicht herausgefunden, welche »Mächte« dabei im Spiel sind: die unsichtbaren Anziehungskräfte von Sonne und Mond. Sie zwingen die Rotationsachse der Erde dazu, einmal in 25700 Jahren einen Kreis zu beschreiben.

Ein Gedankenexperiment soll die praktische Auswirkung dieser Bewegung verdeutlichen. Richten wir eine Filmkamera auf den Himmelsnordpol und schießen wir jedes Jahr ein Bild, 25700 Jahre lang! Dann lassen wir den entwickelten Film mit 24 Bildern in der Sekunde abspulen. Die Vorstellung dauert knapp 18 Minuten und zeigt, wie sich die Sterne am Himmel verschieben. Nach 6400 Jahren (oder viereinhalb Minuten) ist der nördliche Himmelspol in das Gebiet zwischen den Bildern Kepheus und Schwan gewandert. In 12500 Jahren (achteinhalb Minuten) schlüpft Wega in die Rolle des Polarsterns. Am Ende ist wieder alles beim Alten, der Kreis schließt sich, die Erdachse startet zum nächsten Durchgang.

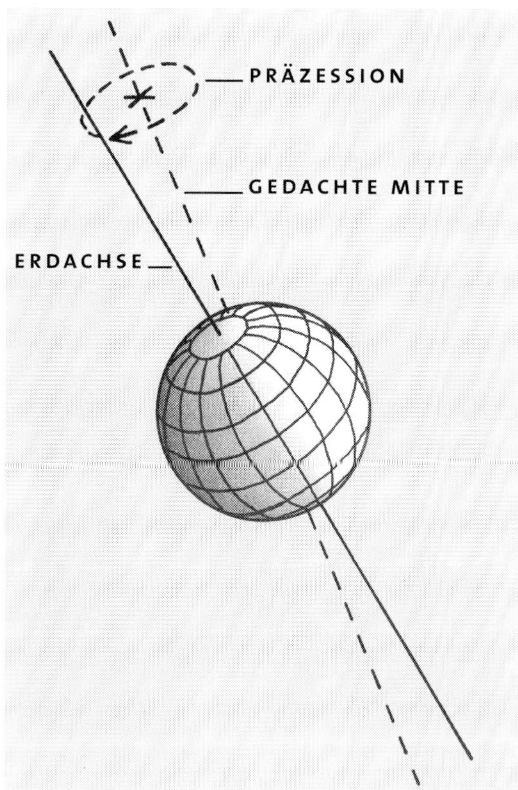

••• Die Erde taumelt im Raum. Allerdings dauert eine einzige Kreiselbewegung 25700 Jahre, Astronomen nennen sie Präzession.

Die Präzession bewirkt aber nicht nur eine Wanderung der Himmelspole, sondern sorgt dafür, dass auch der Frühlingspunkt innerhalb von 25700 Jahren einen Kreis am Firmament beschreibt. Der Frühlingspunkt ist eine der beiden Schnittstellen zwischen Ekliptik und Himmelsäquator (die andere heißt Herbstpunkt). In ihm steht die Sonne jeweils um den 21. März, der Zeit des Frühlingsanfangs. Weil dann Mensch und Natur allmählich aus dem Winterschlaf erwachen, warteten bereits die Babylonier auf dieses Datum. Daher spielte der Frühlingspunkt bei den Astronomen dieses Volkes eine so wichtige Rolle, dass sie mit ihm den Tierkreis beginnen ließen. Damals lag er im Sternbild Widder. Heute befindet er sich in den Fischen, in rund 600 Jahren wird man ihn in der Konstellation Steinbock suchen müssen.

Dies hat Folgen: Während zur Zeit der Babylonier Tierkreis*bilder* und Tierkreis*zeichen* identisch waren, stimmen sie heute aufgrund der Präzession nicht mehr überein. Was heißt das konkret? »Ich bin Löwe«, sagt einer, der zwischen dem 23. Juli und dem 23. August Geburtstag feiert – und lügt dabei, ohne es zu wissen. Denn er wird wohl kaum vor 3000 Jahren zur Welt gekommen sein, als die Sonne im genannten Zeitraum tatsächlich durch den Löwen zog. Heute durchläuft sie dieses Sternbild erst zwischen dem 10. August und dem 15. September. So ist etwa der Juli-Löwe in Wirklichkeit ein Krebs (in dieser Figur hält sich die Sonne vom 20. Juli bis zum 9. August auf). Das heißt: Tierkreisbilder und -zeichen haben sich jeweils um ein Bild verschoben. Das muss jeder bedenken, der regelmäßig sein Horoskop liest und sich womöglich auch noch danach richtet. Schließlich gehört die Zuordnung von Geburtstagen und Konstellationen zu den Grundlagen der Astrologie. Leben die Anhänger dieser Irrlehre schon im festen Glauben, das Schicksal der Menschen aus den Sternbildern herauslesen zu können, sollten sie wenigstens die richtigen benutzen – und nicht solche, die vor Jahrtausenden aktuell waren.

• Ein Kaufmann lotet das Weltall aus

Viele Jahrtausende mussten vergehen, bis es den Menschen endlich gelang, das Sternenchaos zu ordnen. Dabei machten sich die Astronomen das Leben unnötig schwer, glaubten sie doch bis vor 450 Jahren, die Erde stehe unbeweglich im Mittelpunkt des Universums. Dieser Trugschluss blockierte den Weg der Erkenntnis. Lange Zeit wandelten die Forscher auf Pfaden, die sie immer mehr ins Dickicht eines falschen Weltbilds führten. Erst Nikolaus Kopernikus (1473 bis 1543) zeigte ihnen, wo's langgeht. Kurzerhand rückte er die Sonne in das Zentrum des Planetensystems. Mit dieser wissenschaftlichen Revolution werden wir uns später noch ausführlich befassen. Zunächst interessiert uns ein Problem, das schon den griechischen Gelehrten auf den Nägeln brannte: Wie weit sind die Sterne entfernt?

»Die Beilage, welche ich Ihnen hier schicke, gewährt mir die große Freude, Ihnen einen jungen Astronomen von ganz ausgezeichneten Anlagen bekannt zu machen.« Diese Zeilen schrieb der Bremer Arzt und Amateursternforscher Heinrich Wilhelm Olbers (1758 bis 1840) an den Herausgeber einer astronomischen Fachzeitschrift. Olbers hatte das Talent eines gerade 20-jährigen Lehrlings erkannt, der sich in seiner Freizeit mit der Himmelskunde beschäftigte und dem prominenten Amateur seine Berechnungen einer Kometenbahn vorgelegt hatte.

Der junge Mann hieß Friedrich Wilhelm Bessel (1784 bis 1846), war – außer in Mathematik – ein schlechter Schüler gewesen und wäre wahrscheinlich sogar durchs Abitur gefallen, hätte ihn sein Vater nicht auf eigenen Wunsch vorher vom Gymnasium genommen. Der Junge wollte Kaufmann werden und später einmal als Vertreter eines Hamburger oder Bremer Handelshauses ferne Länder bereisen. Doch aus diesem Traum wurde nichts – zum Glück für die Astronomie. Denn Friedrich Wilhelm Bessel war der Erste, der die Tiefen des Weltalls auslotete.

Als der Wissenschaftler im Jahr 1838 das Ergebnis seiner Arbeit veröffentlichte, gehörte er längst zu den ganz Großen der Zunft, obwohl er selbst nie an einer Hochschule studiert hatte. Aber er galt als Genie und war auch ohne offizielles Examen im Alter von 26 Jahren zum Astronomie-Professor an die Universität Königsberg berufen worden. Bis zu seinem Tod wirkte der Himmelsforscher in der ostpreußischen Stadt. Mit einem Fernrohr von nur 16 Zentimeter Linsendurchmesser bestimmte er dort auch die Entfernung der Sterne.

Bessel bediente sich dabei der sogenannten Parallaxen-Methode. Die Parallaxe ist der Winkel, um den sich ein naher Gegenstand in Bezug auf einen fernen anscheinend verschiebt, wenn man ihn von zwei unterschiedlichen Standpunkten aus betrachtet. Dies lässt sich durch einen einfachen Versuch nachvollziehen: Bei ausgestrecktem Arm peilen wir über den Daumen das Bild an der mehrere Meter entfernten Zimmerwand an. Wir schließen das linke Auge und bringen Daumen und eine Seite des Bilderrahmens zur Deckung. Nun öffnen wir das linke Auge und kneifen sofort das rechte zu – im selben Moment macht unser Daumen einen Sprung nach rechts. Wenn wir in schneller Folge abwechselnd mit den Augen zwinkern, springt der Daumen vor dem Bild im Takt hin und her. Das ist die Parallaxe.

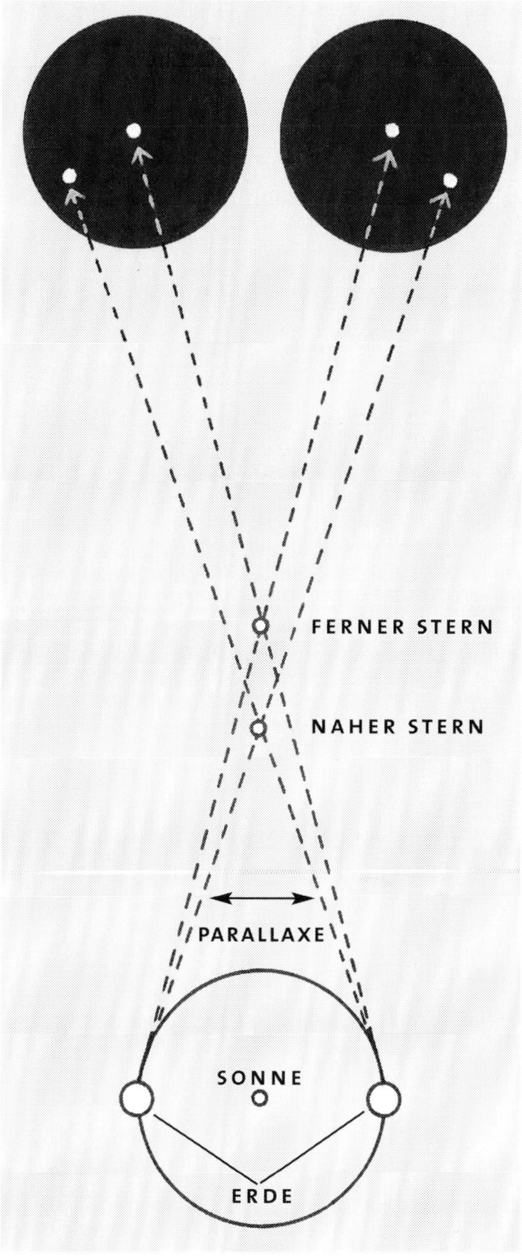

••• Während eines Jahres verschiebt sich ein naher Stern in Bezug auf einen fernen. Dieser als Parallaxe bezeichnete Sprung ist am größten, wenn die Beobachtungen sechs Monate auseinanderliegen.

Der Königsberger Astronom beobachtete mit dem Teleskop natürlich nicht die Bewegung seines Daumens vor einem Gemälde und blinzelte auch nicht mit den Augen. Aber dieses Prinzip lag seinen Messungen zugrunde. Auf ihrem Weg um die Sonne erreicht die Erde jeweils im Abstand von sechs Monaten zwei Punkte, deren Distanz voneinander 300 Millionen Kilometer (Durchmesser der Erdbahn) beträgt. Die beiden Punkte entsprechen dem rechten und dem linken Auge. Ein naher Stern ist der Daumen, ein ferner das Bild. In diesem Effekt zeigt sich wiederum nichts anderes als die jährliche Bewegung unseres Planeten. Bereits Nikolaus Kopernikus hatte ihn vorausgesagt, mit den vergleichsweise einfachen Geräten seiner Zeit (noch nicht einmal das Fernrohr war erfunden!) musste er den Nachweis allerdings schuldig bleiben.

Friedrich Wilhelm Bessel suchte sich einen Fixstern namens 61 Cygni im Bild Schwan aus. Er beobachtete deutlich den halbjährigen »Sprung« von 61 Cygni vor den weiter entfernten Hintergrund-Fixsternen, ermittelte den Betrag dieser Parallaxe und berechnete schließlich die Distanz zu etwa 347 000 Erdbahndurchmessern oder elf Lichtjahren. Das Tor zu den Tiefen des Weltraums stand nunmehr weit offen, obwohl die Astronomen bei ihren Messungen mit Schwierigkeiten zu kämpfen hatten. Vor allem die winzigen Winkel, um welche die Fixsterne springen, machten ihnen zu schaffen. Viele Wissenschaftler waren an dieser Aufgabe gescheitert. Selbst heute, da ausgeklügelte Instrumente und modernste Technik zum Einsatz kommen, funktioniert das Verfahren nur bis zu einer Entfernung von einigen Hundert Lichtjahren.

Woran lag es, dass ausgerechnet Bessel als Erster Erfolg hatte? Zum einen stand ihm ein exzellentes Fernrohr aus der Werkstatt des weltberühmten Optikers Joseph von Fraunhofer (1787 bis 1826) zur Verfügung. Zum anderen war er klug genug, sich einen Stern mit großer Eigenbewegung auszusuchen. Zu Beginn des 18. Jahrhunderts hatte der englische Astronom Edmond Halley (1656 bis 1742) einen Himmelskatalog von Hipparch mit zeitgenössischen Werken verglichen und entdeckt, dass die Positionen der Sterne nicht übereinstimmten. Unterstellte man dem Griechen saubere Arbeit, so gab es dafür nur eine Erklärung: Die Sterne sind keineswegs am Firmament fixiert, sondern wandern durchs All. Friedrich Wilhelm Bessel dachte folgerichtig, dass Sonnen mit großer Eigenbewegung der Erde näher stehen als solche mit kleiner Eigenbewegung. Daher wählte er das Lichtpünktchen im Schwan.

Ein Astronom sitzt in einer schnell um die eigene Achse rotierenden Kabine eines sich drehenden Riesenrads. Die Kabine torkelt wie ein

Kreisel und das Riesenrad eiert wie ein Fahrradreifen mit Achter. Trotzdem versucht der Forscher seelenruhig, ein mehrere Kilometer entferntes, langsam fahrendes Auto zu beobachten. Was macht er? Arbeiten! Natürlich nicht richtig. Denn auch Astronomen vergnügen sich auf einem Volksfest, ohne an die Sterne zu denken. Aber der Vergleich trifft den beruflichen Alltag der Wissenschaftler recht gut.

Erinnern wir uns: Innerhalb von 24 Stunden – genau sind es 23 Stunden, 56 Minuten und vier Sekunden – dreht sich die Erde einmal von Westen nach Osten (rotierende Kabine). In einem Jahr läuft sie um die Sonne (sich drehendes Riesenrad); die Bahn ist nicht rund, sondern oval (eierndes Riesenrad). Wegen der Präzession beschreibt die geneigte Erdachse in 25 700 Jahren einen Kreis (torkelnde Kabine). Und ein ferner Stern, dessen Distanz der Astronom bestimmen will, wandert aufgrund der Eigenbewegung durch das Universum (langsam fahrendes Auto). Zu allem Überfluss bleibt auch die Sonne nicht an Ort und Stelle. Mit einer Geschwindigkeit von etwa 220 Kilometern in der Sekunde (!) rast sie einmal in 240 Millionen Jahren um das Zentrum der Galaxis und reißt das gesamte Planetensystem mit sich. Aber wie sagten schon die alten Griechen: »Panta rhei – alles fließt.«

ASTROTIPP 2

Sicher haben deine Eltern einen Fotoapparat. Mit ihm wollen wir die Bewegung des himmlischen Rads einfangen. Allerdings sollte es eine Spiegelreflexkamera älterer Bauart sein, die analog arbeitet und mit einem Farbdia- oder Farbnegativfilm niedriger bis mittlerer Empfindlichkeit (50 oder 100 ASA) bestückt wird. Unsere Himmelskamera muss Belichtungen mit »B« oder »T« gestatten – von den modernen Digitalkameras erlauben leider nur die teuersten Modelle solche Einstellungen – und mit einem Weitwinkelobjektiv (28 bis 35 Millimeter Brennweite) ausgerüstet sein. Das Experiment funktioniert allerdings auch mit Normalobjektiv (50 Millimeter Brennweite), über das vor allem alte Kompaktkameras serienmäßig verfügen.

So gewappnet, musst du nur noch auf einen sternklaren Abend warten. Dann suchst du ein möglichst dunkles Fleckchen ohne störendes Streulicht und mit freiem Blick zum nördlichen Horizont. Im Gepäck befinden sich neben dem Fotoapparat ein Drahtauslöser und

••• Mit einem fest stehenden Fotoapparat lässt sich die tägliche Drehung des himmlischen Rads eindrucksvoll einfangen. Bei genügend langer Belichtung bilden sich die Sterne als mehr oder weniger lange Strichspuren ab.

ein Stativ. Am Beobachtungsplatz montierst du die Kamera und schraubst den Drahtauslöser fest. Jetzt den Polarstern ins Gesichtsfeld des Suchers bringen, und zwar möglichst genau in die Mitte. Entfernung auf »unendlich« (∞) stellen und eine Blende wählen, die eine Stufe unter der maximalen liegt. Das heißt: Beträgt die größte Öffnung beispielsweise »2,0«, dann gehst du auf »2,8«. Nun den Drahtauslöser betätigen; in Stellung »T« bleibt der Verschluss offen, in Stellung »B« musst du ihn mit der Schraube fixieren.

Nach etwa 25 bis 40 Minuten ist das Himmelsporträt im Kasten. Wer Lust und Zeit hat, kann die Prozedur mit anderen Belichtungszeiten noch einige Male wiederholen und den Verschluss je nach Streulicht eine, zwei oder gar drei Stunden lang offen halten. Aber Vorsicht! Elektronische Kameras verbrauchen während dieser Zeit Strom. Und Batterien sind nicht ganz billig. Vielleicht weiß der Fotohändler, welche Belichtungszeiten die Batterie verkraftet, ohne gleich ihren Geist aufzugeben. Die langen Belichtungszeiten sind leider notwendig, weil die Sterne ja ihre Spuren hinterlassen sollen – und das ist wörtlich gemeint.

Wenn du alles richtig gemacht hast, war die Mühe nicht vergeblich. Auf dem Bild erkennst du den Polarstern. Er erscheint etwas verwaschen, da er nicht exakt im Himmelspol steht, sondern ein halbes Grad davon entfernt. Um ihn herum siehst du die Strichspuren von Sternen, die sich während der Belichtungszeit als Folge der Erdrotation am Firmament weiterbewegt haben. Außerdem machst du eine interessante Entdeckung: Je dicker die Strichspuren, umso heller sind die dazugehörigen Sterne. Und je länger die Strichspuren, umso größer sind deren Abstände zum Pol.

3

Der Himmel als Labor

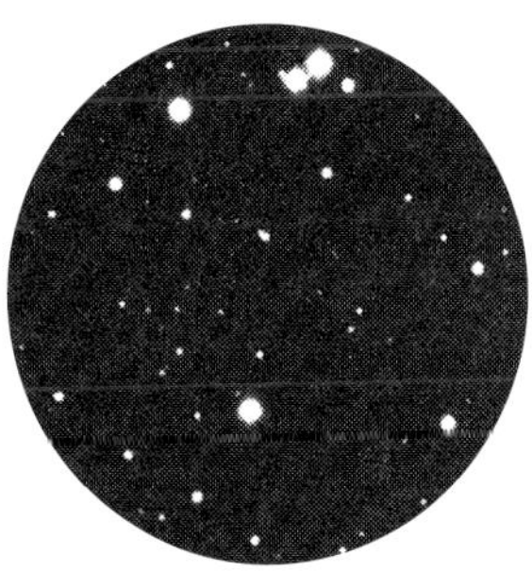

• Löcher im Schutzanzug

Um die Mittagszeit herrschte eine unerträgliche Hitze. Wer eine oder zwei Stunden am Strand gelegen hatte, war krebsrot. Da nutzte es auch nichts, sich immer wieder mit starker Sonnenschutzcreme einzureiben. Die Arztpraxen und Krankenhäuser waren überfüllt, die Helfer im Dauereinsatz: Die Menschen litten an Hautausschlägen, Sonnenbränden oder Kreislaufzusammenbrüchen. Seit ein paar Wochen ging das jetzt schon so. Die VRWO (Vereinte Regierungen der Westlichen und Östlichen Welt) erließen ein Gesetz, wonach Kinder bis zu sechs Jahren überhaupt nicht mehr ins Freie gehen durften, Erwachsene zwischen Sonnenauf- und Sonnenuntergang nur noch eine Stunde. »Das Loch in der Atmosphäre weitet sich aus!« – »Wer rettet uns vor dem Inferno?«, lauteten die Schlagzeilen.

Im Jahr 2245 starben in Europa Hunderttausende Menschen an Verbrennungen und Hautkrebs, fünf Jahre später waren es schon mehr als eine Million. Dazu kam jetzt die Hungersnot. Mitten im Hochsommer warfen die Bäume ihre Blätter ab, die Wiesen wurden braun, das Getreide verdorrte. Obst, Gemüse und Milch gab es nicht mehr, Fleisch war Mangelware. Große Unternehmen schlossen ihre Tore, darunter auch Firmen, die Strahlenschutzanzüge hergestellt und damit zunächst das große Geschäft gemacht hatten. Die Weltwirtschaft brach zusammen. Innerhalb der folgenden zwei Jahrzehnte verringerte sich die Weltbevölkerung auf zehn Millionen Menschen. Irgendwann im Winter 2399 starb der letzte Mensch an den Folgen der unerträglichen Strahlung, die aus dem Weltall auf die Erde gelangte.

Ein Szenario des Schreckens, das hoffentlich niemals Wirklichkeit wird! Tatsache ist, dass sich die globale Durchschnittstemperatur der Erde zwischen 1906 und 2005 um etwa 0,7 Grad Celsius erhöht hat. Und so könnte die Klimakatastrophe eines Tages mit voller Wucht über die Menschen hereinbrechen, wenn sie weiterhin in ungeheurer Menge schädliche Abgase in die Lufthülle des (noch) Blauen Planeten blasen und ihn damit stetig weiter aufheizen. Ohne Atmosphäre könnte das Leben nicht existieren. Seit Jahrmillionen umgibt die gasförmige Hülle die Erde wie ein Schutzanzug. Sie hält den größten Teil der Strahlung ab, die ununterbrochen von der Sonne und aus den Tiefen des Universums auf uns niederprasselt. Nur unter diesem Mantel konnten sich die ersten primitiven Mikroorganismen entwickeln – und daraus schließlich der Mensch.

Eine intakte Atmosphäre ist ein kostbarer Schatz. Nur eines hat die Natur nicht bedacht: Dass es irgendwann einmal auf der Erde Lebewesen geben wird, die das Weltall erforschen wollen. Denn schauen wir zu den Sternen auf, nehmen wir sie gleichsam wie durch ein Filter wahr: Unsere Augen sind nur für jenen Teil der Strahlung empfindlich, den die Atmosphäre ungehindert bis zum Boden dringen lässt. Wenn wir durch dieses optische Fenster blicken, sehen wir Strahlung mit Wellenlängen zwischen vier zehntausendstel und sieben zehntausendstel Millimeter. Diesen winzigen Ausschnitt des elektromagnetischen Spektrums nennen wir Licht, genauer, sichtbares Licht. Denn es gibt jede Menge Licht, das vom Erdboden aus unsichtbar ist, weil es in der Lufthülle aufgehalten wird: das langwellige Infrarot (IR) etwa oder das kurzwellige Ultraviolett (UV).

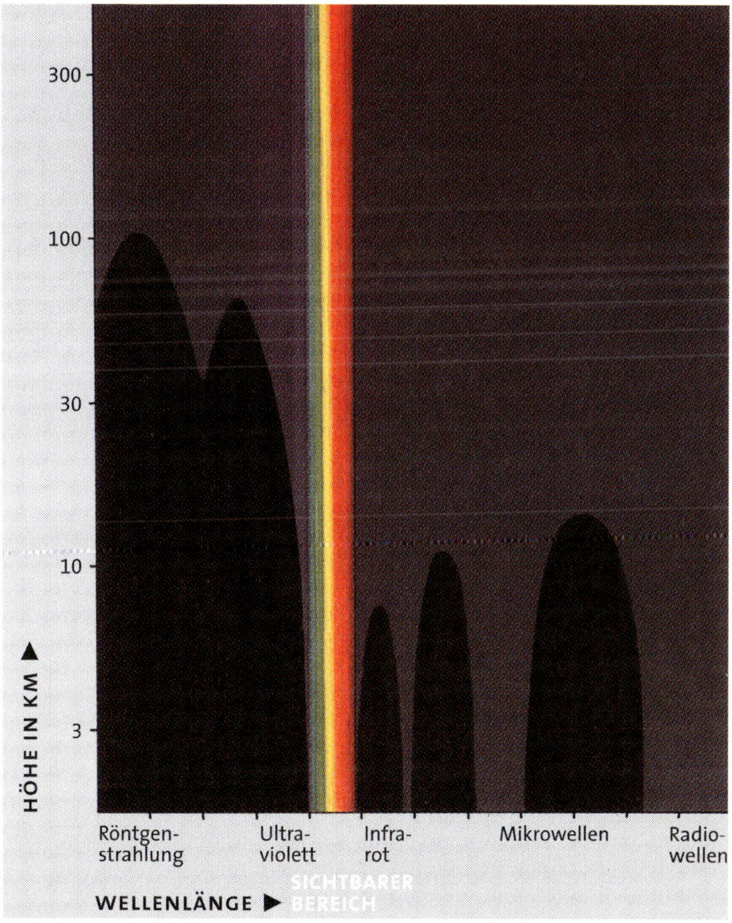

••• Die Atmosphäre schützt alles Leben auf unserem Planeten vor der tödlichen Strahlung aus dem All. Nur Licht- und Radiowellen lässt die Lufthülle ungehindert bis zum Erdboden dringen.

Mit dem UV-Licht befinden wir uns bereits in dem für das Leben gefährlichen Bereich. Glücklicherweise hält die Atmosphäre diese energiereiche, kurzwellige Strahlung weitgehend ab, ebenso wie die noch gefährlicheren Röntgen- und Gammastrahlen. Auf der anderen Seite des Spektrums schließen sich an das energiearme, langwellige IR-Licht die Radiowellen an. Für Menschen, Tiere und Pflanzen harmlos, fallen sie bis zu einer Länge von 30 Metern ungehindert durch ein Loch im irdischen Schutzmantel. Seit einem Dreivierteljahrhundert betrachten die Forscher mit besonderen Instrumenten, die wie überdimensionale Suppenschüsseln aussehen, den Kosmos auch durch dieses Radiofenster. Bleiben wir zunächst beim sichtbaren Licht. Trotz ausgeklügelter Geräte, trotz Satelliten, die außerhalb der Lufthülle das All mit Infrarot- oder Röntgenaugen mustern: Das optische Teleskop, das vor 400 Jahren das Tor zu fernen Welten weit aufgestoßen hat, gehört noch längst nicht zum alten Eisen.

• Das Rätsel des Teleskops

Die Geburtsstunde des Fernrohrs liegt im Dunkel der Geschichte, obwohl es die Kenntnisse vom Kosmos erhellt hat wie kaum ein anderes Instrument. Der Zeitpunkt seiner Taufe ist dagegen sehr genau bekannt: Am 14. April 1611 erhielt ein unscheinbares, schmales Röhrchen den Namen *Teleskop*. Erfunden hatte das Wort – es leitet sich von *tele* (weit weg) und *skopein* (blicken) ab – ein griechischer Mathematiker. Taufpate war der italienische Fürst Federico Cesi, der an diesem Tag ein Bankett zu Ehren seines Freundes Galileo Galilei (1564 bis 1642) veranstaltete. Der geniale Physiker und Astronom wusste, welche fantastischen Eigenschaften in dem Gerät zum »Weitwegblicken« stecken. Er hatte sich selbst mehrere Teleskope gebaut und damit in den vergangenen zwei Jahren die sichelförmige Gestalt der Venus, vier Satelliten des Jupiter, Berge und Täler auf dem Mond, die Sonnenflecken sowie Myriaden Sterne in der Milchstraße beobachtet. Aber erfunden hat Galilei das Fernrohr nicht.

Wem aber gelang diese geniale Entdeckung? War es vielleicht der englische Mönch Rogerius Baco (1214 bis 1294)? Bereits Mitte des 13. Jahrhunderts experimentierte er mit Glaslinsen für Brillen. »Da muss Hexerei im Spiel sein. Das geht nicht mit rechten Dingen zu«, tuschelten seine Mitbrüder, wenn sich Pater Rogerius wieder einmal in seiner feuchten Klosterzelle eingeschlossen hatte, im Schein einer flackernden Kerze seine Linsen betrachtete und magische Figuren auf ein Stück Pergament kritzelte. Das geheimnisvolle Treiben währte nicht lange, dann wurde der Mönch tatsächlich als Hexer verurteilt und in den Kerker geworfen. Nach seinem Tod erschien eine Schrift, in der Rogerius Baco beschreibt, wie er Kinder als Riesen gesehen und Sonne und Mond herangezogen habe. Hatte Baco das Geheimnis des Teleskops mit ins Grab genommen? Niemand vermag das zu sagen. Ebenso wenig lässt sich die Frage klären, ob der Italiener Girolamo Fracastoro, genannt Hieronymus Fracastorius (1483 bis 1553) das erste Fernrohr gebaut hat. Wenn ja, so hat er es aber sicher nicht für seinen Beruf eingesetzt. Das spricht nicht gerade für ihn, immerhin war er Arzt, Dichter und – Astronom!

Wer also hat den Schlüssel für das Tor in ferne Welten angefertigt? Waren es die Kinder des holländischen Brillenmachers Zacharias Janssen (um 1588 bis etwa 1638)? Der Legende nach sollen sie eines Tages mit Papas Linsen gespielt und sie dabei so hintereinandergehalten haben, dass sie einen Turm näher und größer sahen. Aufgeregt holten die Kinder ihren Vater, der erkannte, was diese zufällige Entdeckung bedeutete. Dennoch war Janssen nicht der Erste, der ein Sehrohr zum Patent anmelden wollte. In einer alten holländischen Schrift, datiert auf den 2. Oktober 1608, lesen wir zum ersten Mal von einem »Instrument, um weit zu sehen«, das ein gewisser Hans Lippershey (um 1570 bis 1619) vorgelegt hatte. Wie Janssen war auch Lippershey Brillenmacher und wie dieser kam er aus Middelburg. Nicht aus diesem Städtchen, dafür ebenfalls aus Holland stammt Jakob Metius (um 1580 bis etwa 1631), der Dritte im Bunde. Er meldet seine Entdeckung am 17. Oktober 1608. Noch heute streiten sich die Gelehrten, wem die Ehre gebührt, das Fernrohr erfunden zu haben. Die meisten glauben, dass es Hans Lippershey ist, möglicherweise aber auch Zacharias Janssen oder Jakob Metius ...

Die Kunde von dem neuen Wunderinstrument verbreitete sich über Europa und erreichte im Laufe des Jahres 1609 auch die beiden bedeutenden Astronomen Galileo Galilei und Johannes Kepler (1571 bis 1630). Während der Italiener mit dem Fernrohr sofort auf Entdeckungsreise ging, interessierte sich der Deutsche mehr für den optischen Hintergrund. Auf dem Papier rechnete und zeichnete er so lange, bis er etwas völlig Neues erfand: das astronomische Fernrohr. Es besteht aus einer konvexen Objektiv- und einer konvexen Okularlinse und liefert Bilder, die auf dem Kopf stehen (was in der Astronomie keine Rolle spielt). Das holländische Teleskop dagegen hatte sich aus einer konvexen Objektiv-

und einer konkaven Okularlinse zusammengesetzt. Objektiv heißt jene Linse, die dem Gegenstand zugewandt ist, den man betrachten möchte; dabei sieht man durch eine kleinere Linse, das Okular. Eine Linse kann nach außen gewölbt sein, dann ist sie konvex, oder nach innen eingebeult, dann heißt sie konkav. Da man das nicht leicht behalten kann, gibt es mehr oder weniger dumme Merksprüche wie »Der dicke Dir*ex* ist konv*ex*« oder »In die kon*kave* Linse kann man *Kaffee* eingießen«.

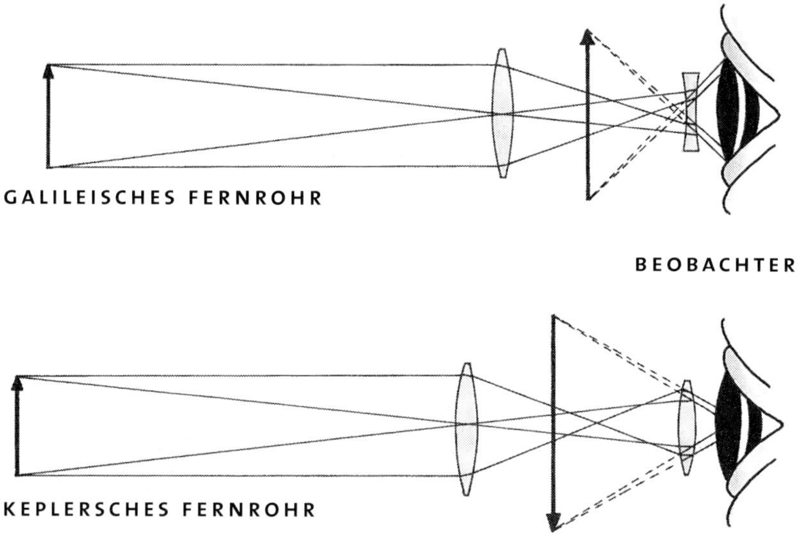

••• Das holländische oder Galileische Fernrohr (oben) besteht aus einer konvexen Objektiv- und einer konkaven Okularlinse und liefert aufrechte Bilder.
Das astronomische oder Keplersche Teleskop (unten) besitzt im Prinzip nur konvexe Linsen und stellt die Bilder auf den Kopf.

• Besuch aus dem Jenseits

Das war wieder einmal ein anstrengender Tag für Felix gewesen. Zuerst hatte er in Physik eine Schulaufgabe über Optik geschrieben, am Nachmittag mit seinen Freunden Nina und Lukas über die Pläne zum Kauf eines Fernrohrs diskutiert und am Abend auf der Volkssternwarte einen Vortrag über das Leben des berühmten Astronomen Galileo Galilei gehört. Als er sich todmüde ins Bett gelegt hatte und gerade einschlafen wollte, zupfte ihn jemand am Ärmel seines Schlafanzugs.

»Hallo, Felix«, flüsterte eine Stimme in gebrochenem Deutsch. Augenblicklich war Felix hellwach und blickte in das Gesicht eines bärtigen Mannes, der ihn freundlich ansah.

»Aber ... Herr Galilei!«, sagte Felix voller Verwunderung und Ehrfurcht.

»Woher kennst du mich denn?«, fragte der Fremde nicht ohne Stolz.

»Ich habe doch heute Abend mehrere Bilder von Ihnen gesehen«, sagte Felix und gewann allmählich die Fassung wieder.

»Das trifft sich gut«, sagte Herr Galilei, »ich bin nämlich deshalb auf einen Sprung vorbeigekommen, weil ich weiß, dass du dich so sehr für Astronomie interessierst. Und so dachte ich, es reizt dich, einmal selbst durch mein Teleskop zu gucken.«

»Au ja, das wäre voll cool«, rief Felix, »ich zieh mir nur schnell was an!«

Felix kletterte aus dem Bett, holte ein Paar Strümpfe, Jeans und einen warmen Pullover aus dem Schrank und stand zwei Minuten später neben Galilei. Der hatte schon das Fenster geöffnet und visierte, am Boden kniend und die Arme auf das Fensterbrett gestützt, den Mond an. Nach einer Weile reichte er das Instrument Felix und sprach feierlich: »Da, mein Junge, lass dir ruhig Zeit beim Beobachten. Ich habe das Sehrohr selbst gebaut, es vergrößert 30-fach.«

Voller Neugierde nahm Felix das Fernrohr und richtete es ebenfalls auf den Mond.

»Ist das nicht ein fantastischer Anblick«, schwärmte Galilei.

»Äh, sagenhaft«, stotterte Felix. Der Astronom nickte zufrieden.

Ich darf mir nichts anmerken lassen, dachte Felix und tat so, als sei er restlos begeistert. Dabei war er maßlos enttäuscht. Der Halbmond schien wie in einen Schleier gehüllt, so matt und nebelig sah er im Okular aus. Darüber hinaus hatten die Krater blaue und grüne Ränder. Überhaupt waren auf der Oberfläche nicht gerade viele Details zu erkennen. Jedes noch so kleine Fernrohr auf der Volkssternwarte zeigte ein schärferes, kontrastreicheres Bild.

»Nun schau dir mal den hellen, ruhig leuchtenden Stern da oben an«, unterbrach Galilei die Stille.

»Sie meinen den Saturn«, erwiderte Felix fachmännisch und schwenkte das Teleskop auf den Planeten. Doch anstelle der von einem dünnen Ring umgebenen Kugel sah er nur ein etwas in die Länge gezogenes Lichtfleckchen.

»Wo ist denn der Ring?«, rutschte es Felix heraus.

»Welcher Ring? Du sprichst in Rätseln, mein Junge«, sagte Galileo Galilei und fuhr sich nachdenklich durch seinen Bart. Aber für Felix gab es kein Zurück mehr.

»Na, der Saturnring halt. Sie können ja nichts von ihm wissen, denn er wurde erst nach Ihrem ... hmm ... Tod entdeckt. Aber das wundert mich nicht, schließlich gibt Ihr Fernrohr ganz miserable Bilder«, sagte der junge Amateurastronom voller Eifer.

»Moment mal, junger Mann, wie willst du das beurteilen?« Herr Galilei klang gar nicht mehr so sanft.

»Na ja, in den vergangenen Jahrhunderten hat sich in der Entwicklung des Teleskops eben viel getan. Soll ich Ihnen ein wenig davon erzählen?«, antwortete Felix mutig.

»Heute nicht«, erwiderte Galileo Galilei schon wieder versöhnlich. »Ich muss bald zurück. Vielleicht ein andermal. «

»Gut, ich werde mir inzwischen einige Bücher über Fernrohre besorgen und ein kleines Referat zusammenstellen. «

»Tu das, mein Junge«, sprach der Gelehrte, zupfte seine mächtige Halskrause zurecht, klemmte sich das Fernrohr unter den Arm und verschwand lautlos durch die Wand.

• Das Wunderinstrument wächst

»Was du alles zusammenträumst«, sagte Nina, nachdem Felix am nächsten Tag in der Schule ausführlich von seiner unheimlichen Begegnung berichtet hatte.

»Ich kann mir schon vorstellen, woher der Traum kommt«, meinte Lukas. »Zunächst hast du den Vortrag gehört und dich dann freiwillig gemeldet, in unserer Jugendgruppe auf der Sternwarte ein kleines Referat über Fernrohre zu halten. Übrigens musst du dich beeilen, wenn du bis zum nächsten Dienstag alles vorbereitet haben willst.«

»Keine Panik. Gleich heute nach der Schule durchstöbere ich die Bibliothek der Sternwarte«, antwortete Felix.

»Und was ist mit den Hausaufgaben?«, fragte Nina.

»Die erledige ich entweder am Abend – oder schreibe sie morgen früh von dir ab. Für die Wissenschaft muss man eben Opfer bringen«, antwortete Felix mit einem breiten Grinsen.

In der Bibliothek der Volkssternwarte fand Felix gleich mehrere Bände zum Thema Fernrohr. Schon mit dem ersten Buch, das er aufschlug, war er im 17. Jahrhundert. Er las über die damaligen Versuche, die schlechte Qualität des Fernrohrs zu verbessern.

Da lebte in Danzig Johannes Hevelius (1611 bis 1687). Wenn er nicht gerade Bier braute oder an einer Sitzung des Stadtrats teilnahm, schaute er in die Sterne. Sein Interesse galt dabei einem besonderen Gestirn: dem Mond. Von dessen pockennarbiger Oberfläche wollte Hevelius eine Karte anfertigen. Dafür brauchte er gute Fernrohre. Nun hatten einige Forscher herausgefunden, dass schwach gekrümmte Linsen bessere Bilder liefern als stark gekrümmte. Das bedeutete aber gleichzeitig eine lange Brennweite, einen großen Abstand also zwischen der Linse und dem Ort, an dem sich parallel einfallende Strahlen in einem Punkt (Brennpunkt) vereinigen. Die ersten Teleskope des Johannes Hevelius hatten daher Brennweiten zwischen zweieinhalb und dreieinhalb Metern. Jetzt ist er übergeschnappt, dachten sich seine Ratskollegen wohl, als Hevelius eines Tages vor den Toren seiner Heimatstadt ein riesiges Kreuz aufstellte. Dabei hatte der begeisterte Amateurastronom lediglich ein Teleskop mit besonders schwach gekrümmter Linse konstruiert. Dieses als »Danziger Himmelsmaschine« berühmt gewordene Holzungetüm erreichte die beachtliche Länge von 46 Metern.

Trotz dieser astronomischen Dimensionen blieben die Bilder der Linsenfernrohre unbefriedigend. Den Wissenschaftlern wurde es im wahrsten Sinn des Wortes zu bunt. Glas besitzt die Eigenschaft, Licht unterschiedlicher Wellenlänge verschieden stark zu brechen und in kleine Spektren, also Regenbogen, zu zerlegen. In der Mitte des 18. Jahrhunderts entdeckten Optiker, dass Linsen, die aus verschiedenen Glassorten zusammengesetzt sind, diesen Fehler kaum zeigen. Das war die Geburtsstunde der sogenannten achromatischen Linsen oder kurz Achromate. Jetzt endlich konnten die Teleskope beweisen, was in ihnen steckte. Als Meister, der auch noch das Letzte aus den Linsenfernrohren herausholte, erwies sich Joseph von Fraunhofer, dem wir in Kapitel 6 noch begegnen werden. Mit ihm begann das Zeitalter der großen Refraktoren. Im 19. Jahrhundert ersannen die Nachfolger des Münchner Optikers immer bessere Objektive. Und die Techniker bauten präzise und stabile Montierungen für die mehrere Meter langen Fernrohre.

Der Teleskopbauer Alvan Clark (1804 bis 1887) war ein Künstler im Umgang mit Glas. Aus seiner Werkstatt stammte auch die mit einem Meter Durchmesser größte jemals geschliffene Linse, die tadellose Abbildungen lieferte. Für den Refraktor des amerikanischen Yerkes-Observatoriums fertigte Clarks Werkstatt vor mehr als hundert Jahren ein Objektiv mit 102 Zentimetern Durchmesser an. Noch heute kann man diesen größten jemals gebauten Refraktor bewundern. Neben dieser Himmelsmaschine erscheint eines der Fernrohre Galileis wie die Maus neben einem Elefanten.

• Die Verwandlung

Auf den kargen Holzbänken drücken sich fünf Gestalten herum. Zwei schlafen, die anderen schauen gelangweilt umher. Vorne am Pult steht ein Mann. Die langen, strähnigen Haare seiner ungepflegten Perücke hängen ihm in die Stirn. Während er über seine Experimente mit Prismen berichtet und erzählt, wie er in einem abgedunkelten Raum Sonnenlicht auf die Gläser gelenkt und dabei einen Regenbogen erzeugt hat, verlieren sich seine kleinen Augen irgendwo im Nichts. Als der Vortrag immer konfuser und unverständlicher wird, beschließen die drei wachen Studenten, in Zukunft die Vorlesung von Professor Newton zu schwänzen.

Isaac Newton (1643 bis 1727) war ein Genie. Er fand etwa heraus, wie und warum sich die Planeten um die Sonne bewegen (siehe Kapitel 4). Besessen von der Erforschung der Natur, arbeitete er häufig drei oder vier Tage und Nächte lang, ohne zu schlafen. Überhaupt kümmerte er sich wenig um den Alltag und konnte seine Gedanken auch nicht verständlich an den Mann bringen. Daher versagte Newton als Lehrer an der altehrwürdigen englischen Universität Cambridge völlig und hatte keine oder nur sehr wenige Studenten. Aber das störte ihn nicht weiter. Seine privaten Studien erschienen dem zerstreuten Professor ohnehin viel wichtiger.

So beschäftigte auch er sich unter anderem mit dem Refraktor, weil er dessen Qualität verbessern wollte. Diese verflixten Farbsäume werde ich wohl niemals los, mochte er sich nach kurzer Zeit gedacht haben – und verwandelte das herkömmliche Fernrohr in ein Spiegelteleskop. Bei diesem Instrument fällt das Licht nicht durch eine Linse, sondern auf einen nach innen gekrümmten, konkaven Spiegel. Dieser reflektiert die Strahlen, daher heißen solche Fernrohre Reflektoren. Bevor die Strahlen im Brennpunkt zusammentreffen, lenkt sie ein zweiter, sehr kleiner und eben geschliffener Spiegel am vorderen Ende seitlich aus dem Rohr. Das dort entstehende Bild wird mit dem Okular betrachtet.

Newtons Idee aus dem Jahr 1668 ist genial einfach und hat die Jahrhunderte überlebt. Vielen modernen Fernrohren liegt dieses Prinzip zu-

••• Isaac Newton erfand ein Teleskop, bei dem ein Hohlspiegel die Lichtstrahlen reflektiert und bündelt. Bevor sie sich im Brennpunkt treffen, lenkt sie ein kleiner Planspiegel seitlich aus dem Rohr, wo sie ein Bild des beobachteten Gegenstands ergeben.

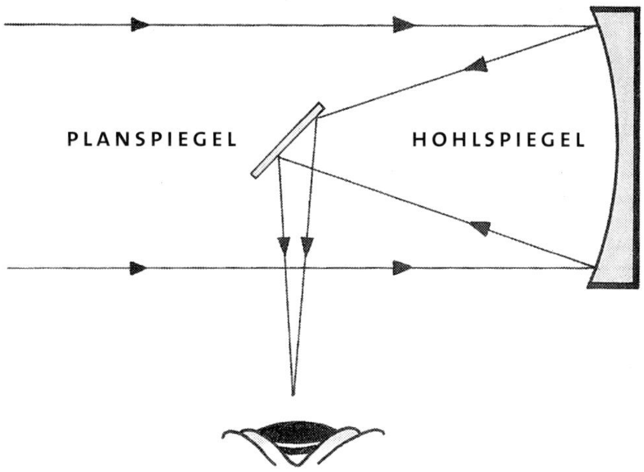

grunde und viele Amateurastronomen wissen ihren Newton-Reflektor zu schätzen. Aber das neue Werkzeug für die Wissenschaft trat sogar erst im 20. Jahrhundert seinen Siegeszug an. Zwar hatte zuvor Wilhelm Herschel (1738 bis 1822) mit einem Spiegelteleskop den Himmel durchforstet, und auch der irische Adelige William Parsons, Earl of Rosse (1800 bis 1867) begab sich mit einem derartigen Gerät von 180 Zentimetern Öffnung auf Entdeckungsreise durchs All. Alle diese Instrumente besaßen jedoch einen großen Nachteil: Die Spiegel bestanden aus poliertem Metall und reflektierten nur einen verhältnismäßig geringen Teil der auftreffenden Strahlen. Die gescheitesten Köpfe grübelten darüber nach, wie sie diese Lichtschlucker in Lichtsammler umfunktionieren könnten. Dazu musste der Spiegel richtig spiegeln, so wie ein Stückchen Silber in der Sonne. Silber? Kam nicht in Frage! Wer konnte sich schon einen Spiegel aus diesem teuren Edelmetall leisten. Aber reichte es nicht, nur seine Oberfläche mit Silber zu bedecken? Schon, aber man konnte das Metall ja schlecht breit klopfen und anschließend aufkleben. Doch wozu gab es Chemiker. Die erfanden ein Verfahren, um Glas mit einer hauchdünnen, stark reflektierenden Silberschicht zu überziehen. Das war die Lösung!

Nach anfänglichen Fehlschlägen mit großen Spiegeln ließen sich allmählich auch eingefleischte Linsenfans überzeugen. Zu Beginn des 20. Jahrhunderts war dann schließlich der Weg frei für die behäbigen Sternkanonen, die vor allem im Auftrag der neuen nordamerikanischen Observatorien gebaut wurden. Auf dem Mount Wilson entstand ein Zweieinhalb-Meter-Spiegelteleskop, mit dem Edwin Hubble (1889 bis 1953) entdeckte, dass die Galaxien fliehen und das Universum gleichsam auseinanderfliegt. Das Instrument blieb bis 1948 das größte Teleskop der Welt. Dann löste es der Fünf-Meter-Gigant auf dem ebenfalls in Kalifornien gelegenen Mount Palomar ab. Sein Spiegel sammelt 500 000-mal mehr Licht als das menschliche Auge.

Wer glaubt, die Astronomen würden sich mit diesem Riesenauge begnügen, der irrt. Die Optiker entwickelten für spezielle Aufgaben nicht nur besondere Instrumente wie den Schmidt-Spiegel zur Fotografie großer Himmelsareale. Sie bemühten sich darum, die Teleskope ständig zu verbessern. Schließlich hielt auch die Elektronik Schritt für Schritt Einzug im Fernrohrbau. Dank modernster Techniken erreichen schon Zwei-Meter-Spiegel die Qualität der Kanone von Mount Palomar – ja, übertreffen sie sogar.

Ein Netz großer Observatorien umgibt heute die Erde. Viele sind in den vergangenen Jahren vor allem auf der Südhalbkugel entstanden, denn die Astronomen hatten das südliche Firmament lange Zeit eher stiefmütterlich behandelt. Außerdem finden die Astronomen dort, was sie brauchen: abgelegene Plätze ohne störendes Streulicht aus menschlichen Siedlungen und eine ruhige, klare Luft. So wurde 1962 das European Southern Observatory gegründet. Manche Abbildungen in diesem Buch stammen von der ESO. In Chile betreibt die Organisation das mächtigste Fernrohr der Welt.

• Ein Riesenauge in den Bergen

So sieht der Himmel über dem Mond aus: schwarz, pechschwarz. Keine Wolken, kein Dunst. Die Sterne leuchten in ruhigem Glanz. Von Horizont zu Horizont erstreckt sich das diffuse Band der Milchstraße. Doch der Berg namens Paranal, über dem sich dieser unirdische Himmel wölbt, liegt nicht auf dem Mond. Er ist ein Ort von dieser Welt, der den Blick öffnet in Weiten, die nie ein Mensch zuvor gesehen hat. Jahrmilliarden reist das Licht durch den Kosmos. Hier oben, auf dem 2632 Meter hohen Paranal-Plateau in den chilenischen Anden, fangen Astronomen die wertvollen Botschaften vom Rand des Alls auf. Auf dem Paranal stehen vier Teleskope mit jeweils acht Meter Spiegeldurchmesser. Jedes sammelt eineinhalb Millionen Mal mehr Licht als das menschliche Auge. Jedes ruht in einer 430 Tonnen schweren Konstruktion aus Stahl.

••• Zu den größten Lichtkanonen der Erde zählen die vier Fernrohre des *Very Large Telescope* der Europäischen Südsternwarte in den chilenischen Anden. Jedes Teleskop besitzt einen Spiegel von acht Meter Durchmesser.

Größe allein genügt nicht. Was das *Very Large Telescope* – und viele andere Fernrohre auf der ganzen Welt – auszeichnet, ist die Qualität der Instrumente zur Analyse des Lichts. Zwei neue Techniken helfen dabei: aktive und adaptive Optik. Die *aktive* Optik besteht aus einem System elektronisch gesteuerter Stößel, die den Hauptspiegel jederzeit in Form halten, und zwar unabhängig von der Stellung des Teleskops. Denn unter seinem Eigengewicht würde sich ein Acht-Meter-Glasriese verbiegen. Mit der *adaptiven* Optik tricksen die Ingenieure die Natur aus und beseitigen das ständige Wallen und Wabern der Atmosphäre. Das geschieht mithilfe eines künstlichen Laserleitsterns, den die Astronomen selbst in den Himmel projizieren. Ein computergesteuerter Detektor empfängt das von der Luftunruhe arg gebeutelte Sternlicht, misst die Verzerrung der Wellenfront und korrigiert sie in Sekundenbruchteilen über ein kompliziertes System von Spiegeln. So werden die Wellenfronten rechnerisch wieder gerade gebogen. Dadurch erscheint ein beliebiges astronomisches Objekt so ruhig, als gäbe es die Atmosphäre gar nicht.

Ein weiterer Clou des *Very Large Telescope* funktioniert nach der Formel: Aus vier mach eins! Was bedeutet das? Ein Teleskop zeigt Sterne als Pünktchen, die winzige Lichthöfe umgeben. Je größer das Objektiv oder der Spiegel ist, umso kleiner sind diese Beugungsscheibchen. Damit wächst auch das Auflösungsvermögen – die Fähigkeit, zwei dicht benachbarte Lichtpünktchen getrennt darzustellen. Die Astronomen überlisten die Physik, indem sie zwei kleinere Teleskope zusammenschalten und damit ein einziges großes vorgaukeln. Im Prinzip bestimmt dabei der Abstand der Fernrohre den virtuellen Durchmesser des optischen Systems. Das heißt: Stehen die Teleskope etwa 16 Meter weit auseinander, so entspricht das theoretische Auflösungsvermögen jenem eines Fernrohrs mit 16 Metern Öffnung. Das reflektierte Licht vereinigt sich zunächst nicht in einem einzigen Brennpunkt, jedes der Teleskope hat ja seinen eigenen. In einem unterirdischen Tunnel werden die beiden Strahlengänge über ein System von Linsen und Spiegeln so dirigiert, dass sie in einem gemeinsamen Fokus zusammentreffen und die Wellenberge und -täler außerdem im selben Takt schwingen. Bei dieser Interferometrie genannten Methode ist Präzision gefragt: Die Lichtwege dürfen sich um nicht mehr als einen tausendstel Millimeter voneinander unterscheiden!

Das Ergebnis verblüfft. Mit dem Superauge auf dem Paranal würde man einen Astronauten auf dem Mond erkennen – oder das Licht eines Glühwürmchens in 10 000 Kilometer Entfernung. Die Sternforscher interessieren natürlich ganz andere Objekte: Mit dem Interferometer werden die Astronomen eines Tages viele der extrasolaren Planeten direkt beobachten. Und vielleicht spüren sie in den Atmosphären dieser fernen Welten sogar die Fingerabdrücke chemischer Verbindungen auf und fahnden damit nach Lebensspuren.

Das wollen auch Astronomen auf dem 3200 Meter hohen, an der amerikanisch-mexikanischen Grenze gelegenen Mount Graham. Dort steht das größte Fernglas der Welt, das *Large Binocular Telescope*. Im Gegensatz zu gewöhnlichen Fernrohren besitzt es zwei Spiegel in einer mehr als 20 Meter hohen Montierung. Jedes der beiden großen Augen gleicht einer Honigwabe aus Glas, wiegt 15,6 Tonnen und hat einen Durchmesser von 8,4 Metern. Der Abstand zwischen den Spiegeln beträgt gut 14 Meter. Während bei vielen anderen Großteleskopen die Instrumente speziell für jeden Beobachtungszweck an- und abgebaut werden müssen, bleiben am *Large Binocular Telescope* ständig vier Instrumente zur Analyse des Lichts montiert. Zwei elektronische Kameras liefern Bilder mit einem Gesichtsfeld von der Größe des Vollmonds. Damit gelingen Übersichtsaufnahmen von flächenhaften Gas- und Staubnebeln oder weiträumige Ausschnitte von fernen Galaxienhaufen. Und wie das *Very Large Telescope* lässt sich auch das Riesenfernglas am Mount Graham mittels der Interferometrie zusammenschalten – zu einem einzigen Fernrohr mit einem virtuellen Durchmesser von 23 Metern. Das »erste Licht« sah das Fernrohr im Oktober 2005.

Fasziniert sah Felix von seinem Buch auf. Die Zeiger der alten Wanduhr standen auf kurz vor sieben. Allerhöchste Zeit, nach Hause zu gehen. Für sein Referat hatte er längst genügend Material beisammen. Bevor er das Buch aus der Hand legte, fiel sein Blick auf das nächste Kapitel. *Antennen für das Unsichtbare* stand darüber geschrieben. Was mag damit wohl gemeint sein?, dachte er bei sich und blickte abwechselnd auf die Uhr und in das Buch. »Das Kapitel ist eigentlich nicht sehr lang«, murmelte Felix nach einer Weile – und schon flogen seine Augen über die Zeilen.

• Antennen für das Unsichtbare

»Stellen Sie sich vor«, so begann der Abschnitt, »Sie entdecken etwas wirklich Sensationelles und keiner interessiert sich dafür! Zum Verzweifeln! So ist es Karl Guthe Jansky (1905 bis 1949) ergangen. Der junge Radioingenieur sollte im Auftrag seiner Firma nach unerwünschten Geräuschen bei der Übertragung von Sendungen fahnden. Denn in den frühen 1930er-Jahren steckte der Rundfunk noch in den Kinderschuhen, und oftmals ertönte ein fürchterliches Knacken und Knistern aus den Lautsprechern und begleitete die Nachrichten oder die Trompetensoli des berühmten Musikers Louis Armstrong.

Mit einem 30 Meter langen Ding aus Holz und Draht, das einem Zaun mehr ähnelte als einer Antenne, untersuchte Jansky im Sommer 1931 den Äther und machte den Störenfried tatsächlich nach kurzer Zeit ausfindig: Gewitter. Eigentlich hätte Jansky jetzt zufrieden sein können – wäre da nicht ein merkwürdiges Zischen gewesen, das sich nicht erklären ließ. Es schien von einer Quelle auszugehen, die sich innerhalb eines Tages mit Sterngeschwindigkeit (also in 23 Stunden, 56 Minuten und vier Sekunden) über den Himmel bewegte. Im Frühjahr 1933 stand für den Ingenieur fest, dass dieses Zischen nur aus den Tiefen des Universums stammen konnte. Die großen amerikanischen Zeitungen berichteten über diese Entdeckung, doch das riss niemanden vom Hocker. Die eben überstandene Wirtschaftskrise beschäftigte die Leute mehr als irgendein Signal aus dem All.

Jansky dagegen blieb hartnäckig und hatte Erfolg. ›Strahlung wird immer dann empfangen, wenn die Antenne auf die Milchstraße gerichtet ist‹, schrieb er 1935. Spätestens in diesem Jahr erblickte die Radioastronomie das Licht der Welt. Aber nicht einmal die Astronomen selbst nahmen von dieser Geburt Notiz. Nur einer hatte die Veröffentlichungen Janskys aufmerksam gelesen: Grote Reber (1911 bis 2002). Für 2000 Dollar bastelte der Funkamateur eine fast zehn Meter große, voll bewegliche Schüssel, platzierte sie im Garten seines Hauses und richtete sie in jeder freien Minute auf die Milchstraße. Dazu musste er keineswegs klaren Himmel abwarten. Außerdem beobachtete er auch tagsüber. Denn Radiowellen lassen sich durch Wolken nicht aufhalten; und das helle Sonnenlicht überstrahlt sie nicht. Was aber kommt da eigentlich aus dem Weltraum zu uns?

Radiostrahlung ist nichts anderes als eine langwellige Version des sichtbaren Lichts und schließt sich als Submillimeter- und Millimeterwellen nahtlos an das Infrarot an. Wie das normale Licht legt diese Strahlung in jeder Sekunde 300 000 Kilometer zurück. Die Radiowellen im Weltall besitzen Väter und Mütter mit unterschiedlichen Berufen. Ist etwa der Vater ein starkes Magnetfeld und die Mutter ein Elektron, das sich in Spiralbahnen entlang des Magnetfelds dreht, heißt das Kind Synchrotronstrahlung. In heißen Gasnebeln dagegen stoßen die Elektronen-Mütter häufig mit Vätern zusammen, die als Atomkerne arbeiten. Daraus wird die thermische Strahlung geboren. Fachleute können die beiden unterschiedlichen Radioarten recht gut auseinanderhalten und wissen, dass die Milchstraße im Synchrotronlicht leuchtet. Als Grote Reber mit seiner Antenne ins Weltall horchte, war er sich nicht so recht im Klaren, was er da eigentlich erlauschte. Erst nach dem Zweiten Weltkrieg erkannten die Wissenschaftler allmählich, welche Möglichkeiten ihnen das Radiofenster bot. Immer mehr Astronomen gingen daran, mit überdimensionalen Suppenschüsseln die Botschaften aus dem Universum zu entschlüsseln.

Der Sturm auf das Unsichtbare bescherte der Astronomie eine reiche Ernte. Alle Objekte, die den Forschern im guten alten Fernrohr so vertraut vorkamen, präsentierten sich im Radioteleskop in völlig neuem

Licht. Weil Radiowellen gern dort entstehen, wo es turbulent zugeht, haben die Astronomen dank ihnen viele Nachrichten von außergewöhnlichen Objekten empfangen. Nicht von ungefähr wurden die Pirouetten drehenden Pulsare – die Leichen massereicher Sterne – und die Energie verschleudernden Quasare – die Kerne junger Galaxien – in diesem Bereich des Spektrums gefunden (siehe dazu Kapitel 7 und 8). Bis es so weit war, mussten die Techniker Schwerstarbeit leisten. Schließlich ist es gar nicht so einfach, die nicht sehr starke Radiostrahlung aufzufangen, zu verstärken und die Signale, sie zeigen sich lediglich als kurvige Linien auf endlosen Papierstreifen, in Bilder zu verwandeln.

••• Der Blick durch mehrere Beobachtungsfenster bringt es an den Tag: Das optische Foto (oben) verrät nichts von der Explosionswolke einer um das Jahr 1680 explodierten Supernova. Für das Bild unten wurden Aufnahmen im Optischen, Infraroten und im Röntgenlicht überlagert – und die Gasschale des gestorbenen Sterns erscheint in eindrucksvoller Klarheit.

Das größte frei bewegliche Radioteleskop der Erde steht in Green Bank im US-amerikanischen Bundesstaat West Virginia und hat einen Durchmesser von 110 Metern. Solche für die Radioastronomie typischen großen Schüsseln sind notwendig, um ein brauchbares Auflösungsvermögen zu erzielen. Warum? Stellen wir uns vor, eine in der Sonne glänzende Zwei-Euro-Münze würde nicht nur Licht, sondern auch Radiowellen aussenden. Wir befestigen die wundersame Münze an der Spitze eines zwei Kilometer entfernten Kirchturms. Natürlich sehen wir sie mit dem bloßen Auge nicht. Aber bereits ein kleines Fernrohr mit 60 Millimetern Öffnung zeigt sie deutlich. Nun wiederholen wir das Experiment mit einem Radioteleskop. Mit einer 60 Millimeter großen Schüssel, die die Wellen sammelt wie ein Spiegel, haben wir überhaupt keine Chance. Erst eine Antenne von fast sieben Kilometern Durchmesser (!) würde das Geldstück bei einer Wellenlänge von fünf Zentimetern sichtbar machen. Daher müssen die Radioastronomen stets mit mächtigen Schüsseln hantieren.

••• Mit einem Schüsseldurchmesser von 100 Metern war die Antenne bei Effelsberg nahe Bonn viele Jahre lang das größte voll bewegliche Radioteleskop der Welt.

Irgendwann gaben sich die Fachleute mit dem Auflösungsvermögen der Antennen nicht mehr zufrieden. Das Gewicht setzte der Konstruktion noch größerer Radioteleskope eine natürliche Grenze. Aber die Techniker wussten sich zu helfen. Nach dem Grundsatz ›Zwei Augen sehen mehr als eines‹ koppelten sie einfach zwei Teleskope in mehreren hundert Metern Abstand aneinander. Dadurch wirkten sie wie eine einzige Antenne, deren Durchmesser dem Abstand der beiden Teleskope entsprach. Das Verfahren heißt Interferometrie und wir kennen es schon von optischen Teleskopen.

Was, wenn man die Entfernungen der Antennen weiter vergrößerte? Dann müsste auch das Auflösungsvermögen zunehmen. Warum nicht gleich die ganze Erde als Radioteleskop nutzen! Die Idee klingt so, als stamme sie aus einem Science-Fiction-Roman. Aber sie ist längst verwirklicht und funktioniert: Gelegentlich werden Antennen, die in verschiedenen Erdteilen stehen, auf ein und dasselbe Objekt gerichtet und dann miteinander kombiniert. Wir könnten unsere Zwei-Euro-Münze in 5000 Kilometern Distanz befestigen, das weltweite Interferometer würde sie ohne Weiteres aufspüren.«

Felix sah auf die Uhr: zwanzig nach sieben.

Jetzt ist es sowieso schon egal. Außerdem hat das letzte Kapitel nur noch ein paar Seiten, dachte Felix bei sich und ließ das Papier durch die rechte Hand gleiten. Der kurze Abschnitt hieß:

• An den Grenzen des Lichts

»Optische Teleskope und Radioteleskope blicken durch das natürliche Fenster in der Erdatmosphäre hinaus ins All. Dabei ist es den Astronomen in den vergangenen Jahren gelungen, das Fenster noch ein wenig weiter aufzustoßen. So entsteht zurzeit in der chilenischen Atacamawüste das *Atacama Large Millimeter Array*, kurz *ALMA* genannt. Die Anlage wird über 50 Schüsseln mit jeweils zwölf Metern Durchmesser verfügen und soll das Universum im Bereich von Millimeterwellen durchforsten, die Geburtsstätten von Sternen und Planeten unter die Lupe nehmen und junge Galaxien in weiter Ferne erspähen. Weil die langwelligen Millimeterwellen von der irdischen Lufthülle leicht verschluckt werden, bauen die Wissenschaftler ihre Antennen hoch droben, in 5000 Metern Höhe, inmitten einer unwirtlichen, kalten Ödnis auf.

Überhaupt müssen die Sternforscher einiges aushalten: Unter der Sonne Südafrikas, im subtropisch kontinentalen Klima Namibias, steht *H.E.S.S.* und empfängt kurzwellige kosmische Gammastrahlung. Die vier Teleskope gleichen gewöhnlichen Radioschüsseln mit blank polierten Oberflächen. Sie funktionieren aber nach einem raffinierten Prinzip: Nicht das von astronomischen Objekten direkt ausgesandte Gammalicht registrieren die Kameras im Brennpunkt der Schüsseln, sondern jene Strahlung, die das Licht in der Erdatmosphäre erzeugt, wenn es dort auf die vorhandenen Partikel trifft. Dabei entstehen blaue Blitze, die nur eine milliardstel Sekunde lang am Himmel zucken. Beobachten alle vier *H.E.S.S.*-Teleskope gleichzeitig einen solchen Teilchenschauer, können die Astronomen erschließen, woher er kommt und welche Quelle dahintersteckt. Und auf dem Vulkan Taburiente auf der Kanareninsel La Palma steht seit dem Jahr 2004 das 17-Meter-Teleskop *MAGIC* und verzaubert die Astronomen mit Informationen aus der turbulenten Welt der Supernovae, Neutronensterne, schwarzen Löcher oder aktiven Galaxien – alles Objekte, die energiereiche Gammastrahlen aussenden.«

Felix hatte sich die ganze Zeit Notizen gemacht und blickte sehr zufrieden drein. Halb acht. Langsam musste er ans Aufhören denken. Er blätterte ein paar Seiten vor und stutzte. Der Anfang eines Absatzes fesselte seine Aufmerksamkeit. Das wollte er noch lesen …

»Auf dem Monitor baut sich ein Foto aus blauen Punkten auf, zuerst Dutzende, dann Hunderte, Tausende. Am unteren Rand des Bildschirms erscheint plötzlich ein sichelförmiges weißes Gebilde. Die Wissenschaftler am Max-Planck-Institut für extraterrestrische Physik jubeln. Zum ersten Mal haben sie den Mond im Röntgenlicht fotografiert. Die Kamera befindet sich jedoch nicht auf unserem Planeten, sondern in einem Satelliten, 580 Kilometer über der Erdoberfläche. Im Sommer 1990 war dieser unbemannte künstliche Himmelskörper ins All geschossen worden. An Bord sorgte ein besonderes Augenpaar für eine kleine Revolution in der Astronomie: Zwei Teleskope nahmen das Universum im Röntgenlicht unter die Lupe und entdeckten dabei während ihrer fast neunjährigen Arbeitszeit rund 125 000 neue Quellen. Sie sind Milliarden Grad Celsius heiß oder von starken Magnet- und Schwerkraftfeldern umgeben. In jedem Fall stellen sie extreme Materiezustände dar.

Eines der beiden Augen von *ROSAT*, wie Forscher den Satelliten nannten, ist mit 83 Zentimetern Öffnung das größte je gebaute Röntgenfernrohr und steht sogar im *Guinness-Buch der Rekorde*. Weil sich Röntgenstrahlen nicht leicht einfangen und bündeln lassen, konstruierten die Wissenschaftler vier röhrenförmige Zylinder und schachtelten sie ineinander. Diese neun Quadratmeter große Spiegeloberfläche bedampften sie mit Gold und polierten sie so genau, dass die Rauigkeit weit unter einem millionstel Millimeter liegt – vergleichbar einer ein Millimeter hohen Welle auf dem ansonsten glatten Wasserspiegel des Bodensees!

Mittlerweile hat *ROSAT* längst würdige Nachfolger gefunden: *Chandra* etwa, *XMM-Newton* oder *Swift*, der nach Gammablitzen fahndet. Wer im Internet Nachrichten aus der Forschung liest oder den Wissenschaftsteil großer Zeitungen, wird diese Namen immer wieder finden. Denn die Röntgenastronomie hat sich zu einer aufregenden Disziplin entwickelt. Dabei existiert sie noch nicht einmal ein halbes Jahrhundert. Begonnen hat alles am 18. Juni 1962 – ganz aus Versehen. Die Fühler an Bord einer amerikanischen Rakete hätten an diesem Tag eigentlich den Mond ins Visier nehmen sollen. Wegen einer Panne zielten sie daneben und registrierten stattdessen ein unbekanntes helles Objekt im Sternbild Skorpion. Sie hatten die erste Röntgenquelle außerhalb des Planetensystems gefunden. Die Himmelsforscher schickten von nun an regelmäßig Satelliten in den Weltraum, um weitere Röntgenstrahler zu suchen.

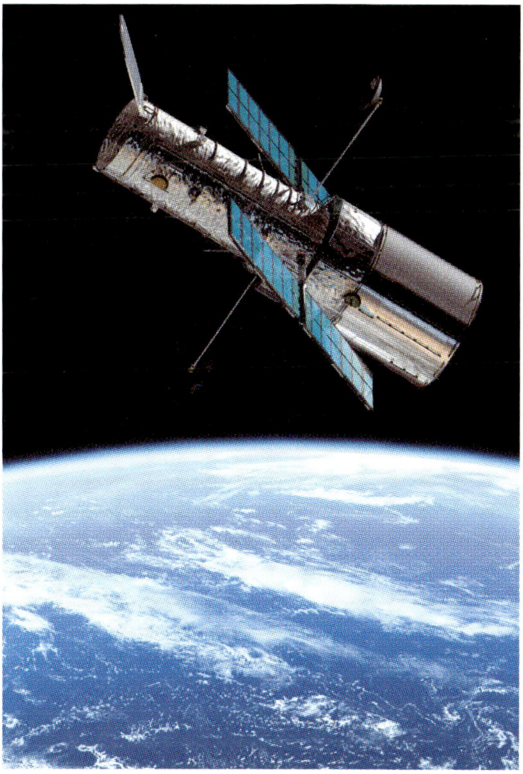

••• Fliegende Sternwarte: Das Weltraumteleskop *Hubble* kreist 600 Kilometer über der Erde. Dank seines scharfen Auges hat es in den vergangenen Jahren die Astronomie revolutioniert.

Auch am langwelligen Ende des Spektrums tut sich was: Überirdische Späher wie *Spitzer* und *Herschel* nehmen Infrarotlicht wahr und blicken zu kosmischen Urwolken und in die Kinderstuben von Sternen. Und dann ist da noch der unbestrittene Star unter allen bisher gestarteten Himmelsobservatorien: das Weltraumteleskop *Hubble*. Dabei wäre *Hubble* beinahe zum Flop geraten. Als sein zweieinhalb Meter großer Spiegel im April 1990 zum ersten Mal die Augen öffnete, schauten die Astronomen in die Röhre. Die zur Erde übertragenen Bilder von bizarren Gasnebeln, fernen Galaxien und kugelförmigen Sternhaufen erschienen unscharf. Das lag jedoch nicht an der Atmosphäre. Die gibt es 600 Kilometer über der Erde gar nicht – gerade deshalb wurde *Hubble* ja ins All gebracht. Vielmehr war der Rand des Spiegels um ein Fünfzigstel des Durchmessers eines menschlichen Haars zu flach geraten! Gut drei Jahre später nahmen Astronauten einer Raumfähre in einem waghalsigen Manöver das Observatorium an den Haken und verpassten der Optik eine Art Brille samt neuer Kamera. Seither blickt das Teleskop voll durch, und die Astronomen teilen ihre Wissenschaft inzwischen in die Ära vor und nach *Hubble* ein.

Bis heute hat die schwebende Sternwarte viereinhalb Milliarden Kilometer rund um den Globus zurückgelegt und nicht weniger als eine halbe Million faszinierender Fotos von kosmischen Welten übertragen. Doch *Hubble* ist in die Jahre gekommen. Gut, dass sein Nachfolger schon in den Startlöchern steht: Im Sommer 2013 soll das *James Webb Space Telescope* in die Erdumlaufbahn fliegen und mit seinem sechseinhalb Meter durchmessenden Spiegel den Beobachtungshorizont noch weiter hinausschieben.«

Felix klappte das Buch zu, stellte es ins Regal zurück und löschte das Licht. Mit einem leisen Klicken fiel die Tür der Bibliothek ins Schloss. Er trat auf den Gang und schlenderte zum Ausgang. Draußen hatte es zu regnen begonnen. Heute Abend würde niemand auf die Volkssternwarte kommen. Felix war der letzte Besucher. Als Mitglied der Jugendgruppe hatte er vor Kurzem die »Schlüsselgewalt« erhalten, das heißt, er durfte sich allein in den Räumen bewegen und sogar die Fernrohre bedienen. Sorgfältig sperrte er ab. Sein Referat hatte er längst im Kopf. Und die Sternfreunde würden staunen, was er alles herausgefunden hatte. Morgen wollte er weiterlesen. Die Überschrift des nächsten Kapitels hatte er schon gesehen: »Außerirdische Kundschafter«. Was mochte sich dahinter wohl verbergen?

• Außerirdische Kundschafter

»… jetzt geht es um eine ganz besondere Art von Himmelsspionen! Ich nenne sie außerirdische Kundschafter.«

Erwartungsvoll schauen 20 Augenpaare auf Felix. Seit einer halben Stunde steht er auf dem Podium im Vortragsraum der Volkssternwarte und erzählt seinen Freunden von Fernrohren, Radioteleskopen und Satelliten. Alle hören gespannt zu. Und der Leiter der Jugendgruppe nickt bisweilen wohlwollend in Richtung Felix. Der ist so eifrig bei der Sache, dass er das gar nicht bemerkt.

»Den Ausflug zum roten Planeten Mars hat bisher noch niemand gewagt«, fährt Felix fort. »Außer auf dem Mond ist kein Mensch auf einem anderen Himmelskörper herumspaziert, hat Steine und Sand aufgesammelt und sie zur Untersuchung in ein irdisches Labor gebracht. Dennoch wissen sich die Forscher zu helfen. Da sie selbst nicht auf die Reise gehen können, schicken sie Vertreter los. Diese unbemannten Kundschafter fliegen ganz nahe an den fremden Welten vorbei, betrachten sie mit Kameraaugen und inspizieren sie mit allerlei Messinstrumenten. Manche dieser Späher landen sogar. Sie funken Bilder und Daten zur Erde, wo Fachleute die Aufnahmen in aller Ruhe studieren. Das funktioniert wegen der langen Reisewege natürlich nur im Vorgarten der Sonne, also innerhalb des Planetensystems.

Im Jahr 1961 entsandten russische Wissenschaftler die Raumsonde *Venera 1* zur Venus und legten damit den Grundstein zur Erkundung unserer Geschwisterplaneten im All.

Bis heute traten mehr als 70 Raumsonden den Weg zu den Planeten Merkur, Venus, Mars, Jupiter, Saturn, Uranus und Neptun an. Sogar viel kleinere Himmelskörper erhalten Besuch von der Erde. Im Winter 2001 etwa landete die Sonde *NEAR-Shoemaker* auf dem Asteroiden Eros, im Sommer 2005 bombardierte *Deep Impact* den Kometen Tempel 1 mit einem 372 Kilogramm schweren Projektil. Schon Mitte der 1980er-Jahre war eine kleine Armada von Raumsonden an Halley vorbeigeflogen, dem wohl berühmtesten aller Kometen. Zu den erfolgreichen Planetenmissionen gehören die amerikanischen *Viking*- und die *Voyager*-Sonden. Mehr als 50 000 Fotos haben die beiden *Vikings* vom Mars aufgenommen; sie waren dort im Sommer 1976 gelandet und hatten mit ihren Robotergreifarmen den Boden nach Spuren von Leben abgesucht. Im Juli 1997 plumpste, von Airbags gebremst, ein Wägelchen von der Größe eines Schuhkartons auf den Mars. *Sojourner*, so sein Name, kroch auf

••• Auf der Jagd nach Planeten außerhalb unseres Sonnensystems ist der Satellit *Corot*. Außerdem liefert er astroseismologische Daten, das heißt, er registriert Beben, die ferne Sterne erschüttern.

der Oberfläche umher und schnupperte an Marssteinen. Und seit Januar 2004 rollen die unbemannten Rover *Spirit* und *Opportunity* über den Roten Planeten und suchten erfolgreich nach Spuren von Wasser. Aber auch die Gasriesen Jupiter und Saturn waren Ziel von Sonden. Lange bevor *Cassini* in eine Saturnbahn einschwenkte und im Januar 2005 die Landekapsel *Huygens* auf die Oberfläche des Mondes Titan absetzte, waren die Sonden *Voyager 1* und *Voyager 2* da gewesen. Zuvor hatten sie Ende der 1970er-Jahre den Jupiter besucht. *Voyager 2* setzte die Reise fort und passierte 1986 den Uranus und 1989 den Neptun.

In den nächsten Jahren planen die Wissenschaftler eine Menge Sonden und Satelliten. Über die werdet ihr sicher hin und wieder in den Zeitungen lesen: Da ist etwa *Messenger*, der im Frühjahr 2011 in eine Umlaufbahn um den Planeten Merkur einschwenken soll. Oder die Raumsonde *Dawn*, die im Herbst desselben Jahres den Asteroiden Vesta besuchen und 2015 auch noch Ceres erreichen wird. Und da sind Satelliten, deren Augen nach Planeten bei anderen Sternen Ausschau halten, wie das im Dezember 2006 gestartete Observatorium *Corot*. Richtig spannend könnte es in zehn Jahren werden, wenn die Mission *Mars Sample Return* zum ersten Mal Sand und Steine von der Marsoberfläche zur Erde bringt. Dann werden die Astronomen den Himmel tatsächlich in ein Labor verwandelt haben. Das All ist eine Welt voller Geheimnisse. Ein Häuflein Neugieriger auf einem Staubkorn sammelt fleißig die Strahlen auf, die den Kosmos durchdringen oder schickt Sonden zu den Planeten los, um immer neue Wunder zu ergründen.«

Felix machte eine ausladende Geste und verbeugte sich. Die Zuhörer applaudierten. »Sehr gut gemacht!«, sagte der Leiter der Jugendgruppe und klopfte Felix anerkennend auf die Schulter. Mit vor Eifer roten Backen stand Felix da und genoss sichtlich den Erfolg. Wenn Herr Galilei seinen Vortrag gehört hätte! Der wäre aus dem Staunen nicht herausgekommen …

ASTROTIPP 3

Vor nicht allzu langer Zeit habe ich die Hörer eines Astronomiekurses an der Volkshochschule in meine Sternwarte eingeladen. Nach der Begrüßung wollte ich damit beginnen, die Optik zu erklären, als einer der Teilnehmer fragt: »Wie stark vergrößert denn Ihr Fernrohr?« Das kam mir wie gerufen.

»Wenn Sie wollen, 100 000-fach«, antwortete ich.

»Sie nehmen mich wohl auf den Arm?«

»Richtig!«

Die Schocktherapie hatte ihre Wirkung nicht verfehlt. Schon war das Interesse der Besucher geweckt.

Für den Laien erscheint die Vergrößerung eines Teleskops tatsächlich als das Wichtigste. Der Fachmann lächelt darüber. Für ihn kommt es darauf an, wie viel Licht die Optik auffängt und wie gut sie sieht. Beides hängt vom Durchmesser der Linse oder des Spiegels ab – und natürlich von deren Qualität. Zu den beliebtesten Fernrohren für Anfänger gehören 60-Millimeter-Refraktoren und 100-Millimeter-Reflektoren. Sie sammeln 74- beziehungsweise 200-mal mehr Strahlung als die Pupillen unserer Augen. Auf diese Weise bringen sie Licht ins Dunkel des Firmaments und zeigen Sterne oder Nebel, die sich dem bloßen Auge verbergen. Gerade diese Fähigkeit, in unbekannte kosmische Abgründe einzudringen, macht das Fernrohr so interessant. Nicht von ungefähr streben die Astronomen nach immer größeren Instrumenten.

••• Die Privatsternwarte des Autors: Das Instrument, ein spezielles Newton-Teleskop mit 200 Millimeter Spiegeldurchmesser, wird von einer abfahrbaren Holzhütte (nicht im Bild) vor der Witterung geschützt.

Wie hell das Bild eines Sterns im Okular tatsächlich erscheint, hängt noch von etwas anderem ab. Wer von euch den Astrotipp 2 aufmerksam gelesen hat, weiß, dass Zahlen auf einem Fotoobjektiv oder im Display der Kamera die sogenannte Blende angeben: »1,8«, »5,6« oder gar »22«. Was bedeutet das? Ganz einfach. Im ersten Fall ist die Brennweite 1,8-mal größer als die Öffnung, im zweiten 5,6-mal und im dritten Fall 22-mal. Diese Beziehung gilt auch für Fernrohre, die ja im Grunde überdimensionalen Objektiven ähneln. Allerdings sprechen die Astronomen nicht von Blende, sondern von Öffnungsverhältnis und setzen eine »1: « vor den Blendenwert. Newton-Teleskope besitzen aus optischen Gründen meist Öffnungsverhältnisse zwischen »1:6« (sprich: »eins zu sechs«) und »1:10«, ihre Brennweiten sind also sechs- beziehungsweise zehnmal größer als der Durchmesser des Spiegels. Bei Refraktoren findet man dagegen häufig Öffnungsverhältnisse zwischen »1:10« und »1:15«.

Betrachten wir einen Stern abwechselnd mit zwei Fernrohren mit derselben Öffnung, sagen wir 100 Millimeter, so erscheint er im Gerät mit 600 Millimetern Brennweite (»1:6«) heller als in dem mit 1500 Millimetern (»1:15«). Die Lichtstärke eines 1:6-Spiegels ist grundsätzlich höher als jene eines 1:15-Objektivs. Daher eignen sich kurzbrennweitige Newton-Reflektoren besser für die Jagd nach schwachen Nebeln oder Galaxien als langbrennweitige Refraktoren.

Allerdings lässt sich selbst die Leistung eines lichtstarken Fernrohrs erheblich schmälern – und da kommt endlich die Vergrößerung ins Spiel. Sie errechnet sich aus der Brennweite der Linse (des Spiegels) geteilt durch die Brennweite des Okulars. So vergrößert ein 15-Millimeter-Okular an einem Refraktor mit 1500 Millimetern Brennweite 100-fach, an einem Reflektor mit 600 Millimetern Brennweite 40-fach. Um dich vor Enttäuschungen zu bewahren, empfehle ich als Faustregel eine maximale Vergrößerung, die dem eineinhalbfachen Wert der Fernrohröffnung in Millimeter entspricht. Wer also an seinem 100-Millimeter-Newton wesentlich mehr als 150-fach vergrößert, wird wenig Vergnügen haben: Das Bild erscheint zwar aufgeblasen, zeigt aber keine weiteren Einzelheiten. Im Gegenteil wird es unscharf und lichtschwach. Darüber hinaus verstärkt eine solche leere Vergrößerung die Turbulenzen in der Atmosphäre. Ein Anfänger, der seinen kleinen Refraktor auf den Mond richtet und 400-fach vergrößert, erblickt nur einen dunkelbraunen Wackelpudding.

Die stets vorhandene Luftunruhe beeinträchtigt übrigens auch die Eigenschaft, eng beieinander stehende Lichtquellen zu trennen. Vor allem jene Amateure, die es auf Doppelsterne abgesehen haben, interessieren sich für dieses Auflösungsvermögen. Es wird stets in Bogensekunden angegeben und lässt sich für jede Optik leicht berechnen.

Dazu müssen wir die Zahl 115 durch die Öffnung (in Millimeter) teilen. Ein 60-Millimeter-Refraktor etwa macht theoretisch noch zwei Sterne sichtbar, die 1,9 Bogensekunden (1",9) voneinander entfernt sind.

Gemeinsam mit zweien seiner Freunde hat sich Felix ein Fernrohr gekauft: ein Newton-Teleskop von 100 Millimetern Öffnung auf einer parallaktischen Montierung mit elektrischer Nachführung. Sicherlich keine schlechte Wahl. Und wie steht es mit dir? Hast du keine Lust auf eine eigene Sternwarte? Sie muss ja nicht gleich mit einem 200-Millimeter-Fernrohr ausgerüstet sein wie meine eigene. Für den Anfang reicht ein 60-Millimeter-Refraktor oder ein Gerät, wie es Felix und seine Freunde gekauft haben. Zuvor hatte sich Felix vom Leiter der Jugendgruppe einen Merkzettel besorgt. Er ist hier abgedruckt und soll dir helfen, selbst ein geeignetes Fernrohr zu finden. Doch zuvor möchte ich erklären, was es mit einer parallaktischen Montierung auf sich hat.

Als Folge der Erddrehung wandern alle Gestirne im Laufe eines Tages von Osten nach Westen um den Pol und ändern dabei ständig ihre Höhe über dem Horizont. Um einen Stern, einen Planeten oder eine Galaxie im Visier zu behalten, bedienen sich die Astronomen einer parallaktischen Montierung. Bei ihr zeigt eine Achse genau zum Himmelspol. Dies bedeutet, dass sich das Fernrohr stets parallel zum Himmelsäquator bewegt – genau wie die Gestirne. Ein Objekt, einmal ins Gesichtsfeld gebracht, bleibt auch dort, sofern sich das Teleskop mit Sterngeschwindigkeit langsam von Osten nach Westen dreht. Diese Nachführung geschieht bei einfachen Amateur-Montierungen über eine biegsame Welle. Wer nicht ständig kurbeln will, sollte sich einen passenden Elektromotor anschaffen, der diese Handarbeit automatisch übernimmt.

Merkzettel für den Fernrohrkauf

1. Sei skeptisch gegenüber Herstellern, die etwa angeben »Öffnung 60 Millimeter, Vergrößerung bis 400-fach«.

2. Beobachte vor dem Kauf, wenn möglich, mit dem Fernrohr entfernte Gegenstände, eine Antenne etwa. Besonders beim Linsenteleskop sollte das Bild keine Farben zeigen, also keinen bläulichen oder grünlichen Saum. Betrachte ein geradliniges Objekt (Antennenmast, Hauskante) am Rand des Gesichtsfelds; es muss immer noch scharf und darf nicht gekrümmt sein.

3. Überprüfe bei Spiegelfernrohren die Justierung: Wenn du gerade in den leeren Okularauszug schaust, musst du exakt in der Mitte des hellen Hauptspiegelbilds das Spiegelbild deines Auges sehen.

4. Beim Refraktor sollte das Objektiv gleichmäßig vergütet sein. Du erkennst das an einem leichten, farbigen Schimmer, wenn du die Linse seitlich betrachtest. Haupt- und Umlenkspiegel eines Reflektors müssen gut auspoliert sein, also überall schön spiegeln und keine trüben Stellen zeigen.

5. Prüfe die Montierung. Sie sollte einigermaßen stabil sein. Die Achsen dürfen kein allzu großes Spiel haben. Tippe während des Beobachtens das Fernrohr kurz mit dem Finger an. Das betrachtete Objekt beginnt dann normalerweise zu tanzen. Nach einer Sekunde sollte es aber wieder zur Ruhe kommen. Andernfalls ist die »Wacklizität« der Montierung zu groß.

4

Exotische Geschwister

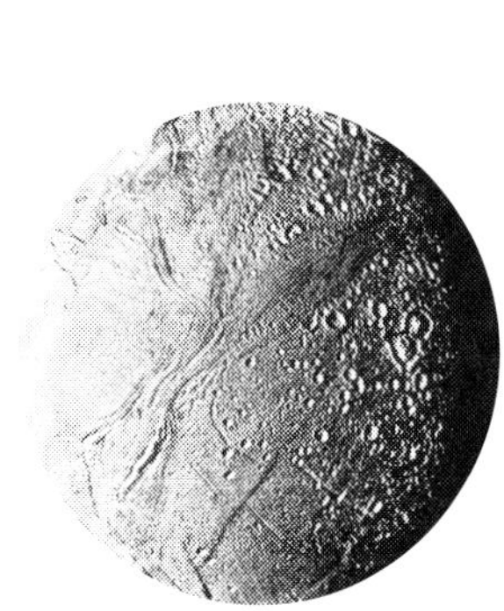

• Ufos auf dem Mars

Der Krater Gusev liegt in völliger Stille. Seit Jahrmillionen ist hier nichts passiert. Nur gelegentlich wirbelt ein Sturm Myriaden von Sandkörnchen auf, bläst sie über die karge Felslandschaft und verteilt sie in der dünnen Atmosphäre; dann scheint die Sonne noch fahler vom ockerfarbenen Firmament als sonst. Plötzlich kommt Bewegung in die Szene. Hoch am Himmel taucht ein Objekt auf. Mit großer Geschwindigkeit fegt das Ufo durch die dünne Wolkenschicht. In zehn Kilometern Höhe öffnet sich ein Fallschirm und verzögert die rasante Fahrt. Dann wird der Hitzeschild abgetrennt, Bremsraketen beginnen zu feuern, mehrere große Ballons blähen sich auf. Wums! Im freien Fall schlägt das Ufo auf dem Boden auf, springt wie ein Gummiball über die frostige Ödnis, bleibt schließlich liegen. Kurz darauf entfaltet sich das seltsame Gebilde wie die Blätter einer Blüte. Ein Vehikel, das einem Modellbau-Fahrzeug ähnelt, kommt zum Vorschein und rollt über eine Rampe auf die Oberfläche. Wir schreiben den 4. Januar 2004. *Spirit* ist auf dem Mars gelandet, das Abenteuer kann beginnen.

Ein ähnliches Szenario spielt sich drei Wochen später in der Tiefebene Meridiani Planum ab. Dort landet *Opportunity*. Mit Kameras und Spektrometern ausgerüstet, hoppeln die beiden sechsrädrigen Gefährte über den Marsboden und senden fantastische Aufnahmen und Messdaten zur Erde. Bis zum Juli 2007 legt *Opportunity* fast zwölf Kilometer zurück, sein Zwilling *Spirit* mehr als sieben Kilometer. Danach setzt ein Sandsturm die beiden Rover außer Gefecht – aufgewirbelter Staub verdunkelt den Himmel, und die Solarzellen der Fahrzeuge erhalten zu wenig Sonnenlicht. Ein paar Wochen später hellt sich der Himmel wieder auf, die Roboter erwachen zu neuem Leben und gehen erneut auf Erkundungstour.

Derweil sitzen die Piloten der Marsmobile 400 Millionen Kilometer entfernt hinter geschlossenen Jalousien in einem Gebäude im kalifornischen Pasadena. Manche der Wissenschaftler und Techniker tragen zwei Armbanduhren: eine mit Erd-, die andere mit Marszeit. Route und Aufgaben der Rover werden hier, im Jet Propulsion Laboratory (JPL), minutiös geplant. Wird der Stein angebohrt? Gibt es noch ein Panoramafoto? Soll ein Spektrum aufgenommen werden? An die 20 Minuten sind die Funkbefehle durch das Sonnensystem unterwegs, bevor sie in die Elektronenhirne von *Spirit* und *Opportunity* dringen. 20 weitere Minu-

••• Mit elektronischen Augen und Messinstrumenten erkunden die beiden Marsrover *Spirit* und *Opportunity* die Oberfläche des Roten Planeten.

ten dauert es, bis die Forscher auf der Erde wissen, ob alles geklappt hat. Und wenn die Dunkelheit über den Mars hereinbricht, bekommen auch die Roboter ihre wohlverdiente Ruhe. Am nächsten Tag werden sie mit Rocksongs aus dem Schlaf geweckt – etwa mit *Morning Has Broken* von Cat Stevens.

Die Piloten in Pasadena fliegen nicht nur zum Mars. Das Jet Propulsion Laboratory steuerte und steuert auch Raumsonden zu Merkur, Venus und den großen Planeten Jupiter, Saturn, Uranus und Neptun. Und sogar zu Kometen und Planetoiden. Kurz: Von Kalifornien aus greifen die Forscher nach dem Sonnensystem. So gesehen sind sie Pioniere, die in unbekannte Welten vordringen, wie das Christoph Kolumbus und Nikolaus Kopernikus taten – damals, vor mehr als einem halben Jahrtausend.

• Eine große Revolution

Als Christoph Kolumbus (1451 bis 1506) zu seiner ersten Fahrt aufbrach und am 12. Oktober 1492 auf San Salvador landete, war Nikolaus Kopernikus gerade 19 Jahre alt. Die beiden Männer sind einander niemals begegnet. Schade, denn sie hätten sich bestimmt viel zu erzählen gehabt. Vielleicht hätten sie sich gerade wegen ihrer charakterlichen Gegensätze besonders gut verstanden: Kolumbus, der kühne Abenteurer; Kopernikus, der zurückgezogene Grübler. Beide haben einen Platz in der Geschichte gefunden. Kolumbus als Entdecker Amerikas. Und Kopernikus als der Mann, der die Sonne ins Zentrum rückte.

Schwarze Tücher verdecken die milchigen Fensterscheiben. Gedämpft dringen die Strahlen der Frühlingssonne in den Raum. In einer Ecke steht ein schweres Eichenbett, darüber hängt ein Kruzifix. Auf dem Nachtkästchen brennen zwei Kerzen. Ihr flackernder Schimmer beleuchtet eine bleiche, vom Tod gezeichnete Gestalt. Schwer atmend streckt der alte Mann seine rechte Hand aus und greift nach einem Buch. Zitternd streichen die mageren Finger über den Ledereinband. *De revolutionibus orbium coelestium, libri VI* steht in kunstvoller Schrift darauf. Für einen kurzen Moment blitzen die matten Augen auf. Dann sinkt der knochige Schädel wieder in das Kissen.

Der Hauch eines zufriedenen Lächelns spielt um die Mundwinkel. Nikolaus Kopernikus hat sein Lebenswerk gesehen. Jetzt kann er ruhig sterben.

Der Himmelsforscher kam am 19. Februar 1473 in Thorn (heute Polen) zur Welt. Als der Junge zehn Jahre alt war, starb sein Vater. Fortan kümmerte sich Onkel Watzenrode um den kleinen Nikolaus. Er bezahlte ihm eine solide Ausbildung und schickte ihn an die Universität Krakau. Dort besuchte Kopernikus Vorlesungen über Mathematik, Astronomie und Theologie. 1495 ging der hochbegabte Student für acht Jahre nach Italien. Als Doktor des Kirchenrechts kehrte er zu seinem Onkel zurück, der mittlerweile Bischof von Ermland war. Nach dessen Tod wurde Nikolaus Kopernikus im Jahr 1512 zum Domherren von Frauenburg an der Ostsee berufen. Dort starb er am 24. Mai 1543. Kopernikus blieb der Aufruhr, den sein Buch *Über die Umdrehungen der Himmelskreise* auslöste, erspart. Das war gut so. Denn die Abhandlung führte nicht nur zu einer wissenschaftlichen Revolution, sondern sie rüttelte auch an den Grundfesten der Kirche. Knapp 90 Jahre nach dem Erscheinen des Werks musste ein anderer Astronom dafür büßen, dass er der kopernikanischen Lehre anhing: Galileo Galilei.

Dabei hatte der geniale Geistliche aus Thorn nur behauptet, dass sich alle Planeten einschließlich der Erde um die Sonne drehen. Aber das reichte! Erstens widersprach das der Bibel, wo schwarz auf weiß geschrieben steht: »Damals redete Josua mit dem Herrn (…) und er sprach in Gegenwart Israels: Sonne, steh still zu Gibeon, und Mond, im Tal Ajalon! Da stand die Sonne still, und der Mond blieb stehen.« Zweitens lehrt doch die tägliche Erfahrung, dass sich der Himmel um die unbewegliche Erde dreht. Und drittens predigten die im 15., 16. und 17. Jahrhundert hoch angesehenen griechischen Philosophen der Antike, dass sich die Erde im Zentrum des Weltalls befindet. Da war zum Beispiel Aristoteles (384 bis 322 vor Christus). Der packte das gesamte Universum in acht kristallene Kugeln. Im Mittelpunkt dieses zerbrechlichen Gebildes platzierte er die Erde. Auf den Schalen befestigte er der Reihe nach Mond, Merkur, Venus, Sonne, Mars, Jupiter, Saturn und die Fixsterne (Uranus und Neptun waren noch nicht entdeckt). Ein unsichtbarer Äther verband die seltsame Konstruktion. Aber irgendetwas stimmte dabei nicht. Denn die Planeten gingen am Firmament ihre eigenen Wege: Mal liefen sie von Westen nach Osten, dann wieder von Osten nach Westen. Zwischendrin hielten sie an und drehten eine Schleife.

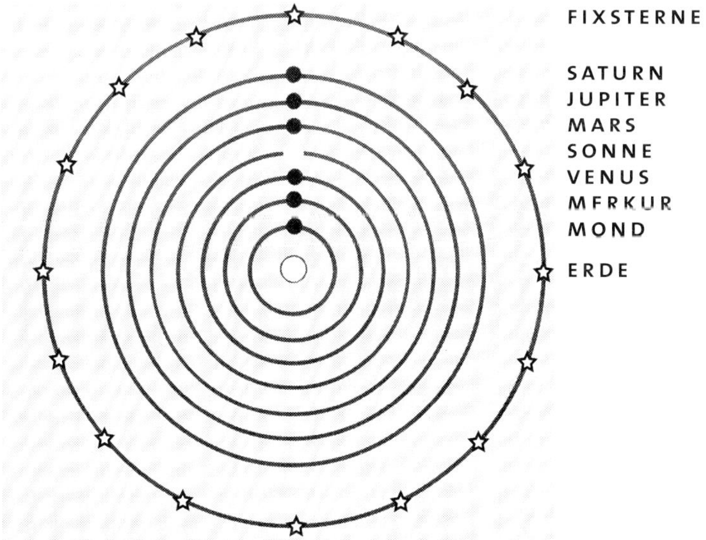

••• Der griechische Philosoph Aristoteles glaubte, dass sich Sonne und Mond, Planeten und Sterne um die unbewegliche Erde drehen (geozentrisches Weltbild).

Aristoteles sah bald ein, dass in seinem Modell der Wurm steckte. So fügte der Gelehrte seinem Kugelkosmos vier Dutzend weitere Schalen hinzu. Ergebnis: In dem Gewirr kannte sich niemand mehr aus – und das Uhrwerk ging immer noch verkehrt. Was also war zu tun? Klar, die Erde musste unbeweglich im Zentrum bleiben. Aber vielleicht konnte man an den Planeten etwas drehen. Viele Philosophen versuchten sich als kosmische Uhrmacher und bogen die Rädchen zurecht. In seinem Buch *Almagest* präsentiert der griechische Astronom und Philosoph Ptolemäus (um 100 bis 175 nach Christus) das Ergebnis seiner Überlegungen: Jeder Planet läuft auf einer Sphäre, deren Mittelpunkt auf einer zweiten, größeren befestigt ist; diese dreht sich ebenfalls.

Die Himmelskörper bewegen sich diesem Modell zufolge auf Bahnen um die Erde, die fast den beobachteten entsprechen. Aber leider nur fast! Mit der Zeit verließen die Planeten wiederum die ihnen zugewiesenen Pfade. Die Nachfolger des Ptolemäus versuchten, das Modell zu verbessern, indem sie weiter Kugel um Kugel in die Planetenmaschine konstruierten, bis in dem Gehäuse kein Platz mehr war. Erst Nikolaus Kopernikus sollte von dem Schalenmodell endgültig Abstand nehmen. Er war nicht der Erste, dessen Gedanken über den Lauf der Gestirne in eine andere Richtung zielten.

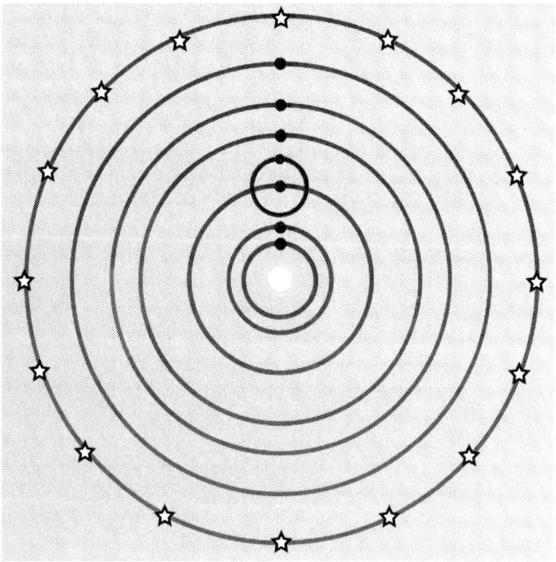

••• Erst Nikolaus Kopernikus wies der Erde den richtigen Platz im Universum zu: Als ganz gewöhnlicher Planet umkreist sie mit ihren Geschwistern die Sonne (heliozentrisches Weltbild).

Im Golf von Kusadasi, unmittelbar vor der türkischen Küste, liegt die Insel Samos. Dort wurde vor mehr als 2200 Jahren ein Mann namens Aristarch geboren. Über sein Leben ist wenig bekannt. Dennoch wissen wir, dass sich Aristarch mit den Gestirnen beschäftigt und über Astronomie viele Werke verfasst hat. Bis auf ein einziges gingen jedoch alle verloren, darunter auch jenes über den Bau des Planetensystems. Bevor das Buch verschwand, lasen es zwei Kollegen von Aristarch. In ihren eigenen Schriften berichten sie kurz über dessen Inhalt. Und der ist geradezu sensationell: Die Erde, so dachte Aristarch, dreht sich um ihre Achse und umrundet mit den anderen Planeten die Sonne. Die Kopernikanische Revolution ereignete sich also nicht 1543, sondern bereits im dritten vorchristlichen Jahrhundert!

Nikolaus Kopernikus war ein gebildeter Mann. Beim Blättern in alten Büchern und Handschriften war er mit ziemlicher Sicherheit auf die Idee von Aristarch gestoßen, wenngleich er den Namen nie konkret erwähnt. Vielleicht hat Kopernikus bei seinem antiken Kollegen sogar ein wenig gespickt. Das ändert jedoch nichts an seiner hervorragenden Leistung, ein neues, ein wahres Weltbild erdacht zu haben. Das himmlische Uhrwerk des Kopernikus hatte allerdings einen kleinen Haken: Die Planeten machten immer noch, was sie wollten!

• Das verbogene Planetenrad

Aber das System des großen Astronomen entspricht doch den Tatsachen! Bildet die Sonne etwa nicht die Nabe des Planetenrads? Drehen sich die anderen Planeten denn nicht wie auf Felgen? An der Position der Sonne gibt es nichts zu rütteln, wohl aber an der Form des Rads. Es ist in Wirklichkeit ganz schön verbogen! Johannes Kepler, der Erfinder des astronomischen Teleskops (vergleiche Kapitel 3), hat diesen »Fehler« entdeckt. Die Monate von Mai 1599 bis Oktober 1601 stellten den Forscher auf eine harte Probe. In dieser Zeit war Tycho Brahe (1546 bis 1601) königlicher Hofastronom zu Prag, Kepler sein Assistent. Die beiden Männer konnten sich nicht ausstehen. Das lag überwiegend an dem arroganten Tycho. Gegen ihn kam Johannes Kepler einfach nicht zum Zuge. Wie einen Schatz hütete Tycho seine Planetenbeobachtungen. Aber ins Grab nahm er sie glücklicherweise nicht mit.

Wenige Wochen nach Tychos Tod im Oktober 1601 stürzte sich Johannes Kepler begierig auf die wertvollen Aufzeichnungen. Monatelang versuchte er, aus den Positionen des Mars irgendwelche Gesetzmäßigkeiten abzuleiten. Sein Glaube an eine geheimnisvolle Weltharmonie ließ ihn nicht aufgeben. Johannes Kepler, mittlerweile Nachfolger Tychos als Astronom am Prager Königshof, arbeitete wie ein Besessener. Im Dezember 1604 war er am Ziel. »Ich kam schließlich darauf, dass der Marsumlauf zwischen einem Kreis und einem Oval liegen müsse und möglicherweise eine Ellipse sein könnte«, schrieb er in jenem Monat an seinen Brieffreund David Fabricius. Der Marsumlauf ist tatsächlich eine Ellipse. Aber nicht nur er.

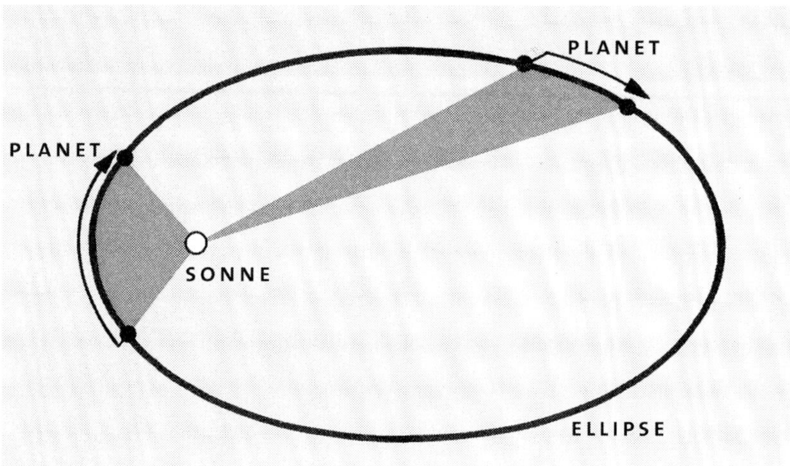

••• Johannes Kepler fand heraus, dass sich alle Planeten auf Ellipsenbahnen um die Sonne bewegen. Das ist das Erste Keplersche Gesetz. Außerdem legen die Planeten in Sonnennähe in derselben Zeit ein größeres Stück auf ihrer Bahn zurück als in Sonnenferne, die dunklen Flächen in der Skizze sind nach dem Zweiten Keplerschen Gesetz jedoch gleich groß.

Alle Planeten bewegen sich auf Ellipsen um die Sonne. So lautet das **Erste Keplersche Gesetz**. Beispielsweise schwankt die Entfernung zwischen Erde und Sonne während eines Jahres zwischen 147 und 152 Millionen Kilometern. Dabei ändert sich noch etwas: Ein Planet wird schneller, je näher er der Sonne kommt – und langsamer, je weiter er sich von ihr entfernt. Das ist das **Zweite Keplersche Gesetz**. Damit hätte es der Gelehrte bewenden lassen können. Aber mit schwäbischer Gründlichkeit, Kepler wurde in Weil der Stadt im jetzigen Baden-Württemberg geboren, suchte er weiter. Schließlich fand er einen Zusammenhang zwischen den Entfernungen und den Umlaufzeiten und damit das **Dritte Keplersche Gesetz**.

Hätte es im 17. Jahrhundert schon den Nobelpreis gegeben, Kepler hätte ihn sicher bekommen. Aber die Zeiten waren anders als heute. Der Dreißigjährige Krieg überzog Europa mit Blut und Elend. Die Pest raffte Millionen Menschen dahin. In all den Wirren ging die Leistung des Wissenschaftlers beinahe unter. Zumindest wurde sie nicht ausreichend bezahlt. Kaiser Ferdinand II. schuldete Kepler nicht weniger als 12 000 Gulden. Schließlich entließ er ihn aus seinen Diensten. Im Jahr 1630 macht sich der mittellose Astronom auf den Weg zum Reichstag nach Regensburg, um vom Kaiser sein Gehalt einzufordern. Die Reise wird zu einer unsäglichen Strapaze. Vom Fieber geschüttelt besteigt der 59-Jährige sein Pferd. Er muss den Ritt öfter unterbrechen, denn er kann sich jeweils nur kurz im Sattel halten. Bei nasskaltem Wetter kommt Kepler am 2. November in Regensburg an. Zwei Wochen später ist er tot.

• Fesselndes Zentralgestirn

Warum fliegen die Planeten nicht einfach davon? Was fesselt sie an die Sonne? Johannes Kepler glaubte an das Wechselspiel zwischen dem Magnetismus und einer mystischen Kraft, die er *anima motrix* nannte. Das klingt ziemlich unwissenschaftlich. Aber Kepler hatte nun mal einen Hang zum Übernatürlichen. Erst der zerstreute Professor Newton (siehe Kapitel 3) bereitete diesen Spekulationen ein Ende. Als ihm die Erleuchtung kam, war er allerdings noch gar kein Professor, sondern ein Student ohne Universität. Die nämlich hatte man im Jahr 1665 wegen der Pest geschlossen. So kehrte der junge Isaac für einige Zeit in sein Heimatdorf Woolsthorpe zurück. Ständig irgendwelche Formeln im Kopf, spazierte er durch Wiesen und Wälder. »Wenn ich nur wüsste, was die Planeten auf ihren Bahnen hält!« Diese Frage beschäftigte Newton seit Tagen. Auch jetzt, da er in einem Obstgarten auf und ab ging. Erschöpft ließ er sich schließlich im Schatten eines Baums nieder. »Au!« Ein Apfel war ihm auf den Kopf gefallen. Anstatt leise zu fluchen, fuhr Newton plötzlich hoch. »Ich bin ein seltener Idiot!« Soeben war ihm eine der größten Entdeckungen der Physik gelungen. Er hatte die Gravitation gefunden.

Auch wenn diese Geschichte, die schon seit Newtons Zeiten erzählt wird, nicht ganz den Tatsachen entsprechen mag, so ist sie doch schön erfunden. Jeder von uns kennt die Wirkung der Gravitation. Denn jedem ist schon einmal etwas hinuntergefallen. Das unsichtbare Band, mit dem die Erde alle Gegenstände anzieht, heißt Schwerkraft. Sie steckt nicht nur in der Erde. Jeder Körper – ob Haus, Auto, Mensch oder Apfel – besitzt sie. Heißt das etwa, dass selbst eine Stecknadel unseren Planeten anzieht? Es klingt verrückt: Genauso ist es! Warum die Stecknadel trotzdem auf die Erde fällt (und nicht umgekehrt), liegt an der Masse. Nach dem **Newtonschen Gravitationsgesetz** ist die Schwerkraft umso stärker, je mehr Masse ein Körper besitzt. Daher reißt die schwere Erde alles an sich.

Und noch etwas fand Isaac Newton heraus: Die Kraft, die einen Apfel zu Boden fallen lässt, ist dieselbe, die die Planeten an die Sonne bindet. Denn dort konzentrieren sich 99,8 Prozent der Gesamtmasse des Planetensystems. Kein Wunder, dass die Sonne mühelos alles fest im Griff hat. Ohne sie würde die Erde geradlinig ins All davonfliegen. Die Schwerkraft des Zentralsterns verbiegt den Fluchtweg unerbittlich zu einer geschlossenen Kurve. Zu einer Ellipse. Solange keine störende Kraft wirkt, behält jeder Planet seine Bewegung bei. Einmal aufgezogen, läuft das Uhrwerk für alle Zeiten gleichmäßig weiter.

• Der Dämon vom Mond

Johannes Kepler hatte das uralte Buch auf einer Messe erstanden. Es enthielt eine geheimnisvolle, außergewöhnliche Botschaft. Ein Mann namens Duracoto erzählt darin, wie er einmal zusammen mit seiner Mutter einen Dämon vom Mond beschworen hat. Der Geist tauchte auf und berichtete von seiner Heimat: »Alles, was der Boden von Levania (Mond) hervorbringt und was sich auf ihrer Oberfläche bewegt, ist ungeheuerlich groß. (…) Die Levanier haben keine festen und sicheren Behausungen, sondern wandern tagsüber in Trupps umher. Wenn ihr Wasser auf die andere Seite des Globus gezogen wird, folgen sie ihm, teils zu Fuß, denn sie haben längere Beine als das Kamel, teils durch die Luft mit ihren Flügeln und teils per Schiff. Wenn ein Halt von mehreren Tagen notwendig ist, kriechen sie in Löcher und Höhlen.« Johannes Kepler hat niemals ein rätselhaftes Buch gekauft, sondern sich alles nur ausgedacht. Erst 1634, vier Jahre nach seinem Tod, erschien diese Geschichte unter dem Titel *Somnium,* »Der Traum«. Die Handlung ist frei erfunden, aber Science-Fiction wollte Kepler nicht schreiben. Tatsächlich glaubte der

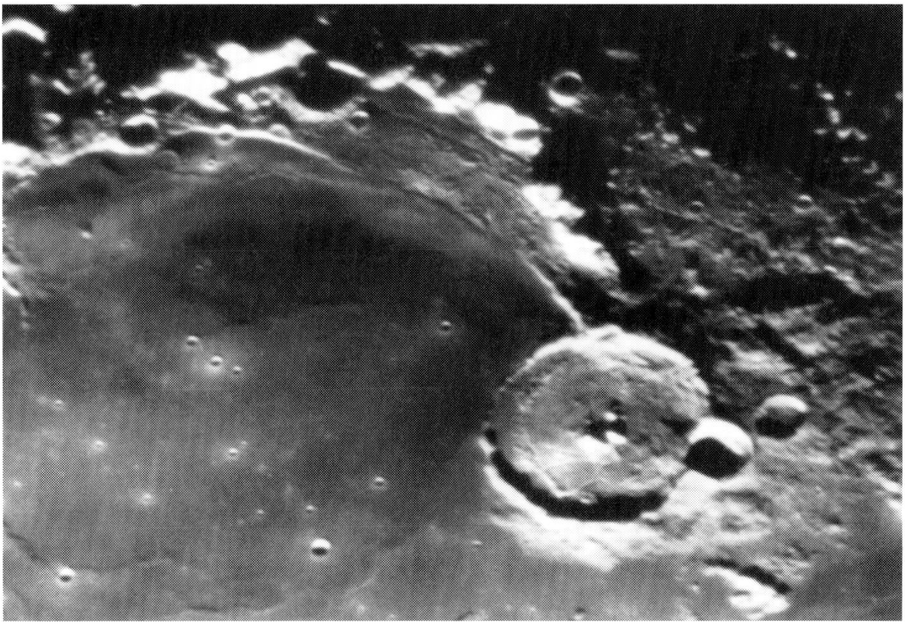

••• Der Mondkrater Gassendi, aufgenommen vom Autor an seinem Fernrohr mit 200 Millimeter Spiegeldurchmesser.

Astronom ebenso wie viele seiner Kollegen – etwa Galileo Galilei –, dass der Mond eine zweite Erde ist, mit Ozeanen und Kontinenten. Außerdem sollten sich auf Levania seltsame Kreaturen tummeln.

Dabei sind die einzigen Lebewesen, die je auf dem Mond herumgelaufen sind, jene zwölf Astronauten der amerikanischen *Apollo*-Missionen. Aber das konnte sich Kepler nicht einmal im Traum vorstellen. Die Astronauten mussten ihre eigene Atemluft mitbringen, denn der Mond besitzt keine Atmosphäre. Darüber hinaus schützten dicke Anzüge die Männer vor den extremen Temperaturen: Um die Mittagszeit klettert das Thermometer auf 130 Grad Celsius über null, um Mitternacht sinkt es auf 180 Grad minus. So trafen die irdischen Besucher nicht auf eine üppige Tier- und Pflanzenwelt, sondern wanderten durch eine öde, verstaubte Landschaft, vorbei an tiefen Trichtern und kantigen Felsen – Reste einer bewegten Vergangenheit. Denn in seiner Jugend musste der Mond eine Menge erdulden: Tausende Gesteinsbrocken aus dem Kosmos stürzten auf seine Oberfläche und hinterließen Krater. Aus seinem Innern stieg flüssige Lava nach oben und überschwemmte die Ebenen. Der Boden faltete sich zu mächtigen Höhenzügen auf oder zersprang und bildete Risse und Furchen.

Dabei hatte der Mond schon eine turbulente Geburt gehabt. Vor mehr als vier Milliarden Jahren soll ein etwa marsgroßer Himmelskörper, von den Astronomen Theia genannt, mit der jungen Erde kollidiert sein. Glücklicherweise gab es keinen Frontalzusammenstoß, sondern eine Art Streifschuss. Dabei wurde Material aus Erde und Theia in den Weltraum geschleudert und von der Schwerkraft auf eine Bahn um unseren Planeten gezwungen. Innerhalb kurzer Zeit formten die Trümmer einen Gesteinskern, der begierig Materie aufsammelte und nach einigen Tausend Jahren zum Mond heranwuchs. Mit hoher Geschwindigkeit raste der neue Satellit in nur 60 000 Kilometern Abstand um die Erde. Unvorstellbare Gezeitenkräfte deformierten ihn und den damals alles andere als Blauen Planeten zu einem Ei. Schließlich beruhigte sich der »Doppelplanet«, der Mond bremste ab und entfernte sich dabei immer weiter von der Erde. Als treuer Begleiter umläuft er sie heute pro Monat einmal. Genauso lange benötigt er, um sich um seine Achse zu drehen. Aufgrund dieser gebundenen Rotation erblicken wir stets dasselbe pockennarbige Gesicht des Mondes – ganz gleich, wann wir zu ihm aufschauen.

Was sich dagegen ständig ändert, sind die Mondphasen. Sie hängen von der Stellung von Sonne, Mond und Erde ab: Von uns aus betrachtet steht der Mond alle 29 Tage, 12 Stunden und 44 Minuten zwischen Erde und Sonne und ist nicht zu sehen. Wir nennen diese Phase **Neumond**. Etwa eine Woche später gelangt der Mond auf seiner Bahn, wieder bezogen auf die Erde, in den rechten Winkel zur Sonne und wird von ihr zur Hälfte beleuchtet. Wir sprechen vom **Ersten Viertel**. Nach einer weiteren Woche kommt der Mond schließlich auf der anderen Seite seiner Bahn an, das heißt, er steht von der Erde aus gesehen der Sonne gegenüber und erhält von ihr volles Licht: Es ist **Vollmond**. Danach zieht er weiter und gelangt – halbwegs zwischen Voll- und Neumond – wieder in eine ähnliche Stellung wie beim Ersten Viertel. Jetzt aber nimmt der Mond nicht zu, sondern ab: Das **Letzte Viertel** ist erreicht.

• Unheimliche Schattenspiele

Wer jetzt gut aufgepasst hat, sollte sich wundern. Wie war das doch gleich? Bei Neumond steht der Trabant zwischen Erde und Sonne. Dann müsste er das Tagesgestirn doch bedecken! Das tut er tatsächlich – aber nicht immer. Und was dann passiert, hat der Dichter Adalbert Stifter (1805 bis 1868) so beschrieben:

»Endlich wurden auch auf Erden die Wirkungen sichtbar, und immer mehr, je schmäler die am Himmel glühende Scheibe wurde; der Fluss schimmerte nicht mehr, sondern war ein taftgraues Band, matte Schatten lagen umher, die Schwalben wurden unruhig, der schöne sanfte Glanz des Himmels erlosch, als liefe er von einem Hauche matt an, ein kühles Lüftchen hob sich und stieß gegen uns, über den Auen starrte ein unbeschreiblich seltsames, aber bleischweres Licht (...) der Mond stand mitten in der Sonne, aber nicht mehr als schwarze Scheibe, sondern gleichsam halb transparent wie mit einem leichten Stahlschimmer überlaufen, rings um ihn kein Sonnenrand, sondern ein wundervoller, schöner Kreis von Schimmer, bläulich, rötlich, in Strahlen auseinander brechend, nicht anders, als gösse die oben stehende Sonne ihre Lichtflut auf die Mondeskugel nieder, dass es rings auseinander spritzte. (...) mit eins war die Jenseitswelt verschwunden, und die hiesige wieder da, ein einziger Lichttropfen quoll am obern Rande wie ein weiß schmelzendes Metall hervor (...) siegreich kam Strahl an Strahl, und wie schmal, wie winzig schmal auch nur noch erst der leuchtende Zirkel war, es schien, als sei uns ein Ozean von Licht geschenkt worden (...)«

Stifter würde staunen, welchen Rummel eine von ihm so poetisch beschriebene totale Sonnenfinsternis heute auslöst. Ob sich die Sonne in Florida oder in Mexiko verfinstert, in Indien oder Mauretanien: Tausende und Abertausende Touristen fliegen selbst zu den entlegensten Winkeln der Erde, stehen mit der Kamera bereit und warten voller Ungeduld auf das kosmische Schattenspiel. Sie wollen am eigenen Leib spüren, wie es kribbelt, wenn der Tag zur Nacht wird und die umkränzte Scheibe der fahlen Sonne drohend am Firmament steht. Vielleicht hast du das selbst erlebt – damals, am 11. August 1999. An jenem Tag hörte die Sonne über Süddeutschland auf zu scheinen. In dicken Schlagzeilen berichteten die Zeitungen über das Jahrhundertspektakel. Das Geschäft mit den Sofi-Brillen blühte. Und so mancher Hellseher prophezeite das Ende der Welt. Natürlich geschah nichts – nur der eine oder andere Sofi-Fan geriet in Rage, weil mancherorts dicke Wolken am Himmel aufzogen und den Blick auf das Schauspiel versperrten.

Manchen mag es schon ein wenig gefröstelt haben, als die Sonne Stück für Stück vom Mond angeknabbert wurde, als ein Schatten aus dem Weltraum mit der Geschwindigkeit eines Düsenjets über die Erdoberfläche strich und die Landschaft schließlich in unwirkliches Licht tauchte. Dabei steckt keine Zauberei hinter einer totalen Sonnenfinsternis, sondern reine Himmelsmechanik. Drei kosmische Schauspieler agieren zusammen: Sonne, Mond und Erde. Aber die drei dürfen auf der Himmelsbühne nicht irgendwie herumstehen, sondern sie müssen sich hintereinander aufreihen. Dabei hat der Mond zwischen unseren Planeten und seinen Mutterstern zu treten. Von der Erde aus gesehen herrscht Neumond. Und warum schiebt sich der Erdbegleiter nicht alle 29 Tage vor die Sonne? Die Erklärung: Vor undenklichen Zeiten ist der Mond auf die »schiefe Bahn« geraten, die Ebene seines Umlaufs bildet mit der Bahnebene der Erde einen Winkel von rund fünf Grad. Daher zieht der Mond in den allermeisten Fällen oberhalb oder unterhalb der Sonnenscheibe vorbei. Nur wenn er dort steht, wo sich seine Bahn und die der Erde schneiden, kommt es zu einer Bedeckung.

Jetzt kann der Mond einen Schatten werfen, der auf der Erde eine Breite von maximal 300 Kilometern erreicht und mit einer Geschwindigkeit von 2000 Kilometern pro Stunde über die Oberfläche rast. Wer

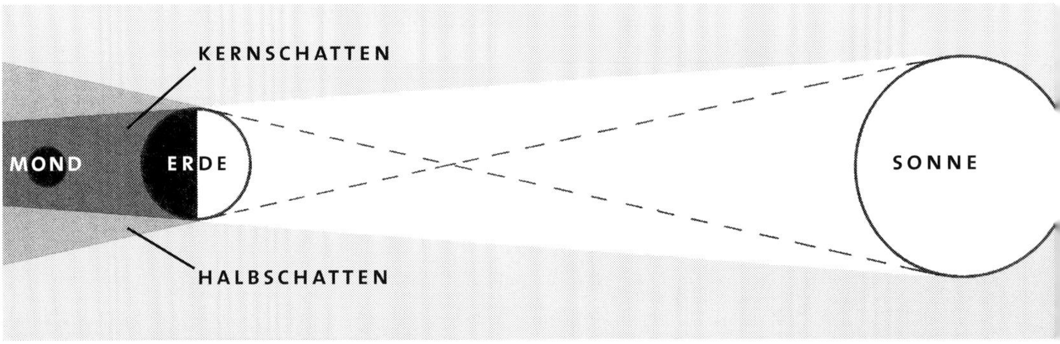

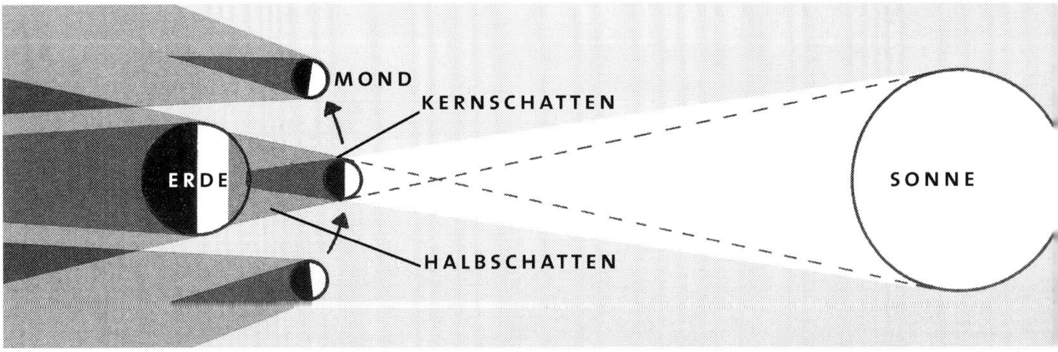

••• Bei einer Mondfinsternis (oben) tritt die Erde zwischen Sonne und Vollmond, der von ihrem Schatten verfinstert wird. Zieht hingegen der Neumond zwischen unserem Planeten und dem Tagesgestirn vorbei und trifft sein Schatten dabei die Erde, beobachten wir eine Sonnenfinsternis (unten).

sich innerhalb dieses Streifens (Kernschattens) aufhält, erlebt eine **totale Sonnenfinsternis**; sie dauert höchstens siebeneinhalb Minuten. An den Schattenkegel schließt sich eine mehrere Tausend Kilometer breite Zone an (Halbschatten), in der unser Mond die Sonne nur teilweise verschluckt: Die Astronomen sprechen von einer **partiellen Sonnenfinsternis**. Manche Finsternisse kommen über die partielle Phase gar nicht hinaus, bei anderen ist der Mond so weit entfernt, dass sein Schattenkegel die Erdoberfläche gerade nicht mehr berührt. Bei einer solchen **ringförmigen Sonnenfinsternis** bleibt um die Sonnenscheibe stets ein blendend heller Lichtsaum übrig.

Weil der Kernschatten des Mondes sehr schmal ist, ereignet sich eine totale Sonnenfinsternis für einen bestimmten Ort seltener als eine **totale Mondfinsternis**. Dieses Schattenspiel geht überall dort über die Bühne, wo der Mond gerade am Firmament steht. Eine Vorstellung dauert im günstigsten Fall 100 Minuten. Die Abbildung zeigt, dass sich der Vollmond nur dann in eine dunkle, meist kupferrot leuchtende Scheibe verwandelt, wenn er auf seinen unermüdlichen Kreisen zufällig durch den etwa eine Million Kilometer langen Erdschatten wandert. Voraussetzung dafür ist wiederum, dass Mond und Erde sozusagen eine gemeinsame Ebene finden. Gelingt das nur ungenügend, werden wir Zeuge einer **partiellen Mondfinsternis**. Und trifft der Mond erst gar nicht den Kernschatten, sondern zieht er durch seine Randbereiche, spricht man von einer (völlig unspektakulären) **Halbschattenfinsternis**.

• In der Gluthölle der Liebesgöttin

Wir Menschen sind auf dem besten Weg, die Natur zu ruinieren, indem wir zum Beispiel immer mehr Schadstoffe in die Atmosphäre blasen. Was aber passiert, wenn dieser Schutzschild eines Tages genug von den Treibhausgasen hat? Weil die Lufthülle dann keine Wärmestrahlung mehr nach außen dringen lässt, steigen die Temperaturen – erst langsam, später schneller. Die Erde heizt sich auf. Vielleicht verdampfen eines Tages sogar die Ozeane. Der Blaue Planet trocknet aus, verwandelt sich in einen Backofen. Das Leben erlischt. Das klingt alles sehr fantastisch und vielleicht kommt es auf der Erde niemals so weit. Trotzdem ist ein solches Geschehen bereits Wirklichkeit. Nicht auf der Erde, sondern an einem Ort, wo man es kaum erwarten würde: auf der Venus.

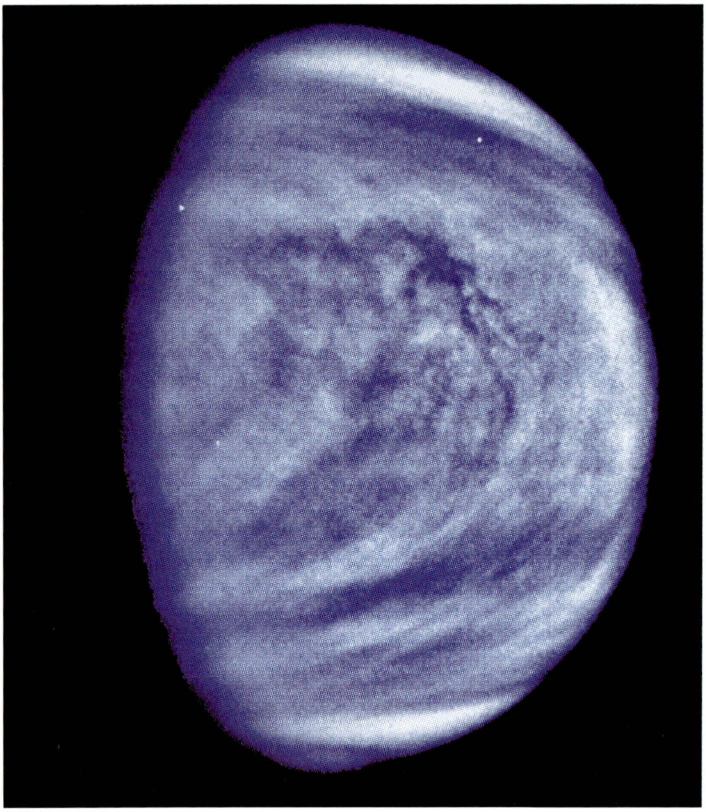

••• Als innerer Planet zeigt die Venus Phasen wie der Mond. Anders als bei der Erde rührt die blaue Farbe des Planeten auf diesem Foto aber nicht von Wasser her, sondern liegt am verwendeten Kamerafilter und an der Bildbearbeitung.

Ende der 1970er-Jahre machten sich zwei Pioniere auf, die Geheimnisse unseres Nachbarplaneten zu lüften. Sie bestanden jeweils aus einem Mutterschiff, vier Kapseln und einem Vehikel, das die Venus aus der Umlaufbahn beobachtet. Amerikanische Wissenschaftler hatten die beiden unbemannten Raumsonden auf den Namen *Pioneer-Venus* getauft. Sie sollten Venus, der Göttin der Liebe, mit allen technischen Mitteln zu Leibe rücken. Die modernen Instrumente waren auch nötig. Denn wer sich der Venus mit einer normalen Kamera nähert, dem verrät sie gar nichts. Jahrhundertelang beobachteten die Astronomen den Morgen- und Abendstern durch ihre Teleskope. Freilich, dass dieses nach Sonne und Mond hellste Gestirn am irdischen Firmament Phasen zeigt wie der Erdbegleiter, dass es eine Halb- und eine Vollvenus gibt, hatte schon Galileo Galilei entdeckt. Die Forscher fanden außerdem heraus, dass der Planet nur wenig kleiner ist als die Erde, dass er die Sonne im Abstand von rund 108 Millionen Kilometern umrundet und dafür 225 (irdische) Tage benötigt.

Erst seit 1964 wissen die Experten, dass die Venus vom Nordpol aus gesehen im Uhrzeigersinn rotiert und eine Umdrehung 243 Tage dauert. Für einen Venusianer würde die Sonne im Westen aufgehen und im Osten unter den Horizont sinken. Allerdings wüsste ein Bewohner des Planeten gar nicht, wie unser Mutterstern aussieht. Denn die mehrere Hundert Kilometer dicke Wolkenhülle schwächt das Licht stark ab, so wie dichter Nebel die morgendliche Herbstsonne auf der Erde. Am Venusboden beträgt die Sicht nur einige Hundert Meter. Darüber ärgern sich die Astronomen ganz fürchterlich: Die dicke Luft der Atmosphäre versperrt ihnen nämlich den Blick auf den Boden. Trotzig verhüllt die Liebesgöttin ihr Antlitz. Die wichtigsten Instrumente an Bord der *Pioneer*-Sonden waren daher Radargeräte. Sie blickten hinter den Schleier und lieferten eine Landkarte der Venus. Rund 80 Prozent der Oberfläche machen Lavaebenen wie Atlanta Planitia aus. Darüber erheben sich einige Hochplateaus wie Aphrodite Terra oder Ishtar Terra. Auf diesem Kontinent, etwa so groß wie Australien, ragt bis in eine Höhe von knapp 11 000 Metern das Maxwell-Gebirge in den trüben Himmel.

••• Die Radaraugen der *Pioneer*-Sonden lüfteten den Schleier der Venus und lieferten eine Landkarte des heißen Planeten. Für dieses Bild hat ein Künstler die Daten zu einem Gemälde des Hochplateaus Isthar Terra umgesetzt.

Die beiden *Pioneer-Venus*-Sonden sahen viel, aber bei Weitem nicht alles. So warteten die Astronomen voller Spannung darauf, was wohl die Sonde *Magellan* von der Liebesgöttin vermelden würde. Sie besaß 200-mal schärfere Radaraugen als ihre Vorgänger und musterte den Planeten im Detail. Die Nahaufnahmen zeigen eine faszinierende, von Vulkanismus geprägte Landschaft: Becken und Bergrücken, Dome und Dünen, Krater und Lavaströme. Rund 98 Prozent der Oberfläche hatte *Magellan* kartiert, bevor der Späher nach vierjähriger Mission gezielt in der Venusatmosphäre verglühte. Übrigens verhalten sich die Wolken aus Schwefelsäuretröpfchen seltsam: Innerhalb von nur vier Tagen rasen sie einmal um den gesamten Planeten herum. Und noch etwas ist bemerkenswert: Einschlagkrater auf der Oberfläche fehlen fast völlig – obwohl die Venus vor allem in ihrer Jugend mit Brocken aus dem Kosmos bombardiert wurde. Offenbar war die Venus vor einigen Hundert Millionen Jahren beim »Schönheitschirurgen«, das heißt: Heftiger Vulkanismus hat dünnflüssige Lava über die Landschaft gespuckt und die Falten im Gesicht der Göttin geglättet.

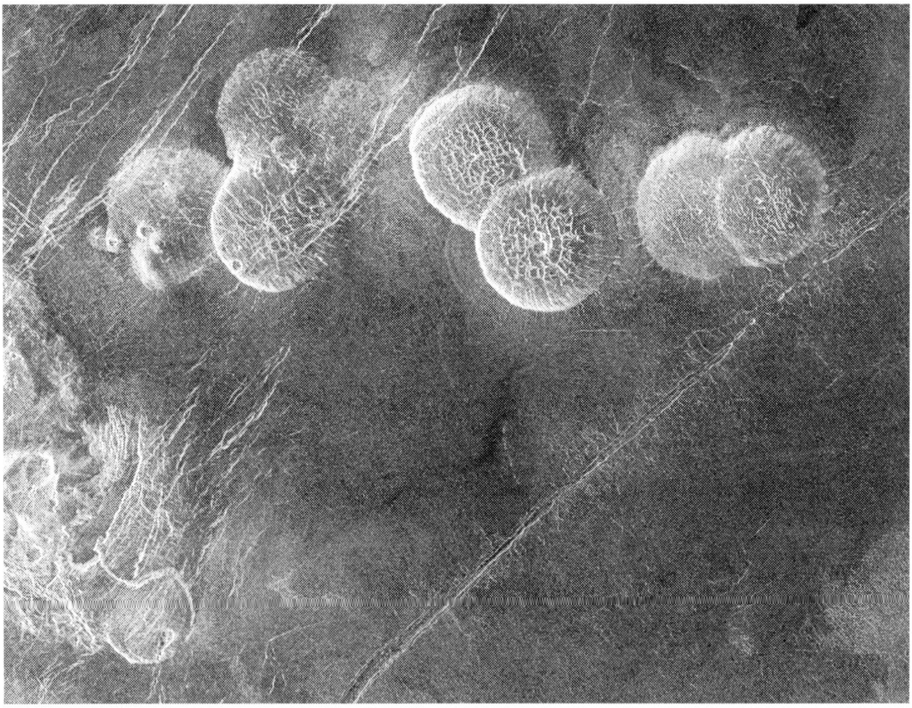

••• Detaillierte Radarfotos von der Venusoberfläche gewann die Raumsonde *Magellan*. Sie zeigen ein zerklüftetes Gebiet mit vielen Vulkankegeln.

Die Venus war bisher das Ziel von mehr als zwei Dutzend unbemannten Missionen. Zurzeit hat sie Besuch von der europäischen Sonde *Venus Express*. Sicher werdet ihr hin und wieder in der Zeitung oder im Internet lesen, was der Kundschafter so alles herausfindet. Worüber in den nächsten Jahrzehnten sicher nicht berichtet wird, ist ein bemannter Flug zur Venus. Und eine Landung erscheint noch utopischer. Das liegt aber nicht nur an der schlechten Sicht – dafür gibt es schließlich Radar –, sondern an den unwirtlichen Bedingungen: Schon beim Gedanken an Temperaturen um die 450 Grad Celsius, an einen 90-fach höheren Luftdruck als auf der Erde und an die Kohlendioxid-Atmosphäre mit ihren Schäfchenwolken aus Schwefelsäure schaudert es mich. Russische Robotersonden, die weich auf der Venus gelandet sind und sogar ein paar Bilder vom steinigen Boden geschossen haben, gaben ihren Geist regelmäßig nach einigen Minuten oder wenigen Stunden auf.

Woran liegt es, dass die Liebesgöttin eine wahre Gluthölle ist? Neben der Nähe zur Sonne spielt das Kohlendioxid in der Atmosphäre eine wichtige Rolle. Der chemische Stoff lässt das Licht problemlos passieren. Es erreicht den Boden, wird als langwellige Wärmestrahlung wieder nach oben reflektiert – und sitzt in der Falle: Der Wärme erteilt das Kohlendioxid keine »Ausreisegenehmigung«. Ganz ähnlich verhält sich übrigens Glas. Daher steigen in einem an der prallen Sonne geparkten Auto die Temperaturen gewaltig an. Gärtner nutzen diesen Treibhauseffekt und bauen im Glashaus Salat und Tomaten an. Aus Fabrikschloten oder Auspuffrohren gelangen jeden Tag weltweit enorme Mengen von Kohlendioxid in die Erdatmosphäre. Pflanzen und Bäume, die es aufsaugen und teilweise in wertvollen Sauerstoff verwandeln, werden zunehmend ausgerottet. Dabei sollte uns die Venus Warnung sein: In ihrem Treibhaus gedeihen weder Salat noch Tomaten, sondern man findet dort nur Felsen und erstarrte Lava.

• Heißkalter Merkur

Ich kann mich noch gut daran erinnern, wie ich ihn zum ersten Mal sah. Es war an einem klirrend kalten Winterabend Anfang Februar 1981. Schon vor Einbruch der Dämmerung hatte ich mich mit einem kleinen 60-Millimeter-Refraktor im Gepäck auf den Weg gemacht. Als Beobachtungsort wählte ich einen Hügel außerhalb der Stadt mit freiem Blick zum westlichen Horizont. Denn dort sollte er sich zeigen. Allmählich verblasste das Licht des Tages. Eine Viertelstunde lang spähte ich mit bloßem Auge angestrengt zum Himmel. Plötzlich löste sich aus dem schwarzblauen Hintergrund ein winziges Pünktchen. Das musste er sein. Ich war stolz, Merkur entdeckt zu haben!

••• Der kraterübersäte Merkur sieht auf den ersten Blick dem Erdmond ähnlich. Die Raumsonde *Messenger* nahm den innersten Planeten während eines Vorbeiflugs im Januar 2008 unter die Lupe.

Rastlos rast der sonnennächste Planet in 88 Tagen um unser Zentralgestirn. Seine Rotationszeit entspricht mit 58 Tagen und 15 Stunden etwa zwei Drittel seiner Umlaufzeit. Für einen Merkurianer würde ein Tag 176 Erdentage dauern. Und er sähe an manchen Orten ein merkwürdiges Schauspiel: Die Sonne würde aufgehen und während ihrer gemächlichen Wanderung über den Himmel langsam an Größe zunehmen. Am höchsten Punkt des Firmaments würde die Sonne plötzlich stoppen und kurz darauf in die entgegengesetzte Richtung eilen, nach einem weiteren Halt ihren Weg zum Horizont fortsetzen und dabei wieder schrumpfen. Die wechselnde Größe der Sonnenscheibe hängt mit der eiförmigen Planetenbahn zusammen: So schwankt Merkurs Abstand zum Zentralstern zwischen 46 und 70 Millionen Kilometer. Von der Erde aus gesehen entfernt sich der scheue Götterbote am Himmel nie sehr weit von der Sonne. So zeigt er sich jeweils nur kurz nach Sonnenuntergang im Westen (östliche Elongation) oder kurz vor Sonnenaufgang im Osten (westliche Elongation).

Selbst im größten Fernrohr verrät Merkur nichts über sich. Aber wozu haben die Wissenschaftler ihre Raumsonden als Spione! Ein Vehikel namens *Mariner 10* machte dem Himmelskörper in den Jahren 1974 und 1975 dreimal seine Aufwartung und gewann während der Vorbeiflüge mehr als 4400 Schwarz-Weiß-Bilder. Noch heute zehren die Forscher von dieser Fotosafari. Am 3. August 2004 startete vom amerikanischen Weltraumbahnhof Cape Canaveral die Sonde *Messenger*. Im Januar 2008 flog sie zum ersten Mal am Merkur vorbei und sendete Fotos zur Erde. Aber erst im März 2011 soll sie in eine Umlaufbahn um den Merkur einschwenken. Das Unternehmen wird ein Trip in die Hölle.

Auf den ersten Blick ähnelt der Planet unserem Mond. Bei genauerem Hinsehen fällt jedoch eine eigenartige Unregelmäßigkeit auf: Der Götterbote scheint zwei Gesichter zu haben. Zahllose Krater überziehen die eine Hälfte, großflächige Ebenen wie das Caloris-Becken prägen die andere. Warum, wissen die Experten nicht. Dagegen steht fest, dass sich auf der felsigen Oberfläche Saukälte und Affenhitze abwechseln: Tagsüber klettert das Thermometer bis auf 460 Grad Celsius, nachts sinkt es auf minus 190 Grad. Über der kraterzerfurchten Wüstenei spannt sich eine hauchdunne Atmosphare aus Wasserstoff und Helium. Vor wenigen Jahren haben die Wissenschaftler mit Radarbeobachtungen von der Erde aus an den Planetenpolen die Fingerabdrücke von Wassereis entdeckt. Schlummert es vielleicht am Boden tiefer Krater, in die niemals ein Sonnenstrahl dringt? Damit hätten Merkur und Mond eine Gemeinsamkeit. Auch am Südpol des Erdtrabanten fanden die Forscher Ende der 1990er-Jahre Hinweise auf Wassereis. Als dort ein paar Jahre später die Sonde *Lunar Prospector* am Ende ihrer Mission gezielt zum Absturz gebracht wurde, ließen sich in der Staubwolke jedoch keinerlei Wasserspuren nachweisen. Und wie sieht das auf dem Merkur aus? *Messenger* soll Antworten liefern.

• Rätselhafter Roter Planet

»Ich stand da wie versteinert. Eine graue, massige Gestalt, etwa so groß wie ein Bär, schälte sich langsam aus dem Metallzylinder. Sie schimmerte wie nasses Leder. Zwei gewaltige, dunkle Augen blickten mich unverwandt an. Die Gestalt war rund und hatte so etwas wie ein Gesicht. Unter den Augen saß der Mund. Er zuckte und keuchte. Speichel tropfte aus ihm. Der gesamte Körper pulsierte. Einer der beiden dürren, langen Fühler umschlang den Rand des Metallzylinders, der andere pendelte in der Luft.«

Irgendwann in den 90er-Jahren des 19. Jahrhunderts waren diese fürchterlichen Wesen in England gelandet. Sie versuchten, die Erde zu erobern. Denn auf ihrem eigenen Heimatplaneten, dem Mars, war es zu kalt geworden. So begann der *Krieg der Welten*, den die Menschen durch einen glücklichen Zufall doch noch gewannen. Diese Geschichte von H. G. Wells (1866 bis 1946) gilt als einer der Klassiker der Science-Fiction-Literatur. Im Jahr 1938 versetzte eine Hörspielversion des Romans halb Amerika in Angst und Schrecken. Die Menschen glaubten, die Marsianer seien tatsächlich gelandet und flüchteten zu Tausenden aus den Städten. Inzwischen haben sich die Verhältnisse umgekehrt: Metallzylinder von der Erde sind auf dem Mars niedergegangen. Statt glibberiger Innereien enthalten sie modernste Elektronik. Und sie kommen auch nicht, um den Roten Planeten zu erobern, sondern um ihm seine Geheimnisse zu entlocken.

Kaum ein anderer Himmelskörper hat die Astronomen so beschäftigt wie der Mars, unser äußerer Nachbar. Die Aufmerksamkeit zieht er schon allein wegen seiner tiefroten Farbe auf sich. Sie kommt immer dann besonders zur Geltung, wenn der Planet in Opposition steht. Dann trennen uns bisweilen nur 56 Millionen Kilometer von dem Kriegsgott. Die Farbe ist jedoch nicht das Aufregendste. Erst das Teleskop enthüllt Sensationelles. Darin erscheint der Mars als Scheibchen mit mindestens einer weißen Polkappe und gelben, dunkelbraunen und grünen Flecken! Außerdem entsprechen die Werte für Rotation (24 Stunden und 37 Minuten) und Achsneigung (25 Grad) fast genau jenen der Erde. Ein Marsianer würde den Wechsel von Tag und Nacht etwa im selben Rhythmus erleben wie wir. Und auch Jahreszeiten gibt es in seiner Welt, wenngleich das Jahr 687 irdische Tage dauert.

Der Mars als zweite Erde, vielleicht sogar von intelligenten Wesen besiedelt? Wie sollte man das herausfinden? Womöglich verrieten sich die Bewohner durch große Bauwerke, die man im Fernrohr sehen konnte. Ob diese Gedanken dem italienischen Astronomen Giovanni Virginio Schiaparelli (1835 bis 1910) durch den Kopf gehen, als er sich eines Abends im Spätsommer 1877 in der Mailänder Sternwarte ans Fernrohr setzt? Mit 468-facher Vergrößerung peilt er den Mars an. Behutsam dreht der Wissenschaftler am Okularauszug. Das Bild des Roten Planeten gewinnt an Schärfe. Angespannt mustert Schiaparelli einen Fleck, an den sich ein sichelförmiger Bogen anschließt. »Diese Gegend will ich zeichnen«, murmelt der Astronom. Sekunden später zuckt er zusammen. Zwischen einem kleinen dunklen Fleck und den Enden des Bogens sieht er plötzlich drei gerade, teilweise unterbrochene Linien. Der Forscher ändert die Einstellung des Okulars, blickt mit dem anderen Auge ins Fernrohr – die Linien bleiben. Schiaparelli nennt sie schlicht *canali*, veröffentlicht seine Entdeckung jedoch erst einige Wochen später.

Darauf hatte die Menschheit gerade gewartet. Endlich ein Zeichen von den Marsbewohnern! Natürlich konnten nur intelligente Wesen diese »Kanäle« – so lautete damals die nicht ganz korrekte Übersetzung aus dem Italienischen – zur Bewässerung angelegt haben. Auch andere Astronomen sahen sie jetzt. Im Nu verbreitete sich die Nachricht in alle Welt. Ein wahres Marsfieber brach aus. Ein betuchter amerikanischer Geschäftsmann ließ sich eigens eine Sternwarte bauen, um ausschließlich den Roten Planeten ins Visier zu nehmen. Aber die Marsianer blieben stumm! Mittlerweile haben die Raumsonden selbst die letzten vom Marsfieber befallenen Fantasten geheilt. Im Sommer 1976, fast genau 100 Jahre nach der unerhörten Beobachtung des Herrn Schiaparelli, landeten *Viking 1* und *Viking 2* auf der Oberfläche des rätselhaften Himmelskörpers. Sogleich brachten sie ihre elektronischen Augen in Stellung und begannen, Farbbilder von der Umgebung zur Erde zu senden. Von künstlich angelegten Kanälen oder sechsarmigen grünen Männchen keine Spur. Die Fotos zeigen Felder mit porösen Gesteinsbrocken, an denen der Rost nagt. Bis zum Horizont reichende Sanddünen rechtfertigen den Namen Wüstenplanet.

Die Marskanäle erwiesen sich als optische Täuschung. Aber die Pseudowissenschaftler suchten sich ein neues Ziel: das Marsgesicht. Sie wollten es auf Fotos der *Viking*-Sonden erkannt haben – ebenso wie mehrere Pyramiden. Unzählige Autoren hielten den Mythos jahrelang lebendig.

••• Der Rote Planet hat die Menschen zu allen Zeiten bewegt.
Die Griechen tauften ihn nach ihrem Kriegsgott Ares, bei den Römern hieß er Mars.

Im Frühjahr 1998 endlich bereitete der *Mars Global Surveyor* allen Spekulationen ein Ende. Die Bordkamera nahm einen vier Kilometer breiten und 80 Kilometer langen Streifen der Cydonia-Region unter die Lupe. Dabei überflog der unbemannte Späher auch das Marsgesicht. Das Bild hatte sogar noch einzelne Fältchen in dem Antlitz gezeigt, so hoch war die Auflösung der Optik. Doch was manche zuvor für Augen, Nase und Mund hielten, ist nichts als der nackte, unbehauene Fels eines etwa 1500 Meter großen Tafelbergs. Seit Urzeiten steht er in der Wüste, Sandablagerungen und Winderosion haben auf ihm ihre

▲••• Besuch beim Erdnachbarn: Im Winter 2004 landeten die beiden Raumsonden *Spirit* und *Opportunity* auf dem Mars. Die von der Oberfläche übertragenen Bilder zeigen eine unwirtliche Sand- und Geröllwüste.

▼••• Auch wenn auf der Nordhalbkugel des Mars bereits der Sommer Einzug gehalten hat, sind die dunklen Sanddünen an der Nordpolkappe zum Teil noch von Wassereis bedeckt. Für Kohlendioxideis, das an den Marspolen ebenfalls existiert, war es zu dieser Jahreszeit zu warm.

Spuren hinterlassen. Genau diesen Berg hatte *Vikings* elektronisches Auge gesehen – nur mit weniger scharfem Blick und bei anderem Sonnenstand. Das Spiel aus Licht und Schatten hatte menschliche Gesichtszüge vorgegaukelt. Die neuesten Bilder ließen sogar eingefleischte Mars-Archäologen zweifeln. Natürlich behaupten einige, die Aufnahmen seien gefälscht, um die Wahrheit zu vertuschen …

Wir wollen den Mars nun aus einigen Tausend Kilometern Höhe betrachten. Aber Vorsicht, sonst stoßen wir mit Phobos und Deimos zusammen, den beiden kartoffelförmigen Minimonden des Planeten. Von unserem Standort aus erscheint der rote Globus sehr interessant. Ein 3000 Kilometer langer Canyon, Valles Marineris genannt, zerfurcht seine Oberfläche. Olympus Mons, mit 500 Kilometern Durchmesser einer der gewaltigsten Vulkanberge im Sonnensystem, erhebt sich an die 27 Kilometer hoch in die dünne Kohlendioxid-Atmosphäre. Hie und da verschwinden Berge und Furchen, Krater und offenbar ausgetrocknete Flussbetten mit tropfenförmigen Inseln hinter diffusen Wolken oder gigantischen Staubstürmen.

Inseln und Flüsse? Ja! Die Wissenschaftler glauben, dass der heutige Wüstenplanet vor Jahrmillionen ein Meeresplanet war. Warum sich das Wasser in Luft aufgelöst hat, weiß niemand so recht. Ein Teil befindet sich in gefrorenem Zustand im Marsboden. Im Jahr 2002 spürte die Raumsonde *Mars Odyssey* größere Mengen des kostbaren Stoffs auf. Sie lagern eingeschlossen im Boden in Gegenden über 60 Grad marsianischer Breite um die Pole – die selbst von mächtigen Schichten aus Wasser- und Kohlendioxideis überzogen sind. Dennoch existieren auf dem Mars keine unterirdischen Ozeane oder zugefrorenen Seen zum Schlittschuhlaufen. Und der Dauerfrostboden gleicht alles andere als einem Sumpf: Würde man etwa den Boden für den Keller eines Mehrfamilienhauses ausbaggern, fände sich im Aushub gerade mal ein Fingerhut voll Wasser. Und auf der Oberfläche kann es in flüssiger Form ohnehin nicht existieren: Wegen des geringen Luftdrucks (etwa 0,6 Prozent des irdischen) kocht es schon bei wenigen Grad über null und verdampft. Aber die Temperaturen auf dem Mars liegen ohnehin meist deutlich unter null, an den Polkappen variieren sie je nach Jahreszeit zwischen minus 140 und minus 15 Grad Celsius.

Weshalb sind die Wissenschaftler auf Wasser so scharf? Die Antwort ist einfach: Wo es Wasser gibt, ist Leben nicht weit. Jedenfalls bei uns auf der Erde! Die Greifarme der beiden *Vikings* haben den Boden aufgewühlt und nach Spuren von Einzellern oder einfachen Algen gesucht.

Fehlanzeige! Ob der Wüsten- einst ein Wasserplanet war, vermag niemand mit Sicherheit zu sagen. Manche Forscher behaupten, dass die Atmosphäre von Anfang an sehr dünn gewesen sei. Als dann vor 3,9 Milliarden Jahren auch noch das Magnetfeld zusammenbrach, sei die Gashülle noch weiter ausgedünnt und das feuchte Element ins All entwichen oder im Untergrund versickert. Tatsächlich fand der Rover *Opportunity* im Gestein hohe Schwefelkonzentrationen sowie das Eisen-Schwefel-Mineral Jarosit, das auf der Erde nur unter der Mitwirkung von Wasser entsteht. Zuvor hatten Bilder verschiedener Raumsonden aus der Umlaufbahn den Eindruck von ausgetrockneten Flussläufen vermittelt.

Seit Mai 2008 gräbt die Landesonde *Phoenix* in der Permafrost-Region nahe dem Nordpol und sucht im Marsstaub nach Mikroorganismen. Und eines Tages, vielleicht in 25 oder 30 Jahren, sollen Astronauten auf dem Roten Planeten herumhüpfen und selbst nachschauen. Marsianer werden sie allerdings nicht treffen. Die existieren nur in der Fantasie. Schade eigentlich! Eine Begegnung mit ihnen wäre sicher spannend gewesen.

• Audienz bei Jupiter und Saturn

Jupiter, für die Römer der gewaltige Herrscher über Menschen und Götter, riecht nach Knoblauch! Aber das tut seiner Erhabenheit keinen Abbruch. Und die *Voyager*-Sonden störte das ohnehin nicht. Im Jahr 1979 schauten sie bei diesem größten Planeten des Sonnensystems vorbei und lieferten zum ersten Mal beeindruckende Nahaufnahmen des Giganten. Nicht weniger als 1300 Erden könnte der Jupiter aufnehmen. Er dreht sich in knapp zehn Stunden einmal um seine Achse. Die hohe Fliehkraft dehnt die etwa 143 000 Kilometer messende Kugel am Äquatorgürtel. Das geht relativ leicht: Eine mehrere Tausend Kilometer dicke Atmosphäre aus Wasserstoff, Helium, Deuterium, Methan, Ammoniak und Phosphin (von diesem Stoff stammt der Knoblauchgeruch) umschließt einen kleinen, festen Kern aus Gestein und Metall. Der Gasriese Jupiter hätte wohl eine zweite Sonne werden sollen. Aber dafür reichte seine Masse denn doch nicht.

Die *Voyagers* blickten also auf die Oberseite der Wolkenhülle. Das genügte. Regelmäßig brachen die Wissenschaftler im Jet Propulsion Laboratory in Begeisterungsstürme aus: Dunkelbraune Bänder und helle

••• Ein gigantischer Wirbelsturm, bekannt als Großer Roter Fleck, tobt im Wolkenmeer des Gasplaneten Jupiter. Die Raumsonde *Galileo* schickte diese Ansicht zur Erde.

••• Kosmische Pizza: Der Jupitermond Io, auf dem mehrere aktive Vulkane Schwefel spucken und dadurch die Oberfläche ständig neu gestalten.

Streifen bestimmen das Gesicht des Planeten. In der turbulenten, bunten Atmosphäre schwimmen weiße Ovale, so groß wie die Erde. Die markanteste Struktur jedoch ist der Große Rote Fleck. Schon Galileo Galilei sah mit seinem einfachen Fernrohr diesen mit 21 000 Kilometer Längsausdehnung überdimensionalen Wirbelsturm. Nach dem italienischen Astronomen ist auch eine Raumsonde benannt, die Mitte der 1990er-Jahre dem Jupiter ihre Aufwartung machte. Ja, der Göttervater – die Griechen nannten ihn Zeus – wurde sogar beschossen: Mit einer Geschwindigkeit von 170 000 Kilometern pro Stunde tauchte *Galileos* kleine Tochtersonde in das Wolkenmeer. Während sie dahintrieb, funkte sie etwa eine Stunde lang Daten zur Erde. Bevor sie verstummte, registrierten die Bordinstrumente Temperaturen um plus 150 Grad Celsius und einen 22-fach höheren Druck als auf dem Erdboden.

Zu einem mächtigen Herrscher gehört ein ordentlicher Hofstaat. Deswegen schmückt sich Jupiter mit einem dünnen Ring aus Staubteilchen. Zusätzlich umgeben den Gebieter mindestens 63 Satelliten (alle paar Monate werden auf den Fotos neue gefunden). Die vier größten zeigen sich bereits in einem Feldstecher. Sie heißen nach ihrem Entdecker Galileische Monde. Europa, Ganymed und Callisto sind im Wesentlichen kraterüberzogene Eiswelten.

Io, der vierte im Bunde, tanzt aus der Reihe. Linda Morabito wird ihre Bekanntschaft mit dem Trabanten nie vergessen. Am Freitag, den 9. März 1979, saß sie vor ihrem Bildschirm im JPL. Die meisten ihrer Kollegen hatten sich freigenommen und waren in ein verlängertes Wochenende aufgebrochen. Linda Morabito dagegen wollte sich in Ruhe noch einmal ein paar *Voyager*-Bilder ansehen. Die Navigationsingenieurin suchte darauf nach Sternen, um die Position des Raumschiffs zu bestimmen. »Dann entdeckte ich eine Struktur, die ich noch nie zuvor gesehen hatte«, erinnert sich Morabito: Über dem Rand von Io tauchte eine Art Regenschirm auf – die eifrige Ingenieurin hatte die Rauchwolke eines Vulkans aufgespürt.

Er blieb nicht der einzige. Mindestens sieben weitere aktive Vulkane speien Schwefel bis in eine Höhe von 250 Kilometern. Auch die Sonde *Galileo* fotografierte gut 15 Jahre später die Feuerberge, deren rotbraune Schwefelasche sich auf der Oberfläche abgelagert und dadurch ihr Aussehen verändert hatte. Io ähnelt einer kosmischen Pizza, die mit Tomaten und schwarzen Oliven ständig neu belegt wird. Ursache für die geologischen Aktivitäten ist die Nähe zu Jupiter, dessen enorme Gezeitenkräfte den kleinen Mond durchkneten und dabei aufheizen.

••• Das faszinierende Ringsystem verleiht Saturn den Titel »Schönheitskönig der Planeten«. Möglicherweise bildeten sich die Ringe schon vor rund viereinhalb Milliarden Jahren, als auch Saturn und die übrigen großen Planeten zur Welt kamen.

Seitdem Christiaan Huygens (1629 bis 1695) entdeckt hatte, dass »der Saturn von einem dünnen, flachen Ring umgeben ist, der ihn nirgends berührt«, galt der Planet als etwas Besonderes. So waren die Erwartungen hoch, als die *Voyagers* ihn als nächstes Ziel ihrer Reise ansteuerten. Genau nach Fahrplan stellten sie sich zu einer Audienz beim Schönheitskönig ein. Saturn machte seinem Titel alle Ehre. Er übertraf sogar sämtliche Erwartungen. Die Astronomen glaubten zu wissen, dass der jupiterähnliche Gasriese mit einem Äquatordurchmesser von 120 000 Kilometern inmitten von sechs einzelnen Staubringen thront. Jedes Amateurteleskop lässt diesen prächtigen Reifen hervortreten. Es zeigt darüber hinaus die Cassinische Teilung, eine der Lücken im Ringsystem. Als sich *Voyager 1* dem Saturn näherte, wurden die Bilder immer schärfer – und die Gesichter der Wissenschaftler immer länger: Zunächst zeichneten sich die sechs altbekannten Ringe ab, dann Dutzende, Hunderte, Tausende. Der Planet schwebt gleichsam im Zentrum einer Langspielplatte. Sie ist aber kein starres Gebilde, sondern besteht aus Milliarden mehr oder weniger großer Felsbrocken, aus Eisbergen und Staub.

Damit nicht genug: Die Cassinische Teilung ist keineswegs leer, sondern mit Materie angefüllt. Schäferhundmonde bewachen den sogenannten F-Ring und passen auf, dass seine eisigen Bestandteile schön beisammenbleiben. Geheimnisvolle dunkle Speichen sitzen im Ringrad und drehen sich mit ihm um den Saturn. Es handelt sich dabei vermutlich um winzige Teilchen, die durch Magnetfelder in Form gehalten werden. Die Ringe erscheinen fast interessanter als ihr Herr. Denn die Saturnkugel selbst bietet keinen so farbenprächtigen und abwechslungsreichen Anblick wie jene des Jupiters. Trotzdem ist das Klima in der minus 160 Grad Celsius kalten oberen Gasatmosphäre rau. Mit 2000 Stundenkilometern fegen Stürme durch die Wolken, grelle Blitze und Polarlichter zucken auf. Ein starkes Magnetfeld umhüllt den Planeten. In den Strahlungsgürteln herrschen Temperaturen von mehreren Hundert Millionen Grad! Die *Voyagers* überstanden den Flug durch diese Todeszonen unbeschadet, denn es gibt dort nur sehr wenige Gasteilchen, welche die Wärmeenergie übertragen.

Auch Saturn ist Herrscher über mindestens 60 Eismonde, die großen heißen Japetus, Enceladus, Dione, Rhea, Tethys und Mimas. Jeder zerfurcht, zerknittert, vernarbt. Jeder ein Spielfeld für Geologen. Jeder Stoff für zig Doktorarbeiten. Den liefert auch Hyperion, ein 360 mal 225 Kilometer großer Weltraumschwamm: Der poröse Saturnmond ist vollstän-

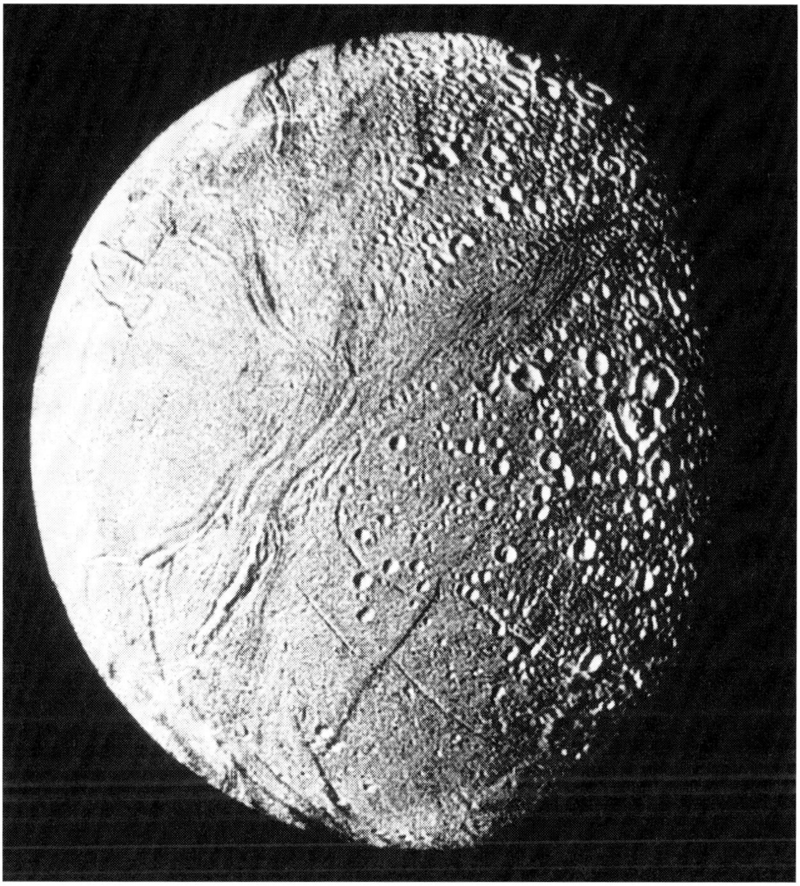

••• Zerfurcht, zerknittert, vernarbt – so präsentiert sich die vereiste Oberfläche des Saturnmonds Enceladus.

dig von Kratern zerfurcht und besteht zu 40 Prozent aus leerem Raum. Und dann gibt es noch Titan mit einem Durchmesser von 5150 Kilometern, der an Größe den Erdmond (3476 Kilometer) und selbst den Planeten Merkur (4876 Kilometer) übertrifft. Titan ist ein Mond mit Atmosphäre – der einzige im Sonnensystem.

Am 14. Januar 2005 segelte eine Sonde namens *Huygens* zweieinhalb Stunden lang am Fallschirm durch die dichten Schichten aus Stickstoff und setzte schließlich weich auf der Oberfläche von Titan auf. Während des Abstiegs sammelte *Huygens* Daten über die chemische Zusammensetzung der Atmosphäre, die neben Stickstoff vor allem Methan enthält und jener der jungen Erde gleicht. Etwa 20 Kilometer über der Oberfläche klarte die Luft auf. Der Blick fiel auf eine Landschaft, die einem See aus Teer ähnelt. Dennoch hatte *Huygens* nach der Landung festen Boden unter den Füßen. Auf dem grau-orangefarbenen Terrain liegen jede Menge Brocken aus Wassereis und Kohlenwasserstoff. Radarbilder von der Muttersonde *Cassini* – sie umrundet den Saturn und fliegt nahe an einigen seiner Monde vorbei – zeigen in Titans Polregionen offenbar große Methanseen. Außerdem scheint es auf dieser fernen Welt ausgedehnte Wüsten mit kilometerlangen Sanddünen zu geben. Und gelegentlich fällt bei Temperaturen um minus 175 Grad Celsius Methanregen vom Himmel, vermengt mit organischem Material, das sich als dunkler Niederschlag in Kanälen und Flussbetten sammelt.

Sieben Jahre war das Gespann *Cassini-Huygens* unterwegs, 1400 Millionen Kilometer liegt das Ziel der Reise durchschnittlich von der Sonne entfernt – nahezu zehnmal weiter als die Erde. Doch damit hatten die beiden Späher die Grenze des Planetensystems noch längst nicht erreicht. Das blieb einem anderen Vehikel vorbehalten.

• Die Grenzsteine

Voyager 2, damals neun Jahre alt und gebrechlich, traf genau ins Schwarze. Im Januar 1986 durchschlug sie jene Zielscheibe, die Uranus und seine 27 bisher bekannten Trabanten aufspannen. Denn die Rotationsachse des blaugrün schimmernden Gasplaneten fällt mit seiner Bahnebene zusammen. Aus diesem Grund wälzt er sich buchstäblich um die Sonne, in 84 Jahren einmal. Dabei nimmt Uranus seine Monde mit; ebenso wie elf dünne Ringlein umkreisen sie ihn nahezu senkrecht zur Bahnebene. Das Rendezvous zwischen der Raumsonde und dem 51 000 Kilometer großen Planeten dauerte nur wenige Stunden. Doch während dieser kurzen Zeit arbeitete der Roboter im Akkord, seine Kameras nahmen Bild um Bild auf. Magnetbänder speicherten die Daten zunächst an Bord. Erst nach und nach leiteten sie diese per Funk zur Erde weiter. Die Wissenschaftler waren zunächst enttäuscht. Uranus gab nicht viel her. Den Objektiven von *Voyager 2* bot sich eine strukturlose, glatte Atmosphäre. Sie besteht hauptsächlich aus Wasserstoff und Helium. Nach Wirbelstürmen oder Wolkenbändern fahndeten die Fachleute vergeblich.

Die Enttäuschung hielt nicht lange an. Die abwechslungsreichen Landschaften der großen Eismonde Ariel, Titania, Oberon und Umbriel

••• Über den Horizont seines Mondes Miranda schiebt sich der Gasplanet Uranus auf dieser Montage von Originalfotos.

versöhnten die Experten. Miranda machte sie sprachlos! Die Oberfläche wies auf engstem Raum die unterschiedlichste Gestalt auf. Einträchtig stehen »Winkeleisen«, »Rennbahn« und »Zielscheibe« nebeneinander. So nannten die Experten einige Formationen des komplizierten Landschaftspuzzles. »Miranda ist eine bizarre Mischung aus Tälern und Furchen des Mars, dem zerklüfteten Terrain des Jupitermonds Ganymed und den Verwerfungen des Merkur«, meinte damals ein prominenter Planetologe. »Warum das so ist, dürfen Sie mich nicht fragen«, fügte er hinzu. Mittlerweile lautet die Antwort: Weil Miranda einst in mehrere Bruchstücke zerrissen wurde, die sich im Lauf der Zeit erneut aneinanderfügten – jedoch in der falschen Reihenfolge. So gleicht Miranda einer Porzellanskulptur, die zu Bruch gegangen war und deren Splitter ein Kunstbanause wenig fachmännisch zusammengesetzt hat.

••• Miranda stellt die Forscher vor ein Rätsel. Die Oberfläche dieses Uranusmonds weist nämlich ganz unterschiedliche Landschaften auf.

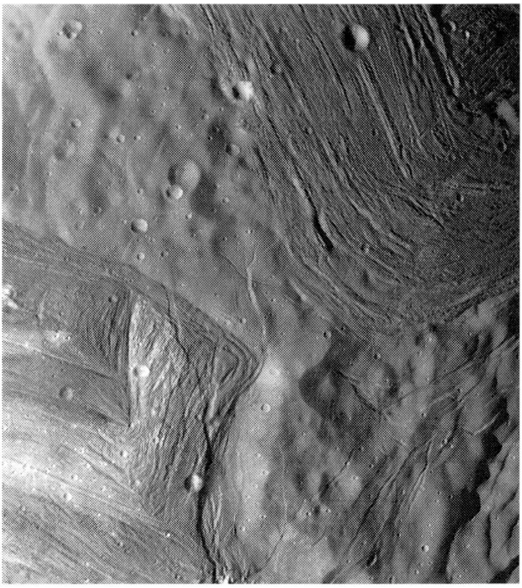

Der Uranus wurde im März 1781 von Wilhelm Herschel entdeckt – 65 Jahre vor Neptun, dem nach dem Gott der Meere benannten Planeten. Denn erst im Jahr 1846 spürte Johann Gottfried Galle (1812 bis 1910) diesen Himmelskörper auf. Zuvor hatten zwei Kollegen des Berliner Astronomen unabhängig voneinander seinen Ort am Himmel vorausberechnet, und zwar aus den Bahnstörungen des benachbarten Uranus. Das Newtonsche Gravitationsgesetz feierte einen eindrucksvollen Triumph. Die Theoretiker jubilierten, die Praktiker jammerten. Im Fernrohr bot der achte Planet nämlich ein trauriges Bild: Der scheinbare Durchmesser des Scheibchens war zu klein, um darauf irgendetwas zu erkennen. Selbst mit modernen Teleskopen sehen die Astronomen kaum Details. Im Sommer 1989 kam *Voyager 2*. Im Abstand von 4850 Kilometern zog die Sonde über die Kugel hinweg.

Nach ihren Erfahrungen mit Uranus hatten die Experten einen meteorologisch ruhigen und langweiligen Planeten erwartet. Doch schon aus einiger Entfernung hatte *Voyager 2* einen Großen Dunklen Fleck fotografiert. Der erdgroße Wirbelsturm auf der südlichen Halbkugel passte ebenso wenig ins Bild einer friedlichen Idylle wie die vielen Wölkchen. Sie jagen mit 2400 Kilometern in der Stunde durch die Gashülle. Die Neptun-Atmosphäre steckt voller Turbulenzen. Dafür könnte irgendein innerer Motor sorgen. Schließlich gibt der knapp 50 000 Kilometer große Gasriese 2,4-mal mehr Energie ab, als er von der Sonne

••• Turbulent geht es auf dem Neptun zu. In der dicken Gasatmosphäre wüten Wirbelstürme wie der, den die Raumsonde *Voyager 2* als großen dunklen, von weißen Wolken gesäumten Fleck fotografierte.

empfängt. Möglicherweise handelt es sich dabei um im Innern gespeicherte Restwärme aus seiner Geburtsphase. (Auch in Jupiter und Saturn stecken solche Öfen.) Wie aktiv der Planet ist, bewies das Weltraumteleskop *Hubble*: Auf Bildern aus dem Jahr 1994 ist der Große Dunkle Fleck verschwunden, dafür zeigt sich auf der Nordhalbkugel ein ähnlicher Sturm. Neptun gebietet über vier schmale Ringe und mindestens 13 Monde.

Die Aufnahmen des Mondes Triton markierten den letzten glanzvollen Höhepunkt des *Voyager*-Unternehmens. Zeile um Zeile tasteten die elektronischen Augen der Sonde den Himmelskörper ab. Eine dreieinhalb Meter große Antenne schickte die Signale auf eine mehr als vierstündige Reise zur Erde. Dort hörten mehrere Weltraumohren rund um die Uhr die schwachen Piepse ab und leiteten sie ins Jet Propulsion Laboratory, wo die Techniker aus den Rohdaten detailreiche Fotos zauberten: Gestochen scharf breitete sich die violett, blau und braun schimmernde Kugel Tritons vor den Forschern aus. Unzählige Gräben, die sich zum Teil kreuzen und wie Blutbahnen verästeln, zerfurchen die Oberfläche. An einigen Stellen scheint eine zähflüssige Masse den Boden überflutet zu haben und bildet nun eine Seenplatte. Schwarze Fontänen aus feinen Staubteilchen ragen wie die Rauchfahnen eines Lagerfeuers bis zu acht Kilometer in die dünne Atmosphäre. »Kryovulkanismus« nennen Wissenschaftler dieses Phänomen, »Eisvulkanismus«.

••• Eisvulkane speien schwarze Fontänen in die dünne Atmosphäre des Neptunmonds Triton. Mit einem Durchmesser von rund 2700 Kilometern ist Triton um ein Viertel kleiner als der Erdmond.

Mit dem Besuch beim achten Planeten fand das Unternehmen *Voyager* ein bemerkenswertes Ende. Die Mission ist aber noch nicht abgeschlossen, die Bordinstrumente übermitteln immer noch Daten über Sonnenwind (vergleiche Kapitel 5) und Magnetfelder. Am 15. August 2006 hatte *Voyager 1* eine Entfernung von 15 Milliarden Kilometern zur Sonne erreicht – 100-mal mehr als der Abstand zwischen Erde und Sonne. Im Jahr 8569 wird *Voyager 2* an Barnards Pfeilstern im Bild Schlangenträger vorbeifliegen, in 296 000 Jahren soll *Voyager 1* den Sirius passieren. Für den Fall, dass eine der Sonden irgendwann einem Außerirdischen auf den Kopf fällt, haben die Techniker Bild- und Tonplatten an Bord installiert. Zu sehen sind darauf Fotos von italienischen Autobahnen, Elefanten und Supermärkten. Zu hören gibt es Bach oder Chuck Berry, berühmte irdische Musiker. Neben Grüßen in 60 Erdsprachen fehlt es dieser kosmischen Flaschenpost auch nicht an sehr Menschlichem: So kann sich der staunende Alien an Lachen, Herzschlägen und dem lauten Schmatzen eines Kusses erfreuen …

• Pluto und die Zwerge

Unerbittlich herrschte Pluto über das Reich der Toten. Doch am 24. August 2006 erhielt der nach dem römischen Gott der Unterwelt benannte Planet einen gewaltigen Dämpfer: In Prag entthronten ihn die Himmelsforscher auf einer Versammlung der Internationalen Astronomischen Union und degradierten ihn zum Zwerg. Nach 76 Jahren hatte Pluto seinen Status als Planet verloren! Was aber ist ein Planet? Auch darüber berieten die Astronomen in Prag und kamen zu folgendem Schluss: Dies ist ein Himmelskörper, der annähernd kugelförmige Gestalt besitzt, die Sonne umläuft und diese Umlaufbahn von weiteren Objekten leer geräumt hat – und eben Letzteres hat Pluto nicht geschafft. So fiel er durchs Raster. Bisher haben sämtliche Proteste seiner Anhänger nichts geholfen: Pluto bleibt ein Zwergplanet.

In Plutos Reich regiert die Finsternis. Bis zu siebeneinhalb Milliarden Kilometer kann er sich auf seiner stark eiförmigen Bahn von der Sonne entfernen, 248 Jahre benötigt er für einen Umlauf. Pluto wurde am 18. Februar 1930 von dem US-amerikanischen Astronom Clyde Tombaugh (1906 bis 1997) entdeckt und galt seitdem als Außenseiter mit einigen Macken. Selbst nur 2350 Kilometer im Durchmesser, besitzt er einen 1200 Kilometer großen Mond namens Charon. Beide Körper umlaufen alle sechs Tage und neun Stunden einen gemeinsamen Schwerpunkt und zeigen sich dabei stets dieselbe Seite, das heißt: Für einen Beobachter auf Pluto erschiene Charon am Firmament wie angenagelt, nur der Fixsternhintergrund würde sich bewegen. Außerdem spürte das Weltraumteleskop *Hubble* noch zwei kleine Satelliten auf, Hydra und Nix.

Pluto zählt zu den weißen Flecken auf der astronomischen Landkarte. Vermutlich ist er ähnlich aufgebaut wie der Neptunmond Triton, besteht also aus einem Gesteinskern, den ein dicker Eismantel umgibt. Ob in der dünnen Atmosphäre aus Stickstoff ebenfalls Wolken aus Kryovulkanen treiben wie bei Triton, werden die Forscher erst in einigen Jahren wissen. Die Raumsonde *New Horizons* ist zu Pluto unterwegs, am 14. Juli 2015 soll sie in sein Reich hinabsteigen und Fotos aus der Unterwelt übertragen.

Pluto teilt den Status als Zwergplanet mit drei anderen: Ceres, Eris und Makemake. Ceres, benannt nach der römischen Göttin der Erde und ihrer Früchte, wurde in der ersten Nacht eines neuen Jahrhunderts, am 1. Januar 1801, auf der Sternwarte Palermo entdeckt und galt bisher als Kleinplanet. In diese Klasse gehörte zunächst auch Eris, benannt nach der griechischen Göttin der Zwietracht. Eris wurde erst am 5. Januar 2005 aufgespürt und ist die Größte im neuen Bund der Zwerge: Mit einem Durchmesser um die 2600 Kilometer übertrifft sie Pluto. In 557 Jahren schleicht sie einmal um die Sonne und benötigt dabei mehr als die doppelte Zeit wie dieser. Ceres mit 950 Kilometern Durchmesser hingegen läuft in nur viereinhalb Jahren um das Zentralgestirn. Makemake misst 1800 Kilometer im Durchmesser und besitzt eine Umlaufbahn von 309 Jahren. Die Kleinplaneten – auch als Asteroiden oder Planetoiden bezeichnet – scheinen sich gleichmäßig über das Sonnensystem zu verteilen. Aber so einfach ist die Sache nicht.

Bis zum Jahr 1992 dachten die Astronomen, es gebe nur einen Planetoidengürtel zwischen Mars und Jupiter. Ihm gehört auch Ceres an. Sie zeigt sich zusammen mit einigen anderen wie Juno oder Vesta schon im Feldstecher. Allerdings sind die winzigen Himmelskörper von schwachen Sternchen nicht zu unterscheiden. Auf lang belichteten Aufnahmen erscheinen sie aufgrund ihrer Bewegung im Vergleich zu den fest stehenden Fixsternen als mehr oder weniger kurze Striche. So verriet sich auch jenes Objekt, das Astronomen am 30. August 1992 auf einem Foto des Mauna-Kea-Observatoriums auf Hawaii fanden. Es wurde schlicht QB_1 getauft – und erwies sich als Vertreter eines zweiten Planetoidenreservoirs: des Kuipergürtels. Heute kennen die Forscher weit mehr als tausend solcher Himmelskörper, die jenseits des Neptuns an den Grenzen des Sonnensystems ihre Bahnen ziehen. Auch Pluto mit seinen drei Trabanten und Eris mit ihrem Mond Dysnomia gehören zu diesen transneptunischen Objekten.

Bisher haben wir drei Familien kennengelernt, die das Sonnensystem bevölkern: Die acht **Planeten** Merkur, Venus, Erde, Mars, Jupiter, Saturn, Uranus und Neptun; die vier **Zwergplaneten** Ceres, Eris, Pluto und Makemake; und rund 380 000 bisher bekannte **Kleinplaneten**. Damit nicht genug. Es gibt noch jede Menge kleine Vagabunden, die im Verborgenen ihr Unwesen treiben. Bisweilen aber setzen sie sich gewaltig in Szene.

• Kleine Vagabunden

»Sie bringen Fieber, Krankheit, Pestilenz und Todt, schwere Zeiten, Mangel und große Hungersnoth.« Was sind das nur für »erschröckliche« Ungeheuer, die der Verfasser dieses Gedichts aus dem 15. Jahrhundert beschreibt? Im Mittelalter versetzten sie die Menschen in Panik. Sie mussten sich nur in ihrer ganzen Pracht zeigen. Dann stand ein nebeliger Kopf am Himmel, geschmückt mit einem weiß leuchtenden Schweif. Noch im Jahr 1910 grassierte die Furcht vor diesen ungebetenen Gästen. Dabei gehören die Kometen zu den harmlosesten Gesellen, die man sich nur vorstellen kann. Oder soll man sich etwa vor einem kohlschwarzen, staubbedeckten Schneeball fürchten? Milliarden dieser tiefgekühlten Felsbrocken treiben im Planetensystem. Die meisten halten sich weit jenseits der transneptunischen Objekte auf. Dort vermuten die Astronomen die Oortsche Kometenwolke.

Gelegentlich erhält einer dieser kosmischen Schneebälle einen kleinen Schubs. Dann verlässt er das Tiefkühlfach und begibt sich auf eine Reise in Richtung Sonne. Das tut er nicht freiwillig. Aber gegen die anziehende Wirkung des Zentralsterns ist kein Kraut gewachsen. Manche Kometen machen nur ein einziges Mal Bekanntschaft mit der Sonne und verschwinden danach auf Nimmerwiedersehen in den Tiefen des Alls. Andere ziehen auf Ellipsenbahnen dahin und kehren in regelmäßigen Abständen zurück. Zu einem solchen Dauerläufer zählt der berühmteste aller Schweifsterne, der Halleysche Komet. Der englische Astronom Edmond Halley (1656 bis 1742) fand heraus, dass der Komet auf seinem Marathon etwa alle 76 Jahre die Erdbahn kreuzt. Dabei gibt er jedes Mal mehr oder weniger spektakuläre Gastspiele am Firmament. Zu den großen Auftritten gehörte jener von 1910. Dagegen war Halley 1985/86 weniger gut in Form.

Wenn wir den Halleyschen Kometen auf seinem Weg durch das Sonnensystem begleiten, lernen wir einiges über die Schweifsterne: Auf der Erde schrieb man das Jahr 1945. Der Zweite Weltkrieg war gerade zu Ende gegangen, als sich der erdnussförmige, rund zwölf Kilometer große Halley noch außerhalb der Neptunbahn befand. Als Deutschland 1974 zum zweiten Mal Fußballweltmeister geworden war, rührte sich auf dem schmutzigen Schneeball immer noch nichts. Erst einige Zeit später kam Leben in die Einöde. Allmählich taute das gefrorene Stück Fels auf, die leicht flüchtigen Gase verdampften. Schließlich umhüllte eine hauchdünne Atmosphäre den Kern. Die Ausdehnung dieser sogenannten Koma erreichte 100 000 Kilometer. Am 16. Oktober 1982 zeigte sich Halley erstmals auf einem Foto. Etwa zur selben Zeit begann er zu vibrieren. Risse schlängelten sich am Boden entlang. Der Untergrund brach an manchen Stellen ein. Mit hoher Geschwindigkeit schossen aus den Löchern nun Gas- und Staubfontänen. Sie versorgten die Koma mit Nachschub. Immer rasanter wurde die Fahrt. Schon überquerte der Komet die Marsbahn. Die Teilchen des Sonnenwinds schlugen wie kleine Bomben ein und rissen Gaspartikel mit sich fort. Auf diese Weise entwickelte sich ein Gasschweif; er zeigte stets von der Sonne weg. Jetzt wuchs auch der Druck des Lichts, der auf den Staub wirkte; so bildete sich allmählich eine zweite, leicht gekrümmte Rauchfahne, der Staubschweif.

••• Als Star am Himmel trat der strahlend helle Komet Hale-Bopp auf. Im Frühjahr 1997 faszinierte er mehrere Wochen lang Millionen von Menschen. Hale-Bopp zählte zu den eindrucksvollsten Kometen des 20. Jahrhunderts.

Auf der Erde richteten sich längst Tausende Teleskope und Ferngläser auf Halley. Im Herbst 1985 eilte er durch die Sternbilder Stier, Widder und Fische. Am 9. Februar 1986 trennten ihn nur noch 88 Millionen Kilometer von der Sonne. Am 14. März 1986 flog die europäische Raumsonde *Giotto* in 600 Kilometern Entfernung an seinem Kern vorbei und schickte eindrucksvolle Nahaufnahmen zur Erde. Der Rest ist schnell erzählt: Nachdem der Komet am 11. Mai 1986 in 63 Millionen Kilometern Entfernung den Blauen Planeten passiert hatte und vor allem am südlichen Firmament noch einmal deutlich zu sehen war, trat er den Rückweg zu den Grenzen des Planetensystems an. Schweif und Koma lösten sich auf, die Staub- und Gasfontänen versiegten. Erst im Jahr 2061 wird der berühmte Vagabund wieder eine Hauptrolle auf der irdischen Himmelsbühne spielen.

»Da darf man sich doch was wünschen.« Das ist das Einzige, was vielen Menschen zum Stichwort Sternschnuppe einfällt. Was da eigentlich am Himmel aufblitzt, wissen die wenigsten. Sternschnuppen, in der Fachsprache Meteore genannt, begleiten die Abstürze von Weltraumschutt. Und davon gibt es genug, in unserer kosmischen Nachbarschaft treibt allerhand natürlicher Müll dahin – etwa solcher, der von Kometenkernen weggeblasen wurde. So hinterlässt der Komet eine Spur winziger Teilchen. Durchquert die Erde eine solche Sandbahn, kommt es zu Kollisionen. Glücklicherweise sind die meisten dieser Meteoroide nicht sehr groß: zwischen einigen zehntel Millimetern und wenigen Zentimetern.

Unter den Meteoroiden gibt es zwar auch Einzelgänger, die meisten aber stammen von Kometen. Durchquert die Erde einen solchen Schwarm, hagelt es besonders viele Sternschnuppen. Dabei scheinen alle von einem bestimmten Punkt am Himmel (Radiant) auszugehen, wie Schneeflocken vor der Windschutzscheibe eines fahrenden Autos. Jeder Schwarm trägt den Namen jener Konstellation, in der sein Radiant liegt. So kollidiert die Erde jedes Jahr um den 11. August herum mit den Perseiden, hinter denen der Komet Swift-Tuttle steckt. Dann kannst du stündlich bis zu hundert Sternschnuppen beobachten. Was bedeutet dieser Feuerzauber? Mit Geschwindigkeiten von 210 000 Kilometern pro Stunde rasen die winzigen Meteoroide in die Erdatmosphäre hinein, erhitzen die Einflugschneise und glühen in Höhen von rund 80 Kilometern weithin sichtbar als Meteore hell auf. Die feurige Vorstellung währt nur wenige Augenblicke. Und nur die größeren kommen durch und plumpsen als Meteorite auf den Boden.

••• Am 6. April 2002 gingen in der Nähe von Schloss Neuschwanstein die Bruchstücke eines Meteoriten nieder, der in 22 Kilometern Höhe über dem Erdboden zerborsten war. Bisher wurden drei dieser Trümmer gefunden, das Foto zeigt eines davon.

Gelegentlich kracht es gewaltig. Vor 15 Millionen Jahren etwa stürzte ein Meteorit unter ohrenbetäubendem Lärm in der Schwäbisch-Fränkischen Alb ab. Mit unvorstellbarer Wucht prallte er auf und schlug einen 24 Kilometer großen kreisrunden Krater. Das Nördlinger Ries zeugt noch heute von diesem Crash. Seit ein paar Jahren fahnden die Astronomen mit ausgefeilten Suchprogrammen nach solchen Irrläufern. Tatsächlich kennen sie mittlerweile gut 500 Himmelskörper mit Durchmessern von mehr als einem Kilometer, die der Erde relativ nahe kommen können. Ein echter Geisterfahrer scheint nicht darunter zu sein. Aber er kann täglich entdeckt werden. Ein Meteorit auf Moskau, New York, Tokio oder gar auf deine Stadt – das wäre eine schreckliche Katastrophe!

4 ASTROTIPP

Viele Zeitgenossen halten Polarlichter für Großbrände, die helle Venus für ein Ufo, Sternschnuppen für Kometen. Und manche glauben, bei Vollmond sei die beste Zeit, den Erdtrabanten zu beobachten. Tatsächlich treten bei dieser Phase die hellen »Kontinente« deutlich hervor. Sie haben sich als kraterzerfurchte Gegenden entpuppt und heißen noch heute Terrae (lateinisch: Länder). Die »Ozeane« (Maria) – mit erstarrter Lava angefüllte Becken – erscheinen auf der runden Scheibe als dunkle Flecken. Im Fernrohr dagegen bietet die blendend weiße Scheibe wenig Abwechslung. Klar, die Sonnenstrahlen treffen ja senkrecht auf die Mondoberfläche. Bei dieser frontalen Beleuchtung sind alle Details verschwunden, weil die Schatten fehlen. Aber gerade das Spiel zwischen Hell und Dunkel verleiht der Landschaft ein plastisches Aussehen. Daher beobachten wir den Erdbegleiter am besten in der Zeit um das Erste oder Letzte Viertel. Dann kommt die Sonne von der Seite. Unzählige Krater, Ringwälle, Gebirgszüge, Bodenwellen, Rillen und Risse treten deutlich hervor. Vor allem lohnt sich ein Spaziergang entlang des Terminators, der Grenzlinie zwischen beleuchteter und unbeleuchteter Mondhälfte.

Du solltest unseren Trabanten am Teleskop zunächst bei schwacher Vergrößerung absuchen, etwa 40-fach. Dann hast du ihn auf den Abstand von weniger als einem Erddurchmesser herangeholt. Das erlaubt eine erste Orientierung. Dabei gefällt dir vielleicht die eine oder andere Gegend besonders gut, die kannst du dann mit stärkerer Vergrößerung durchwandern. Dabei wirst du immer wieder Neues entdecken – hier einen kleinen Felsbrocken, dort eine haarfeine Rille. Glaube mir, ein Ausflug zum Mond, der lohnt.

Ein Film über Hawaii mag noch so schön sein, eine Reise dorthin ersetzt er nicht. Genauso verhält es sich mit den Planeten. Raumsonden haben von ihnen prachtvolle Ansichten geliefert. Aber das Erlebnis, Jupiter oder Saturn mit eigenen Augen live im Fernrohr zu sehen, lässt sich damit kaum vergleichen. Für Merkur, Venus, Uranus und Neptun gilt das allerdings nicht, der Neuling hat an diesen Geschwistern der Erde sicher keine große Freude – sie geben einfach zu wenig her. Das kann man von den »glorreichen Drei« nicht behaupten. Da ist zunächst der Mars. Ein Teleskop von 60 Millimetern Öffnung aufwärts zeigt bereits deutlich die Polkappen als weiß schimmernde

Fleckchen. In größeren Fernrohren treten grüne oder braune Gebiete hervor. Bisweilen jedoch erscheint das Scheibchen als rotgelbes Einerlei, dann tobt vielleicht gerade ein riesiger Sandsturm über den Planeten. In der Atmosphäre des Jupiters geht es bekanntlich immer turbulent zu. Bänder und Streifen, weiße, schwarze und braune Ovale oder der Große Rote Fleck spiegeln das bewegte Klima auf dem Gasriesen wider. Die vier Galileischen Monde umtanzen den Jupiter, ziehen innerhalb weniger Stunden vor oder hinter der Scheibe vorbei, werfen punktförmige schwarze Schatten auf die Wolken.

Einen besonderen Leckerbissen hält der Saturn bereit. Bereits im 60-Millimeter-Fernrohr sticht sein Ringsystem ins Auge. Majestätisch schwebt mittendrin die Kugel. Sie ist wie jene des Jupiters an den Polen deutlich abgeplattet. Als Schönheitskönig achtet der Saturn auf sein Äußeres. Das Gesicht ist meist ebenmäßig und glatt, Flecken oder andere »Pickel« fehlen. Erfahrene Planetenjäger erspähen im Ringsystem eine dünne, schwarze Linie, die Cassinische Teilung. Manche Amateurastronomen beobachten ihr ganzes Leben lang Jupiter und Saturn. Viele fertigen auch Planetenporträts an. Betätige dich doch selbst einmal als Künstler! Freilich erfordert der Umgang mit Bleistift, Papier und Fernrohr gute Augen und viel Geduld.

• Kleines ABC der Mond- und Planetenbeobachtung

• 1. Nimm den Mond um das Erste oder Letzte Viertel unter die Lupe.

• 2. Beginne mit schwacher Vergrößerung (40-fach), die du langsam steigerst. Bei den Planeten kannst du gleich mit einer stärkeren Vergrößerung (etwa 100-fach) einsteigen. Merke: Wegen der stets vorhandenen Luftunruhe ist eine Vergrößerung von mehr als 200-fach für die Mond- und Planetenbeobachtung selten sinnvoll.

• 3. Lass dir beim Beobachten immer Zeit. Ausgedehnte Wanderungen bringen mehr als kurze Stippvisiten.

• 4. Achte beim Mars besonders auf die weißen Polkappen, beim

Jupiter auf die gescheckte Wolkenhülle und beim Saturn auf das Ringsystem mit der dünnen, schwarzen Cassinischen Teilung.

5. Versuch, das Gesehene im Bild festzuhalten. Verwende für die Porträts nur einen weichen Bleistift. Beschränke dich zunächst auf die wesentlichen Details. Verzweifle nicht, wenn die ersten Versuche danebengehen: Es ist noch kein Zeichner vom Himmel gefallen – auch wenn er den Himmel zeichnet!

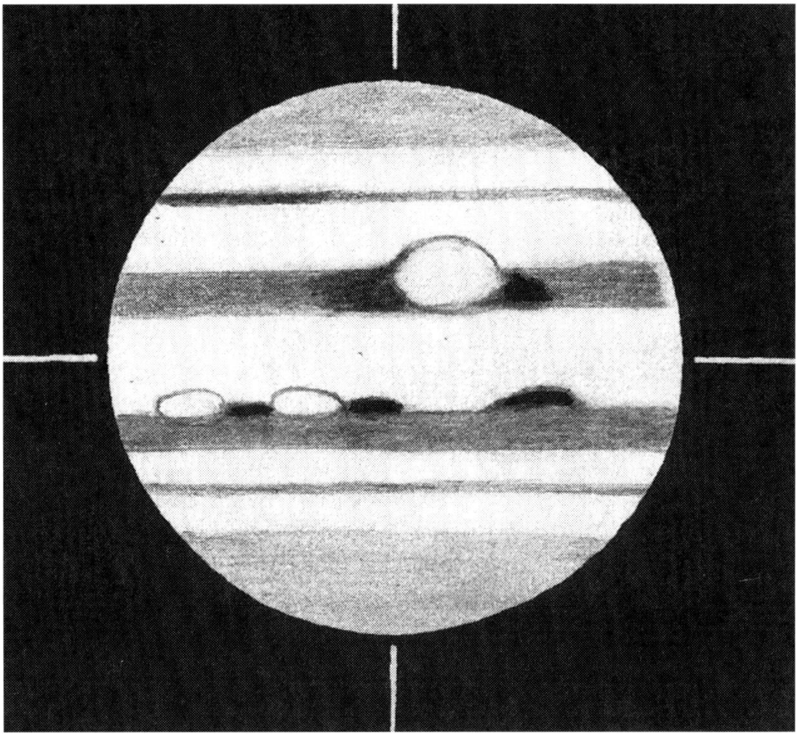

••• Fernrohr, Bleistift und Schablone reichen aus, um Jupiter im Bild festzuhalten. Selbst im Zeitalter von Raumsonden und elektronischen Kameras betätigen sich viele Amateurastronomen als Planetenzeichner.

5

Unser Muttergestirn

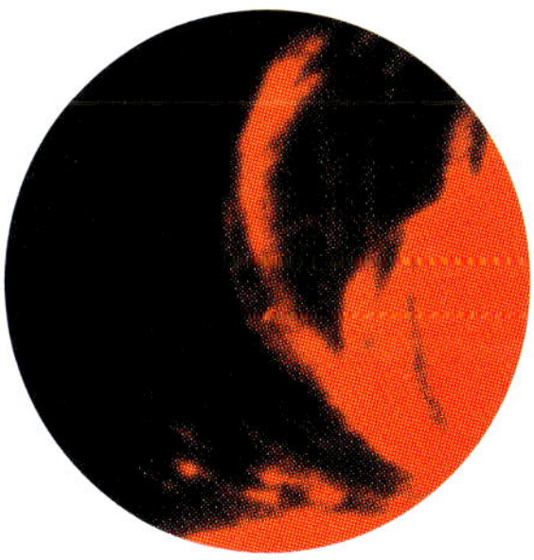

• Spuk vor zwölf

Schon am frühen Vormittag strahlte die Sonne mit aller Kraft von einem tiefblauen, wolkenlosen Sommerhimmel. Gegen zehn Uhr hatte ich mein Fernrohr im Garten platziert, vor das Okular ein starkes Filter geschraubt und das Objektiv auf die Sonne gerichtet. So konnte ich unser Tagesgestirn gefahrlos betrachten. Es zeigte sich als weiße Kugel, die nahezu das gesamte Gesichtsfeld ausfüllte. Anfangs waberte die Luft ziemlich heftig und ließ den Sonnenrand erzittern. Doch nach einiger Zeit wurde das Flirren weniger. Ich begann, mit den Augen über den Gasballon zu spazieren. Gestochen scharf stand er jetzt im Okular.

Die Oberfläche war nicht etwa glatt wie ein runder Bogen weißes Papier. Bei genauem Hinsehen löste sie sich in eine Unmenge winziger Körnchen auf. Sie übersäten die Sonne wie feiner Sand. An den Rändern der Scheibe erkannte ich ein dünnes Gewebe aus zart gesponnenen hellen Fasern. Schließlich fesselten dunkle Flecken meine Aufmerksamkeit: Während einige nur als Pünktchen erschienen, ähnelten andere ausgedehnten tiefschwarzen Seen, von grauen Uferzonen umsäumt. Einem erfahrenen Beobachter sind diese Phänomene wohlvertraut. Denn seit 400 Jahren beschäftigen sich die Wissenschaftler mit der Sonne und studieren sie nach allen Regeln der Kunst. So erhielt der Sand den Namen Granulation, die hellen Fasern heißen Fackeln und die Pünktchen und Seen sind die Sonnenflecken.

Die Sonne ist keineswegs nur ein Stern, der mit schöner Regelmäßigkeit auf- und untergeht, die Nacht zum Tage macht und uns wärmt. Nein, die Sonne brodelt und kocht und schwingt, sie spuckt lodernde Gaszungen empor und schleudert Materie in den Weltraum. Die Forscher haben über den tobenden Feuerball Filme im Zeitraffer gedreht. Als ich zum ersten Mal einen solchen sah, lief es mir eiskalt den Rücken hinunter. Ich erschauderte angesichts dieser kosmischen Urgewalten, die 150 Millionen Kilometer von der Erde entfernt am Werk sind. Und in wenigen Minuten sollten diese unermesslichen Kräfte eine besonders eindrucksvolle Vorstellung geben – direkt vor meinen Augen.

Lange betrachtete ich das Bild der gefleckten Sonne. Schließlich wurde die Luft wieder unruhig. Dennoch beschloss ich zu fotografieren, um ein Filter auszuprobieren. Das ging auch mit weniger scharfen Aufnahmen. Ich legte einen Film in meine Spiegelreflexkamera, befestigte sie mit einigen Handgriffen am Okularauszug und richtete das Fernrohr auf den großen Sonnenfleck. Gegen halb zwölf drückte ich auf den

Drahtauslöser. Die Testreihe konnte beginnen. Jetzt folgte Aufnahme um Aufnahme. Vor jedem Foto stellte ich den Fleck scharf, so gut es eben ging. Es war genau zwölf Minuten vor zwölf – ich hatte gerade auf meine Armbanduhr gesehen –, als mir der Atem stockte: In Sekundenbruchteilen flammten in dem Fleck zwei Blitze auf. Die gleißend hellen Punkte nahmen rasch an Größe zu und überdeckten bald ein recht ausgedehntes Gebiet. Die Szenerie sah so aus, als ob jemand auf der Sonne zwei starke Scheinwerfer angeknipst hätte. Ich rieb mir die Augen, weil ich glaubte, sie seien übermüdet und ich würde mir alles nur einbilden. Aber das Ganze schien keine Halluzination zu sein. Außerdem hatte ich einen Verdacht … Geistesgegenwärtig drückte ich auf den Auslöser. Ohne Unterbrechung starrte ich auf das Spektakel. Nach knapp zehn Minuten war der Spuk vorüber: Friedlich lag der schwarze Sonnenfleck jetzt wieder vor mir. Nichts erinnerte mehr an die beiden Blitze. War alles vielleicht doch nur eine Täuschung gewesen? Nein! Der entwickelte Film zeigte die Erscheinung deutlich. Meine Vermutung bestätigte sich schließlich: Ich hatte einen äußerst seltenen Weißlichtflare beobachtet, eine gigantische Explosion auf der Sonne.

• Der Tempel von Cuzco

»Am Anfang schuf Gott Himmel und Erde. Und die Erde war wüst und leer, und es war finster auf der Tiefe; (…). Und Gott sprach: Es werden Lichter an der Feste des Himmels, die da scheiden Tag und Nacht (…). Und Gott machte zwei Lichter: ein großes Licht, das den Tag regiere, und ein kleines Licht, das die Nacht regiere (…). Und Gott sprach: Die Erde bringe hervor lebendiges Getier, ein jedes nach seiner Art: Vieh, Gewürm und Tiere des Feldes (…). Und es geschah so.«

Mit diesen Worten beginnt das Alte Testament, aufgeschrieben vor Tausenden von Jahren. Die Menschen, die damals lebten, hatten eben erst angefangen, die Welt zu begreifen. Obwohl sich selbst die hoch technisierte Gesellschaft des 21. Jahrhunderts Gewalten wie Erdbeben oder Flutkatastrophen beugen muss, erlebten unsere Ahnen die Natur viel unmittelbarer. Hilflos waren sie verheerenden Unwettern oder eisigen Stürmen ausgeliefert. Weil sich die frühen Menschen vieles nicht erklären konnten, legten sie das Schicksal der Erde und ihr eigenes in die Hände von übernatürlichen Wesen, von Gottheiten. In den meisten alten Religionen und Sagen spielt die Sonne eine wichtige Rolle. Mochten die Menschen vor Jahrtausenden kaum naturwissenschaftliche Kenntnisse gehabt haben: Dass die gleißend helle Scheibe, die in steter Wiederkehr ihre Kreise über das Firmament zieht, Leben bedeutet, das hatten sie längst erkannt. Der Autor der biblischen Schöpfungsgeschichte drückt das ganz deutlich aus: Zuerst schuf Gott Himmel und Erde, dann Sonne und Mond, schließlich Menschen, Tiere und Pflanzen.

Die Sonne! Ohne sie gäbe es kein Leben. Ohne sie würde die Erde gar nicht existieren. Denn unser Planet und sein Mutterstern wurden beide in ein und derselben Urwolke geboren. Davon jedenfalls sind die Astronomen heute überzeugt. In alter Zeit ahnten die Weisen sehr wohl, welch enge Bande die Erde mit dem glühenden Feuerball am Himmel verknüpfen. Versetzen wir uns nun in eine Epoche, in der noch Götter am Himmel regierten: Das spärliche Licht der Dämmerung vermag kaum die milchigen Nebelschleier zu durchdringen. Dennoch zeichnen sich im Dunst die verschwommenen Konturen eines gewaltigen Steinquaders ab. Die Szene sieht unwirklich aus. Für wenige Augenblicke unterbricht das Krähen eines Hahns die Stille. Allmählich lichten sich die Schwaden und geben den Blick frei auf den steinernen Würfel. Er misst vielleicht 15 mal 30 Meter und ist mehrere Meter hoch.

Mit einem Mal tauchen in der Ferne tanzende Lichter auf und bewegen sich auf die Südseite des tempelähnlichen Gebäudes zu. Langsam kommen sie näher und entpuppen sich dabei als lodernde Fackeln. Getragen werden sie von prächtig gekleideten Gestalten, etwa drei Dutzend an der Zahl. Ihnen folgen schweigend Hunderte von Menschen in einfacheren Gewändern. Nach wenigen Minuten hat der eigentümliche Zug die äußerste Westseite des Tempels erreicht und gelangt durch ein Tor in sein Inneres. Einer der vornehmen Männer, offensichtlich alle Priester, tritt hervor und löscht seine Fackel. Die anderen tun es ihm gleich. Als es nahezu vollständig dunkel ist, hebt ein leiser Gesang an. Nach und nach stimmen die Versammelten darin ein. Immer lauter ertönen die rhythmischen Klänge.

Plötzlich dringt ein Lichtstrahl in den Raum. Schlagartig verstummt die Menge. »Inti«, flüstern die Priester im Chor. Ehrfurchtsvoll wiederholen die Menschen das Wort, wieder und wieder: »Inti, Inti …« Mehr und mehr Licht fällt von einer goldenen Scheibe durch das Tor. Immer heller wird es im Tempel. Jetzt erst kann man erkennen, dass seine

Wände aus purem Gold sind. Die mit Smaragden und Rubinen besetzten Ornamente beginnen in fantastischem Glanz zu schimmern. Die Zeremonie erreicht ihren Höhepunkt. »Inti, Inti, Inti …« Auf ein Zeichen des Oberpriesters fallen alle zu Boden und verbergen ihre Köpfe unter den Armen. Der Oberpriester streckt würdevoll seine Hände zum Himmel und murmelt ein Dankgebet. Wiederum hat Inti, der Sonnengott, sein Volk nicht enttäuscht – pünktlich hat er es erleuchtet.

Das geschilderte Schauspiel mag sich jedes Jahr zur Wintersonnenwende wiederholt haben – hoch oben in den peruanischen Anden. Denn dort lebten von 1200 bis zur Mitte des 16. Jahrhunderts die Inka; dann wurde ihr Reich von den Spaniern zerstört. Noch heute besichtigt jeder Tourist die Ruinen, die von der Baukunst dieser südamerikanischen Hochkultur zeugen. Viele Reisende führt der Weg auch nach Cuzco, der einstigen Hauptstadt des mächtigen Reiches. In Cuzco befand sich der berühmteste aller Tempel zur Verehrung der Sonne. Er muss mit geradezu unbeschreiblichem Prunk ausgestattet gewesen sein. Nach Ansicht der Archäologen stand an seiner Westseite eine riesige Goldscheibe. Sie war so ausgerichtet, dass sich das Licht der aufgehenden Sonne einmal im Jahr in ihr spiegelte und das Innere des Tempels in blendend helles Licht tauchte. Dies geschah stets zur Zeit der Wintersonnenwende, auf der südlichen Halbkugel also im Juni.

Die Inka waren mit dem Lauf von Sonne, Mond und Planeten gut vertraut. Auf Anweisung der Priester richteten Architekten die monumentalen Bauten nach astronomischen Gesetzmäßigkeiten aus. Einige dienten wohl auch als Observatorien. Diese enge Verknüpfung von Astronomie und Architektur lässt sich vielerorts beobachten. In Europa gehören die Steinkreise von Stonehenge zu den bekanntesten Zeugen der erwachenden Sternkunde. Schon lange beschäftigen sich Experten mit der im dritten Jahrtausend vor Christus errichteten Anlage. Aber welchen Zwecken die acht Meter hohen und bis zu 50 Tonnen schweren Steine dienten, weiß man immer noch nicht genau. Und auf der Himmelsscheibe von Nebra haben bronzezeitliche Künstler vor 4000 Jahren offenbar eine Sonnenbarke abgebildet – ein Schiff, in dem die Sonne über das Firmament fährt.

Die Inka beteten mit der Sonne ihren Gott Inti an. Die Azteken in Mexiko sahen in dem Glutball den Kriegs- und Sonnengott Huitzilipochtli. Die Indianer Nordamerikas huldigten der Sonne in wilden Tänzen. Eine besondere Blüte entfaltete der Sonnenkult im alten Ägypten. Ebenso wie

••• Vor 5000 Jahren bauten Menschen die geheimnisvollen Steinkreise von Stonehenge in Südengland. Das Observatorium diente wahrscheinlich der Beobachtung von Sonne und Mond sowie der Vorhersage von Finsternissen.

die Tempel der Inka bergen die Pyramiden am Nil noch viele Geheimnisse. Vermutlich hingen auch die mächtigen Grabkammern der Pharaonen mit den Vorgängen am Firmament zusammen. Der Sonnenkult spielte dabei eine wichtige Rolle. Pharao Amenophis IV. machte im 14. Jahrhundert vor Christus die Sonnenscheibe selbst zu einem Gott, nannte ihn Aton und sich selbst Echnaton, »dem Aton wohlgefällig«.

Jeden Tag spannt der Sonnengott Helios seine vier feuerschnaubenden Rösser vor einen Wagen und rast von seinem Palast am Ostrand der Erde über den Himmel nach Westen, ins dunkle Land der Hesperiden. Wer sich so etwas ausgedacht hat? Die Griechen natürlich! Der Philosoph Anaxagoras (496 bis 428 vor Christus) wollte von solchen Geschichten nichts wissen. Er wagte es zu behaupten, dass es den erhabenen Helios gar nicht gibt. Vielmehr sei die Sonne ein glühender Stein von der Größe des Peloponnes, der südlichen Halbinsel Griechenlands. Für diese ketzerische Verleumdung wurde er aus seiner Heimat verbannt.

Heute mögen wir über die abenteuerliche Erklärung des guten alten Anaxagoras lächeln. Aber immerhin hatte er zum ersten Mal versucht, die Sonne als materiellen Gegenstand zu betrachten. Denn was es mit unserem Muttergestirn eigentlich auf sich hat, darüber dachte damals niemand nach. Auch die Chinesen nicht. Aber ihre Astronomen beobachteten den gelben Ball mit bloßem Auge offensichtlich sehr aufmerksam, vor allem bei seinen Auf- und Untergängen. Denn dann schwächt oftmals horizontnaher Dunst das grelle Licht der großen Scheibe und man kann sie betrachten, ohne geblendet zu werden. Irgendwann vor mehr als 2300 Jahren fiel einem chinesischen Sternkundigen Seltsames auf: Ein dunkles Etwas verunstaltete die aufgehende Sonne. Der unbekannte Astronom hatte die Sonnenflecken entdeckt.

• Umstrittene Schönheitsfehler

»Sei ruhig mein Sohn und vertraue Gott. Ich versichere Dir, dass die Flecken nichts anderes sind als Fehler in Deinen Gläsern.« Was mag Christoph Scheiner (1575 bis 1650) wohl gedacht haben, als er diese Zeilen seines Vorgesetzten las? Sicher befand sich der Ingolstädter Jesuitenpater in einem fürchterlichen Zwiespalt: Zum einen wusste er ganz genau, dass die schwarzen Regionen keineswegs Fehler in seinem Fernrohr waren; andererseits hatte Gott die Sonne als reines und makelloses Licht geschaffen. Sollte die Bibel unrecht haben? Niemals! Aber dennoch, die Flecken waren eine Tatsache ...

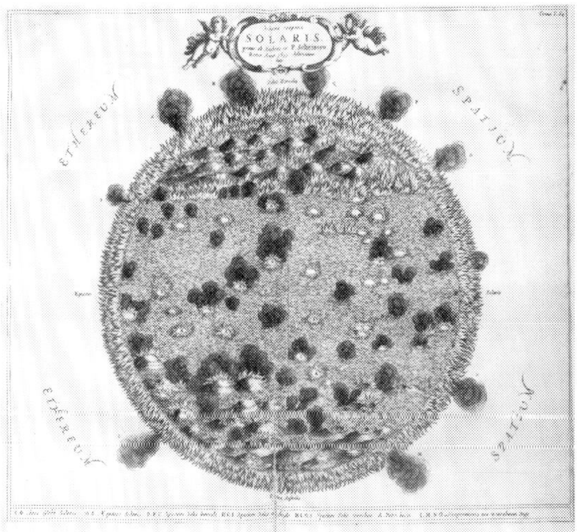

••• Im 17. Jahrhundert glaubte der Astronom Christoph Scheiner, die dunklen Flecken auf der Sonne seien Rauchfahnen.

Noch ehe ein gelehrter Disput über diese himmlische Erscheinung begann, entbrannte ein durchaus irdischer und handfester Zwist darüber, wer sie als Erster gesehen hatte. Dass die Chinesen sie längst kannten, wusste damals in Europa niemand. Neben Scheiner waren an dem Zwist beteiligt: Galileo Galilei, italienischer Universalgelehrter, Johannes Fabricius (1587 bis 1616), ältester Sohn des ostfriesischen Landpfarrers und Astronomen David Fabricius, Thomas Harriot (um 1560 bis 1621), englischer Mathematiker und Philosoph. Sie alle hatten zwischen 1610 und 1611 ihre Teleskope auf die Sonne gerichtet und die Flecken wahrgenommen. Mittlerweile steht fest, wer der eigentliche Sieger in diesem Fleckenstreit ist: Thomas Harriot. Die Historiker fanden allerdings erst im 19. Jahrhundert den Beweis dafür: eine schriftliche Beobachtungsnotiz vom 8. Dezember 1610.

In den folgenden Jahren mussten sich die Kirchenmänner wohl oder übel damit abfinden, dass die Sonne nur ganz selten rein erscheint. Immer mehr Astronomen musterten gewissenhaft die Schönheitsfehler. Scheiner selbst veröffentlichte 1630 ein Werk mit dem Titel *Rosa Ursina*. Darin beschreibt er unter anderem die Wanderung der Flecken vom Ost- zum Westrand der Sonne. »Die Sonnenkugel muss sich also um ihre Achse drehen«, folgerte der Pater und leitete die Rotationszeit von rund 25 Tagen ab. Erst im Jahr 1862 bemerkte der englische Amateurastronom Richard Christopher Carrington (1826 bis 1875), dass die Sonne keineswegs rotiert wie eine Christbaumkugel oder ein Fußball, sondern am Äquator schneller (25 Tage) als in Polnähe (mehr als 30 Tage). Fachleute sprechen von einer differenziellen Rotation. Sie beweist, dass unser Muttergestirn kein starrer Körper ist, sondern eine Gaskugel. Das hatten die Astrophysiker Mitte des 19. Jahrhunderts anhand der dunklen Linien im Sonnenspektrum herausgefunden (siehe Kapitel 6).

Wie aber lassen sich die schwarzen Flecken erklären? Handelt es sich bei ihnen vielleicht um Rauchfahnen, wie Christoph Scheiner glaubte? Oder hatte etwa der bedeutende Astronom und Uranus-Entdecker Wilhelm Herschel recht? Er meinte, sie seien Löcher in der Sonnenatmosphäre, durch die man auf die darunterliegende, von eigentümlichen Lebewesen bewohnte Oberfläche blickt.

• Eine Schale mit Flecken

Wir wissen bereits, dass die Sonne keine feste Schale besitzt. Was die Astronomen als Oberfläche bezeichnen, ist jene nur etwa 350 Kilometer dünne Schicht, aus der das für uns sichtbare Licht stammt. Sie heißt Photosphäre und ist angesichts der gewaltigen Dimensionen des Sonnenballs geradezu lächerlich dünn: Immerhin besitzt die Sonne einen Durchmesser von 1,39 Millionen Kilometern und könnte damit 1,3 Millionen Erden verschlucken. Mit 2000 Quadrillionen Tonnen besitzt sie zwar die 330 000-fache Masse unseres Planeten, im Vergleich zu den anderen Sternen jedoch ist sie eher ein Zwerg. Später werden wir wahre Giganten unter den Sonnen kennenlernen.

Die Sonnenflecken scheinen in der Photosphäre zu schwimmen. Noch im 17. Jahrhundert erkannten die Forscher, dass zumindest die größeren unter ihnen einen dunklen Kern besitzen, die Umbra (lateinisch: Schatten). Die Umbra umgibt ein heller Halbschatten, der Penumbra genannt wird. Man sollte sich übrigens davor hüten, die Größe eines Sonnenflecks zu unterschätzen, in einer typischen Umbra hätten knapp zwei Erden Platz. Der Durchmesser der schwarzen Region liegt bei rund 20 000 Kilometern. Aber keine Regel ohne Ausnahme. Die Fachleute haben schon Fleckengruppen mit einer Gesamtausdehnung von mehr als 300 000 Kilometern gesehen. Das entspricht weit mehr als zwei Drittel der Distanz zwischen Erde und Mond.

Hast du schon einmal etwas von einem Sonnenglobus gehört? Nein? Ich auch nicht! Zwar stehen in Museen oder Planetarien maßstabsgerechte Modelle des Sterns, aber keines zeigt die Oberfläche so, wie sie aussieht. Das hat seinen guten Grund: Das Gesicht der Sonne ändert sich ständig. Anders als bei der Erde gibt es auf ihr weder Ozeane noch Kontinente. Und nach Kratern oder Gebirgen wie auf dem Mond sucht man ebenfalls vergeblich. Woran sollen sich die Astronomen also orientieren? An den Flecken vielleicht? Nein, das funktioniert nicht – was nicht daran liegt, dass sie aufgrund der Rotation niemals stillhalten; das ließe sich mit einem drehbaren Globus leicht imitieren. Vielmehr tauchen an den verschiedensten Stellen mal große auf, mal scheinbar winzig kleine. Zu bestimmten Zeiten verunstalten viele Flecken die Schale, dann wieder überhaupt keine. Ein Sonnenglobus wäre also unsinnig.

Sinnvoll erschien es den Wissenschaftlern dagegen, die Flecken genau zu untersuchen. Einer gab dafür sogar seinen Beruf als Apotheker auf und widmete sich ausschließlich dem Studium der Astronomie: Heinrich Samuel Schwabe (1789 bis 1875) wurde in jenem Jahr geboren, in dem die Französische Revolution ausbrach. 1826 begann der Privatgelehrte, die Sonne zu erforschen. Als er nach 17 Jahren seine Aufzeichnungen durchsah, machte er eine faszinierende Entdeckung: Die Flecken kamen und gingen nicht nach Belieben, sondern folgten so etwas wie einer inneren Uhr. Innerhalb von rund elf Jahren lief sie einmal ab. Schwabe hatte den elf Jahre währenden Sonnenfleckenzyklus gefunden. Denn etwa alle elf Jahre leidet die Sonne sozusagen unter Windpocken. Dann bedecken besonders viele Flecken ihr Gesicht – zum letzten Mal im Jahr 2001. Das nächste Fleckenmaximum erwarten die Experten im Jahr 2011 oder 2012.

Jeder Amateur kann heute selbst mit einem einfachen Teleskop einen kleinen Beitrag zur Forschung leisten. Er muss dazu nur die Sonne regelmäßig beobachten und zum Beispiel die jeweils sichtbaren Flecken zählen. Im Astrotipp erkläre ich, wie du diese sogenannte Sonnenfleckenrelativzahl selbst bestimmen kannst. Der Schweizer Astronom Rudolf Wolf (1816 bis 1893) hat diese Zahl im 19. Jahrhundert eingeführt. Die Relativzahl gibt Aufschluss darüber, wie sich die Sonne gerade fühlt: Bei großer Aktivität bedecken ganz viele Flecken die Oberfläche, die Relativzahl ist hoch. Eine ruhige Sonne mit makellosem Äußeren erscheint bei geringer Relativzahl dagegen ziemlich langweilig.

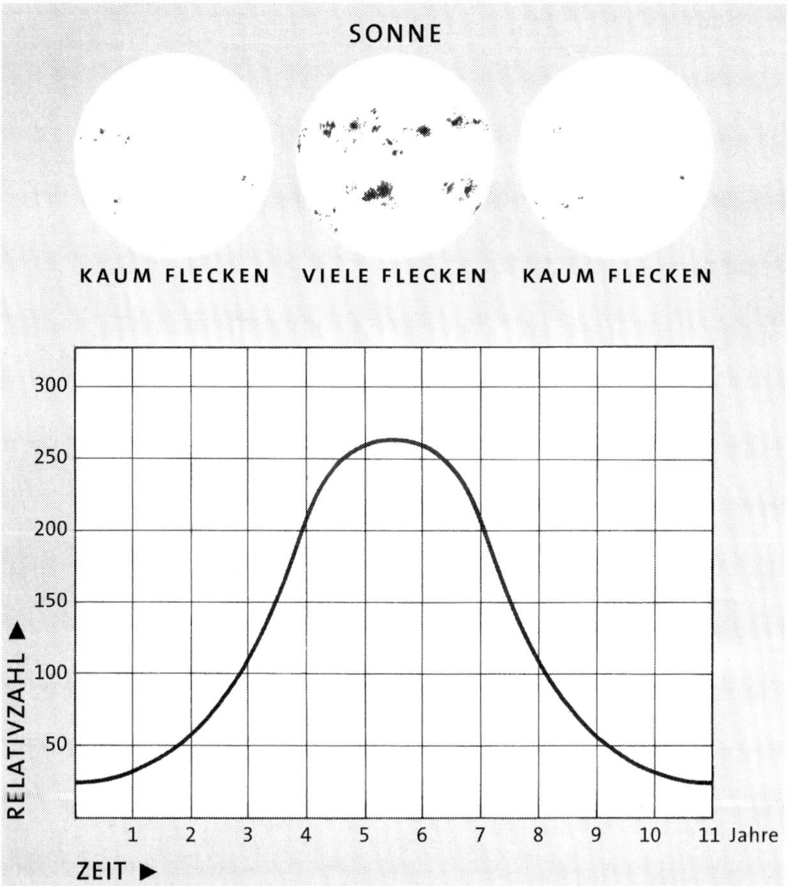

••• Der elfjährige Rhythmus der Sonnenaktivität spiegelt sich in der Relativzahl wider. Die Grafik zeigt den Verlauf der Fleckenzahl schematisch.

Über die Flecken selbst haben die Wissenschaftler Aufregendes herausgefunden. Natürlich handelt es sich bei ihnen nicht um Seen oder Löcher in der Photosphäre, durch die das Volk der Sonnenmännchen ins Weltall blickt. Dies ist schon deshalb unmöglich, weil auf dem Tagesgestirn eine Temperatur von 5500 Grad Celsius herrscht! Und bei dieser Hitze kann kein Leben existieren, selbst Steine oder ein Stück Eisen würden sofort verdampfen. Daher schweben die Elemente als Gase in der Photosphäre. In ihrem Innern ist die Sonne noch viel heißer, im Zentrum liegen die Temperaturen bei 15 Millionen Grad. Was der Sonne derart einheizt, erfahren wir später. Zunächst genügt es zu wissen, dass die innere Energiequelle die Oberfläche mit Licht und Wärme versorgt. Aber der Transport dieser Energien quer durch den Sonnenball verläuft nicht immer so reibungslos, wie er eigentlich sollte.

So passiert es gelegentlich, dass manche Stellen der Photosphäre in puncto Nachschub zu kurz kommen. Dann beginnen sich die Gase abzukühlen. Als kühl im alltäglichen Sinn lassen sich diese Bereiche auf der Sonne allerdings nicht bezeichnen: Mit 4000 Grad sind sie immer noch sehr heiß. Im Kontrast zur intakten Photosphäre erscheinen sie jedoch merklich dunkler. Solche Regionen verraten sich als Sonnenflecken.

• Schmetterlinge im Sonnensand

Bisweilen arbeiten Astronomen wie Biologen: Sie beobachten und sammeln, sie ordnen und klassifizieren. Das erfordert viel Zeit. Der reiche Engländer Richard Christopher Carrington hatte genügend davon. Von seinem eigenen Observatorium aus nahm er die Sonne über Jahre hinweg ins Visier. So sah er am 1. September 1859 nicht nur einen Weißlichtflare. Später stieß er auch noch auf einen Schmetterling. Natürlich sitzt in der Photosphäre kein Falter und schlägt mit den Flügeln. Trotzdem ist er zu sehen. Es dauert aber elf Jahre, bis er klar hervortritt – nicht auf der Sonne, sondern auf einem Stück Papier.

Jeder Amateur kann den Schmetterling herbeizaubern. Wie Carrington muss er dazu bei jeder Gelegenheit das Tagesgestirn beobachten, mindestens elf Jahre lang. Darüber hinaus benötigt er eine Art Landkarte der Sonne. Sie darf nur aus zwei Achsen bestehen: einer waagerechten mit Jahreszahlen und einer senkrechten, die den Abstand vom Sonnenäquator in Grad angibt. In dieses Diagramm muss man während eines gesamten Zyklus die Positionen sämtlicher Flecken eintragen. Nach getaner Arbeit – in Wirklichkeit ist sie etwas komplizierter als hier beschrieben – wird man mit dem Schmetterling belohnt, den die eingetragenen Pünktchen im Diagramm symmetrisch zur eingezeichneten Äquatorlinie formen. Die Deutung des Schmetterlingsdiagramms ist ganz leicht: Nach einem Minimum tauchen die ersten Flecken in Breiten von etwa 35 Grad südlich und nördlich des Äquators auf. Mit fortschreitendem Zyklus wandern sie immer mehr in Richtung Äquator und erscheinen im Maximum rund 15 Grad nördlich und südlich davon. Dann dauert es eine Zeit, und in hohen Breiten treten schon die Flecken des nächsten Zyklus auf. Je mehr Sonnenfleckenzyklen man beobachtet, umso mehr Schmetterlinge zeigen sich im Diagramm.

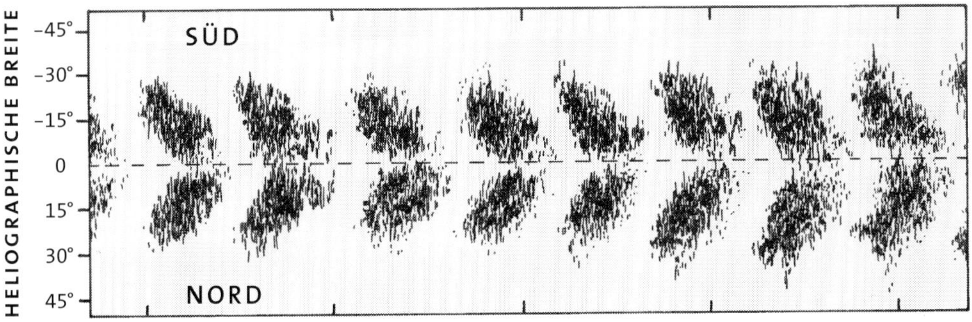

••• Schmetterlinge auf dem Tagesgestirn: Im Laufe eines Sonnenzyklus ordnen sich die Flecken in unterschiedlichen Breiten auf der Sonnenoberfläche an.

Die Flecken, die rhythmisch erscheinen und verschwinden, sind bei Weitem nicht das einzige sichtbare Zeichen dieser Aktivität. Natürlich macht es mehr Spaß, die Flecken auf der Sonne während eines Maximums zu beobachten, als im Minimum krampfhaft nach schwarzen Poren zu suchen. Trotzdem mustern die Astronomen die Sonne auch dann, wenn wenig los ist. Da sieht die Scheibe auf den ersten Blick zwar blank geputzt aus, aber offensichtlich wurde vergessen, sie zu polieren – die Oberfläche wirkt rau und von feinen Körnchen überzogen. Dieser Sonnensand heißt Granulation (von lateinisch: *granulum*, das Körnchen).

Wegen der stets unruhigen Erdatmosphäre erscheint der Sonnensand mehr oder weniger deutlich. Ihn im Bild einzufrieren fordert jeden Astrofotografen heraus. Die besten Resultate liefern Ballon- oder Satellitenteleskope außerhalb der störenden Erdatmosphäre. Die Aufnahmen geben ein Netzwerk von meist eckigen Granulen wieder, die schmale dunkle Zwischenräume voneinander trennen. Und noch etwas enthüllen die Fotos: Kein einziges Körnchen bleibt für längere Zeit an Ort und Stelle. Nach jeweils einer Viertelstunde löst es sich auf und macht einem anderen Platz. Das Mosaik aus den rund 1500 Kilometer großen Gaspaketen erneuert sich ständig.

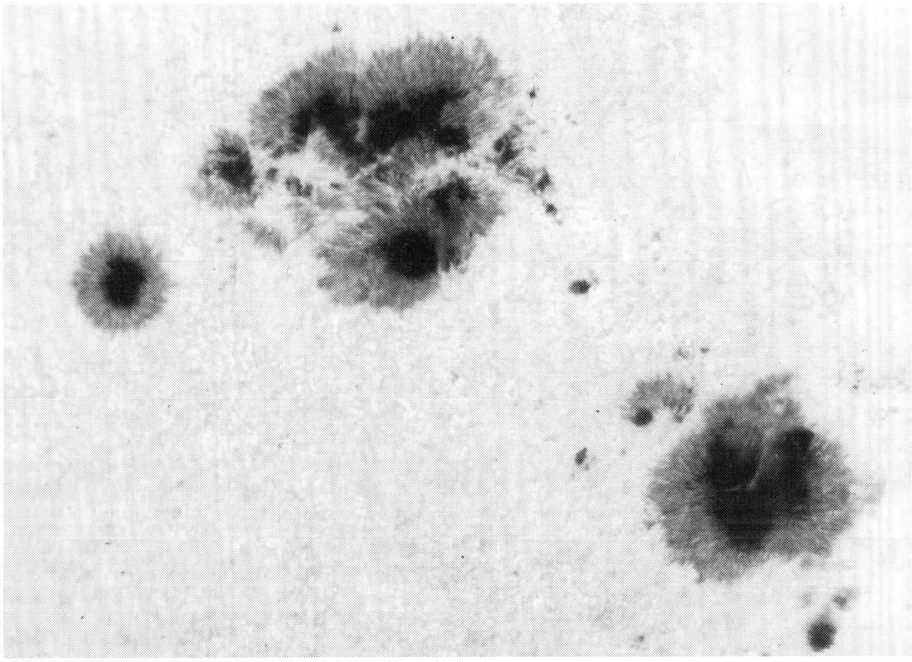

••• Wie schwarze Seen schwimmen Sonnenflecken in der körnigen Granulation. Dieses Bild der Photosphäre entstand an einem Amateurfernrohr.

Wie in einem Kochtopf steigen die heißen Granulen mit einer Geschwindigkeit von mehr als 3000 Kilometern pro Stunde in die Photosphäre auf, kühlen sich nach kurzer Zeit ab und sinken wieder nach unten. Auf diese Weise transportiert die Granulation ununterbrochen Energie an die Oberfläche. An bestimmten Stellen tut sie manchmal zu viel des Guten. Dann erhöht sich die Temperatur um einige Hundert Grad gegenüber der benachbarten Photosphäre. Die betroffenen Gegenden leuchten als helle Fackeln. Im weißen Licht lassen sie sich vor allem am Rand der Scheibe gut beobachten. Fackeln und Flecken, Schmetterlinge und Sonnensand beweisen, dass unser Muttergestirn keineswegs eine langweilige Gaskugel ist!

• Der Motor des Lebens

Die Sonne lebt – und sie ist der Motor des Lebens. Sie spendet Licht und Wärme. Ohne sie hätte sich keine Pflanze, kein noch so kleines einzelliges Tier entwickeln können. Die gesamte belebte Natur auf der Erde hängt somit von der Sonne ab. Würde sie eines Tages nicht mehr scheinen, würde das Leben aufhören zu existieren. Die Erde wäre ein kalter, toter Klumpen aus Stein. Müssen wir tatsächlich Angst haben, dass die Sonne einmal verlischt? Vielleicht schon morgen? Wissenschaftler haben herausgefunden, dass sie seit mehreren hunderttausend Jahren sehr konstant vom Himmel strahlt. Der Ursprung des Lebens liegt sogar mehr als dreieinhalb Milliarden Jahre zurück. Bereits zu dieser Zeit muss der Ofen im Sonneninnern in Betrieb gewesen sein. In jeder Sekunde produziert er so viel Energie wie 400 Milliarden irdische Kraftwerke. Mit dieser Leistung könnte man Europa vier Millionen Jahre lang mit Strom versorgen!

Im späten 19. Jahrhundert versuchten die Astrophysiker, das Geheimnis des himmlischen Feuers zu lüften. Weil ihnen nichts Besseres einfiel, glaubten sie tatsächlich an eine Art Ofen und berechneten, wie lange er brennen könnte, um die beobachtete Energie zu liefern. Das Ergebnis war niederschmetternd: kaum mehr als 5000 Jahre – nur ein Bruchteil des wirklichen Sonnenalters. Nein, Holz oder Kohle kamen als Brennstoff nicht infrage, ebenso wenig Öl. Aber vielleicht nahm die Sonne ständig Nahrung zu sich. Die Forscher hatten da einen Verdacht: Eine große Zahl von kleinen Himmelskörpern bevölkert das Planetensystem, Kometenkerne, Kleinplaneten und Meteoroide. Die Sonne ist sehr schwer und besitzt daher eine gewaltige Anziehungskraft. Könnte sie nicht wie ein riesiger Staubsauger begierig dieses Kleinzeug verschlingen? Dabei würden die Brocken in ihre Gashülle eintauchen, sich aufheizen und auf diese Weise Wärme erzeugen.

Auch das ist falsch. Die Sonne verschluckt zwar gelegentlich einen Kometen, vielleicht auch einmal einen Planetoiden oder Meteoroiden. Aber das reicht nicht aus, um ihre Energieproduktion zu erklären. Außerdem würde die Sonne dabei immer größer und schwerer, was sich wiederum durch zunehmende Anziehungskraft bemerkbar machen müsste. Doch die Astronomen haben nichts dergleichen registriert. Vielleicht ist aber das Gegenteil der Fall. Wenn die Sonne schon nicht genügend Nahrung von außen bekommt, verspeist sie sich dann einfach selbst? Schrumpft sie vielleicht? Rund 60 Meter im Jahr würden ausreichen, um genügend Wärme zu erzeugen. Forscher diskutierten im 19. Jahrhundert ernsthaft über diese Möglichkeit. Sie ist gar nicht so abwegig, wie es auf den ersten Blick erscheint. Allerdings hat auch diese Theorie einen Haken: Würde sich die Sonne selbst aufessen, reichte diese Art der Energiegewinnung nur für etwa 30 Millionen Jahre. Und dagegen protestierten Geologen und Paläontologen, schließlich ist die Erde und auch der Leben spendende Stern um ein Vielfaches älter.

Wie also ernährt sich die Sonne? Der Schlüssel liegt im Allerkleinsten, bei Teilchen, die man wegen ihrer Größe gar nicht beobachten kann. Trotzdem sind unsere Körper, dieses Buch, ja, die gesamte Materie im Universum aus diesen winzigen Bausteinen aufgebaut. Sie heißen Atome. Ein solches Atom besteht aus einem Kern, den ein oder mehrere Elektronen umkreisen wie die Planeten die Sonne. Den Kern wiederum bilden Protonen und Neutronen. Die meisten Elemente setzen sich aus vielen Bausteinen zusammen. Ein Eisenatom etwa aus 26 Protonen, 30 Neutronen und 26 Elektronen. Das einfachste Element ist der Wasserstoff: Ein Proton bildet den Kern, ein einziges Elektron den Planeten. Ein wenig komplizierter sieht das Helium aus. Bei ihm finden sich zwei Protonen, zwei Neutronen und zwei Elektronen zusammen. Nun besteht die Sonne aus Wasserstoff- und Heliumatomen. Und hier liegt die Quelle der schier unermesslichen Energie: Die Sonne ist ein gigantischer Atomreaktor!

Diese Erkenntnis schälte sich zu Beginn des 20. Jahrhunderts heraus. Die Astronomen waren sich darin einig, dass Wasserstoff- und Heliumatome die Hauptrolle spielen. Aber erst 1938 schrieben die beiden Physiker Hans Bethe (1906 bis 2005) und Carl Friedrich von Weizsäcker (1912 bis 2007) unabhängig voneinander das Drehbuch für die Atome. Im selben Jahr verfasste Hans Bethe zusammen mit einem anderen Kollegen noch ein weiteres. Jetzt hatten die Astronomen gleich zwei Stücke zur Auswahl, nach denen stellare Gasbälle wie die Sonne ihre Energie beziehen. Die Handlung ist in beiden Dramen relativ verwirrend. Dennoch wollen wir uns wenigstens eines anschauen. Es trägt den Titel »Proton-Proton-Zyklus«. Die Akteure heißen Protonen und Neutronen.

1. Akt: Zwei Protonen betreten die Bühne und rasen gleich aufeinander zu. Wums! Sie stoßen zusammen. Nach der Kollision sind sie fest aneinandergekettet. Allerdings hat eines sein Kostüm gewechselt und ist in die Rolle eines Neutrons geschlüpft. Nach der Versöhnung bildet es mit seinem einstigen Gegner ein Proton-Neutron-Paar.

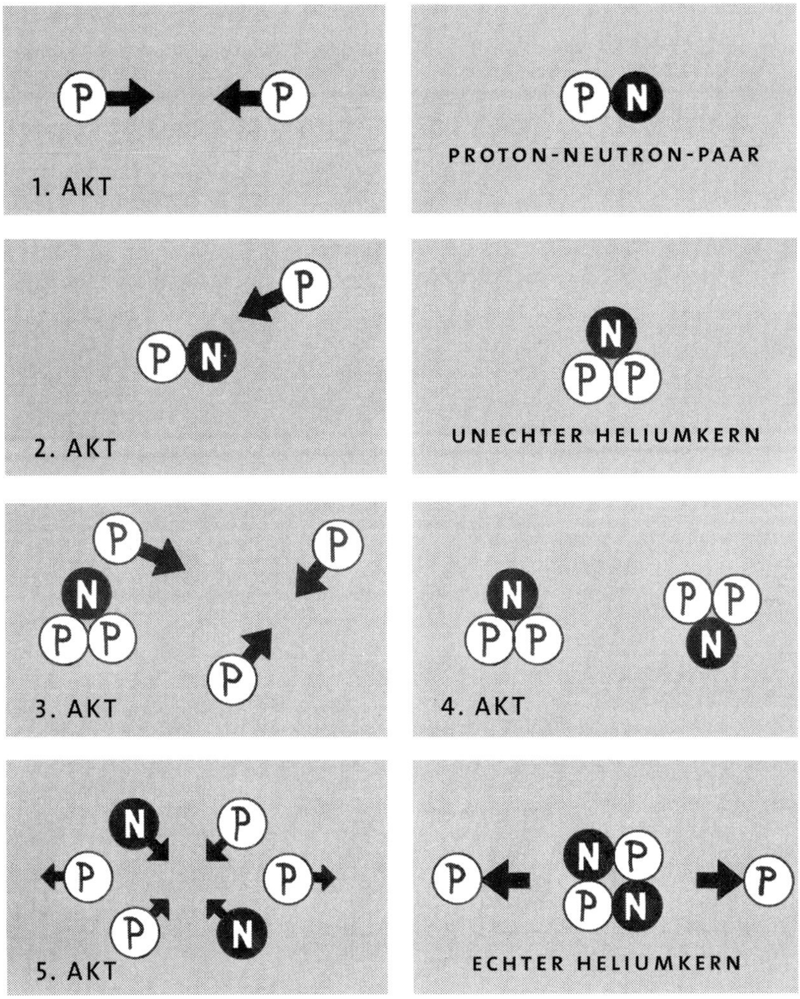

••• Die Fusionsreaktoren im Innern der Sterne verwandeln Wasserstoff in Helium. Das geschieht nach einer genau festgelegten Handlung mit Protonen als Hauptakteure.

2. Akt: Lange kann sich das Paar nicht freuen. Schon naht ein weiteres Proton, nimmt Kurs auf die beiden und rammt sie. Jetzt sind alle drei miteinander verbunden. Das Trio besteht aus zwei Protonen und einem Neutron und nennt sich ab sofort Helium. Allerdings ist es kein richtiges Helium, denn es fehlt ein zweites Neutron. Trotzdem fühlt sich der unechte Heliumkern recht wohl.

3. Akt: Von uns beinahe unbemerkt sind auch im hinteren Teil der Bühne Protonen zusammengeprallt und haben sich ebenfalls zu einem nicht ganz vollständigen Heliumkern vereint. Jetzt wird es spannend. Jeder der beiden Heliumvereine glaubt, er sei der einzig wahre. Ein heftiger Kampf auf Leben und Tod entbrennt.

4. Akt: Keiner gibt nach, beide Gegner sind ja gleich stark. Schließlich sehen sie ein, dass hier nur Verhandlungen helfen.
5. Akt: Nach langem Hin und Her kommen sie zu folgender Lösung: Jeweils ein Proton und ein Neutron der beiden Parteien werden zu einem echten Heliumkern (bestehend aus zwei Protonen und zwei Neutronen). Zwei Protonen sind übrig geblieben und werden losgeschickt; wenn sie unterwegs auf andere Protonen treffen, sollen sie weitere Heliumkerne bilden.

Dieses Theaterstück wird tief im Innern der Sonne sowie zahlloser anderer Sterne aufgeführt. Dabei geht es bei Temperaturen um 15 Millionen Grad im wahrsten Sinn heiß her. Manche Sterne sind noch wärmer, 50 oder gar 100 Millionen Grad. Um die Akteure nicht zu überlasten, wechselt die Natur bei solch extrem hohen Temperaturen das Programm und lässt eine andere Truppe mit einem neuen Stück auftreten: Es heißt Kohlenstoffzyklus. Aber den Besuch einer Vorstellung ersparen wir uns. Denn wir haben mittlerweile genug über die Energieerzeugung der Sonne erfahren und wollen unser Wissen jetzt noch ein wenig ergänzen.

• Vier Millionen Tonnen in der Sekunde

Fachleute bezeichnen die Umwandlung von Wasserstoff in Helium als Fusion (lateinisch: Verschmelzung). In irdischen Atomkraftwerken ist den Physikern bisher nur die Kernspaltung gelungen. Zwar setzt dieser Prozess ebenfalls Energie frei, aber lange nicht so viel wie die Verschmelzung. Daher bemühen sich Wissenschaftler in aller Welt, im Labor das Innere der Sonne nachzubauen – bisher jedoch ohne Erfolg. Fusionsreaktoren funktionieren noch nicht. Die Natur lässt sich schwer imitieren. Sollte es eines Tages doch gelingen, wäre dies eine der größten Erfindungen der Menschheit. Denn bei der Fusion entstehen aus einem Gramm Wasserstoff 0,993 Gramm Helium. Wo aber sind die fehlenden sieben Milligramm geblieben? Ganz einfach: Sie haben sich in Energie aufgelöst. Und von diesen sieben Milligramm soll die Sonne leben? Nun, so wenig ist das in Wirklichkeit gar nicht. Denn dieser sogenannte Massendefekt von sieben Milligramm entspricht rund 200 000 Kilowattstunden. Und mit dieser Energie könnte eine 100-Watt-Birne fast 230 Jahre lang ununterbrochen brennen.

Im Kern der Sonne verschmelzen in jeder Sekunde 564 Millionen Tonnen Wasserstoff zu 560 Millionen Tonnen Helium. Die so erzeugte Energie wird an die Oberfläche transportiert und von dort nach allen Richtungen abgestrahlt. Der Fusionsreaktor liefert in jeder Stunde eine Energie von 380 Trilliarden Kilowatt! Bei diesem Prozess verliert die Sonne ständig Masse – am Tag nicht weniger als 346 Milliarden Tonnen. Aber glücklicherweise ist unser Tagesgestirn so korpulent, dass es dadurch im Lauf von fünf Milliarden Jahren nur um 0,03 Prozent abnimmt.

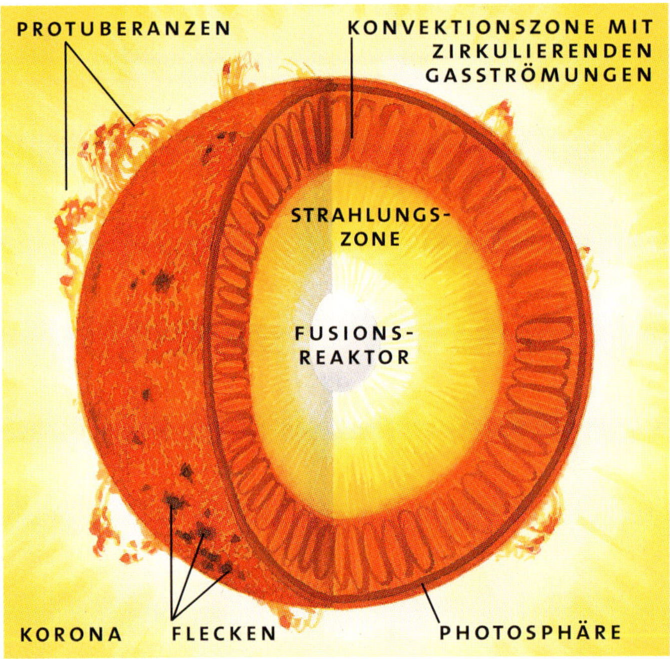

••• So stellen sich Astronomen den Aufbau der Sonne vor. Herzstück ist der Fusionsreaktor tief im Innern des Gasballs.

Was die Sonnenflecken sind, haben wir weiter oben geklärt. Warum aber folgt ihre Zahl dem Zyklus von elf Jahren? Dazu müssen wir den Lebensnerv der Sonne untersuchen und sie aufschneiden wie eine Orange: Tief im Innern sitzt der Fusionsreaktor. Er verbrennt Wasserstoff zu Helium. Das läuft nach einem Stück ab, dessen Handlung wir gerade gesehen haben. Die kugelförmige Bühne besitzt einen Durchmesser von etwa 280 000 Kilometern. Die Fusion erzeugt gewaltige Energien – und jede Menge Photonen. Sofort machen sich diese Lichtteilchen auf die Reise und schaffen die Strahlung an die Oberfläche. Ein mühevolles Unterfangen. Ununterbrochen versperren andere Partikel den Weg. Atome und Elektronen lenken sie ständig um. Millionen Jahre dauert es, bis sich die Photonen halbwegs durchgesetzt haben und nur noch 100 000 Kilometer von der Oberfläche entfernt sind. Weiter kommen sie nicht, denn das Licht rennt gegen diese kühlere Schicht wie gegen eine Mauer.

Wo die Strahlung versagt, greift die Konvektion ein. Diese Bezeichnung klingt komplizierter als das, was dahintersteckt. Du brauchst nur einmal die Hand über den Ofen zu halten. Sogleich spürst du, wie die heiße Luft die Haut erwärmt. Jetzt setzen wir in Gedanken eine Spezialbrille auf, mit der wir die Luft in einem beheizten Zimmer sehen können. Da ist von Ruhe keine Spur. Ohne Pause schweben warme Luftmassen an die Decke, während kühlere zu Boden sinken. Dieses turbulente Auf und Ab erinnert an die Granulation. Ob im Zimmer, in der Atmosphäre der Erde oder auf der Sonne, stets hat die Konvektion ihre Hand im Spiel. Dieser Motor rührt die Sonnenoberfläche seit Jahrmilliarden um. Aber störungsfrei arbeitet er nicht. Es gibt etwas, das ihn immer wieder drosselt: Magnetfelder. Hier betreten wir ein Gebiet, auf dem selbst Sonnenphysiker noch recht unsicher sind.

Mit einem kleinen Magneten lassen sich Stecknadeln wunderbar fernsteuern. Jeder Magnet besitzt einen Nord- und einen Südpol. Gleiche Pole stoßen sich ab, ungleiche Pole ziehen sich an. Zwischen den Polen wirkt eine unsichtbare Kraft, die durch ein magnetisches Feld übertragen wird. Auch Wissenschaftlern fällt es schwer, sich etwas vorzustellen, was gar nicht zu sehen ist. Immerhin lässt sich die Wirkung eines Magnetfelds plastisch vor Augen führen – in einem Experiment mit Eisenfeilspänen, die sich in bestimmter Weise zwischen den Polen eines Hufeisenmagneten anordnen: entlang den Feldlinien. Das geheimnisvolle Feld zieht alle eisenhaltigen Gegenstände in seinen Bann. Daher fliegen Stecknadeln geradezu auf Magneten.

••• Zwischen den Polen eines Magneten ordnen sich Eisenfeilspäne entlang den Feldlinien an.

Wahrscheinlich nutzten schon die alten Chinesen diese unwiderstehliche Anziehung und konstruierten den Kompass. Auch den Wikingern wies dieses einfache Instrument auf hoher See die Nordrichtung. Die Kraft, die eine Kompassnadel ausrichtet, geht von einem gewaltigen Magneten aus, dessen Durchmesser fast 13 000 Kilometer beträgt. Sein Name: Erde. Ihr Magnetfeld reicht weit in den Weltraum hinaus. Unser Planet bildet keine Ausnahme. Auch andere Planeten hüllen sich in magnetische Felder, ebenso wie die Sonne und alle Sterne. Dicke Stränge durchziehen die himmlischen Feuerkugeln und verlaufen in Tiefen von einigen Zehntausend Kilometern unter ihren Oberflächen. Die Sternmaterie wirkt wie ein Käfig: Sie hält die Magnetfeldlinien gefangen, jede Bewegung der Materie müssen sie mitmachen.

Mit diesem Wissen untersuchten Astronomen die Sonne. Aber wie stellen sich die Experten das aktive Innenleben des Sterns vor? Weil die Sonne nicht regelmäßig rotiert, wirbelt das Gas am Äquator schneller herum als an den Polen. Mit der Zeit verschieben und verdrillen sich die eingeschlossenen magnetischen Feldlinien, verlaufen in nördlichen Breiten zum Beispiel von links nach rechts, in südlichen von rechts nach links. Unter der Photosphäre befinden sich mächtige Feldlinien und bei ihnen kann man eine erstaunliche Entdeckung machen: Magnetisiertes Gas ist leichter als nicht magnetisiertes.

So treibt die Materie mit den eingeschlossenen Magnetschläuchen immer weiter nach oben. Eines Tages durchbrechen sie die Photosphäre wie ein Taucher die Oberfläche eines Sees. Immer höher steigen die Magnetschläuche. Sie durchlöchern die Photosphäre an zwei Stellen und formen darüber schließlich einen Bogen. Dort, wo die Schläuche die Oberfläche der Sonne durchstoßen, beeinträchtigen sie die Energieversorgung. Die betreffenden Regionen erhalten nur noch geringen Nachschub und kühlen ab: Astronomen in aller Welt – Amateure und Profis – freuen sich über einen neuen Sonnenfleck. Nach dieser Theorie müssten eigentlich zwei Flecken entstehen, der eine mit positiver, der andere mit negativer magnetischer Ladung. Das beobachten die Forscher tatsächlich. Das Modell vermag außerdem zu erklären, weshalb die Flecken auf der nördlichen Hälfte der Sonne eine entgegengesetzte Polung besitzen als Flecken auf der südlichen. Das liegt an der Fließrichtung der Feldlinien. Ist etwa im Norden der östliche Fleck ein Pluspol, dann ist der westliche ein Minuspol; im Süden ist es gerade umgekehrt. Nach jeweils einem elfjährigen Sonnenfleckenzyklus kehren sich die

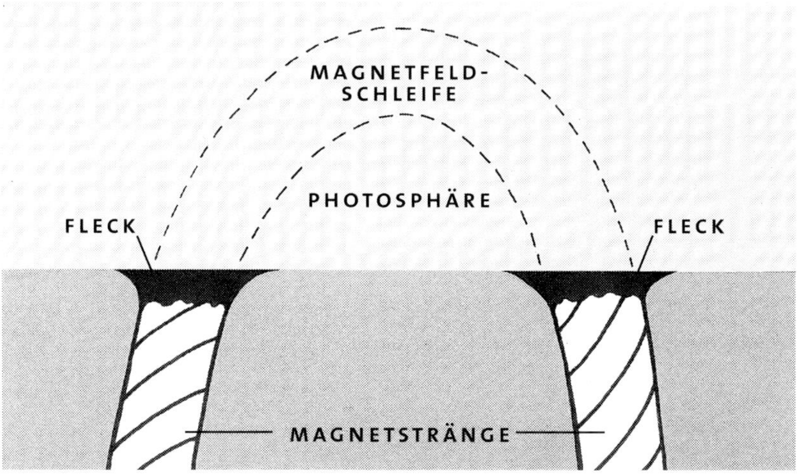

••• Dort, wo Magnetschläuche die Sonnenoberfläche durchbrechen, behindern sie die Energieversorgung. Die Photosphäre kühlt an den betreffenden Stellen ab, Flecken entstehen.

Verhältnisse um. Der magnetische Sonnenzyklus dauert also nicht nur elf, sondern insgesamt 22 Jahre.

Elf oder 22 Jahre – es scheint fast, als würde in der Sonne eine innere Uhr ticken. Tatsächlich konnte die beobachtete Zeitspanne des solaren Aktivitätszyklus noch nicht erklärt werden. Überhaupt birgt die Sonne viele Rätsel. Die Antworten der Astrophysiker mögen sich auf den ersten Blick einfach anhören. In Wirklichkeit ist alles fast so verwickelt wie die Magnetfelder. Trotz raffinierter Messverfahren und vertrackter Rechnungen begreift der Mensch bisher nur sehr wenig von dem Stern, dem er sein Leben verdankt. Im Streben nach Erkenntnis setzen die Forscher seit ein paar Jahren auf eine neue Methode: Sie fühlen der Sonne den Puls.

• Am Puls der Sonne

Wenn der Arzt den Puls misst und mit dem Stethoskop das Herz abhört, erfährt er etwas über den Gesundheitszustand eines Patienten. Ähnlich gehen die Helioseismologen vor – die Sonnenbebenforscher. Dass der Stern pulsiert, bemerkten Wissenschaftler schon vor 40 Jahren. Damals registrierten sie eine Pulsation in Teilen der oberen Sonnenschichten mit einer Periode von fünf Minuten. Seit Mitte der 1990er-Jahre hören

Satelliten wie das amerikanische Weltraumobservatorium *SOHO* sowie ein weltweites Netz erdgebundener Teleskope die Sonne rund um die Uhr ab. Das heißt: Sie messen die Geschwindigkeit eines bestimmten Punkts auf der Oberfläche zum Fernrohr hin oder vom Fernrohr weg. Aus Millionen solcher Messpunkte lässt sich das Schwingungsmuster der Sonne ableiten. So wissen wir, dass hinter der Fünf-Minuten-Pulsation turbulente Gasbewegungen in der Konvektionszone stecken. Tausende akustische Wellen überlagern sich und lassen den ganzen Stern zittern und vibrieren wie ein Musikinstrument.

Die Analyse der Wellen gibt Aufschluss über die Eingeweide der Sonne. Eine der Diagnosen: Der Sonnenkern dreht sich alle fünf bis neun Tage um die eigene Achse, also viel schneller als die darüberliegenden Gasschichten. Außerdem liefern die Messungen ständig Daten über Dichte, Temperatur und Zusammensetzung der Sonnenmaterie. Die neueste Methode der Helioseismologen gleicht einer Art Computertomografie, wie sie Mediziner schon lange einsetzen, um den Körper genau zu durchleuchten. So erlaubt diese lokale Helioseismologie einen dreidimensionalen Blick unter die »Haut« und gestattet es, das Innenleben von Sonnenflecken zu erkunden. In drei Dimensionen mustert seit Anfang 2007 auch ein Duo aus zwei Satelliten die Sonne: *STEREO A* eilt der Erde auf ihrer Bahn voraus, *STEREO B* bleibt etwas zurück. So betrachten die beiden Augen die Sonne aus unterschiedlichen Winkeln und erlauben dadurch einen plastischen Blick.

Die solaren Erdbebenforscher erfreuen nicht nur die Astronomen. Auch die Teilchenphysiker haben ihnen etwas Wichtiges zu verdanken: Neue Erkenntnisse über das Nichts! Die Sonne überflutet die Erde mit Wärme und Licht und kontrolliert durch ihre Schwerkraft die Bahnen aller Planeten. Und sie bombardiert uns Tag und Nacht, Sommer wie Winter mit Neutrinos. In jeder Sekunde durchschlagen Billiarden dieser Teilchen unsere Körper. Wir merken nichts davon. Die unsichtbaren Kanonenkugeln aus der Sonne besitzen keine Ladung und haben praktisch keine Masse. Daher lassen sie sich von der Materie nicht aufhalten. Ohne Probleme durchqueren sie Eisen- und Bleiplatten. Ja, sie rasen in null Komma nix durch die gesamte Erdkugel.

Gelänge es, die Neutrinos zu stoppen, würden sie eine interessante Geschichte erzählen. Sie entstehen nämlich als Abfallprodukt bei den Fusionsprozessen im Sonneninnern. Die Astronomen haben berechnet, wie viele Neutrinos auf der Erde ankommen müssten – falls die physikalischen Theorien über den Modellstern zutreffen. Deshalb haben die Fachleute in die Trickkiste gegriffen und eine Methode entwickelt, mit der sich die Boten von der Sonne einfangen lassen. Die erste Neutrinofalle wurde im Jahr 1965 gebaut. Sie befindet sich in einer Goldmine im US-amerikanischen Bundesstaat South Dakota. In einer Tiefe von 1455 Metern installierten die Forscher einen Tank. Er enthielt 390 000 Liter Perchloräthylen, einen Stoff, der in der chemischen Reinigung verwendet wird. Trifft nun zufällig ein Neutrino auf eines der zwei Quintillionen (eine zwei mit 30 Nullen!) Chloratome, verwandelt sich dieses in ein Argonatom. Nach mehr als einem Monat zerfällt es wiederum in Chlor. Dabei strahlt es Energie ab – und die lässt sich exakt bestimmen.

Da Neutrinos ungern etwas mit anderen Elementarteilchen zu tun haben wollen, hüten sie sich vor allzu vielen Zusammenstößen. Das bedeutete für die Experten ein Stück harte Arbeit. Sie hätten lieber nach der sprichwörtlichen Nadel im Heuhaufen gesucht, als 390 000 Liter Perchloräthylen nach 35 Argonatomen zu durchforsten! Trotzdem bewältigten die Wissenschaftler diese unglaublich schwere Aufgabe. Nach dem Vorbild von South Dakota entstanden überall auf der Erde weitere solcher Anlagen. Eigentlich hätten die Sonnenphysiker allen Grund zur Freude gehabt. Dennoch waren sie sehr enttäuscht: In den chemischen Fallen verhedderten sich ein Drittel weniger Neutrinos als erwartet. Sah es in der Sonne womöglich doch ganz anders aus? Lagen die Theoretiker mit ihren Vorstellungen über das himmlische Kraftwerk völlig daneben? Oder stimmten die Neutrinomodelle der Teilchenphysiker nicht?

Mit dem Satelliten *SOHO* ergründeten die Helioseismologen das Sonneninnere und gaben Entwarnung: Alles in Ordnung, die Sonnenforscher haben recht! Und dann stellte sich heraus, dass mit den Neutrinos etwas nicht stimmt: Es existieren nämlich drei Familien – und die können sich ineinander umwandeln. So wechseln sie auf dem Weg zur Erde ihre Identität und schlüpfen in eine andere Rolle. Auf diese Weise tarnen sie sich und entwischen den kunstvoll gewobenen Netzen der Neutrinojäger, weil die Detektoren sie nicht nachweisen können. Klar, dass scheinbar zu wenige Neutrinos auf der Erde ankommen. Trotz des gelösten Sonnenrätsels interessieren sich die Astrophysiker weiterhin sehr für diese Geisterteilchen. Schließlich kommen sie nicht nur von unserem Lebensstern, sondern auch aus den hintersten Winkeln des Universums, die allen anderen Beobachtungsmethoden verborgen bleiben. So entsteht zurzeit etwa 2000 Meter unter dem Eispanzer des Südpols *IceCube*, die empfindlichste Neutrinofalle der Welt.

• Die Krone mit den Flammenzungen

Im Jahr 1860 reisen zwei Männer durch das sommerliche Spanien. Wieder einmal haben die Experten eine totale Sonnenfinsternis vorausgesagt. Die beiden, die unter der glühenden Hitze stöhnen, sind der englische Papierfabrikant und Hobbyastronom Warren de la Rue (1815 bis 1889) und der italienische Astrophysiker Angelo Secchi (1818 bis 1878). Am 18. Juli soll sich der Mond vor die Sonne schieben. De la Rue und Secchi sind gut vorbereitet. Jeder schleppt eine schwere Fotoausrüstung mit sich. Der große Tag rückt näher. Die Wissenschaftler packt eine leichte Nervosität. Wird das Wetter mitspielen? Werden die Kameras funktionieren? Am Morgen des 18. Juli bauen die beiden – jeder in einer anderen Ecke der Iberischen Halbinsel – ihre Instrumente auf. Alles geht glatt. Petrus hat ein Einsehen, die Kameras arbeiten tadellos.

Die Aufnahmen zeigen eine Flammenkrone mit fein eingewobenen Feuerzungen. Diese Erscheinungen kennen die Forscher von früher. Bisher haben sie aber nicht gewusst, ob die Zungen tatsächlich zur Sonne gehören. Jetzt sind sie sich dessen sicher. Die Bilder von de la Rue und Secchi lassen keinen Zweifel daran. Die Flammenkrone, Korona genannt, gleicht einem matt schimmernden Lichterkranz um die Sonne. Sie tritt zwar nur während totalen Finsternissen deutlich zutage, ist aber immer vorhanden. Gewöhnlich wird sie jedoch vom hellen Sonnenlicht kräftig überstrahlt. Auch die Feuerzungen gehören zum Antlitz des Tagesgestirns. Die Forscher nennen sie Protuberanzen (von lateinisch *protuberare*: hervorquellen).

••• Während einer totalen Finsternis schmückt sich die Sonne mit einem hellen Strahlenkranz, der Korona. Diese äußere Gasatmosphäre wird gewöhnlich vom hellen Sonnenlicht überstahlt.

Hinter der Korona verbergen sich die Ausläufer der Sonnenatmosphäre. Wir müssen stets bedenken, dass die Sonne keine feste Kugel ist, sondern ein Gasball, dessen Dichte nach außen allmählich abnimmt. So liegt über der knapp 400 Kilometer dünnen Photosphäre die rund 12 000 Kilometer dicke Chromosphäre. Die Griechen tauften sie Farbhülle und wählten damit einen gelungenen Namen: Den aufmerksamen Astronomen der Antike war offenbar nicht entgangen, dass die Chromosphäre bei einer totalen Finsternis kurz vor dem Auftauchen der Korona als farbiger Lichtsaum erscheint. Die Korona hat keine feste Grenze, vielmehr reicht sie weit über die Bahn des fernsten Planeten Neptun hinaus. Unsere Erde zieht ihre Bahn also innerhalb der Sonnenatmosphäre.

Bis in die 1920er-Jahre waren die Forscher auf eine Finsternis angewiesen, wollten sie die Korona beobachten. Sie zeigte sich dann für wenige Minuten, die Chromosphäre gar nur für Sekunden. Die Astronomen konnten den Mond ja nicht nach Belieben vor die Sonne dirigieren. Bernard Lyot (1897 bis 1952) konnte dies tun! Der französische Optiker entwickelte 1930 ein Fernrohr mit zahlreichen Blenden und einer schwarzen Scheibe, die den Mond simuliert. Mit diesem Koronografen erzeugen die Astronomen das ganze Jahr über künstliche Sonnenfinsternisse. Nun haben sie endlich Zeit, Korona und Chromosphäre intensiv in Augenschein zu nehmen.

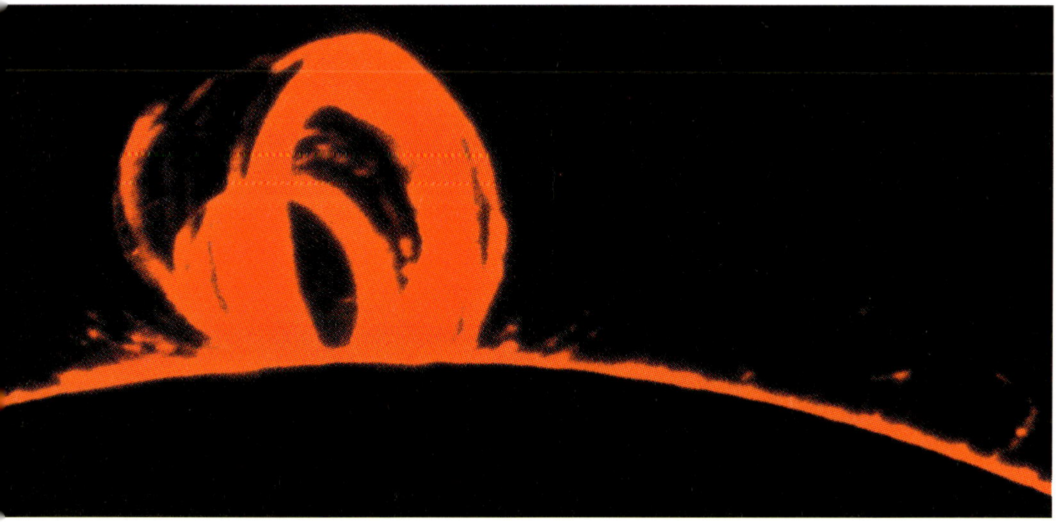

••• Ein Stern spuckt Gas: Lodernde Flammenzungen schießen von der Sonnenoberfläche hinaus ins All und bilden beeindruckende Bögen.

Ein Filter taucht die Welt in ungewohnte Farben. Als Kind habe ich oft durch bunte Glasstücke geschaut und mich darüber gefreut, dass plötzlich alles blau, grün oder gelb ausgesehen hat. Auch die Sonnenphysiker benutzen in ihren Koronografen spezielle, sehr teure Gläser. Diese H-alpha-Filter lassen nur jene Strahlen passieren, die der Wasserstoff (chemisches Zeichen »H«) aussendet. In der bis zu 20 000 Grad Celsius heißen Chromosphäre ist er reichlich vorhanden. Schrauben wir ein solches Filter an ein Instrument, in dem kein künstlicher Mond die Sonne verdunkelt, blicken wir auf eine neue, ungewohnte Oberfläche. Sie präsentiert sich als leuchtend rote, ein wenig runzlige Schale. Überall züngeln kleine Flämmchen empor, sogenannte Spikulen. Um die dunklen Sonnenflecken wirbeln turbulente Gase. Mehrmals täglich explodiert die Materie, dann registrieren die Astronomen einen Flare; gelegentlich zeigt er sich sogar im weißen Licht. Außerdem fallen uns dünne schwarze Fäden auf. Hie und da schlängeln sie sich über den Glutball. Es sind die Protuberanzen – genauer, ihre Schatten, die sich in der Chromosphäre abbilden.

Wenn wir die Flammenzungen in ihrer ganzen Schönheit bewundern wollen, müssen wir sie mit dem herkömmlichen Koronografen betrachten. Als bizarre Spritzer oder symmetrische Bögen reichen sie zuweilen mehrere Hunderttausend Kilometer in die Korona hinein. Manche verändern ihre Gestalt innerhalb von wenigen Minuten. Mit Geschwindigkeiten von nicht selten zweieinhalb Millionen Kilometern pro Stunde wird das Gas entlang den oftmals brückenförmig gewundenen Magnetfeldlinien nach oben geschleudert. Doch damit nicht genug: Wie wir schon wissen, pulsiert die Sonne auch noch. Im Fünf-Minuten-Takt bläht sie sich mit der Geschwindigkeit eines Düsenjets auf und schrumpft wieder zusammen. Weil dabei durch die Atmosphäre Schallwellen nach außen laufen und die Korona bis auf eine Million Grad aufheizen, herrscht auf der Sonne ein ohrenbetäubender Lärm. Auf dem Gestirn ist die Hölle los. Das bemerken nicht nur die Astronomen. Selbst normale Menschen bekommen mit, wenn es in dem 150 Millionen Kilometer entfernten Ballon besonders kräftig rumort.

• Alarm in der Atmosphäre

Was haben die Kornpreise im England des 18. Jahrhunderts mit den Sonnenflecken zu tun? »Sehr viel«, würde Wilhelm Herschel antworten und hätte eine erstaunliche Erklärung parat: »Während eines Sonnenfleckenmaximums nimmt die Strahlung zu und lässt das Getreide besonders üppig wachsen. Wird eine Ware im Überfluss angeboten, fallen die Preise meist in den Keller. Korn ist demnach in der Zeit großer Sonnenaktivität besonders billig. Umgekehrt bin ich davon überzeugt, dass eine ruhige Sonne weniger Energie abgibt. Die Folgen sind schlechte Ernten und entsprechend hohe Preise.« Was der ehrwürdige Herr Herschel damals dachte, beschäftigt die Wissenschaftler noch heute. So versuchen sie etwa, einen Zusammenhang zwischen Sonnenaktivität und Klima aufzuspüren. Wenngleich manche Ergebnisse auf einen solchen hindeuten: Den weitaus größten Anteil an der momentanen Erderwärmung trägt der Mensch!

Abseits der ernsthaften Forschung suchen alle möglichen selbst ernannten Experten nach einer solar-terrestrischen Beziehung. So wird immer mal wieder behauptet, dass Revolutionen, Kriege oder gar die Aktienkurse dem Sonnenfleckenzyklus folgen. Vor allem Boulevard-Zeitungen verkaufen solche Meldungen als Sensationen. Die meisten Leser verschlingen die Artikel mit Begeisterung – und kennen dabei nicht einmal den Unterschied zwischen Sonne und Planeten. Oder zwischen einem Großbrand und einem Polarlicht.

»Es brennt!« Dem Anrufer, der am 30. Oktober 2003 gegen 23.10 Uhr die Nummer der Feuerwehr gewählt hatte, verschlug es vor Aufregung fast die Sprache.

»Nun beruhigen Sie sich erst mal und sagen Sie, wo es brennt«, antwortete der Mann am anderen Ende der Leitung gelassen.

»Ich … Ich weiß nicht, irgendwo im Norden.«

»Aber Sie müssen doch eine Adresse nennen können.«

»Eben nicht. Ich sehe von meiner Wohnung ja nur einen gewaltigen Feuerschein. Ich habe keine Ahnung, wie weit der Brand weg ist. Vielleicht ist da ein Flugzeug abgestürzt. Nun tun Sie doch schon endlich was.« Der Anrufer wurde allmählich ungehalten.

»Also gut, ich kümmere mich darum.«

Der Feuerwehrmann in der Leitstelle legte auf, ging ans Fenster und blickte nach draußen. Jetzt verstand er die Panik des Anrufers. Tatsächlich leuchtete der nördliche Himmel in einem grellen rötlichen Schimmer. Schnell rannte der Mann zu seinem Funkgerät zurück und verständigte nacheinander die Kollegen in den umliegenden Städten, die Polizei und schließlich den Tower eines benachbarten Flugplatzes. Überall Fehlanzeige!

Was war am späten Abend dieses 30. Oktober 2003 geschehen? Bereits mehrere Tage zuvor hatten sich auf der Sonne zwei Fleckengruppen gezeigt, jede ein Dutzend Mal größer als die Erde. Am 28. Oktober geriet der Gasballon außer Rand und Band: Einer der stärksten jemals beobachteten Flares blitzte auf. Dann spuckte der Stern einen koronalen Massenauswurf in den Weltraum, eine gewaltige Wolke elektrisch geladener Teilchen. In kurzer Zeit verlor die Sonne mehr als zehn Milliarden Tonnen Materie – so viel Masse steckt in der Zugspitze. Mit unvorstellbar hohem Tempo rasten die Teilchen in Richtung Erde und trafen ein paar Stunden später auf den magnetischen Schutzschild unseres Planeten. Der wird ständig vom Sonnenwind bombardiert, der Wasserstoff- und Heliumkerne sowie Elektronen durch das Planetensystem bläst.

Jetzt aber frischte der Wind zu einem Sturm auf. Die solaren Atomgeschosse drangen nahe den Erdpolen in das Magnetfeld ein und stießen 100 bis 500 Kilometer über dem Boden mit Teilchen der Atmosphäre zusammen. Ein Lichtblitz begleitete jede dieser Kollisionen. Gegen 22.00 Uhr begann das Firmament zu leuchten. Das Polarlicht war sogar von Süddeutschland aus zu sehen, was durchschnittlich nur einmal im Jahr passiert. Deshalb waren viele Menschen irritiert. Dagegen erleben die Bewohner des hohen Nordens ebenso wie jene in sehr südlichen Gefilden die überwiegend in Rot und Grün flackernden, tanzenden Lichtvorhänge alle Monate. Polarlichter gehören dort zum alltäglichen Repertoire der Natur.

Während sich die einen an den himmlischen Lichtspielen erfreuen, betrachten sie die anderen mit Sorge, stehen doch Millionenwerte auf dem Spiel: Heftige Sonnenstürme können Stromleitungen beschädigen und Transformatoren zerstören. Bei einem Magnetsturm am 13. März 1989 etwa fiel innerhalb von 90 Sekunden das Stromnetz der gesamten kanadischen Provinz Quebec für neun Stunden aus. Und die filigrane Elektronik von Satelliten kann ebenfalls Schaden nehmen. Kein Wunder, dass gewisse Menschen besonders aufmerksam die Wettervorhersage lesen: Aber nicht, ob es morgen regnet, interessiert sie. Vielmehr wollen sie wissen, wie sich die Sonne fühlt – und ob in den nächsten Stunden mit magnetischen Orkanböen zu rechnen ist. Denn dann heißt es: Alarmstufe rot in der Atmosphäre!

ASTROTIPP 5

Niemals ohne ausreichenden Schutz mit einem Fernglas oder Teleskop in die Sonne schauen! Das helle Licht, durch die Optik hundert- oder tausendfach verstärkt, fügt dem Auge schweren Schaden zu. Im schlimmsten Fall führt es sogar zur Erblindung!

Welche Vorbereitungen müssen wir für einen gefahrlosen Ausflug zur Sonne treffen? Am besten, Wärme und Licht gelangen erst gar nicht in das Fernrohr. Hier helfen Objektivfilter. Sie fangen die Strahlen am vorderen Ende des Tubus ab und entschärfen sie. Allerdings kosten solche Sonnenblocker aus Glas eine Menge Geld; bei großen Öffnungen erreichen die Preise astronomische Höhen. Folienfilter sind billiger, liefern aber weniger gute Bilder. Wer als Anfänger mit lichtabschwächenden Folien oder irgendwelchen billigen Gläsern herumexperimentiert und womöglich die Fassung ebenfalls selbst zusammenbastelt, werfe das fertige Werk noch vor der ersten Beobachtung dorthin, wo es hingehört: in den Papierkorb.

Kleinen Kaufhausrefraktoren bis 60 Millimeter Öffnung liegt meist ein Okularfilter bei. Es verdunkelt die Sonne und ermöglicht eine angenehme Sicht. Dieses Verfahren lässt sich auch bei (größeren) Reflektoren anwenden. Es setzt jedoch voraus, dass die Öffnung auf mindestens 60 Millimeter verringert wird, weil sonst zu viel Wärme ins Fernrohr dringt. Dies geschieht mit einer entsprechenden Blende. Aber ideal ist diese Methode nicht.

Vor allem beim Linsenteleskop hat sich eine dritte, nahezu gefahrlose Möglichkeit bewährt: die Projektion auf einen Schirm. Dabei dringen die Strahlen ungefiltert bis zum Okular, treten in voller Stärke wieder aus und treffen in 15 oder 20 Zentimetern Abstand hinter der Augenlinse auf einen Schirm. Wie auf einer Dia-Leinwand bildet sich dort die Sonne als mehr oder weniger großer Kreis ab. Selbst die Flecken erscheinen deutlich als dunkler »Fliegendreck«.

Wenn du mit der Projektion indirekt unser Tagesgestirn studierst, solltest du die Arbeit alle zehn Minuten unterbrechen und das Fernrohr einige Zeit abkühlen lassen. Das gilt übrigens auch für die anderen beiden Methoden. Die richtige Sonnenbeobachtung erfordert Verstand und Sorgfalt. Erfahrene Sternfreunde helfen dir sicher gern.

Auch Teleskop-Händler beraten dich, wie du den Gasball ohne Probleme unter die Lupe nehmen kannst.

Zu den interessanten Aufgaben für Sonnenbeobachter gehört die Bestimmung der Relativzahl. Sie lässt sich im Prinzip ganz einfach ermitteln: Zähle alle Fleckengruppen, multipliziere das Ergebnis mit zehn und addiere die Zahl der Einzelflecken! Der Astronom Rudolf Wolf hat dieses Rezept kurz und bündig formuliert: $R = (10 \times g) + f$; R ist die Relativzahl, g die Zahl der Fleckengruppen und f die Zahl der einzelnen Sonnenflecken. Verunstalten zum Beispiel drei Gruppen mit zusammen 28 Einzelflecken die Sonne, beträgt die Relativzahl $(10 \times 3) + 28$, also 58. Die kleinste mögliche Relativzahl nach der Null ist die Elf. Dann befindet sich nur ein Fleck in der Photosphäre; er wird gleichzeitig als Gruppe gezählt. In stürmischen Zeiten, während eines Maximums, steigt R gelegentlich bis auf 300 und mehr.

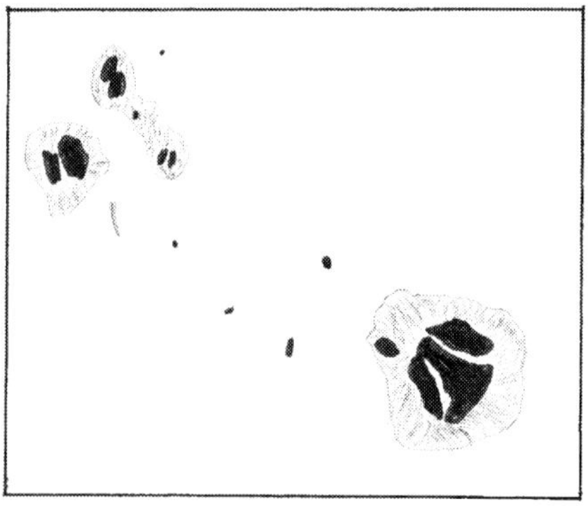

••• Mit ein wenig Übung lassen sich selbst an kleinen Amateurfernrohren Porträts von Sonnenflecken anfertigen. Für gefahrloses Beobachten müssen aber unbedingt gewisse Sicherheitsvorkehrungen getroffen werden.

Vielleicht hast du auch Lust, die Sonnenflecken zu porträtieren. So kannst du jeden Tag eine Karte des Gestirns anfertigen. Mit der Projektionsmethode geht es sehr leicht. Du zeichnest auf ein Blatt Papier mit dem Zirkel einen Kreis. Sein Durchmesser muss jenem der abgebildeten Sonnenscheibe entsprechen. Dann bringst du diese Schablone mit dem Sonnenrand zur Deckung und malst die Konturen der Flecken mit einem weichen Bleistift ab. Man kann auch versuchen, einen Sonnenfleck im Okular zu betrachten und ihn gleichzeitig zu zeichnen. Geübte Hobbyastronomen erzielen dabei beachtliche Ergebnisse. Dem Forscherdrang sind keine Grenzen gesetzt. Vielleicht fesselt die Sonne gerade deshalb viele Amateure. In Deutschland haben sich einige zusammengeschlossen und geben das Mitteilungsblatt *SONNE* heraus. Die Kontaktadresse findest du im Anhang.

6

Von Farben, Fackeln und Blinkfeuern

• Das schwere Los der Astronomen

Sternforscher haben es nicht leicht. Während der Biologe eine seltene Pflanze durch das Mikroskop betrachtet oder ein Chemiker mit Substanzen experimentiert, können die Himmelskundler Sonne, Mond und Sterne nicht ins Labor holen. Die Astronomen müssen sich damit begnügen, ihre Forschungsobjekte aus der Ferne zu studieren. Darin ändert auch die moderne Raumfahrt wenig.

Als ein junger Physikstudent einmal seinen Professor fragte, ob es nicht doch eine Möglichkeit gebe, mehr über den Kosmos zu erfahren als nur die Position und die Helligkeit der Sterne, soll dieser geantwortet haben: »Was die Sterne sind, wissen wir nicht und werden es nie wissen.« Das Gespräch trug sich in den 50er-Jahren des 19. Jahrhunderts zu. Der Physikstudent hieß Johann Karl Friedrich Zöllner (1834 bis 1882) und war mit der Auskunft des Herrn Professors alles andere als zufrieden. So ließ er sich nicht entmutigen, studierte weiter und wurde einer der ersten Astrophysiker – eine Berufsbezeichnung, die er selbst prägte. Und noch im 19. Jahrhundert erfuhren die Forscher tatsächlich, »was die Sterne sind« und woraus sie bestehen.

Bei unseren Wanderungen über den nächtlichen Sternhimmel haben wir nicht nur die Bekanntschaft einiger wichtiger Konstellationen gemacht, sondern auch die Namen so mancher Hauptsterne erfahren. Und wir kennen mittlerweile Johann Bayer, der in seinem Atlas die Himmelslichter nach ihren Helligkeiten sortiert hat. Dass nicht alle Sterne gleich stark strahlen, fällt sogar jemandem auf, der nur einen flüchtigen Blick nach oben wirft und sich ansonsten für Astronomie gar nicht interessiert. So ist es kein Wunder, dass dies die Menschen schon vor Tausenden von Jahren bemerkten. Allerdings hatten sie keine Ahnung, was sie mit der Erkenntnis anfangen sollten.

Selbst Hipparch, der Entdecker der Präzession, wusste es nicht. Aber sorgfältig wie er war, brachte er auch hier Ordnung ins Chaos: Er teilte die Sterne in sechs Klassen ein. Die besonders hellen fasste der griechische Astronom zur ersten Größe zusammen, die mit dem bloßen Auge gerade noch sichtbaren ordnete er der sechsten Größe zu. Dazwischen lagen nicht ganz so helle (zweite Größe), mittelhelle (dritte Größe), eher schwache (vierte Größe) und schwache Sterne (fünfte Größe). Die Bezeichnung des Hipparch ist insofern irreführend, als die

Größen mit den echten Durchmessern der Sterne überhaupt nichts zu tun haben.

Dennoch hat sich dieses System bis heute erhalten. Um nicht immer das Wort Größe ausschreiben zu müssen, benutzen die Astronomen ein kleines, hochgestelltes m (es steht für das lateinische Wort *magnitudo*, was Größe bedeutet) und geben die Klasse in Ziffern an: 1^m umschreibt also einen Stern erster Größe. Diese Einteilung sieht einfach aus, hat aber einen Haken: Sie beruht auf reiner Schätzung und ist entsprechend ungenau. Denn während etwa ein Beobachter mit scharfen Augen ein Lichtpünktchen noch deutlich identifizieren kann, sieht es jemand mit weniger guten Augen kaum noch. Der eine wird Stein und Bein schwören, dass der Stern in die fünfte Größenklasse gehört, der andere hingegen behauptet, er sei ein typischer Vertreter der sechsten Größe.

Noch schlimmer wurde es, als das Fernrohr den Forschern neue Welten erschloss und damit gleichzeitig eine Fülle von bisher nicht gesehenen Sternen offenbarte. Die Astronomen erweiterten die Klassifikation. Dabei folgten sie der Tradition und verpassten schwächeren Objekten einen höheren Zahlenwert. Nun gab es zwar Sterne der siebenten, achten oder gar elften Größe. Aber das Durcheinander war perfekt, denn jeder schuf sich seine eigene Einteilung. Beobachteten zwei Wissenschaftler ein und denselben Stern, konnte es vorkommen, dass der eine 9^m notierte, sein Kollege 11^m. Es war zum Verzweifeln!

Friedrich Wilhelm August Argelander (1799 bis 1875) ließ sich trotzdem nicht davon abhalten, den Himmel systematisch zu durchforschen. Argelander war bei Bessel in die Lehre gegangen. 1837 wurde er Direktor der noch gar nicht existierenden Universitätssternwarte Bonn. Um die acht Jahre bis zur Fertigstellung des Observatoriums nicht tatenlos verbringen zu müssen, hatte sich der Astronom eine kleine private Beobachtungsstation am Ufer des Rheins eingerichtet. Dort bestimmte er die Helligkeit aller von Mitteleuropa aus mit bloßem Auge sichtbaren Sterne. Das Ergebnis konnte sich sehen lassen: ein Katalog mit 3188 Sternen. Argelander taufte ihn zur Erinnerung an das Werk von Johannes Bayer *Uranometria Nova*. Doch das genügte dem ambitionierten Wissenschaftler noch lange nicht. Gemeinsam mit zwei Mitarbeitern ging er von 1852 bis 1862 daran, die Positionen und Helligkeiten sämtlicher in seinem Fernrohr mit 78 Millimetern Linsendurchmesser sichtbaren Sterne zwischen dem Himmelsnordpol und zwei Grad südlich des Himmelsäquators zu messen.

Das Mammutunternehmen machte Argelander berühmt und bescherte den Astronomen Daten von nicht weniger als 324198 Fixsternen. Noch heute gilt diese *Bonner Durchmusterung* als Paradebeispiel für exakte und systematische Forschungsarbeit. Denn Friedrich Wilhelm August Argelander und seinen »Gehülfen« (wie er sie nannte) war es immerhin gelungen, die Helligkeiten auf rund ein zehntel Größenklasse genau zu bestimmen. Womit wir allerdings wieder beim leidigen Thema Schätzen wären.

• Licht ins Dunkel

Literaturwissenschaftler, die sich mit der Geschichte des englischen Kriminalromans befassen, ordnen Werke aus der zweiten Hälfte des 19. Jahrhunderts dem Zeitalter der Gaslaternen zu. Wenn Sherlock Holmes und sein Assistent Dr. Watson im nächtlichen London Verbrecher jagen, darf der sprichwörtliche Nebel nicht fehlen. Von dichten Schwaden verhüllte Straßenlampen werfen diffuse Schatten und verleihen der Szene etwas Schauriges. Die Beleuchtung spielte nicht nur in der Literatur eine wichtige Rolle. Sie bestimmte auch das tägliche Leben in der Ära von Eisenbahn, Dampfmaschine und Telegraf.

Im Jahr 1879 entwickelt der amerikanische Erfinder Thomas Alva Edison (1847 bis 1931) die erste langlebige Glühbirne. Ganze Industriezweige arbeiteten daran, den Menschen im 19. Jahrhundert Licht zu verschaffen. Von diesem Bemühen profitierten selbst die Astronomen, denen künstliche Beleuchtung an sich ein Gräuel ist, weil sie davon bei der Arbeit gestört werden. Ja, der Beschäftigung mit dem Licht aus selbst gemachten Quellen haben sie es zu verdanken, dass die Messung der Sternhelligkeiten nicht länger dem Zufall überlassen blieb, sondern eine wissenschaftliche Grundlage erhielt. Denn zur Ermittlung der Leuchtstärke hatten die Physiker das Fotometer konstruiert.

Weshalb, so mochte sich eines Tages Johann Karl Friedrich Zöllner gefragt haben, soll dieses neue Instrument nur die Helligkeit von künstlichen Leuchten messen? Könnte man es nicht auch in der Astronomie verwenden? Zöllner war ein Mann der Tat, er setzte sich hin, baute ein Sternfotometer und bereitete damit allen Schätzungen ein Ende. Das Prinzip dieses Geräts beruht darauf, die Helligkeit einer künstlichen, punktförmigen Lichtquelle so zu verändern, dass sie mit jener des zu untersuchenden Sterns übereinstimmt. Dazu drehte der Astronom an einem vor der Quelle montierten Glasprisma. Erschienen Stern und Lichtpünktchen im Gesichtsfeld des Fotometers gleich hell, las der Wissenschaftler ab, um wie viel er das Prisma hatte verschieben müssen. Der entsprechende Wert war ein Maß für die Helligkeit. Nach einem ähnlichen Prinzip funktionierten die Fotometer an den großen Observatorien des 19. Jahrhunderts. Heute, im Zeitalter der Elektronik, verwenden die Forscher sogenannte Fotomultiplier – komplizierte Geräte, über deren Genauigkeit Herr Zöllner nur staunen könnte.

••• Elektronische Präzisionsinstrumente ermöglichen es den Astronomen heute, die Helligkeiten der Himmelskörper sehr exakt zu messen. Das Bild zeigt ein solches Gerät, montiert an einem Spiegelteleskop.

Noch bevor der Astrophysiker sein Instrument baute, hatten einige seiner Kollegen darüber nachgedacht, auf welche Weise die Helligkeitsklassen zu definieren und wie die einzelnen Sterngrößen voneinander zu unterscheiden seien. So schlug Norman Pogson (1829 bis 1891) aus Oxford vor, dass die Leuchtstärkedifferenz zwischen der ersten und der sechsten Größe exakt 100 betragen soll. Im Klartext: Ein Stern der ersten Größe ist hundertfach heller als ein Stern der sechsten Größe.

Um den Unterschied zwischen zwei Klassen zu ermitteln, müssen wir nur noch jene Zahl suchen, die fünfmal mit sich selbst multipliziert 100 ergibt. Wie wär's mit 2,512! Denn $2{,}512 \times 2{,}512 \times 2{,}512 \times 2{,}512 \times 2{,}512$ ist tatsächlich ziemlich genau 100. Nun fehlte nur noch ein Bezugspunkt, ähnlich der Null-Grad-Marke auf dem Thermometer. Pogson wählte einen Himmelskörper mit besonderer Funktion: den Polarstern. Dessen Größenklasse legte er auf $2^{m}{,}12$ fest. Damit traf er eine äußerst unglückliche Wahl. Denn die Astronomen fanden später heraus, dass Polaris nicht konstant leuchtet. Diese Entdeckung führte zwar zu einiger Aufregung, änderte jedoch nichts an der Tatsache, dass das wackelige Hipparchsche System nach zwei Jahrtausenden endlich auf festen Füßen stand. Nun maßen die Astronomen Sternhelligkeiten, was das Zeug hielt, und erweiterten die Skala beliebig nach unten. Je empfindlicher die Instrumente wurden, umso schwächere Lichtpünktchen spürten sie auf. Mit großen Teleskopen fotografieren die Sternforscher heute Galaxien mit 29^{m}. Diese Nebelfleckchen leuchten rund 1,6-milliardenfach schwächer als Sterne, die das bloße Auge gerade noch wahrnimmt.

Natürlich gilt das System auch für Objekte, die stärker strahlen als 1^{m}. So trägt etwa die Wega, der Hauptstern des Bilds Leier, die Bezeichnung 0^{m}. Ähnlich dem Thermometer, wo sich die Gradeinteilung nach unten ins Negative fortsetzt, geben die Astronomen noch helleren Objekten negative Größen und ordnen beispielsweise Sirius $-1^{m}{,}5$ zu. Der Planet Venus erreicht während der Zeit seines größten Glanzes $-4^{m}{,}4$, der Vollmond $-12^{m}{,}6$. Und da wäre schließlich noch die Sonne: Sie bringt es auf $-26^{m}{,}9$. Die Lichtmenge, die wir von ihr empfangen, ist 58-trilliardenfach größer als jene, die Galaxien der 29. Klasse aussenden!

• Die Magie der Fotografie

Um solche schwachen Lichter im All zu sehen, sitzt heute kein Wissenschaftler mehr am Fernrohr und starrt stundenlang ins Okular, wie das einst Argelander und seine Mitarbeiter taten. Die Astronomen bedienen sich modernster Techniken, um den Horizont im Weltraum stetig weiter hinauszuschieben. Das wollten natürlich auch die ersten Astrophysiker. Zwar wird wohl keiner von ihnen das 1784 erschienene *Natürliche Zauberlexikon* gelesen haben; dennoch sollte knapp 70 Jahre nach seinem Erscheinen eine Methode die Astronomie revolutionieren, deren Grundzüge in diesem Büchlein zumindest angedeutet sind. »Man befeuchte das Gesicht mit Salpetersäure, in der feines Silber aufgelöst wurde, setze es dann der Sonnenstrahlung aus und wird für eine Weile zum schwarzen Mann«, steht darin zu lesen. (Hüte dich davor, das Experiment zu wiederholen, die Substanzen sind äußerst giftig!) Der Hexenmeister und Verfasser des Lexikons wusste also, dass Licht bestimmte chemische Substanzen schwärzt.

Ob Joseph Nicéphore Niepce (1765 bis 1833) das *Natürliche Zauberlexikon* gelesen hatte? Jedenfalls experimentierte er mit Zinnplatten, die er mit Bitumen, einer teerartigen Masse, bestrichen hatte. Und eines schönen Sommertages im Jahr 1826 setzte er eine solche Platte in die von ihm gebaute Kamera ein. Er stellte die Konstruktion ans Fenster und belichtete acht Stunden. Als Ergebnis hielt der französische Erfinder das recht verschwommene Abbild seines von Gebäuden umrahmten Gartens in Händen – das erste Foto der Welt! Die Magie des neuen Verfahrens schlug bald viele in Bann. Etwa Louis Daguerre (1787 bis 1851), den zweiten Vater der Fotografie. Mit einer von ihm entwickelten Technik ließen sich die Bilder fixieren und die Belichtungszeit auf einige Minuten verkürzen. Daguerre unternahm an der Pariser Sternwarte auch erste Versuche, den Himmel im Bild festzuhalten. Wesentlich erfolgreicher auf diesem Gebiet war jedoch John Draper (1811 bis 1882). Im Jahr 1840 gelang ihm die erste Aufnahme des Mondes. Ein Jahrzehnt später belichteten Forscher, ebenfalls in Amerika, durch ein Linsenteleskop mit 38 Zentimetern Öffnung die ersten Fotos eines Fixsterns. Als Motiv hatten sie sich die Wega in der Leier ausgesucht.

••• Im Sommer 1826 gelang Joseph Nicéphore Niepce das erste Foto der Welt. Wenige Jahrzehnte später setzte sich das neue Verfahren als unentbehrliches Hilfsmittel in der Himmelskunde durch. Dieses Bild des Nordamerikanebels aus dem Jahr 1901 stammt von Max Wolf, einem Pionier der Astrofotografie.

Die Wissenschaft vom Weltall war um ein wertvolles Instrument reicher geworden, die Astrofotografie. Ihre wichtigsten Vorzüge liegen auf der Hand: Während langer Belichtungszeiten (bis zu einigen Stunden) wird das Licht auf der Platte gesammelt, selbst schwache Objekte treten deutlich zutage; der Durchmesser der Sternscheibchen ist ein Maß für die Helligkeit; Fotos sind wie Himmelskarten, die Position von Fixsternen entspricht deren tatsächlichem Ort am Firmament; eine Aufnahme zeigt sehr viele Objekte und lässt sich konservieren, die Astronomen sind also nicht mehr so stark vom Wetter abhängig und können ein Bild selbst Tage, Monate oder gar Jahre später nach allen Regeln der Messkunst betrachten.

Zur Auswertung gehörten aber nicht nur ausgeklügelte Geräte, auch die Empfänger selbst – Fernrohre und Kameras – wurden weiterentwickelt. Anfang der 30er-Jahre des 20. Jahrhunderts erfand etwa der Optiker und Amateurastronom Bernhard Schmidt (1879 bis 1935) in Hamburg ein geniales Teleskop. Dieser Schmidt-Spiegel gehört noch heute zu den Hilfsmitteln der praktischen Astronomie. Das Gerät erlaubt es, mehrere Grad große Himmelsgegenden nahezu ohne störende Bildfehler wie Verzerrungen oder Farbränder abzubilden. Außerdem besitzt es eine hohe Lichtstärke, das heißt, selbst nach relativ kurzer Belichtungszeit erscheinen bereits bis zu einer Million Sterne.

• Starke und schwache Lampen

Die Elektrizität ist eine nützliche Erfindung. Ein Druck auf den Lichtschalter genügt und das Zimmer wird taghell. Glühbirnen haben nur einen Nachteil: Sie gehen von Zeit zu Zeit kaputt. Vielleicht hast du selbst schon einmal im Elektrogeschäft eine Glühbirne gekauft als Ersatz für eine ausgebrannte. Dabei fragte dich der Verkäufer sicher, wie viel Watt die alte Birne hatte, denn schließlich soll die Lampe, in die sie eingeschraubt wird, genauso hell strahlen wie vorher. Brennende Glühbirnen mit unterschiedlichen Stärken lassen sich ohne Probleme voneinander unterscheiden. Die mit 20 Watt leuchten eben schwächer als jene mit 60 oder gar 100 Watt. Das setzt allerdings voraus, dass wir sie alle aus derselben Entfernung betrachten.

Stellen wir jetzt ein Gedankenexperiment an und bauen im Freien zwei Lampen auf. Dabei postieren wir die 20-Watt-Birne in einigen Metern, die 100-Watt-Birne in einigen Kilometern Abstand. Nun warten wir, bis es stockfinster geworden ist, holen einen Freund und lassen ihn schätzen, welches der beiden Lichter heller strahlt. »Natürlich das da«, wird er sagen und dabei auf die 20-Watt-Birne deuten. Eigentlich hat er ja recht. Denn die absolut gesehen stärkere Birne (100 Watt) strahlt scheinbar tatsächlich weniger hell als die absolut schwächere (20 Watt). Der Unterschied zwischen der scheinbaren und der absoluten Helligkeit hängt offenbar ausschließlich mit dem Abstand zusammen.

Dazu muss man wissen, dass die Lichtstärke nach einem wichtigen physikalischen Gesetz mit dem Quadrat der Entfernung abnimmt. Das Quadrat erhält man, wenn man eine Zahl mit sich selbst multipliziert. Zum Beispiel ist fünf zum Quadrat gleich 25. Eine Kerze in drei Metern Distanz erscheint viermal so hell wie eine in sechs Metern Abstand, weil Letztere doppelt so weit entfernt ist – also um einen Faktor zwei, dessen Quadrat wiederum vier ergibt. Was hat das alles mit Astronomie zu tun? Sehr viel! Denn wenn wir den klaren Nachthimmel betrachten, sehen wir stets nur die *scheinbaren Helligkeiten* der Sterne, wissen wir doch, dass sie unterschiedlich weit entfernt sind. Welche Sterne tatsächlich schwächer oder stärker strahlen, wie es also mit den *absoluten Helligkeiten* bestellt ist, das bleibt uns verborgen. Wie sollen wir jemals etwas über die Leuchtkräfte der Sterne erfahren?

Um dieses Rätsel zu lösen, benutzen die Forscher einen einfachen Kunstgriff. Und der geht so: Die Sonne steht direkt vor der Haustür der Erde. Die scheinbare Helligkeit dieses nächstgelegenen Fixsterns beträgt $-26^{m},9$. Wie hell würde die Sonne jedoch strahlen, wenn sie nicht 150 Millionen Kilometer entfernt wäre, sondern 32,6 Lichtjahre? Warum gerade 32,6 Lichtjahre? Dieser Wert mag auf den ersten Blick willkürlich aussehen. In gewissem Sinn ist er das auch. Allerdings entspricht er genau zehn Parsec. Parsec ist ein Kunstwort – und ein Parsec die Distanz, aus welcher der Erdbahnradius unter einem Winkel von einer Bogensekunde erscheint: 3,26 Lichtjahre eben. Eine Bogensekunde entspricht 1/1800 des Monddurchmessers. Die Wissenschaftler drücken kosmische Dimensionen bevorzugt in Parsec aus. Wir wollen jedoch beim vertrauten Lichtjahr bleiben.

Die Antwort auf die Frage nach der Helligkeit der Sonne in 32,6 Lichtjahren Entfernung klingt überraschend: Die gleißend helle Scheibe des Tagesgestirns würde zu einem schwachen Pünktchen von $4^{m},7$ schrumpfen! Und damit haben Astronomen die Skala der absoluten Helligkeiten geeicht. Um die wahre Leuchtkraft eines Sterns zu ermitteln, messen die Experten dessen scheinbare Helligkeit und Distanz.

Dann rücken sie ihn auf dem Papier in die Einheitsentfernung von zehn Parsec – fertig. Angenommen, ein Stern steht 326 Lichtjahre von der Erde entfernt und erscheint als Pünktchen von 6^m. Wie groß ist seine absolute Helligkeit? Ganz einfach: Wir teilen 326 durch 32,6 (Einheitsentfernung) und erhalten zehn. Nach dem Quadratgesetz würde der Stern nun 100-fach (zehn mal zehn) stärker strahlen. Diese Leuchtkraftdifferenz entspricht aber exakt fünf Größenklassen. Also ziehen wir fünf von sechs ab und wissen, dass die absolute Helligkeit des Sterns 1^m beträgt.

Das Beispiel habe ich bewusst so gewählt, dass die Rechnung aufgeht. Doch genauso funktionieren alle anderen Rechnungen mit beliebigen scheinbaren Helligkeiten und Entfernungen. Dabei kommen die Astronomen teilweise zu verblüffenden Ergebnissen. So ist Regulus, der bläulich flimmernde Hauptstern im Löwen, rund 160-mal leuchtkräftiger als die Sonne, Rigel im Orion gar 25 000-mal. Stell dir vor, die Erde würde um Rigel kreisen. Dann wären der Taghimmel 25 000-mal heller und die Temperaturen auf der Erde entsprechend heißer. Das Leben hätte sich unter diesen Bedingungen gar nicht entwickeln können. Gut, dass es die Sonne gibt.

Kennen die Astronomen die scheinbare und die absolute Helligkeit eines Sterns, können sie problemlos dessen Entfernung ausrechnen. Aber ist dieses Verfahren nicht unsinnig? Um die Leuchtkraft eines Sterns zu bestimmen, müssen die Forscher doch zunächst wissen, wie weit er entfernt ist. Oder gibt es etwa eine andere Methode, die absolute Helligkeit herauszufinden?

• Flackernde Meilensteine

Der Herr Pastor liebte lange Spaziergänge, bei denen er mit offenen Augen durch die Welt ging. Aber nicht nur die landschaftliche Schönheit seiner ostfriesischen Heimat faszinierte ihn, sondern auch das, was sich in der Nacht über der Erde abspielte. Kurz: Der fromme Mann war ein begeisterter Sterngucker. Und wie es sich für einen ordentlichen Astronomen gehört, ging er in klaren Nächten entweder gar nicht ins Bett oder stand morgens sehr früh auf. So auch an diesem 13. August 1596, wo er in der Morgendämmerung den Planeten Jupiter ins Visier nehmen wollte.

Doch daraus wurde nichts. Denn im Sternbild Walfisch, das halbhoch über dem südlichen Horizont stand, entdeckte er einen hellen Lichtpunkt. Er war ihm nie zuvor aufgefallen. Wo sollte der plötzlich herkommen? David Fabricius (1564 bis 1617), so hieß der Pastor, vermochte diese Frage nicht zu beantworten. Das Ganze wurde noch rätselhafter, als Fabricius nach einigen Wochen schlechten Wetters wieder in den Walfisch schaute, den Stern aber nicht mehr fand. Es vergingen mehr als elf Jahre, bis er im Februar 1608 das Sternchen erneut beobachtete. Ohne es zu wissen, hatte der Geistliche den ersten Veränderlichen entdeckt. Astronomen verstehen darunter solche Sterne, deren Helligkeiten mehr oder weniger periodisch wechseln.

Bei dem Objekt im Walfisch etwa schwankt das Licht innerhalb von rund 332 Tagen. Während dieser Zeit verschwindet der Stern natürlich nicht vollständig von der Bildfläche. Er wird nur so schwach, dass er mit bloßem Auge nicht mehr zu sehen ist. Aufgrund dieses seltsamen Verhaltens nannte man das flackernde Lichtpünktchen Mira. Das bedeutet so viel wie »die Wunderbare«. Heute haben die Wissenschaftler allerdings eine recht nüchterne Erklärung parat: Die Helligkeiten der Veränderlichen vom Mira-Typ schwanken, weil sie sich mit schöner Regelmäßigkeit (zwischen einigen Stunden und mehreren Jahren) aufblähen und wieder zusammenziehen wie ein Ballon, den man abwechselnd aufbläst und dann die Luft rauslässt. Dabei ändern diese Gasbälle natürlich ihre Durchmesser: Ein großer Ball, der selbst leuchtet, sendet mehr Licht aus als ein kleines Bällchen. Entsprechend erscheint der Stern einmal heller, einmal schwächer.

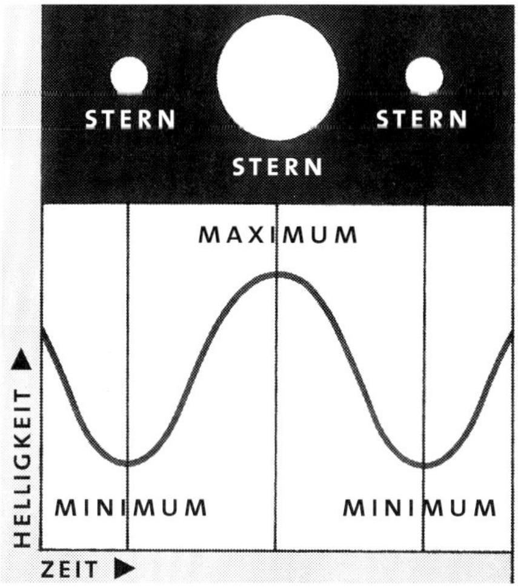

••• Manche Sterne blähen sich rhythmisch auf und ziehen sich wieder zusammen. Auf diese Weise ändert sich ständig ihre Helligkeit. Astronomen nennen diese Objekte daher Pulsationsveränderliche.

Die beschriebenen Objekte pulsieren, was ihnen die Bezeichnung Pulsationsveränderliche eingebracht hat. Mira übrigens macht ihrem Namen »die Wunderbare« alle Ehre. Im Sommer 2007 meldeten Astronomen die Entdeckung eines 13 Lichtjahre langen Schweifs, den der Stern wie ein Komet durchs All schleppt. Der Schweif besteht aus Material, das der rote Riesenstern in den vergangenen Zehntausenden von Jahren verloren hat. Mira selbst rast mit einer Geschwindigkeit von fast 500 000 Kilometern pro Stunde dahin.

Warum sich die kosmischen Blinkfeuer so verhalten, werden wir später noch genau erfahren. Doch dazu müssen wir erst den Lebensweg der Sterne kennen. Bei der Entfernungsmessung spielen Zusammensetzung und Aufbau der Sonnen jedoch keine Rolle. Außerdem können wir uns trösten: Was es mit den Veränderlichen auf sich hat, wusste selbst Henrietta Swan Leavitt (1868 bis 1921) nicht. Dabei hatte sich die Amerikanerin am Harvard-Observatorium lange mit ihnen beschäftigt und eine erstaunliche Entdeckung gemacht. Die Wissenschaftlerin hatte Fotos der beiden Magellanschen Wolken, der Begleitgalaxien der Milchstraße, miteinander verglichen. Dabei fand sie nicht weniger als 1777 Sterne, deren Helligkeiten sich änderten. Miss Leavitt konzentrierte sich jedoch auf 25 Objekte, die allesamt in der Kleinen Magellanschen Wolke standen und relativ rasch pulsierten.

Als sie die Sterne in einem Diagramm nach Helligkeit und Periode sortiert hatte, stutzte sie. Schien es doch so, als würden diese beiden Größen irgendwie miteinander zusammenhängen. Ja, es sah tatsächlich so aus, als wären Sterne, die in kurzem Rhythmus flackerten, lichtschwächer als solche mit langer Periode. Das war geradezu phänomenal! Nimmt man an, dass alle 25 untersuchten Sterne gleich weit von der Erde entfernt sind (was bei der Kleinen Magellanschen Wolke wirklich zutrifft), so spiegeln ihre scheinbaren Helligkeiten exakt ihre absoluten Helligkeiten und damit ihre echten Leuchtkräfte wider.

Henrietta Swan Leavitt hatte also eine Perioden-Leuchtkraft-Beziehung gefunden und damit der Entfernungsbestimmung Tür und Tor geöffnet. Da sich alle Veränderlichen der von ihr studierten Klasse – sie werden nach dem Prototyp, dem Stern δ im Cepheus, als Delta-Cepheiden bezeichnet – an diese Beziehung halten, mussten die Astronomen nur die Abstände von einigen Sternen bestimmen, um die Skala für immer und ewig zu eichen. »Nur« ist leicht gesagt: Denn obwohl das Weltall in

Form der Cepheiden einen Glücksfall beschert, liegen diese kosmischen Meilensteine allesamt außerhalb jenes Bereichs, der sich mithilfe der trigonometrischen Parallaxe ausloten lässt (siehe Kapitel 2). Die Forscher zerbrachen sich die Köpfe über andere, teilweise sehr komplizierte Methoden, um die ersehnte Distanz zu messen. Auch das gelang schließlich.

Allerdings bemerkten die Astronomen in den 40er-Jahren des 20. Jahrhunderts, dass verschiedene Arten von Cepheiden mit unterschiedlichen Leuchtkräften existieren. Das blieb nicht ohne Folgen: Mussten doch sämtliche auf diesem Weg ermittelten Entfernungen auf einen Schlag verdoppelt werden. Aber die Sternkundler nahmen das gelassen hin. Die Perioden-Leuchtkraft-Beziehung blieb eines der wertvollsten Verfahren, wenn es darum ging, Hunderttausende, ja sogar Millionen von Lichtjahren weit in den Raum vorzudringen.

• Doppel-Sonnen auf der Waage

Wie schwer sind die Sterne? Kann man sie überhaupt wiegen? Man kann! Selbstverständlich hat kein Astronom Aldebaran oder Kastor auf die Waage gestellt. Aber wir wissen ja schon, dass den Forschern meist irgendetwas einfällt, um dem bisher noch unvollständigen Mosaik des Universums ein weiteres Steinchen hinzuzufügen. Dabei klammern sich die Wissenschaftler an jeden Strohhalm, den ihnen die Natur bietet – bei den Entfernungen an die Veränderlichen, bei den Gewichten an die Doppelsterne.

An dieser Stelle ist es allerhöchste Zeit für die Auflösung des Wagen-Rätsels: Während unserer Ausflüge über den nächtlichen Himmel hatten wir im Großen Wagen ein bemerkenswertes Sternenpaar entdeckt. In unmittelbarer Nähe zu Mizar, dem mittleren Deichselstern, fanden wir den weniger hellen Lichtpunkt von Alkor, auch Reiterlein oder Augenprüfer genannt. Auf den ersten Blick scheinen die beiden Sterne zufällig in derselben Richtung beisammenzustehen. Die Astronomen kennen zahllose Systeme, in denen die Partner miteinander überhaupt nichts zu tun haben, da sie Hunderte oder Tausende von Lichtjahren voneinander trennen. Solche Paare heißen optische Doppelsterne.

Was machen die Forscher, wenn sie sichergehen wollen, ob sie tatsächlich optische Doppelsterne beobachten? Sie messen die Entfernung!

••• Mindestens die Hälfte aller Sonnen besitzen einen oder mehrere Partner, sind also Doppelsterne oder gar Mehrfachsysteme.

Überprüfen wir also rasch das Duo im Großen Wagen. Die beiden Parallaxen haben wir schon bestimmt, die Rechnung fast beendet. Hier das Ergebnis: Mizar – 80 Lichtjahre; Alkor – 80 Lichtjahre. Schnell noch einmal nachgerechnet. Nein, an dem Resultat gibt es nichts zu deuteln. So unglaublich es klingen mag, unsichtbare Schwerkraftbande ketten die beiden Sterne fest aneinander. Sie sind ein Beispiel für die sogenannten physischen Doppelsterne.

Der Augenprüfer als Ausnahme? Keineswegs. Die Astronomen schätzen, dass mindestens die Hälfte aller Sonnen zu Doppelsternsystemen gehört. Manche bestehen sogar aus vier, fünf oder sechs Mitgliedern und heißen daher Mehrfachsysteme. Betrachtet man Mizar in einem kleinen Fernrohr, fällt in geringem Abstand ein weiteres Lichtpünktchen auf, das zusammen mit dem etwa gleich hellen Alkor ein Trio bildet. Damit nicht genug. Intensive Nachforschungen haben ergeben, dass jeder der drei Sterne nochmals einen – ohne Spezialinstrumente aber nicht nachweisbaren – Partner besitzt, der engere Begleiter von Mizar möglicherweise zwei. In der Mitte der Wagen-Deichsel hält sich also ein Siebenfachsystem versteckt!

Den Bewohnern eines fremden Planeten, dessen Sonne zu einem Doppelsystem gehört, böte sich ein kurioser Anblick: Neben dem hellen,

Wärme spendenden Gestirn beobachteten sie am Himmel eine zweite Sonne. Sie wäre allerdings nicht so leuchtstark und abwechselnd am Tag und in der Nacht zu sehen. Außerdem nähme Sol II, wie dieser Stern heißen könnte, nicht nur an der täglichen Drehung des Himmelsgewölbes teil, sondern liefe auf kurviger Bahn über das Firmament und erschiene je nach Abstand bald als größerer, bald als kleinerer Feuerball. Alles in allem eine gespenstische Szenerie. Gut, dass unsere Sonne allein geblieben ist. Gut aber auch, dass es Systeme gibt, in denen Sterne sich umkreisen: Die Astronomen finden neben der Entfernung gelegentlich auch Umlaufbahnen und -zeiten heraus, wobei Letztere bis zu einigen Hunderttausend Jahren betragen können. Nach den Gesetzen der Himmelsmechanik lässt sich dann das Gewicht der beiden Sonnen bestimmen. Einfach so, auf dem Papier.

Halt! Sagen wir statt Gewicht lieber Masse. Angenommen, du wiegst 40 Kilogramm, fliegst als Astronaut auf den Mond und stellst dich dort auf die Waage. Nun wirst du deinen Augen nicht trauen: Die Nadel zeigt knapp sieben Kilogramm an! Dein Gewicht – oder das eines beliebigen Gegenstands – hängt von der Anziehungskraft der Erde ab. Und die ist eben rund sechsmal größer als die des Monds, weshalb du auf dessen Oberfläche sechsmal weniger wiegst. Dagegen ist deine Masse (40 Kilogramm) überall dieselbe. Da wir die Sterne weder auf dem Mond noch auf der Erde wiegen, verwenden wir besser den Begriff Masse.

• Das Auge der Medusa

Perseus schlug einst Medusa, einer der drei Gorgonen, das Haupt ab! Ihm sind wir bei unserer Exkursion am Herbsthimmel begegnet (siehe Kapitel 2). Auch das böse dreinblickende flackernde Auge des Monsters war uns damals aufgefallen. Als Stern namens Algol haben es die Griechen ans Firmament gebannt. Dass mit Algol irgendetwas nicht stimmt, wussten schon die alten Kulturvölker. Seine Bezeichnung stammt übrigens von den Arabern und bedeutet so viel wie »Kopf des Gul«, wobei Gul ein orientalischer Dämon ist. Wahrscheinlich hatten sowohl die griechischen als auch die arabischen Astronomen den periodischen Lichtwechsel des Sterns bemerkt. Aber offensichtlich ging diese Erkenntnis verloren – bis zum Jahr 1672, als ein italienischer Gelehrter in einer Schrift auf das merkwürdige Verhalten des Medusa-Auges hinwies. Aber niemand schien sich für seinen Bericht zu interessieren.

Mehr Glück war dem taubstummen Astronomen John Goodricke (1764 bis 1786) aus England beschieden. Er widmete sich den größten Teil seines kurzen Lebens der Beobachtung von Algol, fand einen Lichtwechsel von zwei Tagen, 20 Stunden und 49 Minuten und lieferte gleich eine passende Erklärung dazu: Den Stern umgibt ein dunkler, unsichtbarer Begleiter. Regelmäßig zieht er auf seiner Umlaufbahn vor der helleren Sonne vorbei und verursacht jedes Mal eine Sternfinsternis. Die Lichtschwankungen Algols entsprechen der Umlaufzeit. Woher der junge Mann diese Weisheit nahm, lässt sich nicht beantworten. Tatsache ist, dass Goodricke des Rätsels Lösung gefunden hatte. Seine Arbeiten wurden gelesen, viele Astronomen des 19. Jahrhunderts machten das Studium der Veränderlichen zu ihrem Spezialgebiet.

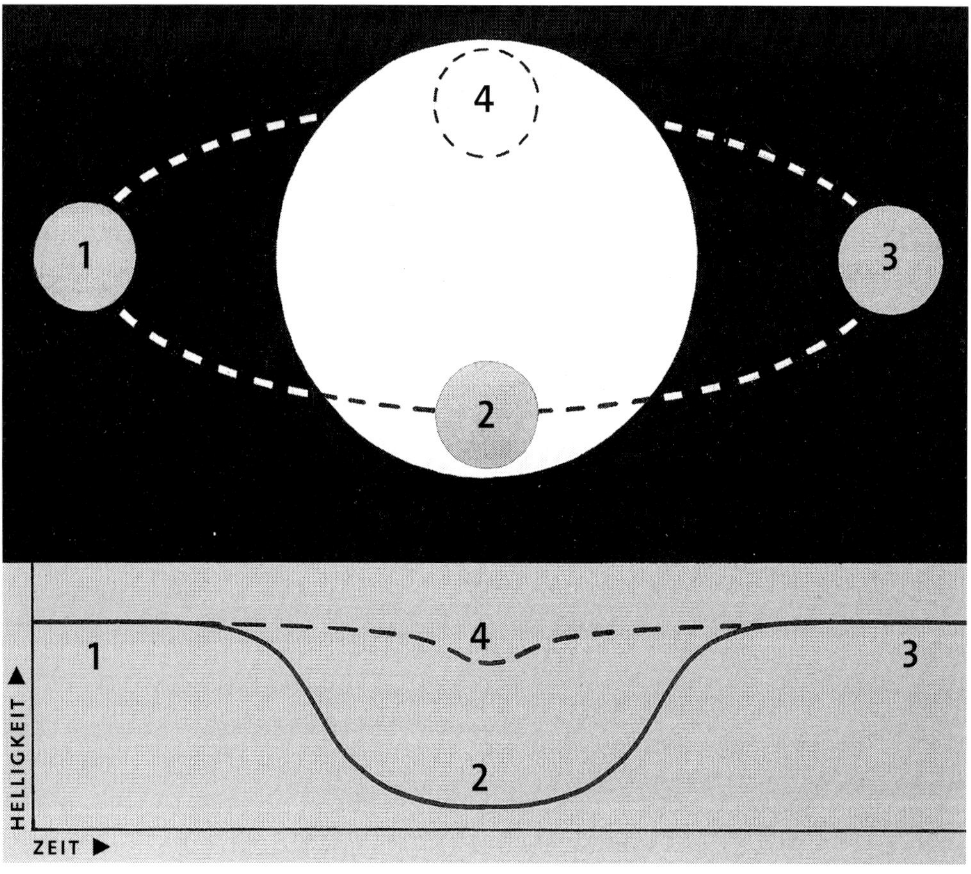

••• Bei den Bedeckungsveränderlichen fällt die Blickrichtung zur Erde mit der Umlaufebene eines Doppelsterns zusammen. Ein solches Paar wechselt periodisch seine Helligkeit.

Heute kennen die Wissenschaftler mehrere Tausend Sterne, die exakt nach dem Prinzip Algol funktionieren: die Bedeckungsveränderlichen. Ein durchaus irreführender Name. Schließlich handelt es sich bei diesen Objekten nicht um Veränderliche im eigentlichen Sinn, sondern um Doppelsterne, deren Umlaufebene zufällig mit der Blickrichtung zur Erde zusammenfällt.

Welchen Nutzen bringt die Beschäftigung mit den Bedeckungsveränderlichen? Für einen Forscher, der es versteht, die Lichtkurve richtig zu deuten, eine ganze Menge. Aus der Periodenlänge leitet er die Umlaufzeit und daraus die Masse des Systems ab. Die Art, wie die Helligkeit schwankt, lässt bei bekannter Entfernung außerdem Rückschlüsse auf Leuchtkräfte und Durchmesser der beiden Sterne zu – und damit wiederum auf die einzelnen Massen. Algol selbst durchschauen die Forscher inzwischen recht gut: Der hellere Stern (A) besitzt die fünffache Masse und den dreifachen Durchmesser unserer Sonne; der schwächere (B) ist etwas mehr als dreimal so groß wie sie, also rund vier Millionen Kilometer, und hat eine ähnliche Masse. Beide Sterne kreisen im Abstand von elf Millionen Kilometern umeinander. Dabei dauert es jeweils neun Stunden und 48 Minuten, bis B an A vorbeigezogen ist. Während dieser Zeit geht die Helligkeit von $2^{m},2$ auf $3^{m},4$ zurück. Selbstverständlich verdeckt auch der hellere den schwächeren Stern, was sich ebenfalls in der Lichtkurve bemerkbar macht, wenngleich nicht so ausgeprägt. Das Algol-System ist rund 90 Lichtjahre entfernt.

• Allerlei Buntes

Albaesubcaeruleae. Mit diesem unaussprechlichen Wort beschrieb Friedrich Georg Wilhelm Struve (1793 bis 1864) den Sirius. Struve war weder Zauberkünstler noch Astrologe. Die Formel diente daher nicht zur Beschwörung geheimnisvoller stellarer Mächte. Vielmehr hatte es der Astronom satt, nur von schwachen, weniger hellen oder hellen Sternen zu sprechen. Warum sollte er auch? Schließlich gibt es neben der Leuchtstärke noch ein anderes Kriterium zur Einteilung: die Farbe. So bedeutet *albaesubcaeruleae* bläulich weiß, von lateinisch *alba* (weiß) und *caeruleae* (blau). Achte einmal auf die unterschiedlichen Sternfarben, wenn du bei nächster Gelegenheit den Sternhimmel beobachtest. Es lohnt sich. Da gibt es tatsächlich gelbliche, grünliche, hellblaue oder tiefrote Lichtpünktchen. Im 19. Jahrhundert hat ein Amateurastronom den Sternen fast 40 unterschiedliche Farben zugeordnet. Dabei erfand er so kuriose Bezeichnungen wie »radieschenfarben« oder »rehfarben«.

Zeigen alle Sterne Farben? Nein. Nur die helleren! Das hängt mit dem Bau des menschlichen Auges zusammen. In ihm gibt es rund 130 Millionen Sehzellen. Lichtunterschiede nehmen wir mit den sogenannten Stäbchen wahr, Farbdifferenzen mit den Zäpfchen. Nun liegen auf der Netzhaut ungefähr 20-mal mehr Stäbchen als Zäpfchen. Aus diesem Grund registrieren wir Helligkeiten wesentlich besser als Farben. Täglich erleben wir die Folgen davon, wenn die bunte Welt des Tages in der Dämmerung allmählich verblasst. Nachts, so ein Sprichwort, sind alle Katzen grau – und nur die leuchtkräftigen Sterne farbig.

Vielleicht hatte der Italiener Angelo Secchi (1818 bis 1878) einem Dorfschmied bei der Arbeit zugeschaut. Der bärenstarke Handwerker holte eben ein großes Stück Eisen aus dem Feuer. Es leuchtete in einem blendenden Weiß, mit Spuren von Hellblau. Der Mann bugsierte das heiße Metall auf den Amboss und begann, es mit dröhnenden Schlägen zu bearbeiten. Allmählich kühlte es ab, seine Farbe nahm jetzt einen hellgelben Ton an, wurde langsam dunkler. Nun besaß das vor wenigen Minuten noch unförmige Stück Metall schon die Form eines Hufeisens und glühte zunächst in zartem, dann in kräftigem Rot. Da mag es Angelo Secchi plötzlich wie Schuppen von den Augen gefallen sein: Wenn die Farbe etwas über die Temperatur von Eisen aussagt, warum nicht auch über die der Sterne? Könnte es nicht sein, dass blaue Sonnen am heißesten sind, gelbe entsprechend kühler und rote nur noch lauwarm? Wenngleich die Sterne nicht aus glühenden Metallkugeln bestehen, trifft diese Schlussfolgerung zu. So beträgt die Oberflächentemperatur des bläulich weißen Sirius 10 000 Grad Celsius, die der dunkelroten Beteigeuze im Orion 3000 Grad. Unsere Sonne und die ebenfalls gelb strahlende Kapella im Fuhrmann bringen es auf rund 6000 Grad.

Der Astrophysiker verließ sich bei seiner Erklärung nicht allein auf Spekulationen, er vermochte den Zusammenhang zwischen Farbe und Temperatur im Experiment zu untermauern. Denn Secchi hantierte mit einem Gerät, das die Astronomie im 19. Jahrhundert geradezu revolutionierte. Das neue Instrument ermöglichte es, das Licht der Sterne zu zerlegen und in dem so erzeugten Regenbogen zu lesen wie in einem Buch. Angelo Secchi war ein Meister am Spektroskop.

• Der Mann, der die Sterne näher brachte

Über einen kleinen Steg führte der Weg vor ein schweres Holztor, das sich mit quietschenden Scharnieren öffnet. Der Besucher betritt einen vielleicht sieben Meter hohen Raum. Zwei gewaltige, aus Stein gemauerte Kessel ducken sich unter der Decke. Sie erinnern an Hochöfen zur Zeit der industriellen Revolution. An den Wänden hängen alle möglichen Arten von seltsam anmutenden Werkzeugen. Ein Schaufelrad lehnt an einem mächtigen Trägerbalken. Am rußgeschwärzten, ausgewitterten Gebälk des Dachstuhls sind kranförmige Gestänge verankert, Zahnräder und Handkurbeln.

Hier also wirkte ein Mann, der, obwohl selbst kein studierter Wissenschaftler, für die Himmelskunde Großes geleistet hat. Hier, das ist eine der ältesten Benediktiner-Abteien nördlich der Alpen – Benediktbeuern, rund eine Autostunde südlich von München. Das geheimnisvolle Gebäude (heute ein Museum) war bis zum Jahr 1883 eine Glashütte. Und der geniale Astronom und Optiker hieß Joseph von Fraunhofer. Der Weg zum Gelehrten war für ihn lang und steinig. Als elftes Kind eines einfachen Glasermeisters am 6. März 1787 geboren, hatte er alles andere als eine unbeschwerte Jugend. Im Alter von zehn Jahren verlor er die Mutter, kurze Zeit darauf starb der Vater. Der kleine Joseph musste Geld verdienen und trat in die Lehre des Münchener Hofspiegelmachers Phillip Anton Weichselberger. Der Meister hatte jedoch kein Verständnis für den Wissensdurst des Jungen und verbot ihm nicht nur den Besuch der damals üblichen Sonntagsschule, sondern sogar die Lektüre von Büchern.

Als 14-Jähriger machte Fraunhofer zum ersten Mal von sich reden und erlangte in München mit einem »Schlag« Berühmtheit: Am 21. Juni 1801 nämlich stürzte das vierstöckige Gebäude seines Lehrherrn ein und begrub den Glaserlehrling und seine Meisterin unter den Trümmern. Wie durch ein Wunder überlebte der schwächliche Junge die Katastrophe, wurde nach langwieriger Rettungsaktion geborgen und erhielt aus den Händen des Kurfürsten Maximilian IV. Joseph 18 Dukaten als Geschenk. Damals ahnte niemand, dass derselbe Herrscher als bayerischer König Maximilian I. Joseph das Glückskind 23 Jahre später in den Adelsstand erheben würde.

Für Joseph erwies sich der Unfall als Glücksfall, kam er von nun an doch mit reichen Geschäftsleuten in Kontakt, allen voran mit dem Unternehmer Joseph von Utzschneider. In seiner Freizeit durfte der begabte Bub an der Linsenschleifmaschine des Optikers Joseph Niggl arbeiten. Nebenbei erwarb er sich im Selbststudium ein solides Grundwissen in geometrischer Optik und in Mathematik. Im Jahr 1806 beendete der 19-Jährige seine Ausbildung als Spiegelmacher und Zieratenglasschleifer. Durch Vermittlung des Astronomie-Professors Ulrich Schiegg erhielt er eine Anstellung als Optiker an Utzschneiders Mathematisch-mechanischem Institut. Damit begann für den jungen Mann eine Karriere, die ihn alsbald weltberühmt machen sollte.

Endlich konnte Fraunhofer das Genie des Forschers mit den erworbenen Fähigkeiten des Praktikers verbinden. Die erste Chance bot sich ihm, als er in Benediktbeuern mit der Herstellung von sogenannten achromatischen Objektiven beauftragt wurde. Das Kloster gehörte damals Utzschneider, der einige Räume im Südtrakt als Labors einrichtete und das ehemalige Waschhaus in eine Glasschmelze hatte umbauen lassen. Nach wenigen Jahren schon übernahm Fraunhofer die Leitung der Glashütte. Wie mag es vor 200 Jahren dort wohl ausgesehen haben?

Gehilfen und Lehrlinge schaffen auf Karren Holz für die beiden großen Schmelzöfen heran. Als wichtigster Rohstoff dient ein feiner Quarzsand, der in der näheren Umgebung abgebaut wird. Gerade bereiten Arbeiter die Schmelze vor, ein Gemisch aus Kieselsäure, alkalischen Salzen und Kalk. Die feuerfesten Tiegel nehmen bis zu 200 Kilogramm dieser Glasmasse auf. Der kräftig gebaute Gehilfe bedient eine Kurbel, hievt das Material nach oben und senkt es langsam in den Ofen. Sogleich setzt ein besonders geschickter Glasmacher eine Rührmaschine in Bewegung und vermengt die Masse wie in einem modernen Mixer. Meister Fraunhofer persönlich hat die Vorrichtung gebaut. Sie garantiert hohe Reinheit des Glases.

Die Tiegel sind bereits vor längerer Zeit aus den Öfen geholt worden und schweben über dem Boden. Jetzt naht der von allen mit Spannung erwartete Augenblick. Die hagere Gestalt Fraunhofers erscheint in der Tür, die Arbeiter, die eben noch laut gelacht haben und derbe Witze erzählten, verstummen. Mit Feuereifer gehen sie daran, die erstarrte Schmelze zu zerschlagen. Unzählige große und kleine Glasstücke übersäen den Boden. Mit kritischem Blick nimmt Fraunhofer jeden einzelnen Rohling unter die Lupe. »Ich muss euch loben. Viele Stücke sind brauchbar«, sagt der Wissenschaftler nach einer Weile. Die Arbeiter atmen erleichtert auf, heute Abend haben sie einen Grund zum Feiern.

Joseph von Fraunhofer erwies sich als wahrer Künstler im Umgang mit Glas. Die von ihm geschliffenen und konstruierten Linsen für Mikroskope und Teleskope erlangten schnell Weltruf. Berühmte Astronomen in aller Herren Länder rissen sich um Produkte aus dem Hause »Utzschneider, Reichenbach und Fraunhofer in Benediktbeuern«. Die optischen Geräte zeichneten sich durch mechanische Präzision und ungewöhnlich gute Abbildungsqualität aus. Die Benediktbeurer Werkstatt lieferte auch das Instrument, mit dem Friedrich Wilhelm Bessel die erste Sternparallaxe maß. Trotz seiner Leistungen bequemten sich die Wissenschaftler relativ spät, Fraunhofer auch offiziell in ihren erlauchten Kreis aufzunehmen – er hatte eben nie studiert! Im Jahr 1821 berief man ihn endlich als ordentliches Mitglied in die Bayerische Akademie der Wissenschaften, ein Jahr später erhielt er die Ehrendoktorwürde der

••• Ein großer Augenblick in der Astronomie: Joseph von Fraunhofer entdeckt die dunklen Linien im Sonnenspektrum.

Universität Erlangen, 1823 wurde er Professor und Konservator des Mathematischen Kabinetts.

Als Joseph von Fraunhofer am 7. Juni 1826 an den Folgen einer Lungenentzündung starb, trauerte selbst der bayerische König Ludwig I. um ihn. Auf seinem Grabmal im Alten Südfriedhof in München stehen die Worte: »Approximavit Sidera – Er brachte uns die Gestirne näher.« Und er legte den Grundstein für einen neuen Wissenschaftszweig.

Drüben im Kloster führt mich Pater Weber durch die ehemaligen Wohn- und Arbeitsräume Fraunhofers. »Da gibt es allerdings heute nichts mehr zu sehen«, schränkt er übertriebene Hoffnungen ein. In einem riesigen Saal, der als Hauskapelle dient, war möglicherweise einmal die Werkstatt untergebracht. Das Zimmer daneben, die Sakristei, beherbergte vielleicht die Studierstube des Forschers. Es ist später Nachmittag, die schon tief stehende Sonne wirft ihr Licht in den Raum. Die Kristalle eines kunstvoll gearbeiteten Lüsters fangen die Strahlen ein, das Glas bricht sie und reflektiert sie an die Decke. Hier könnte es gewesen sein. Hier könnte Joseph von Fraunhofer seine große Entdeckung gemacht haben.

• Wellensalat

Der Physiker saß am Schreibtisch, auf dem sich in Leder gebundene Bücher und alle möglichen Arten von blank geputzten optischen Geräten türmten, kleine Fernrohre und Mikroskope. Draußen schien die Sonne. Ihr galt das Interesse Fraunhofers, genauer gesagt, ihrem Licht. Eben stellte er vor sich ein Prisma auf und drehte es so lange, bis die Sonnenstrahlen durch das Glas fielen und ein Regenbogen entstand. Weil der Optiker ein ordentlicher Mensch war und die Sauberkeit liebte, griff er zu einer zarten Feder und begann, das Prisma zu reinigen. Doch nach kurzer Zeit hielt er inne. Zeigte sich auf dem Flaum nicht eine dunkle Linie? Und da, noch eine! Fraunhofer holte ein weiß lackiertes Holzbrett und platzierte es in einigem Abstand hinter das Prisma. Nein, er hatte sich nicht getäuscht. Die vermeintlichen Kratzer blieben an Ort und Stelle, traten jetzt sogar noch deutlicher hervor!

Ob es sich wirklich so zugetragen hat, damals im Jahr 1814, weiß niemand. Sicher ist, dass Joseph von Fraunhofer rund 500 der nach ihm benannten Linien im Sonnenspektrum gefunden hat. Was aber ist das Besondere dieser schwarzen Striche? Welchen Wert haben sie für die Astronomen? Und was ist das eigentlich, ein Spektrum? Bereits dem großen englischen Gelehrten Isaac Newton war aufgefallen, dass sich weißes Licht aus mehreren Farben zusammensetzt. Warum das so war, konnte er nicht erklären. Viele Generationen von Physikern grübelten darüber nach. Heute ist das Lichträtsel längst ein alter Hut. Jeder Wissenschaftler weiß: Licht ist eine elektromagnetische Strahlung. Gehen wir der Sache auf den Grund und werfen vom Ufer eines Sees einen Stein ins Wasser. Während der Kiesel versinkt, breiten sich von dem Eintauchpunkt kreisförmige Wellen aus, wandern über das Wasser und verlaufen sich in einiger Entfernung wieder. Der Abstand zwischen zwei Wellenbergen (oder -tälern) heißt Wellenlänge. Der Takt, in dem die Wellen vom Zentrum des Kreises ausgehen, ist die Frequenz.

Wieder zu Hause, füllen wir ein Waschbecken zur Hälfte mit Wasser, holen einen Löffel und schlagen damit einmal ganz leicht auf die Oberfläche. Im Prinzip beobachten wir dasselbe wie am See. Jetzt wiederholen wir den Versuch, schlagen aber mehrmals kurz auf das Wasser, zunächst einmal in der Sekunde, dann zwei-, drei-, viermal: Wir erhöhen die Frequenz. Dadurch erzeugen wir viele Wellen, deren Berge und Täler immer rascher aufeinanderfolgen: Wir verringern die Wellenlänge. Ohne es zu merken, haben wir mit diesem Experiment bereits eine ganze Menge über die elektromagnetische Strahlung erfahren. Auch sie breitet sich mit einer bestimmten Geschwindigkeit wellenförmig nach allen Richtungen aus. Dabei gilt: Je höher die Frequenz, umso kleiner die Wellenlänge; je niedriger die Frequenz, umso größer die Wellenlänge.

Allerdings benötigt die elektromagnetische Strahlung kein Medium wie etwa Luft oder Wasser, um darin zu reisen. Das hatten die Physiker noch zu Anfang des 20. Jahrhunderts geglaubt. Für diesen gar nicht existierenden geheimnisvollen Transportstoff hatten sie sogar einen Namen erfunden: Äther. Die elektromagnetische Strahlung rast mit einem Tempo von 300 000 Kilometern in der Sekunde selbst durch den leeren Weltraum. Dieses Tempo – ein höheres gibt es nicht – heißt Lichtgeschwindigkeit. Woher aber kommt das Licht eigentlich? Licht entsteht bei komplizierten Vorgängen im Innern von Atomen und ist eine Mischung aus elektrischen und magnetischen Feldern. Außerdem tritt es als Welle und als Teilchen auf. Das erscheint auf den ersten Blick seltsam und unverständlich. Ist es auch! Aus diesem Grund wollen wir es den Physikern überlassen, sich darüber den Kopf zu zerbrechen.

Beschäftigen wir uns lieber mit den praktischen Konsequenzen – und die kann man sogar hören: Wenn frühmorgens Musikklänge aus dem Radiowecker tönen, dann ist das nur dank der elektromagnetischen Strahlung möglich. Ein Sender funkt die Musik in verschlüsselter Form in alle Richtungen. Das tut aber auch ein anderes Hörfunkprogramm, das zur selben Zeit die Nachrichten überträgt. Der Radiowecker empfängt die Wellen, entschlüsselt sie und verwandelt sie in Musik oder Sprache. Würden alle Rundfunkanstalten Wellen derselben Länge und damit derselben Frequenz aussenden, wäre das Chaos perfekt.

Um ein solches Durcheinander zu vermeiden, haben sich die einzelnen Programme auf ganz bestimmte Frequenzen geeinigt. So ist ein Sender beispielsweise nur auf einer Frequenz von 102 Megahertz zu empfangen. Das heißt, die »Musikwellen« schwingen 102 Millionen Mal in der Sekunde auf und ab und besitzen eine Länge von knapp drei Metern. Das Nachrichtenprogramm empfangen wir hingegen bei 91 Megahertz; die »Nachrichtenwellen« schwingen nur 91 Millionen Mal in der Sekunde und sind drei Meter und 30 Zentimeter lang. Drehen wir am Knopf zur Sendereinstellung, fahren wir das Spektrum ab – von den kürzesten bis zu den längsten Wellenlängen. Nun müssen wir all das nur noch mit unseren Wasserwellen-Experimenten in Verbindung bringen und können daraus folgern:

Licht ist elektromagnetische Strahlung.

Weil elektromagnetische Strahlung gleichsam aus Wellensalat bestehen kann, gilt:

In weißem Licht steckt ein Gemisch aus unterschiedlichen Wellenlängen und Frequenzen.

Kehren wir nun zu Isaac Newton und Joseph von Fraunhofer zurück. Endlich verstehen wir, was die beiden mit dem weißen Licht anstellten, als sie es durch ein Prisma fallen ließen. Sie zerlegten und sortieren das Gemisch in einzelne Wellen. Denn ein Prisma ist ein besonders geschliffener Glaskörper, der die Wellen verschiedener Länge unterschiedlich bricht – die kurzen stärker als die langen. Weil im Radio jede Wellenlänge einem bestimmten Sender entspricht, können wir weiter schließen:

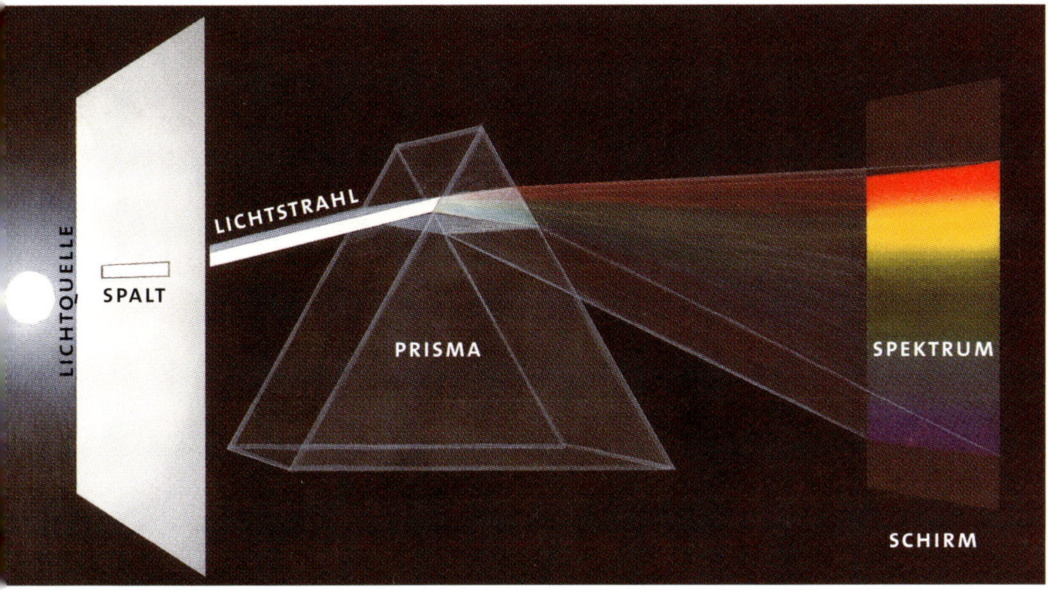

••• Ein Prisma fächert weißes Licht in ein Spektrum auf. Dieses leuchtet in den Farben des Regenbogens.

Im Licht entspricht jede Wellenlänge einer bestimmten Farbe.

Aber nicht nur ein Prisma erzeugt ein solches Spektrum. Auch winzige Wassertröpfchen brechen die Sonnenstrahlen und verwandeln das weiße Licht in ein buntes Farbgemisch aus Rot, Orange, Gelb, Grün, Blau und Violett – wir beobachten einen Regenbogen. Rotes Licht breitet sich mit langen Wellen aus (lang heißt 0,0007 Millimeter!), Violett mit kurzen (0,0004 Millimeter!). Später werden wir sehen, dass das sichtbare Spektrum, das unsere Augen registrieren, nur ein winziges Stückchen aus dem gesamten Strahlungsspektrum ist. So schließt sich an den roten der infrarote Bereich an, an den violetten der ultraviolette. Für diese Farben sind wir jedoch blind.

Was nützen die Kenntnisse über das Spektrum? Welche Botschaften stecken eigentlich im Regenbogen? Nahezu alle, die sich die Astronomen erträumen! Das ahnte schon Joseph von Fraunhofer, als er über die Entdeckung der schwarzen Linien schrieb: »Es wäre zu wünschen, dass dem hier mit physisch-optischen Versuchen eingeschlagenen Wege geübte Naturforscher Aufmerksamkeit schenken möchten.« Wie wir im nächsten Kapitel sehen werden, ließen sich die Herren Naturforscher – im 19. Jahrhundert gab es kaum Wissenschaftlerinnen – nicht zweimal bitten.

6 ASTROTIPP

Das Reiterlein im Großen Wagen kennen wir bereits. Daneben wollen wir noch einige andere Doppelsterne suchen. Weil das bloße Auge jedoch die meisten Paare nicht deutlich genug trennen kann, benutzen wir dafür ein Fernglas, auch Feldstecher genannt. Zunächst machen wir uns mit einigen Grundlagen dieses wertvollen optischen Hilfsmittels vertraut.

Auf dem Gehäuse fast aller Ferngläser finden wir irgendwelche Zahlen eingraviert: »8 × 30« steht da etwa oder »7 × 50«. Das sagt etwas über die Leistungsfähigkeit der Optik aus. Die erste Zahl bedeutet jeweils die Vergrößerung, die zweite den Durchmesser der Linsen in Millimetern. Dividiert man die zweite Zahl durch die erste, erhält man die Austrittspupille. Sie gibt die Lichtstärke an: Je größer ihr Wert ist, desto schwächere Objekte lassen sich noch beobachten. Bei einem Fernglas »8 × 30« beträgt die Austrittspupille 3,75 Millimeter (30:8), bei »7 × 50« sind es 7,14 Millimeter (50:7). Nun ändern die Pupillen deiner Augen ihre Durchmesser je nach Helligkeit zwischen zweieinhalb (grelles Licht) und sieben Millimetern (Dunkelheit). Man nennt das Adaption. Eine Austrittspupille von mehr als sieben Millimetern ist also wenig sinnvoll, denn selbst die Fläche des dunkeladaptierten Auges reicht gar nicht aus, um die gesamte Lichtmenge zu sammeln.

Manche Hersteller geben den Durchmesser des Gesichtsfelds an. Das geschieht in Grad (»6°,7« lesen wir da etwa) oder in Metern: »80 Meter auf 1000 Meter« könnte die Angabe in der Bedienungsanleitung lauten. Die Umrechnung in den zugehörigen Winkel ist jedoch nicht schwer. In unserem Fall teilen wir 80 durch 1000 und rechnen aus dem so erhaltenen Wert (0,08) den »inversen Tangens« aus. In den Taschenrechner geben wir zunächst 0,08 ein und drücken dann die Tasten »Inv« und »tan« – schon steht 4,57 als Ergebnis im Display: Das Fernglas besitzt also ein Gesichtsfeld von rund 4°,6. Mit diesem Wissen und der nebenstehenden Abbildung sind wir bestens vorbereitet für die Jagd nach Doppelsternen.

Als Erstes schauen wir uns *Mizar* und *Alkor* an, die im Gesichtsfeld anscheinend meilenweit voneinander entfernt stehen. In Wirklichkeit sind es 707" (Bogensekunden), entsprechend 0,2 Grad. Wenn wir im

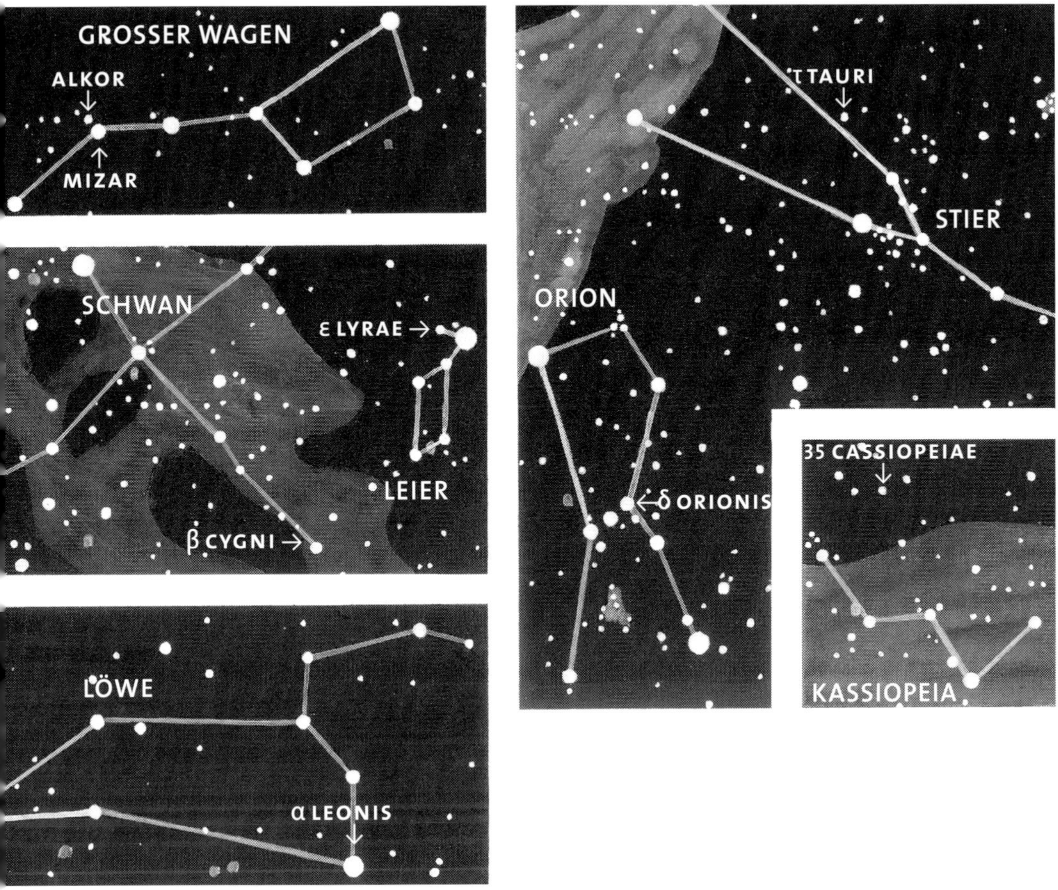

••• Mithilfe dieser Kärtchen findest du die im Text beschriebenen Doppelsterne.

Sommer beobachten, richten wir unser Fernglas nun in das Sternbild Leier und nehmen uns *ε Lyrae* vor. Der Abstand der beiden etwa gleich hellen Komponenten beträgt 207". Danach schwenken wir zum benachbarten Schwan. *β Cygni* heißt das lohnenswerte Ziel. Rund 35" vom hellen, orange leuchtenden Hauptstern treffen wir auf den schwächeren, bläulich weiß schimmernden Begleiter – ein reizvoller Farbkontrast.

Auch der **Winterhimmel** hält so manches interessante Paar bereit. Eines davon steht im Orion. Der obere Gürtelstern trägt die Bezeichnung *δ Orionis* und ist leicht zu entdecken. Das Fernglas enthüllt, dass ihn ein wesentlich schwächeres Lichtpünktchen umgibt; es steht in nördlicher Richtung 53" entfernt. Keinerlei Probleme bereitet auch *τ Tauri* im Stier. Die beiden Sterne sind $4^m,3$ und $7^m,2$ hell und 63" voneinander getrennt.

Um die Zahl sehenswerter Doppelsterne nicht in die Hunderte gehen zu lassen, wollen wir im **Frühling** nur ein prominentes Paar genauer unter die Lupe nehmen: *α Leonis*, genannt *Regulus*. Immerhin 176" von diesem markanten Hauptstern des Löwen entfernt hält sich ein schwaches Lichtpünktchen ($7^m,6$) auf.

Am **herbstlichen Firmament** schließlich führt uns der Weg zur jetzt hoch im Norden thronenden Kassiopeia, wo eine Herausforderung auf uns wartet: Der Stern *35 Cassiopeiae* ist $6^m,3$ schwach und mit bloßem Auge gar nicht mehr zu sehen. In 54" Abstand umgibt ihn eine noch schwächere Sonne ($8^m,6$). Aber als mittlerweile erfahrene Doppelsternjäger haben wir mit unserem Fernglas leichtes Spiel.

7

Leben und Tod von Sonnen

• Botschaften im Regenbogen

Seit Wochen befindet sich der Magistrat von Heidelberg in heller Aufregung. Am 1. Juni 1860 soll der Großherzog von Baden sein schmuckes Städtchen besuchen. Als einen der Höhepunkte sieht das Programm die nächtliche Beleuchtung des Heidelberger Schlosses mit bengalischen Feuern vor. Der große Tag ist da. Alles läuft wie vorgesehen. Vor der prächtigen Kulisse vergnügen sich Grafen und Herzöge in ausgelassener Stimmung. In den Häusern am Fuße des Schlossbergs verlöschen allmählich die Lichter. Die braven Bürger gehen zu Bett.

Vom nahen Kirchturm schlägt es gerade Mitternacht, als zwei Gestalten durch eine schmale Gasse schleichen und vor einem hohen Gebäude haltmachen. Zwei Männer lehnen eine Leiter gegen die Hauswand und klettern mit tastenden Schritten hinauf, immer höher, bis zum Dach. Einer der beiden trägt einen Sack, aus dem er jetzt ein gewehrförmiges Ding zieht und damit auf das festlich beleuchtete Schloss zielt. Viertel nach zwölf. Bestimmt haben es die beiden Attentäter auf den Großherzog abgesehen. Schon legt einer das Gewehr an.

»Schauen Sie. Die grüne Linie da – eindeutig Barium«, sagt er nach wenigen Sekunden und gibt den Gewehrlauf seinem Begleiter.

»Ja, das glaube ich auch. Aber haben Sie die rote Linie bemerkt. Ich würde auf Strontium tippen«, erwidert dieser.

»Da gebe ich Ihnen recht. Was meinen Sie? Wenn wir aus dieser Entfernung erkennen können, welche Stoffe in den Flammen sind – warum sollen wir dann nicht auch herausfinden, woraus die Himmelskörper bestehen?«

»Ganz Ihrer Meinung. Trotzdem schlage ich vor, dass wir unsere Exkursion beenden. Allmählich tun mir die Knie weh, und der rechte Fuß ist auch schon eingeschlafen.«

Die beiden Klettermaxe packen ihr Gerät sorgfältig ein und machen sich auf den Rückzug. Bedächtig steigen sie die Sprossen hinab, legen die Leiter um und biegen damit um die nächste Ecke. Eine Weile hört man noch ihre Schritte auf dem Kopfsteinpflaster. Dann verhallen sie in der Dunkelheit.

Das nächtliche Unternehmen soll tatsächlich stattgefunden haben, auch wenn die Handlung hier frei erfunden ist. Aber vielleicht hat es sich ja doch so zugetragen, wer weiß … Wie dem auch sei, am nächsten Morgen fühlten sich Gustav Robert Kirchhoff (1824 bis 1887) und Robert

Bunsen (1811 bis 1899) alles andere als ausgeschlafen. Die Expedition aufs Dach hatte Kraft gekostet. Doch ihr ungewöhnlicher Ausflug hatte sich gelohnt. Denn die dabei überprüften, in mehrjährigen Experimenten gewonnenen Erkenntnisse erlaubten es, das Sonnenspektrum mit seinen Fraunhoferschen Linien zu deuten.

Der Physiker Gustav Kirchhoff hatte sich lange Zeit mit der Spektralanalyse beschäftigt. Dabei war ihm aufgefallen, dass es drei Arten von Spektren gibt: Ein glühendes Stück Eisen etwa zeigt ein *kontinuierliches Spektrum*, in dem die einzelnen Farben nahtlos ineinanderfließen. Ein über dem Bunsenbrenner erhitzter und so zum Verdampfen gebrachter Stoff, wie Natrium oder Kalium, liefert ein *Emissionsspektrum* (*emittere* heißt im Lateinischen aussenden); während das gesamte Spektrum nahezu schwarz bleibt, leuchten nur an bestimmten Stellen einzelne helle Linien auf. Von der Sonne oder den Sternen zeichnen die Astronomen schließlich Spektren mit dunklen Strichen auf, sogenannte *Absorptionsspektren* (*absorbere* heißt im Lateinischen verschlucken). Der erste Merksatz der Spektroskopie heißt:

Im Emissionsspektrum erzeugt jedes Element an einer ganz bestimmten Stelle eine oder mehrere charakteristische helle Linien.

Jedes Element hinterlässt also Fingerabdrücke. Eine fantastische Sache! Denn auf diese Weise bestimmt ein geübter Wissenschaftler aus der Ferne die chemische Zusammensetzung eines Stoffs. Er muss dazu nur im Spektrum lesen und wie ein Detektiv die Fingerabdrücke identifizieren. So fanden Kirchhoff und Bunsen vom Dach ihres Instituts die Bestandteile des bengalischen Feuers vor dem Heidelberger Schloss heraus: Barium (grüne Linie) und Strontium (rote Linie).

Die Astronomen interessierten sich im 19. Jahrhundert überwiegend für Sonne und Sterne. Diese Himmelskörper liefern jedoch Absorptionsspektren. Sie galt es zu erklären. Viele Forscher arbeiteten daran. Professor Kirchhoff bestätigte die vielen Vermutungen schließlich im Experiment: »Um die mehrfach behauptete Übereinstimmung der hellen Natriumlinien mit den Linien D des Sonnenspektrums auf direkteste Weise zu prüfen, entwarf ich ein mäßig helles Sonnenspektrum und brachte dann vor den Spalt des Spektralapparates eine Natriumflamme. Ich sah die dunklen D-Linien sich in helle verwandeln.« Das war des Rätsels Lösung. Der zweite wichtige Satz der Spektroskopie lautet:

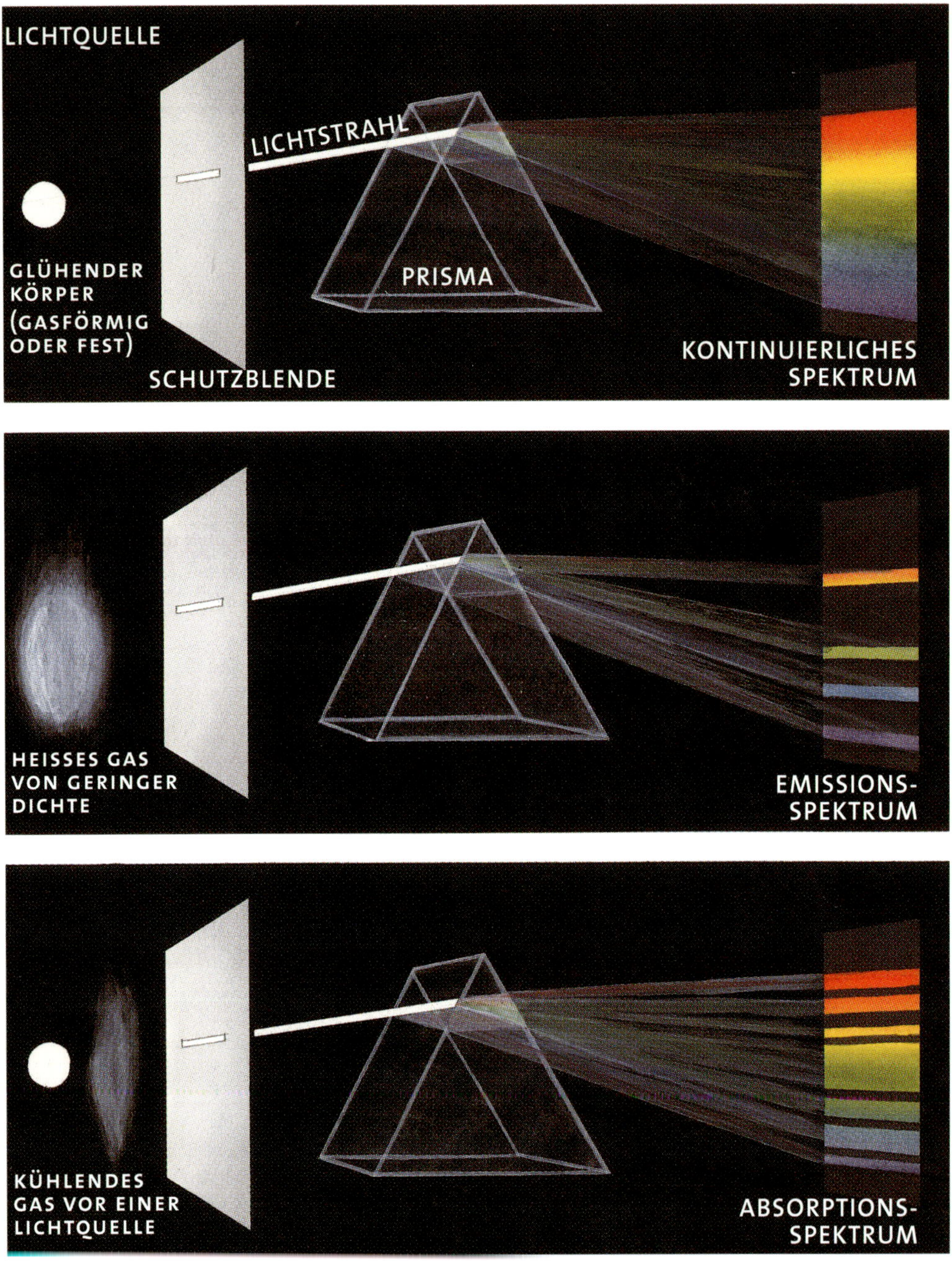

••• Drei unterschiedliche Arten von Spektren: Bei einem festen, glühenden Körper gehen die Regenbogenfarben nahtlos ineinander über (kontinuierliches Spektrum). Heißes Gas sendet nur ganz bestimmte helle Linien aus (Emissionsspektrum). In den Sternen geht Licht von heißen Gasschichten durch kühlere; so entstehen charakteristische dunkle Linien (Absorptionsspektrum).

Im Absorptionsspektrum erzeugt jedes Element eine oder mehrere dunkle Linien an jenen Stellen, an denen es im Emissionsspektrum helle Linien liefern würde.

Endlich wussten die Astronomen, woraus die Sterne bestehen. Dazu mussten sie deren Licht lediglich in Spektren zerlegen und die darin beobachteten dunklen mit den passenden hellen Fingerabdrücken bekannter Elemente vergleichen. Mit diesem Verfahren erkundeten Spektroskopiker die Zusammensetzung von kosmischen Körpern, die Dutzende, Hunderte oder gar Tausende Lichtjahre von der Erde entfernt sind. Mochte ein Stern ruhig in den Tiefen des Weltalls bleiben. Man holte sich einfach sein Licht ins Labor. Das genügte. Sein Spektrum gab über vieles Auskunft.

• Gaskugeln unter der Lupe

Sterne sind Gaskugeln mit gewaltigen Durchmessern. In Form gehalten werden sie durch das Gleichgewicht zwischen der Schwerkraft, die den Stern zusammenziehen, und dem Gasdruck, der ihn auseinandertreiben möchte. Dasselbe beobachten wir bei einem aufgeblasenen Luftballon. Er bleibt nur schön rund, solange sich die Luftdrücke außen (= Schwerkraft) und innen (= Gasdruck) die Waage halten. Sterne bestehen nicht aus Luft, sondern überwiegend aus Wasserstoff und Helium. Darüber hinaus findet man in ihnen alle den Chemikern bekannten Elemente. Sterne besitzen heiße Oberflächen mit Temperaturen zwischen rund 3000 und etwa 50 000 Grad Celsius. Wie wir im vorigen Kapitel erfahren haben, macht sich das unter anderem durch unterschiedliche Farben bemerkbar und lässt sich ebenfalls aus dem Spektrum ablesen.

Aber ist ein Stern überall gleich heiß? Oder unterscheidet sich seine Temperatur im Kern von jener an der Oberfläche? (Statt Oberfläche müssten wir eigentlich äußere Atmosphärenschichten sagen, denn ein Gaskörper besitzt ja keine feste Oberfläche. Allerdings hat sich der Begriff in der Astronomie inzwischen fest eingebürgert.) Auch auf diese Fragen gibt die Spektroskopie eine klare Antwort: Die Temperatur im Innern einer himmlischen Gaskugel ist um ein Vielfaches höher als an ihrer Oberfläche. Denn ein Absorptionsspektrum entsteht nur dann, wenn Licht aus heißen Gasschichten durch kühlere geht. Diese sind es letztlich, die dem Spektrum die dunklen Linien aufprägen. All das lernte die erste Generation von Astrophysikern.

Begeistert gingen Wissenschaftler wie Johann Karl Friedrich Zöllner oder Angelo Secchi daran, die im Licht verborgenen Botschaften zu entschlüsseln. Ähnlich einem Schmetterlingssammler, der die verschiedenen Arten ordnet, begannen die Astrophysiker, die Sterne nach ihren Spektren zu sortieren. Denn die Forscher hatten herausgefunden, dass es Gruppen von Sternen gibt, deren Spektren sich gleichen wie ein Ei dem anderen. Eine solche Gruppe bezeichneten sie als Spektraltyp. Besonders fleißig waren die Mitarbeiter am amerikanischen Harvard-Observatorium. Nicht weniger als 16 unterschiedliche Spektraltypen glaubten sie zunächst gefunden zu haben. Die Wissenschaftler bezeichneten sie nach dem Alphabet, also mit A, B, C und so weiter. Doch für eine sinnvolle Ordnung sorgte erst Annie Jump Cannon (1863 bis 1941). Die Astronomin entdeckte, dass einige Klassen doppelt besetzt waren, und ließ sie daher weg. Außerdem stellte sie viele um, denn sie wollte die Sterne nach deren Oberflächentemperatur (Farbe) einteilen, von der höchsten bis zur niedrigsten. Diese Harvard-Klassifikation setzte sich schließlich durch. Sie ist im Prinzip heute noch gültig und lautet:

O – B – A – F – G – K – M

| **Blau** | | **Gelb** | | **Rot** |

Zu diesen sieben Klassen gehören noch drei weitere (R, S und N). Sie beschreiben besondere Sterne, sollen uns aber nicht näher interessieren. An dieser Stelle findet sich in 99,9 Prozent aller Astronomiebücher stets derselbe, ziemlich dämliche englische Merksatz, dessen einzelne Wörter mit den Buchstaben der Spektraltypen beginnen. Wir wollen darauf verzichten und uns an seiner Stelle einen kaum besseren deutschen Satz merken: »**O**pa **b**astelt **a**m **F**reitag **g**ern **k**leine **M**ännchen.«

• Ein Stern erzählt

Dass die Sonne der uns am nächsten gelegene Stern ist, mag man zunächst gar nicht glauben: Auf der einen Seite sehen wir diesen gleißend hellen Ball, den wir ohne ausreichenden Augenschutz nicht anschauen können. Andererseits glimmen nachts winzige Lichter wie Glühwürmchen am Himmel, die von der künstlichen Beleuchtung unserer Städte leicht überstrahlt werden. Doch die Spektralanalyse hat eindeutig bewiesen, dass die Sonne zur Familie der Sterne gehört. Der große Helligkeitsunterschied ergibt sich aus den riesigen Abständen der Sterne im Vergleich zur Sonne. Allein unser Nachbarstern Alpha Centauri ist rund 277 000-mal weiter entfernt als sie – und leuchtet daher am irdischen Firmament scheinbar 77 milliardenfach schwächer als die Sonne. Alpha Centauri eignet sich zum Vergleich besser als der nächste Fixstern Proxima Centauri, denn seine Größe und seine absolute Helligkeit entsprechen etwa jener der Sonne. Das bedeutet: Stünde unsere Sonne in der Distanz von Alpha Centauri, sähen wir sie am Himmel so wie diesen Stern – als ein nicht sehr aufregendes Lichtpünktchen unter vielen anderen.

Die Sterne beziehen ihre Energie aus der Kernfusion, das heißt, sie wandeln Wasserstoff in Helium um. Je nach ihrer Masse leben die Sterne von diesem Prozess einige Hundert Millionen bis zu mehreren Milliarden Jahren. Uns Menschen erscheint die Fusion als beinahe unerschöpflicher Energiespender. Doch einmal geht jede Quelle zur Neige. Was aber passiert dann? Und: Woher kommt ein Stern überhaupt? Er fällt ja nicht vom Himmel! So haben die Astronomen entdeckt, dass ein Stern nicht ewig existiert, dass er geboren wird und eines Tages sterben muss.

»Vor fünf Milliarden Jahren bin ich zur Welt gekommen.« Mit diesen Worten könnte die Biografie eines Sterns beginnen. Fünf Milliarden Jahre ist ungeheuer lang. Niemand kann sich diese Zeitspanne vorstellen. Aber im Weltall gelten andere Maßstäbe. Und die Astronomen wissen ziemlich genau, dass die Sterne alt werden. Sie haben auch viel über das bewegte Leben dieser Gaskugeln herausgefunden. Denn bewegt ist es in der Tat. Doch lassen wir einen Stern wie unsere Sonne selbst erzählen. Lesen wir also, was sie zu sagen hätte, könnte sie ihre Biografie aufschreiben:

»Vor fünf Milliarden Jahren bin ich zur Welt gekommen. Meine Geburt verlief ganz merkwürdig. Zunächst gab es da eine riesige Wolke. Sie bestand zu mehr als 70 Prozent aus Wasserstoff und zu rund 28 Prozent aus Helium. Man muss nämlich wissen, dass diese beiden Elemente im Universum am häufigsten vorkommen. Außerdem beobachten die Astronomen auf der Erde mit ihren Fernrohren überall im Weltall solche Wolken. Manche leuchten rot und blau, andere erscheinen kohlschwarz.

••• Eingebettet in ihren Geburtsnebel aus Gas und Staub, leuchten Dutzende junger Gaskugeln in dieser Sternkinderstube namens NGC 3603.

Das Prachtexemplar eines interstellaren Nebels, wie diese Dinger heißen, ist im Sternbild Orion zu bewundern. Aber ich schweife vom Thema ab. Also: Diese Mutterwolke war kein starres Gebilde. Sie bestand aus Wasserstoff- und Heliummolekülen, aus Verbänden von Atomen also, vermischt mit kosmischem Staub. Weil im Universum alles in Bewegung ist, führten auch die Moleküle und Staubteilchen einen Tanz auf. Sie rasten mal hierhin, mal dorthin und wollten in alle Richtungen fliehen. Doch das gelang ihnen nicht. Die Schwerkraft gewann schließlich die Oberhand gegenüber dem Druck und den Turbulenzen, die das filigrane Gebilde auseinandertreiben wollten.

Nun wurde es allmählich eng. Denn die Wolke verdichtete sich zusehends. Und je dichter sie wurde, desto schneller zog sie sich zusammen. Die einzelnen Teilchen wehrten sich verzweifelt gegen das drohende Unheil. Aber sie hatten keine Chance zu entkommen. Immer rascher stürzte der Nebel in sich zusammen. Damit nicht genug. Es wurde auch immer heißer. Im Zentrum der Wolke bildete sich ein rund 700 Millionen Kilometer großer Kern – ich! Die Moleküle hielten der hohen Dichte und der mörderischen Hitze nicht länger stand. Sie lösten sich auf und zerfielen in Atome. Jetzt ging es erst richtig los. Die Temperatur stieg auf 100 000 Grad Celsius. Der Kern wurde kleiner, schrumpfte zu einem Gasball von einigen Millionen Kilometern Durchmesser. Aber noch war ich ohne Leben. Die Atome wirbelten herum, die Temperatur stieg unaufhaltsam – eine Million Grad, fünf Millionen Grad, zehn Millionen Grad. Ich glaubte schon, zu zerplatzen.

Plötzlich verspürte ich einen Druck. Ich verkrampfte mich noch einmal. Dann war alles vorbei. Ich atmete, mein Herz schlug ruhig und gleichmäßig. Ich begann selbstständig zu leben. Tief in meinem Herzen hatte die Kernfusion gezündet, verbrannte jetzt Wasserstoff zu Helium. Meine Geburt dauerte nicht allzu lange, nur einige Dutzend Millionen Jahre. Seit fast fünf Milliarden Jahren fühle ich mich recht wohl. Krank war ich noch nie. Mein Fusionsreaktor arbeitet tadellos. Ich kann nicht klagen, sitze ich doch ganz sicher auf meinem Posten im Hertzsprung-Russell-Diagramm. Mitten auf der Hauptreihe.

Oh, Verzeihung, ich werfe mit Fachausdrücken um mich. Hertzsprung-Russell-Diagramm? Was soll das denn sein? Das muss ich erklären! Zu Beginn des 20. Jahrhunderts wussten die Himmelsforscher über uns Sterne bereits eine Menge. Sie kannten unsere Massen, scheinbaren und absoluten Helligkeiten, die Farben, Oberflächentemperaturen und Spektraltypen. Im Jahr 1913 kam ein Amerikaner namens Henry Norris

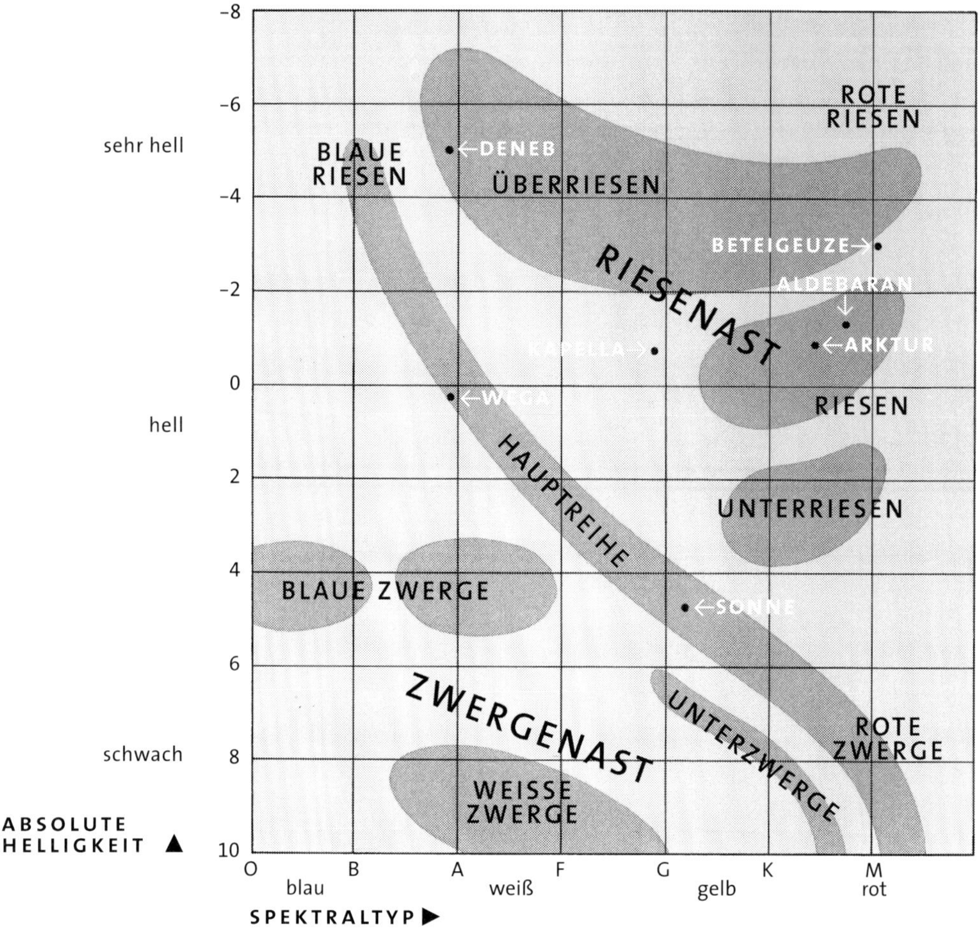

••• Das Hertzsprung-Russell-Diagramm ordnet die Sterne nach Spektraltyp und absoluter Helligkeit. Die weitaus meisten Sterne sitzen auf der Hauptreihe.

Russell (1877 bis 1957) auf die Idee, einmal nachzuschauen, ob die verschiedenen Merkmale nicht irgendwie zusammenhängen. Mister Russell war nicht der Erste. Schon einige Jahre zuvor hatte sich Ejnar Hertzsprung (1873 bis 1967) aus Dänemark eine ähnliche Frage gestellt. Auf dem Papier hatte er viele Sterne unter die Lupe genommen und jeweils deren Leuchtkräfte und Spektraltypen miteinander verglichen.

Henry N. Russell zeichnete ein Koordinatensystem, wie Schüler es aus dem Geometrie-Unterricht kennen. Es besteht aus der x- und aus der y-Achse. Beide stehen im rechten Winkel zueinander. Ein solches Diagramm hilft dabei, bestimmte Zusammenhänge sichtbar zu machen. Russell trug jeden Stern in sein Diagramm ein, den Spektraltyp auf der x-, die absolute Helligkeit auf der y-Achse. Mit großem Erstaunen betrachtete er das Ergebnis: Wir Sterne verteilten uns nicht wahllos über das gesamte Diagramm, wie man das erwarten könnte. Vielmehr versammelten sich die meisten von uns auf oder in der Nähe einer Linie, die von der oberen linken Ecke schräg nach rechts unten verläuft. Die Astronomen bezeichnen diese Linie als Hauptreihe.

Doch es gab auch Sterne, die unten links stehen. Sie sind recht heiß und gehören zu den Spektraltypen O, B, A und F. Andererseits besitzen sie sehr geringe absolute Helligkeiten, leuchten also schwach. Wer heiß strahlt, aber trotzdem nur als schwaches Licht erscheint, muss ein Zwerg sein; diese Minigasbällchen sitzen auf dem Zwergenast. Schließlich existiert noch eine zweite Gruppe außerhalb der Hauptreihe. Ihre Vertreter stehen allesamt im oberen Bereich des Hertzsprung-Russell-Diagramms bei sehr großen absoluten Helligkeiten. Ein Teil von ihnen besitzt relativ kühle Oberflächen. Dennoch sind sie heller als die Hauptreihensterne mit den Spektralklassen K oder M. Kein Wunder, dass wir die fetten, massereichen Vertreter dieses Riesenastes gar nicht mögen, zumal sie arrogant auf unsereins herabblicken. Aber die Natur bestraft Eitelkeit … «

• Rote Riesen, weiße Zwerge

Der Stern hat uns genug erzählt. Fassen wir seinen Bericht kurz zusammen: Da gibt es also recht unterschiedliche Typen von kosmischen Gasbällen – große und kleine, normal- und übergewichtige, weiße, blaue und rote. Jeder Stern gehört sozusagen einem Volk an, das ganz bestimmte Merkmale besitzt. Das kennen wir von uns Menschen: Europäer sehen eben anders aus als Chinesen oder Indianer. »Warum sollen wir nicht auch Sterne in Völker einteilen?«, haben sich die Astronomen wohl gedacht. Allerdings orientiert sich ihr Schema im Wesentlichen an der Leuchtkraft und spiegelt damit auch die Größe wider. Es sieht folgendermaßen aus:

Leuchtkraftklasse I: Überriesen
Leuchtkraftklasse II: helle Riesen
Leuchtkraftklasse III: Riesen
Leuchtkraftklasse IV: Unterriesen
Leuchtkraftklasse V: Zwerge

Unsere Sonne gehört zu den mittelmäßigen Sternen der Klasse V, ebenso wie der helle Sirius. Die rot strahlende Beteigeuze im Orion ist ein typischer Überriese. Ihre Größe übertrifft die der Sonne um das 600-Fache, denn ihre Kugel misst rund 850 Millionen Kilometer im Durchmesser. Stünde sie im Mittelpunkt unseres Planetensystems, würden die äußeren Schichten ihrer Atmosphäre bis zur Bahn des Jupiters reichen und die Planeten Merkur, Venus, Erde und Mars würden innerhalb des Gasballons kreisen. Dennoch gäbe es keine dicke Luft, denn ein Kubikzentimeter Beteigeuze würde auf der Erde nur wenige millionstel Gramm wiegen. Die Astronomen bezeichnen Sterne wie Beteigeuze gemeinhin als rote Riesensterne (wenngleich die Bezeichnung rote Überriesen korrekter wäre) und kennen noch viele weitere Kombinationen von Größen und Farben, zum Beispiel blaue Überriesen, weiße Riesen oder gelbe Zwerge. Unsere Sonne ist Mitglied des gelben Zwergenvolks, des mit Abstand größten aller Sternvölker. Dagegen zählen die weißen Zwerge eher zu den Exoten. Diese Gasbälle haben es in sich. Dabei sehen sie auf den ersten Blick ganz unscheinbar aus. So wie Sirius B.

Alvan Clark (1804 bis 1887) galt zu Lebzeiten als »Fraunhofer« Amerikas. Er hatte nicht studiert und seinen Lebensunterhalt zunächst mit Gelegenheitsarbeiten verdient. Dann war er Maler und schließlich Optiker geworden. In diesem Beruf arbeitete er sich an die Spitze und erhielt Aufträge aus aller Welt. Als er im Jahr 1862 ein Objektiv für ein Teleskop der Universität von Mississippi testete, richtete er es unter anderem auf Sirius. Dabei entdeckte er in unmittelbarer Nähe dieses hellsten Fixsterns am irdischen Himmel ein schwaches Lichtpünktchen. Clark hatte doppelten Grund zur Freude: Zum einen war ihm wieder einmal der Bau einer hervorragenden Linse gelungen. Zum anderen hatte er die Vermutung von Friedrich Wilhelm Bessel bestätigt, dass Sirius einen Partner besitzt. Der Königsberger Astronom hatte nämlich beobachtet, dass die Eigenbewegung des Sirius nicht geradlinig verläuft, sondern einer leicht gekrümmten Bahn folgt – so, als ob ein unsichtbarer Begleiter an ihm zerrt.

Alvan Clark erfuhr allerdings nicht mehr, was er da eigentlich entdeckt hatte. Erst im Jahr 1920, lange nach dem Tod des Optikers, zeigte ein Astronom, dass der weiß leuchtende Sirius B etwa so viel Masse besitzt wie die Sonne, aber nur so groß ist wie die Erde! Da mussten selbst die Fachleute kräftig schlucken: Die gesamte Sonnenmasse – 2000 Quadrillionen Tonnen – zusammengequetscht auf eine Kugel mit einem Durchmesser von rund 13 000 Kilometern! Bei dieser Dichte wiegt ein würfelzuckergroßes Stück Sirius B so viel wie ein Mittelklassewagen. Die

Astronomen suchten nach weiteren Quetschsternen (die sie auch fanden) und bezeichneten sie als weiße Zwerge. Jetzt war der Sternenzoo komplett. Mit ihren Fernrohren streiften die Forscher über den Himmel, notierten die Eigenschaften Tausender Sonnen und übertrugen sie in das Hertzsprung-Russell-Diagramm, das sich auf diese Weise immer mehr füllte. Aber das Weltall ist einem stetigen Wandel unterworfen. Aus diesem Grund kann das Hertzsprung-Russell-Diagramm nur eine Momentaufnahme sein, ein kurzer Ausschnitt aus dem Leben der Sterne. Es sagt nichts über ihre Entwicklung aus.

Rund 90 Prozent aller Sonnen sitzen auf der Hauptreihe. Daraus folgerten die Astronomen unter anderem, dass sie den größten Teil ihrer Existenz darauf verbringen. Aber zeigt das Hertzsprung-Russell-Diagramm nicht vielleicht doch den Lebensweg der Sterne? Henry Russell und viele seiner Kollegen jedenfalls glaubten das. Stellen wir uns vor, ein Außerirdischer würde die Erde besuchen und mit uns einen Ausflug in den Tierpark unternehmen. Staunend stünde der galaktische Gast vor dem Freigehege der Elefanten. Noch nie hat er solch merkwürdige Wesen gesehen. Und weil er auch keine Ahnung von deren Entwicklung hat, könnte er annehmen, dass die großen Elefanten jung sind, die kleinen alt. »Das Leben verbraucht doch Energie«, könnte er sagen, »daher kommen die Tiere groß auf die Welt und schrumpfen mit der Zeit.«

Versetzen wir uns nun in die Lage von Henry N. Russell. Ihm war bekannt, dass Sterne nur über einen endlichen Energievorrat verfügen, den sie im Lauf ihres Lebens aufbrauchen: »Sterne werden als Riesen geboren und besiedeln den oberen Bereich unseres Diagramms. Anschließend betreten sie die Hauptreihe. Doch allmählich geht ihr Brennstoff zur Neige. Daher wandern sie die Hauptreihe hinunter, verlassen sie als schwach strahlende Zwerge und verglühen nach einiger Zeit gänzlich«, sagte sich der Astronom. Das klingt sehr einleuchtend. Dennoch ist es grundfalsch! Das wissen die Forscher heute ganz sicher. Schließlich betätigen sie sich als Sternarchitekten und bauen inzwischen jeden beliebigen Stern nach – mit komplizierten Programmen am Computer.

• Aus der Arbeit von Sternarchitekten

Ein Computer ist ziemlich dumm. Er macht nur etwas, wenn man ihm genau sagt, was. Sein elektronisches Gehirn muss erst programmiert werden, bevor es zu denken beginnt. Daher können sich Astrophysiker, die Sterne zusammenbasteln wollen, nicht einfach vor den Bildschirm ihres Rechners setzen und warten, bis die Gaskugel fertig ist. Vielmehr müssen sie den Computer mit exakten Daten füttern. Dazu gehören etwa die chemische Zusammensetzung des Baumaterials, dessen Masse, Dichte, Temperatur und vieles mehr. Aus all diesen Angaben berechnet die Maschine mit dem entsprechenden Programm ein Sternmodell. Der Laie könnte mit dem Ergebnis überhaupt nichts anfangen. Schließlich sieht der Stern gar nicht wie ein Gasballon aus, sondern besteht aus endlos langen Zahlenreihen. Doch der Fachmann leitet daraus sämtliche Eigenschaften des Computersterns ab und konstruiert auf diese Weise das Ebenbild eines echten Sterns.

Nun gilt ein solches Modell nur für ein ganz bestimmtes Alter. Es beschreibt den Stern zum Beispiel so, wie er kurz nach seiner Geburt aussieht. Der Fusionsreaktor verbraucht jedoch Brennmaterial, nämlich Wasserstoff. Aus diesem Grund ändert sich mit der Zeit die chemische Zusammensetzung. Aber auch Temperatur und Druck bleiben nicht konstant. Ein Sternarchitekt muss seinen Computer jetzt mit diesen neuen Daten speisen, um ein zweites, aktuelles Modell zu erhalten. Es dient als Grundlage für ein drittes Modell, das wiederum der Ausgangspunkt für ein viertes ist. Nach mehreren Stunden Rechenzeit reihen sich ganz viele derartige Momentaufnahmen aneinander. Die Astrophysiker haben sozusagen einen Film gedreht. Er zeigt den Entwicklungsweg einer kosmischen Gaskugel.

Das Zeitalter der Sternmodell-Rechnungen begann Anfang der 1960er-Jahre. Mittlerweile gehören solche theoretischen Arbeiten längst zur Routine an astronomischen Instituten. Welche Ergebnisse haben sie gebracht? Was wissen die Forscher heute über das Leben der Sterne? Schauen wir uns dazu einfach einen Film an. Er trägt den Titel *Das Schicksal der Sonne, Teil I.*

Auf der Leinwand erscheint die gerade aus der Urwolke geborene Sonne. Sie sieht fast so aus wie heute. In ihrem Innern verbrennt Wasserstoff zu Helium. Die Temperatur an der Oberfläche liegt bei knapp 6000 Grad Celsius. Die Sonne sitzt als gelber Zwerg bequem auf dem unteren Teil der Hauptreihe im Hertzsprung-Russell-Diagramm. Wie in einer Zeitmaschine verrinnen die Jahre, Tausende, Millionen, Milliarden. Schließlich kommen wir in der Gegenwart an. Getan hat sich immer noch nicht viel. Allmählich wird es uns langweilig. Schon wollen wir aufstehen und die Vorstellung verlassen, als sich plötzlich etwas rührt. Im Innern unserer Sonne wird der Wasserstoff knapp. Als Schlacke ist eine riesige Kugel aus Helium übrig geblieben. Trotzdem arbeitet der Fusionsreaktor weiter, allerdings hat er seinen Standort in die Hülle verlagert, die den Heliumkern umschließt. Denn dort gibt es noch jede Menge Wasserstoff.

Der innere Aufbau der Sonne hat sich damit wesentlich geändert: Während das Zentrum aus Helium besteht, läuft die Wasserstoffverbrennung nun in einer Schale ab, die sich immer weiter nach außen frisst. Als Reaktion darauf beginnt sich die Sonne, kurz nachdem sie sieben Milliarden Jahre alt geworden ist, aufzublähen. Sie wird doppelt so groß, ihre Leuchtkraft nimmt ebenfalls erheblich zu. Auf der Erde ist längst das Klima umgeschlagen, in Nordeuropa sind Temperaturen um die 40 Grad Celsius an Weihnachten keine Seltenheit. Tiere und Pflanzen gingen schon vor Hunderten von Millionen Jahren zugrunde. Nur primitive Einzeller überlebten in den Ozeanen. Doch jetzt klettert die Quecksilbersäule unerbittlich höher, bei Temperaturen um die 250 Grad verdampfen auch die Meere – und ohne flüssiges Wasser sterben selbst die robustesten Bakterien.

Die Sonne hat sich zum Todesstern entwickelt, zu einem roten Riesen. Im Vergleich zu heute besitzt sie den hundertfachen Durchmesser. Der gigantische Sonnenball erfüllt den gesamten Himmel. Aber auf der Erde gibt es niemanden mehr, den dieser Anblick erschrecken könnte. Kein Wesen hat die unerträgliche Hitze überlebt. Die Erde ist wüst und leer. Der einstmals blaue Planet schwebt als toter Himmelskörper im Weltall. Und Merkur und Venus hat die Sonne ebenfalls nicht verschont, sondern gleich ganz verschlungen. Ungeheuerliches tut sich auch im Sonneninnern, wo Temperatur und Druck astronomisch hohe Werte erreichen. Das Helium lässt das nicht kalt: Mit einem Blitz entflammt es. Ein zweiter Fusionsreaktor ist entstanden. Er wandelt Helium in Kohlenstoff um. Die Sonne lebt jetzt seit mehr als zwölf Milliarden Jahren und steht im Hertzsprung-Russell-Diagramm noch immer auf dem Riesenast. Sie schöpft ihre Energie aus zwei Quellen: In der Schale verbrennt Wasserstoff zu Helium, im Kern Helium zu Kohlenstoff. Damit endet der erste Teil des Films. Ein wenig mulmig fühlen wir uns schon. Wann wird die Sonne zum vernichtenden roten Riesen? In ein paar Milliarden Jahren? Wenn sich die Astrophysiker da bloß nicht irren!

• Die Masse macht's

Bevor wir sehen, welches Ende die Sonne einmal nehmen wird, wollen wir uns noch einmal an den letzten Satz der Geschichte erinnern, die uns der Stern erzählt hat. Er hieß so ähnlich wie: »Die Natur bestraft die Eitelkeit der Riesen.« Was mag er damit gemeint haben? »Dass die Masse eine ganz entscheidende Rolle im Leben eines Sterns spielt«, antwortet uns ein Forscher. Denn die Experten haben ihre Computer nicht nur mit Daten von sonnenähnlichen Sternen gefüttert, sondern auch fette Modellsterne mit fünf, zehn oder gar 90 Sonnenmassen konstruiert. Diese Gaskugeln betreten unmittelbar nach ihrer Geburt den obe-

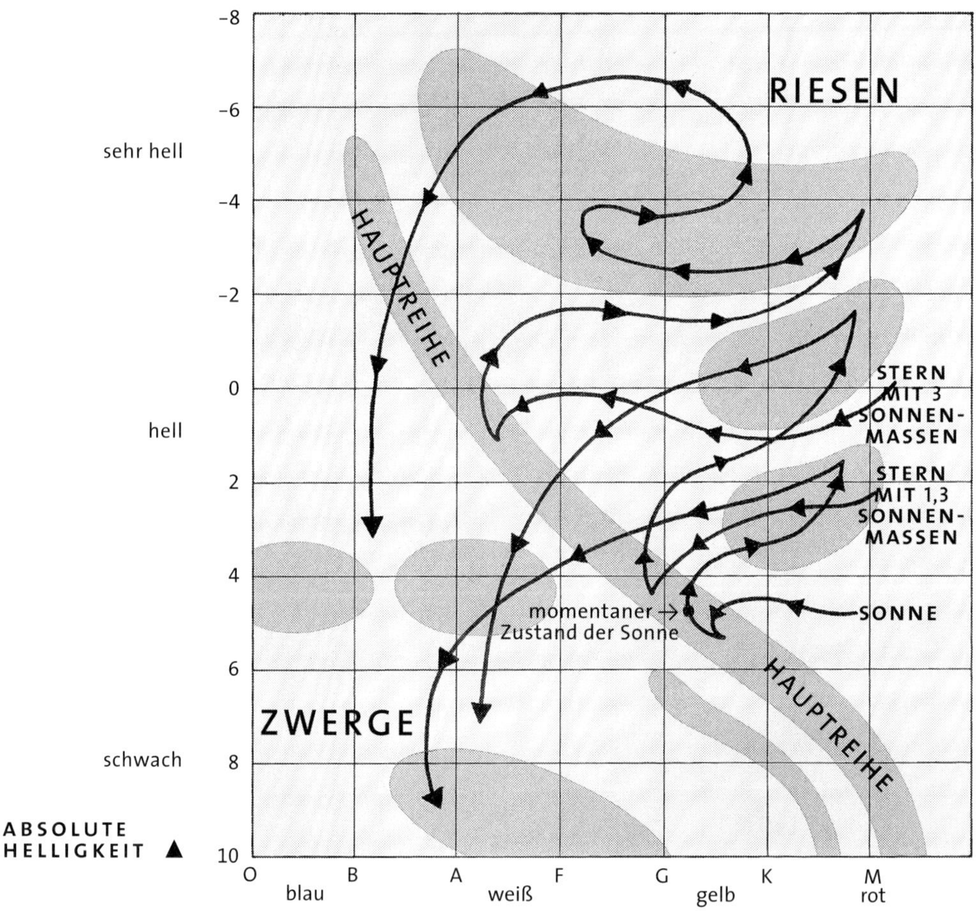

••• Kosmische Lebenslinien: Je mehr Masse ein Stern besitzt, desto schneller verbraucht er sie. Die Abbildung zeigt Wege unterschiedlich massereicher Sterne durch das Hertzsprung-Russell-Diagramm.

ren Bereich der Hauptreihe im Hertzsprung-Russell-Diagramm – dort, wo Leuchtkraft und Oberflächentemperatur sehr hoch sind. Das Überraschende: Riesen verweilen umso kürzer auf der Hauptreihe, je größer und schwerer sie sind. Mit anderen Worten: Sternriesen gehen mit ihrer Energie viel verschwenderischer um als normale Sterne. Wer viel hat, gibt eben viel aus – ein durchaus menschlicher Zug!

Während unsere Sonne etwa acht Milliarden Jahre das nicht sehr aufregende Leben auf der Hauptreihe genießt, verbringt ein Stern von beispielsweise sieben Sonnenmassen nur etwa 100 Millionen Jahre auf ihr. Bereits nach dieser Zeit beginnt das Schalenbrennen des Wasserstoffs. Nach weiteren eineinhalb Millionen Jahren hat sich der Stern zu einem roten Überriesen entwickelt, wobei er innerhalb von lediglich 500 000 Jahren das gesamte Hertzsprung-Russell-Diagramm von links nach rechts durchläuft. Wie die Sonne erschließt er sich eine zusätzliche Energiequelle und verwandelt im Innern bei Temperaturen von 100 Millionen Grad Celsius Helium in Kohlenstoff. Doch damit nicht genug. Auch das Helium im Herzen des Sterns geht irgendwann zur Neige und brennt in einer dünnen Schicht um den Kohlenstoffkern weiter, während der Stern in seiner äußeren Schale Wasserstoff zu Helium fusioniert. Doch bei diesen beiden Energiequellen bleibt es nicht. Es wird immer verrückter.

Der Stern besitzt inzwischen einen Durchmesser von weit mehr als 100 Millionen Kilometern. Bei Temperaturen um die 500 Millionen Grad verbrennt der Kohlenstoff im Kern jetzt zu noch höheren Elementen. Ein Kubikzentimeter Überriesenkern würde auf der Erde 200 Kilogramm wiegen. Irgendwann gerät das Gleichgewicht der Kugel ins Wanken: Es wird ja einerseits durch den Gasdruck aufrechterhalten, andererseits durch die Schwerkraft. Die komplizierten Verhältnisse im Sterninnern stören dieses Spiel der Kräfte. Als Folge dehnen sich die äußeren Schichten aus. Dadurch vergrößert sich die Oberfläche. Weil die Leuchtkraft pro Flächeneinheit gleich bleibt, nimmt die Helligkeit zu. Aber die Ausdehnung kommt nach kurzer Zeit, meist nach einigen Tagen, zum Stillstand – und im nächsten Moment beginnt die Kugel wieder zu schrumpfen. Die Oberfläche verkleinert sich, die Gesamthelligkeit nimmt ab.

Der Stern ist zu einem Pulsationsveränderlichen geworden. Wir sind diesen Objekten im vorangegangenen Kapitel schon begegnet. Auch Henrietta Swan Leavitt und ihre Beobachtungen an den Delta-Cepheiden haben wir kennengelernt. Nun wissen wir, dass jeder massereiche Stern in seinem Leben für kurze Zeit zu einem Veränderlichen wird. Und manche massearmen Sterne wie unsere Sonne durchlaufen ein solches unruhiges Stadium schon am Beginn ihres Lebens, gleichsam während der Pubertät. Nach dem prominentesten Mitglied dieser Familie heißen sie T-Tauri-Sterne. Weil wir gerade bei den Veränderlichen sind: Eine spezielle Klasse von ihnen heißt Nova. Das Wort *nova* kommt aus dem Lateinischen, bedeutet neu und steht verkürzt für *nova stella*, neuer Stern. Diese Bezeichnung stammt aus einer Zeit, da die Astronomen nicht so recht wussten, was sie da am Himmel aufblitzen sahen. Mit einem neuen Stern hat das Ganze nämlich nichts zu tun. Im Gegenteil steckt hinter einer Nova ein sehr altes, uns inzwischen vertrautes Objekt: ein weißer Zwerg.

Eigentlich sind weiße Zwerge ziemlich lahme Gebilde. Der Fusionsreaktor läuft nicht mehr und so dämmern sie friedlich dem Ende ihrer Tage entgegen. Das gilt für Einzelgänger. Manche weiße Zwerge gehören aber einem Doppelsternsystem an. Und wenn sich der Partner zu einem roten Riesen entwickelt hat, kommt der weiße Zwerg noch einmal in Schwung: Begierig saugt der Kleine von dem Großen Materie ab. Diese sammelt sich im Lauf der Zeit auf der Oberfläche des weißen Zwergs an. Eines Tages hat sich das Gas – vor allem Wasserstoff – so stark verdichtet, dass es schlagartig in einer explosiven Fusionsreaktion zündet. Ergebnis: Der weiße Zwerg blitzt wie ein kosmisches Feuerwerk bis zum Millionenfachen seiner ursprünglichen Leuchtkraft auf. Dabei zerbirst die Nova jedoch nicht komplett, sondern wirft vielmehr ihren Gasmantel ab. Mit Geschwindigkeiten von bis zu 2500 Kilometern in der Sekunde fliegt er davon, zerfällt allmählich und vermischt sich mit der interstellaren Materie. In manchen Systemen wiederholen sich derartige Ausbrüche öfters. Die Astronomen sprechen von rekurrierenden (wiederkehrenden) Novae.

• Katastrophengeschichten

Wegen ihrer geringen Masse entwickelt sich unsere Sonne wohl niemals zu einem klassischen Veränderlichen. Und weil ihr ein Partner fehlt, wird sie auch keine Nova werden. Aber was wird dann aus ihr? Sie kann ja nicht ewig existieren. Sehen wir, was der Film *Das Schicksal der Sonne, Teil II* zu bieten hat. Er beginnt mit der Sonne als rotem Riesen, der aus der Fusion von Helium im Kern Kohlenstoff erzeugt. Allzu lange geht das jedoch nicht gut. Das Helium erschöpft sich. Die Zustände im Innern werden für die Sonne unerträglich. Allein die Dichte erreicht kaum vorstellbare Werte. Zwei Tonnen würde ein Kubikzentimeter Materie auf der Erde wiegen – Verhältnisse wie in einem weißen Zwerg. Moment, soll das etwa heißen, dass sich im Zentrum des roten Riesen ein weißer Zwerg gebildet hat? Nach dem Drehbuch der Astrophysiker wird das tatsächlich einmal der Fall sein.

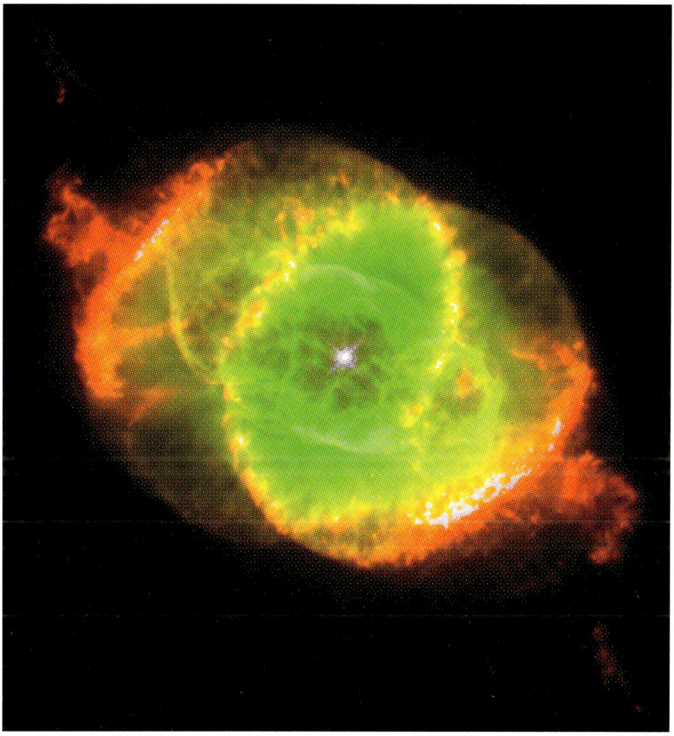

••• Ein »Katzenauge«, so der Spitzname dieses planetarischen Nebels, kündet vom Sterben eines Sterns.

Die Wissenschaftler glauben auch zu wissen, wie es weitergeht. Auf der Leinwand wird es jetzt nämlich turbulent: Der stetig blasende Sonnenwind frischt erst zu einem Sturm auf und dann zu einem Orkan, der Schicht um Schicht der Gasatmosphäre abträgt. Dabei zaubert die Sonne fantastische Gebilde in den Weltraum. Manche dieser ineinander verwobenen Gasgespinste sehen aus wie Ameisen, andere gleichen einer Sanduhr, einem Kopfkissen, einem magischen Auge oder einem Rauchkringel. Die Astronomen nennen solche Objekte planetarische Nebel. In deren Zentren sitzt ein erdgroßer weißer Zwerg. Sein Herz schlägt nicht mehr, der Fusionsreaktor ist für immer erloschen. 15 Milliarden Jahre nach ihrer Geburt hat die Sonne aufgehört zu leben. Von ihr bleibt ein dichter, weiß leuchtender Klumpen übrig. Allmählich kühlt er ab, sein Licht wird schwächer und schwächer. Als schwarzer Zwerg treibt die Sonne schließlich in der Unendlichkeit des Universums. Ihr einstiger Glanz ist für immer verblasst.

Weil die Sonne ganz normal ist, könnte man meinen, dass auch alle anderen Sterne ihr Leben als planetarische Nebel aushauchen und dann als weiße Zwerge sterben. Für das Gros der kosmischen Gaskugeln mag das stimmen. Aber wie wir wissen, gibt es viele Sterne, die förmlich aus der Hauptreihe tanzen – etwa solche, die als Riesen geboren werden. Dazu passt eine interessante Entdeckung aus dem vorigen Jahrhundert: Weiße Zwerge besitzen eine Masse von maximal 1,4 Sonnenmassen. Der indische Astrophysiker und Nobelpreisträger Subrahmanyan Chandrasekhar (1910 bis 1995) hat das herausgefunden und so heißt dieses Limit Chandrasekhar-Grenze. Reicht der Sternorkan aus, um auch einen schwergewichtigen Riesen mit einem Dutzend Sonnenmassen so stark abmagern zu lassen? Oder geht der Gigant anders zugrunde, wird er auf eine andere Art aus dem Gleichgewicht geworfen?

Im Jahr 1677 katalogisierte Edmond Halley einen unauffälligen Lichtpunkt in der Konstellation Schiffskiel. Der 7500 Lichtjahre entfernte Stern am Südhimmel war mit bloßem Auge gerade noch zu erkennen. Nach der lateinischen Bezeichnung für Schiffskiel (Carina) erhielt er den Namen Eta Carinae. Bis 1730 wurde das Objekt deutlich heller – und büßte in den folgenden Jahrzehnten wieder an Glanz ein. Im Jahr 1841 stieg die Strahlkraft von Eta Carinae plötzlich stark an, zwei Jahre später leuchtete er als zweithellster Stern nach Sirius am irdischen Firmament. Mittlerweile ist der Star von einst zu einem matt schimmernden Lichtpünktchen verblasst, das sich nur im Fernglas zeigt. Eingebettet ist Eta Carinae in einen Nebel, den die Astronomen Homunkulus getauft haben, weil er so ähnlich aussieht wie ein künstliches Menschlein, das die Alchimisten des Mittelalters erschaffen wollten. Der Homunkulus um Eta Carinae kündet aber nicht von der Geburt eines mystischen Wesens im Reagenzglas, sondern vom langwierigen Sterben des größten Sterns in der Milchstraße.

Mit einer Masse vom Hundertfachen unserer Sonne und deren fünfmillionenfacher Leuchtkraft zählt Eta Carinae natürlich zu den Überriesen. Stünde er im Zentrum des Planetensystems, würde der Gasballon bis jenseits der Jupiterbahn reichen. Der Begriff Oberfläche ist bei solchen Gebilden im wahrsten Sinne diffus. Die Hülle dünnt nach außen hin zunehmend aus, und der Strahlungsdruck aus dem Innern bugsiert die Atome in den Weltraum. Rasend schnell rotiert der Stern dabei und bläst seine Gashülle in zwei Blasen in Richtung der beiden Pole ins All, wo sie den Homunkulus-Nebel formen. Auf diese Weise verliert Eta Carinae jährlich die Masse von 500 Erdkugeln, ohne darunter zu leiden. Doch etwas anderes setzt dem Stern zu: Er ist vergleichsweise alt und schlittert in die Energiekrise. Und die wirkt sich bei einem kosmischen Gasgiganten besonders dramatisch aus.

Der zentrale Fusionsreaktor verbraucht Unmengen an Wasserstoff, die er in Helium umwandelt. Geht der Brennstoff zur Neige, zapft der Stern neue Ressourcen an. Während er die Heliumschlacke zu Kohlenstoff verbrennt, fusioniert der frische Wasserstoff in der daran anschließenden Hülle zu Helium. Mit fortschreitendem Alter schlagen im Stern mehrere Herzen. Diese stellaren Reaktoren erzeugen zunehmend schwerere Elemente. So enthalten die von Eta Carinae ausgeschleuderten Gaswolken viel Stickstoff. Der Befund passt zu der Annahme, dass der Stern mit dem Tod ringt.

Im Homunkulus-Nebel steckt Materie, die Eta Carinae bei einem seiner explosionsartigen Auswürfe freigesetzt hat: Vor mehr als 150 Jahren produzierte er zwei pilzförmige Wolken und eine dünne äquatoriale Scheibe, aus denen Gas und Staub mit einer Geschwindigkeit von mehr als zwei Millionen Kilometern pro Stunde in den Weltraum fliegt. Der Stern selbst scheint die Form eines Rugby-Balls zu besitzen. Vielleicht verstecken sich in dem Kokon noch ein oder zwei Begleitsterne, die ihre Muttersonne in fünfeinhalb Jahren beziehungsweise 85 Tagen umlaufen? Egal, auf jeden Fall droht Eta Carinae eine schreckliche Katastrophe. Innerhalb der nächsten 10 000 oder 20 000 Jahre werden die Fetzen fliegen: Eta Carinae gilt als heißer Kandidat für eine Supernova.

• Kinder des Kosmos

Gegen Mitternacht des 24. Februar 1987 war Oscar Duhalde, Nachtassistent am amerikanischen Las-Campanas-Observatorium in Chile, auf dem Weg zur Kantine. Unwillkürlich schaute Duhalde ein paar Mal zum klaren Himmel auf. Dabei streifte sein Blick auch über die Große Magel-

••• Vor rund 165 000 Jahren explodierte in der Großen Magellanschen Wolke ein Stern. Im Februar 1987 hatte das Licht dieser Katastrophe die Erde erreicht: Die Supernova 1987A verriet sich als neuer Stern am irdischen Firmament.

lansche Wolke. Duhalde stutzte. Am Rand dieses prächtigen Nebelfleckchens strahlte ein Stern, der dort eigentlich gar nicht hingehörte. Noch jemand interessierte sich für die Magellansche Wolke: Der Astronom Ian Shelton, der sie – welch Zufall! – etwa zur selben Zeit am selben Observatorium fotografierte. Eineinhalb Stunden nach Mitternacht waren die Aufnahmen entwickelt. Sie zeigten den Stern ebenfalls. Er befand sich tatsächlich innerhalb unserer Nachbargalaxie, rund 165 000 Lichtjahre von der Erde entfernt. Damit ihn das bloße Auge über eine so gewaltige Distanz überhaupt wahrnehmen konnte, musste er geradezu unglaublich hell strahlen. Was Oscar Duhalde gesehen und Ian Shelton fotografiert hatte, war das spektakuläre Ende einer Riesensonne: eine Supernova.

Innerhalb weniger Stunden hatte die Leuchtkraft des Sterns um das Milliardenfache zugenommen. Was war passiert? Nachdem vor einigen Hunderttausend Jahren Wasserstoff und Helium verbraucht waren, zündete im Zentrum der Kohlenstoff. Die Temperaturen kletterten auf eine Milliarde Grad Celsius. Neutrinos entstanden in großer Zahl. Tatsächlich fingen die Astronomen auf der Erde mit ihren Neutrinofallen von der Supernova 1987A einige dieser Geisterteilchen auf (vergleiche Kapitel 5). Schließlich produzierte der Stern im Zeitraum von wenigen Jahren immer komplexere Elemente: Neon, Sauerstoff, Silizium und Eisen. Dann war Schluss. Weil sich Eisenatome nicht weiter fusionieren lassen, war der Ofen aus. Der Reaktor erlosch ein für alle Mal. Der Kern des Sterns besaß mittlerweile eine ungeheure Masse und brach jetzt unter dem eigenen Gewicht innerhalb von Sekunden in sich zusammen. Die Dichte stieg auf eine Million Tonnen pro Kubikzentimeter. Elektronen wurden in die Protonen gequetscht und bildeten Neutronen. Die Materie ließ sich nun nicht mehr weiter zusammendrücken. Zunächst stürzte weiterhin Eisen auf die harte Kugel im Kern, wodurch sich innerhalb von Sekundenbruchteilen eine Stoßwelle bildete. Sie lief keulenförmig von innen nach außen und riss die Gashülle mit sich: Der Stern blitzte als Supernova auf!
Was bei der Katastrophe im Detail passiert, steht buchstäblich noch in den Sternen. Die Astronomen bezeichnen den eben geschilderten Tod eines Einzelsterns von mindestens acht Sonnenmassen als Supernova Typ II. Daneben bietet die Natur ein zweites Szenario: Ähnlich wie bei einer Nova kommen darin zwei Sterne vor. Und wiederum klaut der eine – ein weißer Zwerg – von seinem Partner Materie. Diesmal aber so

viel, dass seine Masse schließlich die Chandrasekhar-Grenze übertrifft und der weiße Zwerg als Supernova Typ Ia hochgeht. Selbst am Computer können die Astronomen nicht alle Phasen einer Supernova nachstellen. Eines ist aber gewiss: Während eine Sonne stirbt, werden viele chemische Elemente geboren, die schwerer als Eisen sind. Das hat erstaunliche Konsequenzen.

Besteigen wir eine Zeitmaschine und versetzen wir uns sieben Milliarden Jahre in die Vergangenheit zurück. Das Universum sieht natürlich anders aus als heute. Gleichwohl erkennen wir unser Milchstraßensystem und den Andromedanebel auf Anhieb wieder. Wir beziehen einen Standort außerhalb der Galaxis und betrachten sie aufmerksam. Immer wieder blitzen in den Spiralarmen Sterne hell auf und verlöschen nach kurzer Zeit. Das sind Supernovae. Sie schleudern ihre Gashüllen in den Raum. Diese Explosionswolken vermischen sich mit der interstellaren Materie – im Weltall geht nichts verloren. Sie besteht zu 70 Prozent aus Wasserstoff und zu 28 Prozent aus Helium; den Rest bilden alle anderen Elemente.

Die Materie schwebt im Raum und es passiert lange nichts von Bedeutung. Dann aber, nach ungefähr zwei Milliarden Jahren, ballt sich das Material allmählich zusammen. Genauso, wie es der Stern in seiner Erzählung beschrieben hat. Im Zentrum des Nebels kommt ein »Sonnenbaby« auf die Welt, in den äußeren Partien werden »Planetenbabys« geboren. Auf einem davon entwickeln sich zunächst einfache Zellen, dann immer komplexere Lebensformen, schließlich wir Menschen. Das heißt: Die Atome unseres Körpers stammen aus dem Innern eines Überriesen und wurden bei einer Supernova freigesetzt. Diese fremden Sonnen mussten sterben, damit der Mensch geboren werden konnte. Unsere Wiege steht im All. Wir sind Kinder des Kosmos!

• Der Leuchtturm der grünen Männchen?

Am 4. Juli 1054 beobachteten chinesische Astronomen in der Konstellation Stier einen neuen Stern. Er war hundertmal heller als Sirius und für einige Wochen selbst am Tag sichtbar. Dann wurde er schwächer und verschwand schließlich ganz. Trotz seines kurzen Auftritts spielt dieser Stern eine wichtige Rolle in der Astronomie. Denn er hinterließ einen bleibenden Eindruck – nicht nur im Gedächtnis jener, die ihn mit eigenen Augen gesehen haben.

••• Im Jahr 1054 beobachteten chinesische Astronomen im Sternbild Stier eine Supernova. Als Krabbennebel (auch Krebsnebel genannt) sehen wir heute nurmehr die Gashülle des zerfetzten Sterns.

Wer heute mit dem Fernglas oder Teleskop das Sternbild Stier durchsucht, entdeckt ein blasses Fleckchen. Wegen seines Aussehens erhielt es den Namen Krabbennebel (im Deutschen meist Krebsnebel genannt). Dieses Objekt steht genau an dem Ort, wo vor mehr als 950 Jahren der Stern der Chinesen aufgeleuchtet war. Uns braucht das keineswegs zu wundern, wissen wir doch, dass der seltsame Gast nur eine Supernova gewesen sein kann und der Krabbennebel nichts anderes als ihre Explosionswolke. Mit den planetarischen Nebeln haben wir ähnliche Objekte kennengelernt. Damals war die Rede von weißen Zwergen, die im Zentrum solcher Nebel sitzen und als ausgebrannte Sonnen ihr Dasein fristen. Stecken weiße Zwerge auch in Supernova-Überresten? Oder hinterlassen massereiche Sonnen vielleicht überhaupt keine Sternleichen? Diese Fragen wurden auf dramatische Weise beantwortet.

Cambridge, England, Ende September 1967. Die 24-jährige Astronomiestudentin Jocelyn Bell wertet Daten eines neuen Radioteleskops aus, Dutzende Meter lange Papierstreifen mit buckligen Kurven. Das ist nicht eben spannend. Aber Miss Bell nimmt die Mühe in Kauf, gehört diese Analyse doch zu ihrer Doktorarbeit. Nach 30 Metern Papier entdeckt das geschulte Auge der Studentin eine Unregelmäßigkeit. Einige Wochen später untersucht Jocelyn Bell diese Störung genauer. Sie findet heraus, dass es Pulse sind, die sich im Abstand von exakt 1,33730109 Sekunden wiederholen. Was hat das zu bedeuten? Menschen können sie nicht erzeugen, denn die Signale kehren immer dann wieder, wenn der geheimnisvolle Sender, bedingt durch die tägliche Drehung des Firmaments, am unbeweglichen Teleskop vorbeiwandert. Da gibt es wohl nur zwei Möglichkeiten: Die Pulse stammen entweder von einem astronomischen Objekt – aber von welchem? Oder von einer fremden Zivilisation, die versucht, mit der Erde zu kommunizieren!

Ich soll meine Doktorarbeit schreiben, und da sind irgendwo kleine grüne Männchen, die sich ausgerechnet meine Antenne ausgesucht haben, um mit uns Kontakt aufzunehmen, denkt sich Jocelyn Bell. Mittlerweile ist es Winter geworden. Die Entdeckung lässt der Astronomin keine Ruhe. Kurz vor Weihnachten untersucht sie die Aufzeichnungen einer anderen Himmelsregion. Und stößt prompt auf einen weiteren Sender. Diesmal mit einer Periode von 1,2 Sekunden. Existiert etwa noch ein zweites Volk von Außerirdischen, das auf einer anderen Frequenz funkt? Das erscheint sehr unwahrscheinlich. Also kommt nur eine astronomische Erklärung in Frage. Was aber verbirgt sich hinter dem

Ticken dieser kosmischen Quarzuhren? Die Antwort ist erstaunlich: Objekte, deren Existenz Wissenschaftler bereits 1934 theoretisch vorausgesagt hatten. Aber ihre Arbeit blieb 33 Jahre lang unbeachtet. Dann wurde sie durch Jocelyn Bell bestätigt. Ohne es zu wollen, hatte die junge Forscherin die Neutronensterne entdeckt, die sich als Pulsare zu erkennen geben. Übrigens hatte im Sommer 1967 noch jemand die Signale aus dem All belauscht: der junge Soldat Charles Schisler auf einer Radarstation in Alaska. Doch aus Gründen militärischer Geheimhaltung behielt Schisler das Geheimnis 40 Jahre lang für sich. Erst im Sommer 2007 brach er sein Schweigen.

Wenn ein Stern seinem Ende entgegengeht, gerät sein Inneres völlig durcheinander. Je größer seine Masse, umso gründlicher das Chaos. Wie wir gesehen haben, verdichtet sich die Materie im Zentrum einer alten Gaskugel bis auf einige Tonnen pro Kubikzentimeter. Auf diese Weise entsteht ein weißer Zwerg. Was aber passiert, wenn dieses tote Sternherz noch stärker schrumpft? Dann steigt die Dichte so lange weiter an, bis ein würfelzuckergroßes Stück Materie auf der Erde zehn Millionen Tonnen wiegen würde. Bei diesen Verhältnissen können die Atome nicht länger normal bleiben. Wir haben schon erfahren, dass Protonen und Elektronen ineinandergequetscht werden und ein neues Teilchen erzeugen: ein Neutron. Das ist der Stoff, aus dem die Neutronensterne bestehen.

Die Astrophysiker wissen über diese seltsamen Gebilde aber noch mehr. So haben sie ihre Durchmesser auf rund 20 Kilometern berechnet. Darüber hinaus müssen die Neutronensterne extrem glatte Oberflächen besitzen; die Berge erreichen nur eine Höhe von fünf Millimetern. Schließlich drehen sich die Neutronenkugeln schnell um ihre Achse. Wie eine Eiskunstläuferin, die mit angelegten Armen eine Pirouette dreht. Hier liegt auch das Geheimnis der Pulsare. Denn während die ausgebrannten Sterne rasend schnell rotieren (den Temporekord hält zurzeit ein Neutronenstern, der sich 716-mal in der Sekunde um seine Achse dreht), senden sie über Nord- und Südpol jeweils ein Strahlungsbündel aus. Zwei Scheinwerferkegeln gleich überstreichen sie ihre Umgebung. Die Strahlung ist sehr intensiv und reicht weit hinaus ins Weltall, bis zu unserem Planeten.

Mehr als 200 Pulsare haben die Forscher bisher entdeckt. Mittlerweile gehören sie zum Alltag der Astronomen und sind nichts Besonderes mehr. Allein in der Milchstraße verbergen sich schätzungsweise

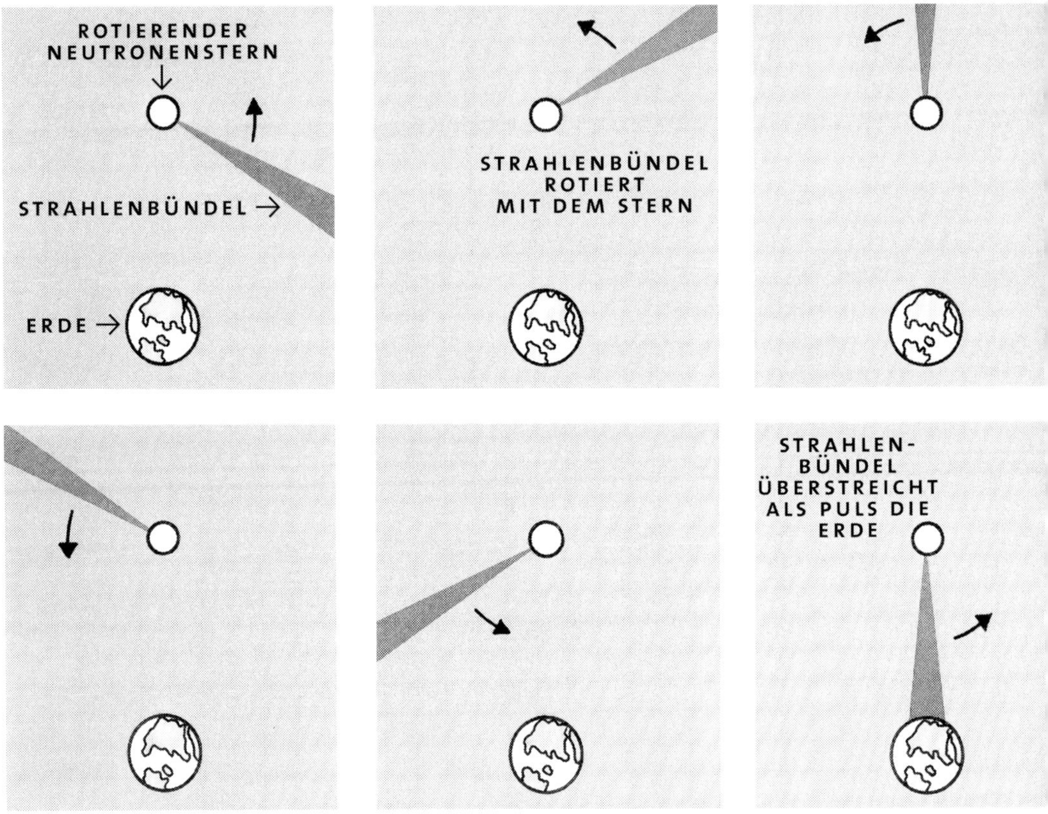

••• Nach einer Supernovaexplosion schrumpft der ausgebrannte Stern zu einer wenige Kilometer kleinen Gaskugel. Dieser Neutronenstern dreht sich sehr rasch um die eigene Achse und sendet dabei gebündelte Strahlung ins All. Astronomen registrieren ein periodisches Aufblitzen und nennen das Objekt Pulsar.

500 000 Pulsare. Wie es sich für sie ziemt, stehen sie dort, wo einst ein Stern sein Leben als Supernova ausgehaucht hat. So auch im Krabbennebel. Pulsare leuchten nicht nur im Bereich der Radiowellen. Spezielle Instrumente frieren ihr Zucken ein und machen die Pulse auch im optischen Teil des Spektrums sichtbar. Im Herbst 1967 saß Jocelyn Bell also im Raumschiff Erde und erspähte von ihrem Ausguck mit dem Teleskop das Blinken eines kosmischen Leuchtturms. Doch nicht etwa grüne Männchen hatten ihn gebaut, sondern die Natur selbst. Wissenschaftler auf der Erde hatten diese Pulsare Jahrzehnte zuvor auf dem Papier berechnet. Jetzt zeigte es sich, dass die astronomische Forschung auf dem richtigen Weg war. Der Mensch hatte den Schleier, der die Geheimnisse des Universums verhüllt, wiederum ein wenig gelüftet.

• Im Sog eines mörderischen Staubsaugers

Da liegt es vor uns und sperrt seinen Schlund auf. Sein Anblick ist furchterregend. Begierig entreißt es einem Stern die Hülle, saugt das Gas in sich auf. Aber nicht auf direktem Weg. Die Materie umrundet dieses schwarze Nichts einige Male, dann erst strudelt sie hinein. Immer näher, immer schneller. Dabei erhitzt sich die Wolke und sendet energiereiches Röntgenlicht aus. Das ist sozusagen der Todesschrei. Denn keine Macht der Welt kann das Gas retten. Im nächsten Moment verschwindet es auf Nimmerwiedersehen.

Aber was ist das! Wir haben uns zu nahe an den mörderischen Staubsauger herangewagt. Eine unsichtbare Hand umklammert unser Raumschiff. Im nächsten Moment beginnt es sich zu drehen. Wir werden beinahe ohnmächtig. Unweigerlich droht uns dasselbe Schicksal wie der

••• Kosmischer Strudel: Gierig verschlingen schwarze Löcher alles, was ihnen zu nahe kommt. Hier saugt ein solches Schwerkraftmonster die Materie eines benachbarten Sterns ab.

Gaswolke. Schon wirbeln wir durchs All. Lichter und Schatten jagen an uns vorbei. Es gibt kein Oben mehr und kein Unten. Wir verlieren den Halt und fallen ins Bodenlose …

Schweißgebadet erwachen wir. Die Sonne wirft ihr Licht in unser Zimmer. Es ist kurz vor sieben. Zeit zum Aufstehen. Ganz benommen tappen wir ins Bad. Eine kalte Dusche wird uns jetzt guttun. Auf einen solchen Albtraum können wir verzichten. Das kommt davon, wenn man zu viel über schwarze Löcher liest. Dabei wissen die Astronomen gar nicht sicher, ob es diese Gebilde überhaupt gibt. Denn schwarze Löcher zeichnen sich gerade dadurch aus, dass sie niemals direkt beobachtet werden können. Wie um alles in der Welt kommen die Wissenschaftler dann auf den Gedanken, schwarze Löcher könnten existieren?

Die Forscher haben einfach weitergedacht. Wie verhält sich Materie, die noch dichter gepackt ist als in Neutronensternen? Schon vor mehr als 200 Jahren beschäftigte sich der englische Naturforscher John Michell (1724 bis 1793) mit dunklen Sternen. Michell hatte natürlich keine Ahnung vom wahren Leben und Sterben der Sterne. Trotzdem überlegte er, wie sich Licht in einem starken Gravitationsfeld verhalten würde und ob es Sterne mit so gigantischer Anziehungskraft geben könnte, dass sie sogar Licht zu fesseln vermag. Wie aber bringt man das zustande? Stellen wir uns vor, ein kosmisches Wesen mit übernatürlichen Kräften formte aus der Erde ein Kügelchen mit neun Millimetern Durchmesser: Alle Meere und Kontinente, alle Menschen und Tiere – zusammengedrückt zu einer Perle! Dabei würde man die Perle überhaupt nicht sehen. Wohl aber wäre sie zu spüren. Sie würde sich durch ihre gewaltige Anziehungskraft bemerkbar machen. Nicht einmal Licht könnte die glatte Oberfläche verlassen. Das unsichtbare Gebilde verschlänge alles, was ihm zu nahe käme. Unser Blauer Planet hätte sich in ein schwarzes Loch verwandelt.

Die Gefahr, dass der Erde ein derartiges Schicksal widerfährt, besteht nicht. Wohl aber glauben die Astronomen, dass bei der Explosion von übergewichtigen Sonnen nicht nur Neutronensterne (Pulsare) übrig bleiben, sondern gelegentlich auch schwarze Löcher. Wie können die Wissenschaftler diese finsteren Gesellen finden? Wie sollen sie etwas beobachten, wo es nichts zu beobachten gibt? Einen Ausweg aus dieser Sackgasse kennen wir schon. In unserem Traum haben wir zugeschaut, wie das schwarze Loch Gas von einem Stern absaugt. Bevor die Materie aus unserer Welt verschwindet, müsste sie der Theorie zufolge im Röntgenlicht hell aufleuchten. Tatsächlich empfangen die Experten von verschiedenen Punkten am Himmel intensive Röntgenstrahlung. So spricht alles dafür, dass sich hinter Quellen wie Cygnus X-1 im Schwan wirklich ein schwarzes Loch verbirgt. Und dann gibt es ja noch ein besonderes Fenster, durch das Forscher auf die kosmischen Massemonster blicken.

• Der große Lauschangriff

Die Hütte auf einem Feld in Ruthe bei Hannover sieht nicht gerade nach Hightech aus. An diesem Eindruck ändern auch die beiden halb im Boden versenkten, jeweils 600 Meter langen Röhren nichts, die im rechten Winkel in der Hütte zusammenlaufen. Und doch verbirgt sich hinter der seltsam anmutenden Anlage eines der erstaunlichsten Experimente der modernen Astrophysik. GEO 600, so der Name, lauscht nach Gravitationswellen. Der berühmte Forscher Albert Einstein (1879 bis 1955) hatte sie entdeckt – auf dem Papier. Mit Einsteins Allgemeiner Relativitätstheorie lässt sich das Phänomen beschreiben. Demnach führt die beschleunigte Bewegung von Massen im Gravitationsfeld zu Störungen, die sich so schnell wie das Licht durch den Raum bewegen. Diese Störungen sind die unsichtbaren Gravitationswellen.

Das klingt sehr abstrakt, ist im Grunde aber einfach. Wer auf dem Trampolin auf- und abhüpft, verliert Energie (nicht nur in Form von Kalorien!) und schlägt Wellen im Raum. Nun besitzt ein Mensch eine geringe Masse und hüpft vergleichsweise langsam. Daher sind die von ihm ausgesandten Gravitationswellen unmessbar schwach. Im All hingegen findet man große Massen und sogar ein Trampolin: die Raumzeit. Man kann sie sich wie ein Gummituch vorstellen. Eine schwere Metallkugel dellt das Gummituch ein – ebenso wie ein Stern die Raumzeit ausbeult. Im Universum ist alles in Bewegung. Die Erde, und damit die Delle, die unser Planet in die Raumzeit drückt, umrundet einmal im Jahr die Sonne und strahlt dabei Gravitationswellen mit einer Leistung von 200 Watt ab. Viel zu schwach, um sie mit einem Detektor aufzuspüren. Zum Glück gibt es im All viel heftigere Erschütterungen der Raumzeit: Wenn ein massereicher Stern als Supernova explodiert und zu einem schwarzen Loch zusammenschnurrt. Oder wenn zwei Neutronensterne oder zwei schwarze Löcher extrem schnell umeinander laufen oder gar miteinander kollidieren.

Solche kosmischen Katastrophen lassen den Kosmos beben und erzeugen Gravitationswellen mit einer Leistung von rund 10^{45} Watt (eine Eins mit 45 Nullen). Die Zahl ist astronomisch hoch. Wer allerdings glaubt, es sei ein Klacks, diese Gravitationswellen nachzuweisen, der irrt gewaltig. Die Gravitationswellen verbiegen die Raumzeit keineswegs so deutlich, wie ein ins Wasser geworfener Stein die Oberfläche eines Teichs. Während weniger Tausendstelsekunden würde sich der Abstand zwischen Sonne und Erde (150 Millionen Kilometer) um den Durchmesser eines Wasserstoffatoms (ein zehnmilliardstel Meter) ändern, läge die Quelle 30 000 Lichtjahre entfernt, etwa im Zentrum der Milchstraße! Wie soll man so etwas nachweisen? Albert Einstein glaubte, dass das niemals gelinge. Und doch haben die Wissenschaftler entsprechende Instrumente ersonnen. Die erste Generation dieser Detektoren bestand aus tonnenschweren, mit sensiblen Sensoren bestückten Aluminiumzylindern. Gravitationswellen müssten sie kurzzeitig zum Schwingen bringen wie der Klöppel eine Kirchenglocke. Aber alle Messungen blieben ergebnislos.

Heute arbeiten GEO 600 und einige weitere Detektoren nach dem Prinzip der Interferometrie. Das haben wir bei optischen Teleskopen schon kennengelernt (siehe Kapitel 3). Bei den Gravitationswellen-Detektoren geht es darum, im Muster der überlagerten Lichtstrahlen eine Unregelmäßigkeit darzustellen. Ein halbdurchlässiger Spiegel spaltet das Licht eines Lasers in zwei Strahlen auf, die dann im rechten Winkel durch mehrere Hundert Meter lange Tunnel laufen und sich dank eines komplizierten Systems von Spiegeln wieder überlagern (»interferieren«). Die auf einer Fotodiode ankommenden Lichtwellen schwingen jedoch nicht im Gleich-, sondern im Gegentakt: Wellenberg trifft auf Wellental – die Lichtwellen löschen sich gegenseitig aus. Stört eine Gravitationswelle die Anlage und verändert den Raum, indem sie die Messstrecke dehnt und staucht, geraten die Lichtwellen ganz aus dem Takt. Der Empfänger bleibt dann nicht länger dunkel. Noch hat es in keinem Detektor der Welt »gefunkt«. Doch die Forscher warten täglich auf das entscheidende Signal. Wer mag als Erster die Botschaft aus dem All auffangen? Vielleicht sind es die Wissenschaftler in der bescheidenen Hütte auf dem Feld bei Hannover.

Die Supernova 1987A zündete in der Großen Magellanschen Wolke, einem Begleiter der Galaxis. Trotz der Entfernung von 165 000 Lichtjahren zeigte sie sich dem bloßen Auge. Wie hell muss ein Stern sein, der vor unserer Haustür innerhalb des Milchstraßensystems explodiert! Die alten Chinesen haben das erlebt, sahen sie doch im Jahr 1054 den gleißenden Lichtpunkt in der Konstellation Stier. Und auch Tycho Brahe und Johannes Kepler könnten begeistert von himmlischen Feuerwerken berichten. Den beiden berühmten Astronomen war es vergönnt, jeweils eine Supernova zu entdecken: Brahe 1572 in der Kassiopeia, Kepler 1604 im Schlangenträger. Seitdem herrscht Funkstille. Dabei glauben die Wissenschaftler, dass im von der Erde aus sichtbaren Teil der Galaxis durchschnittlich alle 300 Jahre ein Stern mit einer gewaltigen Detonation seinen Geist aufgibt. Die nächste Supernova ist also längst überfällig. Vielleicht kracht es ja schon morgen ...

Bis es dazu kommt, wollen wir nicht untätig warten. Brechen wir daher zu einem weiteren Ausflug über den Nachthimmel auf. Dieses Mal interessieren wir uns für Objekte, die wir in diesem Kapitel kennengelernt haben: für einen interstellaren Nebel, einen planetarischen Nebel und einen Supernova-Überrest. Zur Beobachtung einer besonders prächtigen interstellaren Gas- und Staubwolke müssen wir uns bis zum **Winter** gedulden, wenn das markante Sternbild Orion am südlichen Abendhimmel prangt. Bereits mit unbewaffnetem Auge bemerken wir schräg unterhalb des Schwertgehänges ein diffuses Etwas. Im Feldstecher entpuppt es sich als bläulich weiß leuchtender Nebel, der einige Sterne umhüllt. Tatsächlich blicken wir hier in die Kinderstube kosmischer Gaskugeln, denn die Sonnen sind – nach astronomischen Zeitmaßstäben – gerade geboren worden und strahlen erst seit rund zwei Millionen Jahren. Dies gilt auch für jene vier Sterne, die das sogenannte Trapez bilden. Es steht inmitten des *Orionnebels*, zeigt sich aber erst im kleinen Fernrohr. Die Leuchtkraft aller Neugeborenen reicht aus, um die Mutterwolke in helles Licht zu tauchen. Während die Staubteilchen die bläuliche Strahlung einfach nur zurückwerfen, werden die Gaspartikel selbst zum rötlichen Glimmen angeregt. In großen Teleskopen lässt sich dieses Farbspiel live

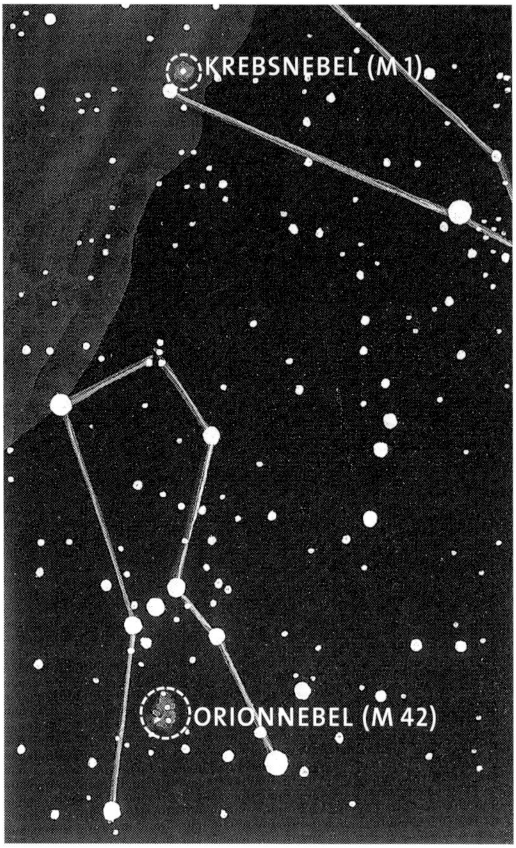

••• Mithilfe dieser Kärtchen findest du die im Text beschriebenen Nebel.

beobachten. Seine ganze Pracht entfaltet der rund 1700 Lichtjahre von der Erde entfernte Sternkindergarten jedoch erst auf lang belichteten Aufnahmen.

Die nächste Station unserer Reise am winterlichen Himmel ist das Sternbild Stier. Die V-förmige Anordnung der hellsten Sterne können wir gar nicht übersehen. Weniger leicht lässt sich der *Krabbennebel* (oder *Krebsnebel*) finden, denn er erscheint nur im Fernglas oder Teleskop. Dennoch wollen wir versuchen, diesen Supernova-Überrest aufzuspüren. Mithilfe der obenstehenden Karte sollte das keine allzu großen Schwierigkeiten bereiten. Die Mühe lohnt sich. Das zarte Wölkchen bietet einen durchaus reizvollen Anblick, auch wenn wir den Pulsar im Zentrum wegen seiner geringen Helligkeit nicht sehen. An dieser Stelle also flammte 1054 ein Stern auf. Das kosmische Drama ereignete sich übrigens in einer Distanz von rund 4000 Lichtjahren.

Die Überreste einer weniger gewaltigen Katastrophe können wir im **Sommer** sehen. In den lauen Nächten dominiert jetzt unter anderem das kleine, rautenförmige Sternbild Leier mit der hellen Wega die Himmelsbühne. Wir haben diesen Stern als eine Spitze des Sommerdreiecks bereits kennengelernt. Nun gilt unser Interesse der Umgebung von β und τ Lyrae. Wenn wir mit dem Feldstecher die Verbindungslinie der beiden Sterne entlangwandern und etwa auf halbem Weg stehenbleiben, taucht im Gesichtsfeld ein kleines Fleckchen auf. Es handelt sich um den bekannten *Ringnebel*.

Vor allem in einem lichtstarken Instrument wird das etwa 5400 Lichtjahre entfernte Objekt bei starker Vergrößerung seinem Namen gerecht: Es erscheint nämlich wie ein Rauchkringel, den jemand kunstvoll ins Weltall geblasen hat. Tatsächlich war dieser Raucher ein Stern, der sich vor langer Zeit seiner Atmosphäre entledigt hat. Den dabei übrig gebliebenen weißen Zwerg erkennen wir aber nur in großen Amateurfernrohren als schwachen Lichtpunkt.

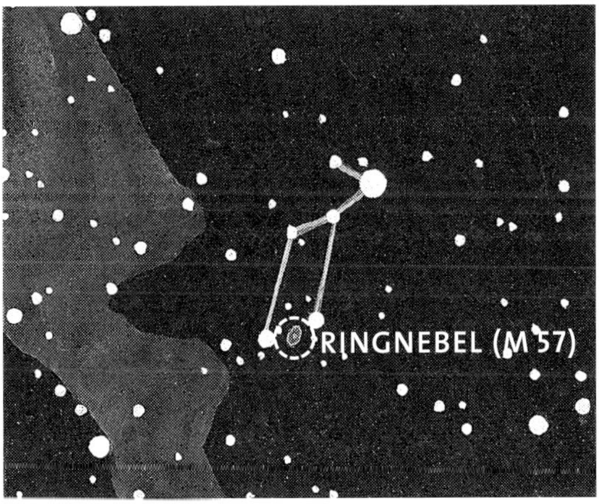

8

Welteninseln – Inselketten

• Die Schleifspur des Sonnenwagens

»Meine dritte Beobachtung betrifft das Wesen der Milchstraße oder ihre Materie, die mithilfe des Fernrohrs so sinnenfällig zu erkennen ist, dass sowohl aller Streit, der die Philosophen durch so viele Jahrhunderte hindurch gequält hat, durch die augenfällige Gewissheit gegenstandslos wird … Denn die Milchstraße ist nichts anderes als eine Ansammlung von unzähligen, in Haufen gruppierten Sternen. Auf welchen ihrer Abschnitte man nämlich das Fernrohr auch richten mag, sogleich zeigt sich dem Blick eine ungeheure Menge von Sternen, von denen mehrere ziemlich groß und sehr auffallend sind; die Anzahl der kleinen jedoch ist schlechthin unerforschlich.«

Diese Zeilen schrieb ein ziemlich unerfahrener Beobachter in sein Tagebuch, nachdem er mit einem winzigen Fernrohr in einer klaren Sommernacht am Firmament spazieren gegangen war. Aber kein gewöhnlicher Sternfreund hat hier voller Begeisterung und Stolz über seine Erlebnisse berichtet, sondern der Mann, der wohl als erster Mensch die Wunder des Himmels durch ein Sehrohr betrachtet hat. Er war am 15. Februar 1564 in Pisa, der Stadt mit dem berühmten Schiefen Turm, geboren worden. Seine Mutter hieß Giulia di Cosimo di Ventura degli Ammannati, sein Vater Vincenzino di Michelangelo di Giovanni Galilei. Am 19. Februar 1564 ließen die stolzen Eltern ihren Sohn auf den Namen Galileo taufen. Als Galileo Galilei am 8. Januar 1642 im Alter von bald 78 Jahren starb, hatte er ein wesentliches Kapitel im Buch der Naturwissenschaften geschrieben. Der Gelehrte war der erste Physiker, der nicht nur ins Blaue hinein philosophierte, sondern vor allem auch experimentierte. Außerdem glaubte er fest daran, dass die Erde um die Sonne kreist.

Seine Zeitgenossen und vor allem die katholische Kirche waren da ganz anderer Meinung: Ein göttliches Geschöpf wie der Mensch konnte nur auf einem Himmelskörper leben, der im Mittelpunkt des Planetensystems, ja des gesamten Weltalls stand. Daher hatte sich auch die Sonne gefälligst um die Erde zu bewegen. Jetzt behauptete so ein dahergelaufener Studiosus das Gegenteil. Ungeheuerlich! Der Mann musste aus dem Verkehr gezogen werden. Die Mächtigen der Kirche machten Galilei den Prozess und verbannten ihn aus Rom. So streng waren damals die Sitten.

••• Galileo Galilei ging als erster Wissenschaftler mit dem Fernrohr auf Entdeckungsreise durch das All. Außerdem behauptete er, dass sich die Erde um die Sonne dreht.

Galileo Galilei war wohl der erste Naturwissenschaftler, der mithilfe der Optik in neue Welten vordrang. Allerdings hatte sich der Italiener das Teleskop nicht ausgedacht, sondern es nachgebaut. Wer das Fernrohr um das Jahr 1608 erfunden hat, bleibt wohl für immer ein Geheimnis (siehe Kapitel 3). Galilei jedenfalls begab sich mit seinem winzigen Teleskop auf Sternenjagd. Über diese Exkursionen führte er sorgfältig Buch und beschrieb alles, was ihm vor die Linse kam. Im Jahr 1610 erschien der *Sidereus Nuncius*, sozusagen der Jagdreport Galileis. Diesem Buch, dessen Titel man mit *Botschaft von den Sternen* übersetzen könnte, ist das Zitat am Beginn dieses Abschnitts entnommen. Galilei hatte also auch das jahrtausendealte Rätsel um das diffuse Himmelsband gelüftet.

Viele Sagen und Mythen rankten sich um diese Erscheinung. Die alten Kulturvölker hatten sie aufmerksam betrachtet. Die Griechen schließlich gaben ihr den Namen, den sie noch heute trägt: Milchstraße. Natürlich hat das neblige, mehr oder weniger dichte Wölkchen, das in unseren Breiten den sommerlichen Nachthimmel von Nord nach Süd überspannt, weder etwas mit Milch noch mit einer Straße zu tun. Schon Demokrit hatte im 4. Jahrhundert vor Christus vermutet, dass das helle Band aus zahllosen Einzelsternen besteht. Aber das kümmerte seine Landsleute nicht im Geringsten. Die Griechen erzählten sich lieber eine Sage. Und die ist recht originell:

Der Göttervater Zeus nahm es mit der Treue zu seiner Frau Hera wieder einmal nicht sehr genau. Eine heftige Affäre mit Alkmene blieb nicht ohne Folgen. Die schöne Königstochter wurde schwanger und brachte Herakles zur Welt. Die Freude des stolzen Vaters verflog jedoch schnell, als ihm bewusst wurde, dass sein Sprössling ebenso sterblich war wie die menschliche Mutter Alkmene. Doch Hermes, der gewitzte Götterbote, hatte eine Idee: »Wenn deine Gemahlin Herakles mit göttlicher Milch stillt, wird auch er unsterblich. Natürlich darf Hera nichts merken. Lass mich nur machen, das kriege ich schon hin!« Zeus war mit allem einverstanden und Hermes führte seinen Plan aus. Er wartete, bis Hera tief schlief, schlich sich mit Herakles an und legte den Knaben an ihre Brust. Dieser begann sofort heftig zu saugen, zu heftig. Denn augenblicklich erwachte Hera, sah das fremde Baby und stieß es in ihrer Wut von sich. Dabei spritzte die Milch aus ihrer Brust in hohem Bogen über das Himmelsgewölbe – die Milchstraße entstand.

Sprach man die Astronomen bis zum Beginn des 17. Jahrhunderts auf das Sternenband an, fiel ihnen nicht viel mehr ein als diese Fantasiegeschichte. Oder auch die Sache mit Phaethon, dem Sohn des Sonnengottes Helios: Die Aufgabe des Sonnengottes bestand darin, täglich den Wagen mit der Sonnenscheibe über den Himmel zu lenken. Ohne Erfahrung mit dem Pferdegespann bestieg Phaethon eines Tages das Gefährt des Vaters. Aber der junge Mann überschätzte seine Fahrkünste. Die Pferde gingen durch, der Sonnenwagen überschlug sich und schleuderte quer über den Himmel. Dabei hinterließ er eine feurige Schleifspur, die noch heute als Milchstraße zu sehen ist. Phaethon rauschte mit den Pferden hinab und verbrannte die Erde. Zeus, von der Zerstörung wenig begeistert, schleuderte einen Donnerkeil, der Phaethon aus dem Wagen warf. Sein brennender Körper stürzte in den Eridanos.

Angesichts solcher Geschichten verwundert es nicht, dass Galileo Galilei stolz darauf war, zum Thema Milchstraße endlich etwas Sinnvolles beigetragen zu haben. Doch warum die Milchstraße gerade so aussieht und nicht anders, das konnte auch Galilei nicht erklären. Es sollte noch einige Zeit vergehen, bevor eine vernünftige Deutung gefunden wurde – ausgerechnet von einem Musiker. Der entschloss sich eines Tages, seinen Beruf an den Nagel zu hängen und sein Leben den Sternen zu widmen.

• Wie der Himmel gebaut ist

Friedrich Wilhelm hatte nicht die Absicht, als Held zu sterben. Mochten sich die Preußen, Franzosen und Russen, die Österreicher und Engländer bekämpfen. Was ging es ihn an! Er war ja nicht einmal Soldat, sondern Musiker und spielte in der Hannoveraner Garde die Oboe. Aber wer hatte im Siebenjährigen Krieg schon ein Ohr für die Musik?

Als irgendwann im Jahr 1757 eine Begegnung mit den Franzosen bevorstand, packte Friedrich Wilhelm seine Siebensachen und suchte das Weite. Der junge Mann reiste nach England und kam nach einigen Umwegen in das vornehme Seebad Bath. Dort erhielt er eine Anstellung als Organist und hätte von da an zufrieden leben können, wäre da nicht seine Begeisterung für die am Nachthimmel geheimnisvoll funkelnden Lichtpünktchen gewesen. Dieses Faible hatte er von seinem Vater, Isaak Herschel, geerbt. Dazu war Friedrich Wilhelm sehr neugierig: »Ich hatte mir vorgenommen, nichts aus purem Glauben hinzunehmen, sondern mich von allem, was andere vor mir gesehen hatten, mit eigenen Augen zu überzeugen«, schrieb er in sein Tagebuch. Weil man im 18. Jahrhundert nicht einfach in ein Kaufhaus gehen und ein Fernrohr kaufen konnte, baute sich Wilhelm Herschel in seiner Freizeit selber eines und dann noch ein zweites und ein drittes, jeweils tatkräftig unterstützt von seiner Schwester Caroline und seinem Bruder Alexander. Beide lebten mittlerweile ebenfalls in England.

••• Nur mit Flaschenzügen ließ sich das gewaltige Teleskop von Friedrich Wilhelm Herschel bewegen. Es besaß einen Spiegel mit 122 Zentimeter Durchmesser.

Während sich Herschel tagsüber mit Bach und Händel beschäftigte, tönten nachts die Geräusche von Spiegelschleifmaschine und Drehbank aus dem Haus des Musikers. Die Teleskope nahmen immer gewaltigere Ausmaße an. Im Jahr 1788 – Herschel hatte seine Stellung in Bath längst gekündigt und war durch die Entdeckung des Planeten Uranus ein weltberühmter Astronom geworden – konstruierte er sein größtes Fernrohr:

ein Instrument mit einem Spiegeldurchmesser von 122 Zentimetern und einer Brennweite von mehr als 12 Metern. Der tonnenschwere Gigant hing in einer wuchtigen Holzkonstruktion. Er wurde mit starken Seilen und Flaschenzügen bewegt. Herschel hatte sich zum Ziel gesetzt, den gesamten von England aus sichtbaren Himmel systematisch zu durchforsten.

Nächtelang saß er, in einen weiten Mantel mit schwarzer Kapuze gehüllt, am Teleskop und musterte das Firmament. Er teilte den Himmel in Felder ein und bestimmte in jedem dieser kleinen Planquadrate die Zahl der Sterne. Hätte man Herschel gefragt: »Weißt du, wie viel Sternlein stehen?«, dann hätte er geantwortet: »Ungefähr 20 Millionen!« Friedrich Wilhelm Herschel wusste zwar schon vor Beginn seiner Arbeiten, dass die fernen Sonnen nicht gleichmäßig am Gewölbe verteilt sind, sondern sich vor allem in einer Region, im Band der Milchstraße, konzentrieren. Aber er fand noch etwas anderes heraus: »Dass die Milchstraße eine sehr ausgedehnte Schicht von Sternen verschiedener Größe ist, lässt nicht den geringsten Zweifel übrig. Und dass unsere Sonne wirklich einer der Himmelskörper ist, die zur Milchstraße gehören, ist ebenso augenscheinlich.« Die Beobachtungen Herschels bestätigten das, was einige andere Forscher vor ihm nur vermutet hatten: Mit dem Band der Milchstraße bildet sich am Firmament ein gewaltiges Sternsystem ab, zu dem auch unsere Sonne gehört. Von der Seite betrachtet, besitzt diese Welteninsel die Gestalt einer ausgefransten Linse. Alle Sterne und Nebel, die wir am Himmel beobachten, gehören zu diesem Milchstraßensystem, zur Galaxis. Das Wort stammt von *gala*, was im Griechischen Milch bedeutet.

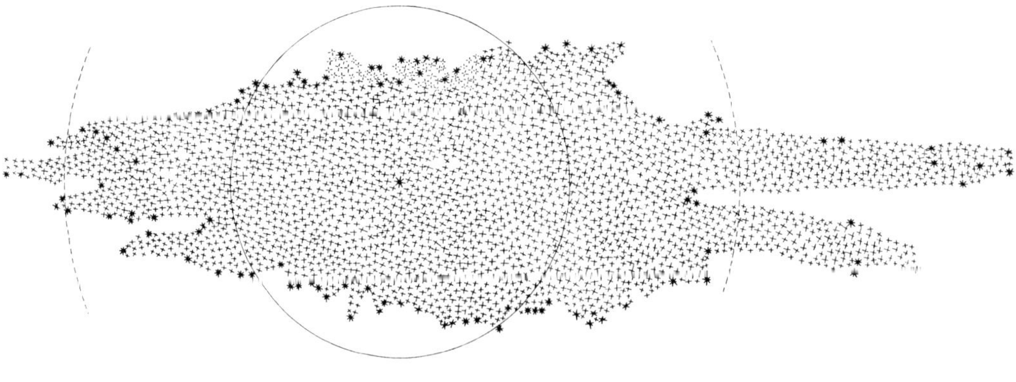

••• Friedrich Wilhelm Herschel stellte unser Milchstraßensystem, die Galaxis, als ausgefranste Sternlinse dar.

Friedrich Wilhelm Herschel starb am 25. August 1822. Heute kennen die Wissenschaftler den Bau der Galaxis viel genauer als der Vater der Stellarastronomie. Ja, sie haben den Altmeister sogar ein wenig korrigiert. Denn um die Form der Galaxis herauszufinden, reicht der Blick durch das optische Fenster allein nicht aus: Die Milchstraße steckt voller Gas- und Staubwolken, die das Sternlicht absorbieren. Das behindert die Sicht auf das Zentrum und verbirgt insgesamt den Blick auf die übergeordnete Struktur. Daher kann die Stellarstatistik, wie sie Herschel angewendet hat, niemals das System als Ganzes erfassen, sondern nur die Umgebung der Sonne bis zu einem Umkreis von rund 10 000 Lichtjahren. Der Durchbruch gelang erst, als die Astronomen Mitte des 20. Jahrhunderts gelernt hatten, den Himmel mit anderen Augen zu betrachten: mit Radioteleskopen (siehe Kapitel 3).

Wasserstoff ist das häufigste Element im Weltall. Als Teil der interstellaren Materie füllt der neutrale Wasserstoff (H I) den Raum zwischen den Sternen und damit die Milchstraße. Das heißt: Die Verteilung der Wolken aus Wasserstoffgas zeichnet die Form des gesamten Systems nach, ähnlich wie Knochen den menschlichen Körper. Wie aber lassen sich diese galaktischen Knochen sichtbar machen? Die Antwort liefert die Welt des Allerkleinsten: Im Grundzustand des Wasserstoffs sind die Rotationsachsen des Atomkerns und des ihn umkreisenden Elektrons antiparallel ausgerichtet. Stoßen zwei Wasserstoffatome zusammen, richten sich die Rotationsachsen von Kern und Elektron parallel zueinander aus und fallen nach einer gewissen Zeit wieder in den Grundzustand zurück. Dabei wird Energie frei und als elektromagnetische Welle abgestrahlt. Deren Länge beträgt exakt 21,049 Zentimeter und liegt damit im Radiobereich des elektromagnetischen Spektrums.

Trotz der extrem geringen Dichte der interstellaren Materie stoßen ständig Atome zusammen und lassen die H I-Gebiete im Licht der 21-Zentimeter-Linie leuchten. Diese Strahlung durchdringt nahezu ungehindert die Staubvorhänge und man kann sie mit Radioteleskopen auffangen. Dank dieses neuen Fensters zum All entdeckten die Astronomen die Spiralstruktur der Milchstraße. Doch in den 1970er-Jahren fanden die Forscher heraus, dass der Wasserstoff allein als Indikator für die Form nicht ausreicht, weil er zum Beispiel in den Spiralarmen weniger stark konzentriert ist als erwartet. Die Suche begann aufs Neue. Als wichtigstes Instrument entpuppten sich schließlich interstellare Molekülwolken; sie leuchten im Licht von Kohlenmonoxid (CO) bei einer

••• Nach modernen Vorstellungen ähnelt die Galaxis einem rund 100 000 Lichtjahre großen Diskus. Von oben betrachtet hat sie die Gestalt eines Feuerrads. Die Sonne (und damit die Erde) ist etwa 28 000 Lichtjahre vom Zentrum entfernt.

Wellenlänge von 2,6 Millimetern. Jetzt gelang es allmählich, das Porträt des Milchstraßensystems zu verfeinern.

Danach gleicht sie einem Rad mit Achter von 100 000 Lichtjahren Durchmesser und 5000 Lichtjahren Dicke. Um die Nabe liegt eine leuchtende, sphärische Ausbeulung (englisch: *bulge*), in die eine zigarrenförmige Struktur, eine Art Balken, eingebettet ist. Rund 15 000 Lichtjahre vom Zentrum entfernt erstreckt sich ein Ring, der ebenfalls aus Staub- und Gaswolken sowie Sternen besteht. Von oben betrachtet, erscheint die Galaxis als spiralförmiges Feuerrad. Rund 28 000 Lichtjahre

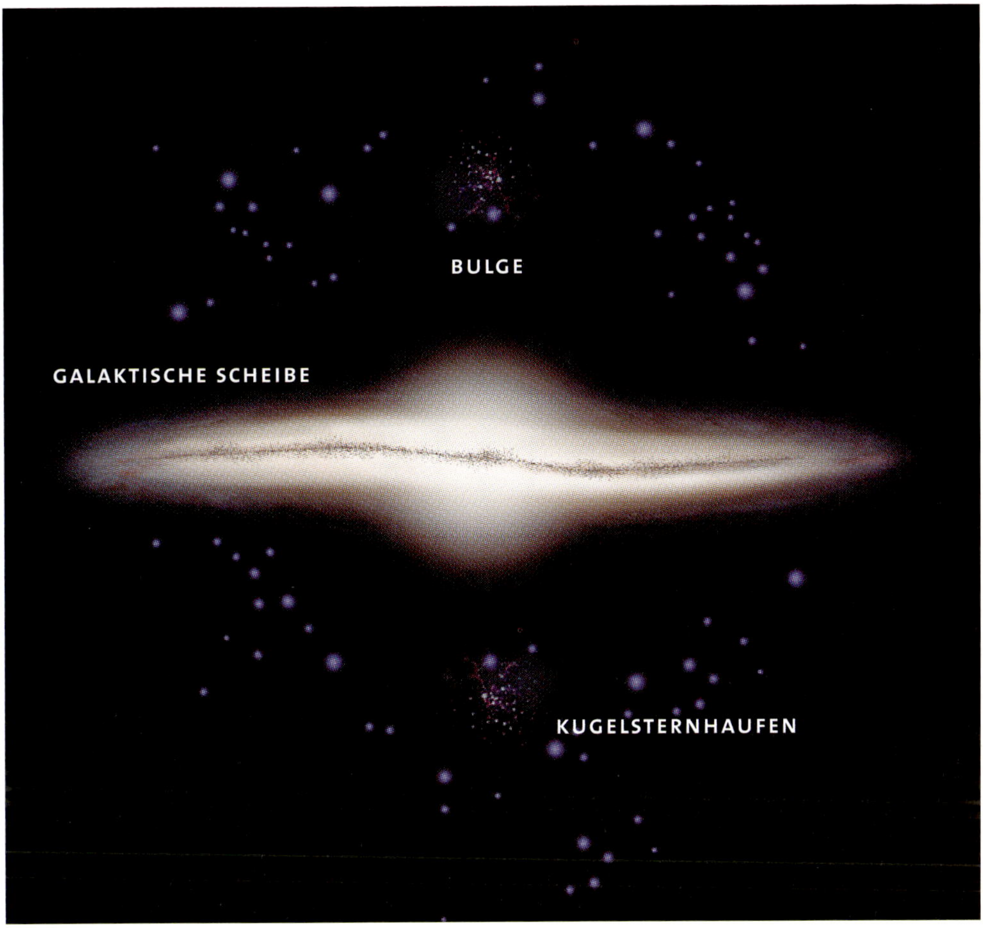

••• Aus dieser Perspektive gleicht das Milchstraßensystem einem Spiegelei in der Pfanne – lediglich 5000 Lichtjahre dick im zentralen Bereich und nach außen flach verlaufend.

vom hell leuchtenden Zentrum entfernt und nur 50 Lichtjahre nördlich der Hauptebene schwebt innerhalb dieses kosmischen Frisbees ein unscheinbares Lichtpünktchen, einer von 100 bis 200 Milliarden anderen Sternen: die Sonne.

Charakteristisches Merkmal der Galaxis sind mehrere Arme. Sie tragen meist die Namen jener Sternbilder, in denen wir sie am Firmament beobachten: Sagittarius- und Perseusarm, Norma- und Scutum-Crux-Arm, Drei-Kilo-Parsec-Arm und Äußerer Arm. Die unmittelbare kosmische Nachbarschaft der Erde erscheint als milchiges Band, als die Milchstraße eben. Die Arme stellen die Astronomen vor Rätsel: Trotz der Rotation der gesamten Galaxis (und aller anderen Spiralgalaxien) wickeln sie sich nicht auf, sondern bleiben über lange Zeit in Form. Dahinter stecken offenbar Stoßwellen, welche die Materie in den Armen verdichten und sich durch das gesamte System fortpflanzen wie ein Stau auf der Autobahn. Über die Ursache dieser Dichtewellen rätseln die Forscher allerdings noch.

Die Sonne mit ihren acht großen Planeten liegt inmitten des Orionarms. Umgeben ist das Milchstraßensystem vom galaktischen Halo mit Tausenden Kugelsternhaufen sowie einem sphärischen Bereich aus sehr dünnem Wasserstoffplasma. Die gesamte Welteninsel dreht sich gemächlich um ihre Achse. Am Ort der Sonne dauert ein Umlauf mit Tempo 220 (Kilometer pro Sekunde!) etwa 240 Millionen Jahre. Da unsere Sonne seit gut viereinhalb Milliarden Jahren lebt, hat sie den Kern der Galaxis zusammen mit dem gesamten Planetensystem bereits 19-mal umrundet. Welche Sterne oder Gasnebel mögen während dieser Reise wohl schon am irdischen Himmel aufgeleuchtet sein? Wir werden es nie erfahren.

• Das schwarze Loch im Feuerrad

Die Forscher interessiert etwas ganz anderes: die Frage nämlich, wie es im Kern der Galaxis aussieht. Dies herauszufinden kann doch gar nicht so schwer sein, könnte man meinen, die Astronomen müssen nur ihre großen Fernrohre auf den Mittelpunkt des Milchstraßensystems richten und nachschauen. Wenn das nur so einfach wäre! Wir haben gerade erfahren, dass der Blick im wahrsten Sinn vernebelt ist, weil ausgedehnte Gaswolken die Galaxis bevölkern. Viele von ihnen leuchten (wie der Orionnebel), viele bleiben aber auch schwarz. Diese Dunkelwolken sind besonders heimtückisch, da sie das Licht der hinter ihnen stehenden Sterne einfach verschlucken. Ein Astronom, der eine Dunkelwolke nicht bemerkt, glaubt, dass der Raum in der Beobachtungsrichtung sternenleer ist. Tatsächlich zeigt bereits ein Feldstecher in bestimmten Gebieten der Milchstraße solche scheinbaren Löcher im Firmament. Das Paradebeispiel für eine derartige Erscheinung lässt sich am Südhimmel ausmachen und heißt Kohlensack. Da es zwischen uns und dem Nabel der Milchstraße mehrere »Kohlensäcke« gibt, kommen dort die Forscher mit optischen Instrumenten nicht weiter. Radio- und Infrarotteleskope helfen, den Schleier um den Kern der Galaxis zu lüften. Wie also sieht ihr Zentrum aus? Um diese Frage zu beantworten, begeben wir uns auf den Cerro Paranal in den chilenischen Anden. Dort, 2635 Meter über Normalnull, steht das *Very Large Telescope* der Europäischen Südsternwarte (siehe Kapitel 3).

Der Raum liegt im Halbdunkel. Auf den Bildschirmen flimmern Zahlen und Kurven. Ähnlich wie Piloten in der Kanzel einer Düsenmaschine tauschen die Menschen vor den Monitoren routiniert Informationen aus, raunen sich gelegentlich Nummern oder Buchstabenkürzel zu. Hinter der Scheibe des Cockpits spähen unterdessen vier gigantische Spiegelteleskope zum Himmel und sammeln Licht von den entlegensten Winkeln des Weltalls. Seit Stunden überträgt eines der Fernrohre Infrarotbilder aus dem Herzen der Milchstraße auf den Beobachtungsmonitor. Weit nach Mitternacht reißt ein Ausruf des Erstaunens die Astronomen aus ihrem Alltag: »Was macht der Stern denn da!« Ein Lichtpunkt war aus dem Nichts aufgetaucht und wenig später spurlos verschwunden. Was hat das zu bedeuten? Bald steht fest: Die Wissenschaftler haben ein Massemonster bei seiner Mahlzeit ertappt!

Was sich wie der Beginn eines Science-Fiction-Films liest, ist Realität. Abgespielt hat sich die Szene am 9. Mai 2003 im Kontrollraum des *Very Large Telescope*. Die Helden: ein internationales Team von Astronomen um Reinhard Genzel vom Max-Planck-Institut für extraterrestrische Physik und – ein schwarzes Loch. Schon lang hegten die Wissenschaftler den Verdacht, dass eine solche Schwerkraftfalle in der Milchstraße sitzt. Dazu hatten sie sich immer stärker an deren Herz herangezoomt und in unmittelbarer Nähe einige sternähnliche Objekte entdeckt. Eines davon trägt den Namen Sagittarius A Stern (SgrA*), nach dem Sternbild Schütze (lateinisch: *sagittarius*), in dessen Richtung das Objekt liegt. SgrA* sendet Radiostrahlung aus. Die Astronomen halten die Quelle für das schwarze Loch.

Aber sind diese schwarzen Löcher nicht dunkel? Wir wissen schon, dass schwarze Löcher gefräßig sind. Beinahe wären wir selbst in eines hineingesaugt worden (siehe Kapitel 7). Und wir haben erfahren, dass Materie hell aufstrahlt, bevor sie in dem Schlund verschwindet. Und genau das haben die Forscher am 9. Mai 2003 beobachtet: Bei dem Lichtpunkt, der auf dem Monitor aufgeflackert war, handelte es sich um einen sogenannten Infrarotflare. Er stammte von Gas, das auf einer Spiralbahn in das schwarze Loch strudelte.

In der nur wenige Lichtstunden kleinen Region herrschen chaotische Verhältnisse, ähnlich wie in irdischen Gewittern oder Strahlungsausbrüchen auf der Sonne. Tatsächlich flackerte das Infrarotlicht innerhalb weniger Minuten. Zwei andere beobachtete Ausbrüche zeigten eine 17-minütige Periode. Offenbar rotiert das schwarze Loch auch noch. Und die Astronomen haben ein weiteres Indiz für die Existenz des Massemonsters gefunden: einen Stern, der sich der Quelle SgrA* bis auf etwa 17 Lichtstunden oder der dreifachen Distanz zwischen Neptun und Sonne nähert. S2, so heißt der Stern, läuft auf einer stark in die Länge gezogenen, eiförmigen Bahn mit einer maximalen Geschwindigkeit von 29 Millionen Kilometern pro Stunde. Für eine Runde benötigt er 15 Jahre. So, wie die Forscher etwa die Masse des Planeten Jupiter aus der Bewegung eines seiner Monde bestimmen, können sie daraus auf die im Zentrum der Galaxis verborgene Masse schließen. Das Ergebnis: Nicht weniger als dreieinhalb Millionen Sonnenmassen konzentrieren sich in einem Bereich von der Größe unseres Planetensystems. Das schwarze Loch ist wahrlich ein Monster.

• Der Katalog des Kometenfrettchens

»Verdammt! Wieder kein Komet!« Charles Messier fluchte leise vor sich hin und presste die Lippen zusammen. Sein Meister, Joseph-Nicolas Delisle (1685 bis 1768), würde auf ihn einmal mehr nicht gut zu sprechen sein. Denn der berühmte Astronom war eigensinnig und störrisch geworden. Vor Kurzem hatte er die Bahn des Halleyschen Kometen falsch berechnet. Daher hatte nicht sein Beobachtungsgehilfe Messier den Kometen entdeckt, sondern, und das brachte Delisle zum Kochen, ausgerechnet ein Bauer und Amateurastronom namens Johann Georg Palitzsch. Glücklicherweise trat der alte Herr bald in Ruhestand. Und Charles Messier (1730 bis 1817) wurde sein Nachfolger als Direktor des Marineobservatoriums in Paris. Der kleine Mann muss ein komischer Kauz gewesen sein. König Ludwig XV. nannte ihn sein »Kometenfrettchen«, weil er sich auf die Beobachtung von Kometen spezialisiert hatte.

Zu Messier passt auch, dass er, in Gedanken verloren, einmal während eines Spaziergangs ein offen stehendes Eisentor für den Eingang zu einer Grotte hielt, forsch drauflosmarschierte – und sieben Meter tief in einen Eiskeller stürzte. Doch ein solches Missgeschick brachte den Forscher nicht aus der Ruhe. Als er nach einem Jahr aus dem Krankenhaus entlassen wurde, hielt er weiterhin beharrlich nach Haarsternen Ausschau und ärgerte sich grün und blau, wenn der vermeintlich neue Komet ein Nebel war, der schon immer da gestanden hatte. Um seine Nerven zu schonen, begann Messier damit, alle möglichen Wölkchen aufzulisten. So entstand ein Katalog mit rund 100 Objekten. Nach dem Anfangsbuchstaben des Verfassernamens erhielt jedes eine »M«-Nummer.

Heute ist der Messier-Katalog eine Fundgrube für Amateurastronomen, die sich zum Beispiel M 42 (Orionnebel), M 57 (Ringnebel in der Leier), M 13 (Kugelsternhaufen im Herkules), M 45 (Plejaden) oder M 31 (Andromedagalaxie) anschauen wollen. In einem kleinen Fernrohr sehen all diese Objekte ähnlich verwaschen aus. Doch im großen Teleskop springen die Unterschiede ins Auge. Tatsächlich gehören zum Beispiel M 13 und M 31 völlig verschiedenen Klassen an. Messier war sich dessen jedoch kaum bewusst. Sein Kollege Wilhelm Herschel nahm mit seinen Fernrohrriesen die unterschiedlichen Formen dagegen sehr wohl wahr. Dennoch würde er staunen, wüsste er, was die Astronomen des 20. Jahrhunderts über die Nebel herausgefunden haben und was heute selbst Amateure mit ihren modernen Instrumenten so alles sehen und fotografieren.

• Schneebälle und Elefantenrüssel

Willst du mich auf einer kleinen Reise durch die Tiefen des Universums begleiten? Dann folge mir in meine Sternwarte auf dem Land! Die Herbstnacht verspricht klar zu werden, die Luft ruhig. Weder der Mond noch eine Straßenlampe stören hier draußen die Beobachtung. Dann kann es losgehen. Die erste Station liegt in der Konstellation Herkules und heißt M 13. Nachdem sich unsere Augen an die Dunkelheit gewöhnt haben, sehen wir einen Schneeball aus scheinbar Tausenden von Sternen. Im Zentrum zerfließen sie zu einer gleichförmigen, hellen Masse. Aber den Rand des Balls löst das Fernrohr deutlich in viele einzelne Lichtpünktchen auf. Kein Wunder, dass Objekte wie M 13 als Kugelsternhaufen bezeichnet werden. Etwa 200 kennen die Astronomen bisher. Die Forscher wissen, dass sie zu den betagten Gesellen im Universum zählen und durchschnittlich an die 12 Milliarden Jahre alt sind. Der Anblick im Teleskop täuscht nicht. In der Tat stehen bis zu einige Millionen Sterne auf engstem Raum zusammen. Wäre unsere Sonne Mitglied eines Kugelhaufens, dann wäre der irdische Nachthimmel gleichmäßig mit hellen Sternen übersät. Während wir M 13 in Ruhe mustern, blicken wir 25 000 Jahre in die Vergangenheit zurück, denn der Kugelsternhaufen ist 25 000 Lichtjahre von der Erde entfernt. Wie seine Artgenossen hält er sich in einem Bereich auf, der das Zentrum unserer Milchstraße wie eine Kugel umhüllt: im galaktischen Halo.

Die nächste Station schimmert am östlichen Firmament. Wir kennen sie schon von einer unserer früheren Exkursionen. Damals waren uns im Sternbild Stier die Sterne der Plejaden (M 45) mit dem bloßen Auge aufgefallen. Mittlerweile haben wir das im Volksmund Siebengestirn genannte Objekt im Feldstecher angesehen. Aber der Anblick im großen Fernrohr schlägt alles: Dutzende von Sternen, eingebettet in einen hauchdünnen, bläulich schimmernden Nebel. Die Plejaden wurden vor nur 50 Millionen Jahren geboren. Offene Sternhaufen wie M 45 gehören demnach zu den jüngsten Objekten im Kosmos. Im Gegensatz zu den Kugelsternhaufen zählen sie im Durchschnitt nur einige Hundert Mitglieder. Die Kataloge der Astronomen verzeichnen heute um die 1000 offene Sternhaufen.

Werfen wir noch einen letzten Blick auf die funkelnde Pracht der Plejaden und visieren dann den Ringnebel M 57 in der Leier an. Dieses Rauchringlein haben wir ebenfalls schon einmal angesehen. Wir wissen, dass es in die Klasse der planetarischen Nebel (etwa 1100 sind bekannt) gehört und erinnern uns sogleich an den Lebenslauf eines sonnenähnlichen Sterns, von dessen Ende M 57 zeugt. In die Abteilung »Tod der Sterne« gehört auch das erste Wölkchen, das Messier in seiner Liste verzeichnet hat: M 1 im Stier. Nachdem es bereits weit nach Mitternacht geworden ist, steht dieser Supernova-Überrest jetzt am Herbsthimmel in relativ günstiger Beobachtungsposition. Während wir den Krabbennebel betrachten, fällt uns die Geschichte von den Chinesen ein, die den explodierten Stern sahen, und wir erinnern uns an Jocelyn Bell, die Pulsare und den Leuchtturm der grünen Männchen …

Zum Schluss unseres Streifzugs durch das All sollten wir zwei weitere Sehenswürdigkeiten nicht vernachlässigen. Da ist zunächst unser alter Bekannter, der Orionnebel. Den in kräftigem Rot glänzenden inneren Teil der Wolke umgeben blassblaue Gasschleier. In das bizarre Gebilde eingebettet ist ein markantes Trapez. Bei den Lichtpünktchen, die es bilden, handelt es sich um erst wenige Jahrhunderttausende alte Sonnenbabys. Der Orionnebel ist nichts anderes als eine 1700 Lichtjahre entfernte Sternkinderstube. Die Strahlung der Neugeborenen regt das überwiegend aus Wasserstoff bestehende Gas zum Leuchten an und macht aus M 42 einen typischen Emissionsnebel. Aber weil sich in der Wolke auch Staubteilchen verstecken und diese das Licht nur reflektieren wie eine weiße Wand die Sonnenstrahlen, gehört M 42 gleichzeitig zu den Reflexionsnebeln. Außerdem zerfurchen dichte Materieschläuche das Objekt. Die Astronomen nennen sie »Elefantenrüssel«; in der Milchstraße haben wir solche schwarzen Zirren als Dunkelwolken kennengelernt. Mit bloßem Auge sehen wir am Firmament übrigens nur die innerste Region des Orionnebels. In Wirklichkeit erstreckt er sich über eine Fläche von drei Dutzend Vollmonden!

Emissions- und Reflexionsnebel sowie Dunkelwolken sind verschiedene Erscheinungsformen der interstellaren Materie und beweisen eindrucksvoll, dass der Raum zwischen den Sternen keineswegs leer ist. Aber Vorsicht, mit irdischen Maßstäben dürfen wir das Weltall nicht messen! So könnte man meinen, in einem solchen Nebel würde man die eigene Hand vor Augen nicht sehen. Aber wegen seiner astronomischen Entfernung und Größe erscheint er nur so dicht und kompakt. Und ob man es glauben mag oder nicht: Die Luftmenge, die sich auf der Erde in einer leeren Literflasche befindet, würde im Universum eine Kugel von 1000 Kilometer Durchmesser füllen!

Nun schwenken wir das Teleskop zum letzten Mal über den Himmel, bis es fast senkrecht nach oben zeigt. Hoch über unseren Köpfen glimmt ein diffuses Fleckchen, das sich im Okular als weiße Spindel von beachtlicher Ausdehnung zu erkennen gibt. Der persische Astronom Sufi hat den Andromedanebel im Jahr 964 in seinem Sternkatalog verzeichnet. Charles Messier gab ihm die Bezeichnung M 31, Wilhelm Herschel und der englische Adelige und Amateurastronom Earl of Rosse widmeten ihm große Aufmerksamkeit. Dieses Objekt ist etwas ganz Besonderes. Bis ins 20. Jahrhundert hinein hielt es die Forscher zum Narren. Denn lange Zeit wussten sie gar nicht, was sie da eigentlich beobachteten. Das sollten wir bedenken, wenn wir heute wie selbstverständlich sagen: »Der Andromedanebel ist eine fremde Milchstraße, eine Spiralgalaxie in zweieinhalb Millionen Lichtjahren Entfernung.« Mit dem Andromedanebel verlassen wir unser Sternsystem und betreten den intergalaktischen Raum.

▲••• In Kugelsternhaufen drängen sich auf engstem Raum bis zu einige Millionen Sonnen. M 13 im Herkules gehört zu den prächtigsten Vertretern.

▼••• Ein zarter Schleier aus Gas umhüllt die Plejaden. Der berühmte offene Sternhaufen zeigt sich als Siebengestirn in einer klaren Winternacht dem bloßem Auge.

• Im Reich der Galaxien

Das menschliche Auge ist ein fantastisches Organ. Im Alltag funktioniert es perfekt. Nur bei bestimmten Spezialaufgaben stößt es, wie jedes andere optische Gerät auch, an seine Grenzen. Licht von schwachen Objekten etwa vermag es nicht zu sammeln oder zu verstärken. So erfanden die Menschen das Fernrohr und verbesserten es im Lauf der Jahrhunderte immer mehr. Im 19. Jahrhundert hielt die Fotografie Einzug in die Astronomie und schob den Horizont weiter hinaus. Das Gespann Fernrohr/Kamera erwies sich für die Beobachtung schwacher Nebel als unschlagbar (vergleiche die Kapitel 3 und 6). Das galt im besonderen Maße für die Lichtkanone auf dem Mount Wilson, einem Spiegelteleskop mit zweieinhalb Metern Öffnung. Im Jahr 1919 ging es auf dem 1740 Meter hohen Berg in Südkalifornien in Betrieb. Nahezu drei Jahrzehnte blieb es das größte astronomische Auge der Welt.

Der Mann, der mit seiner Hilfe das Rätsel des Andromedanebels lösen sollte, war 1,88 Meter groß, erfolgreicher Schwergewichtsboxer und Inhaber einer Anwaltskanzlei. Aber irgendwann machte Edwin Hubble (1889 bis 1953) das Wälzen von Gesetzbüchern und Paragrafen keinen Spaß mehr. Er studierte die Wissenschaft von den Sternen und ging als Astronom an das Mount-Wilson-Observatorium. Warum sich Hubble mit so viel Eifer gerade auf die Andromedagalaxie stürzte, lässt sich einfach erklären. Erstens diskutierten die Astronomen damals heftig über die Frage, ob das Objekt eine eigene Welteninsel ist oder ein Nebel innerhalb der Milchstraße; zweitens erschien das Zweieinhalb-Meter-Teleskop ideal dafür geeignet, dieses Problem zu klären; und drittens würde derjenige, der die Lösung fand, in die Geschichte der Himmelskunde eingehen. Den Schlüssel zur Wahrheit konnte allerdings nur der in Händen halten, der den Abstand zum Andromedanebel bestimmte. Aber wie sollte das gelingen? Die Parallaxenmessung, nach deren Prinzip Friedrich Wilhelm Bessel erstmals die Distanz zu einem Fixstern bestimmt hatte, versagte. Demnach blieb lediglich die Suche nach den Cepheiden, jenen wunderbaren Sternen, deren periodische Helligkeitsschwankungen indirekt die Entfernung verraten (siehe Kapitel 6). Nach ihnen musste der ehrgeizige Hubble Ausschau halten.

Der junge Astronom beobachtete und fotografierte wie ein Besessener und hatte schließlich Erfolg: »Sie werden sich freuen zu hören, dass ich im Andromedanebel einen Cepheiden gefunden habe«, schrieb Edwin Hubble am 19. Februar 1924 an seinen Kollegen Harlow Shapley (1885 bis 1972). Shapley freute sich natürlich nicht! Hatte der Astronom doch jahrelang felsenfest behauptet, sämtliche elliptischen und spiralförmigen Nebel gehörten zur Milchstraße. Darüber hinaus hielt Shapley die Galaxis für das einzige Sternsystem und damit für den Mittelpunkt des Universums. Auf einen Schlag war seine schöne Theorie zerplatzt wie eine Seifenblase. Aber so ist das in der Wissenschaft nun einmal. Mit seiner Entdeckung zog Edwin Hubble nicht nur einen Schlussstrich unter die Debatte um die Welteninseln. Er gab dem Kosmos auch eine neue Dimension: Nach seinen Berechnungen war die Andromedagalaxie nämlich nicht weniger als eine Million Lichtjahre entfernt. Aufgrund eines prinzipiellen Fehlers musste diese Entfernung – wie die aller anderen Galaxien – im Jahr 1952 verdoppelt werden. Nach weiteren Korrekturen rückte unser Nachbar schließlich in zweieinhalb Millionen Lichtjahre Distanz.

• Zeitmaschine zu fernen Milchstraßen

Der ehemalige Rechtsanwalt Hubble brachte einen Stein ins Rollen. Überall auf den großen Sternwarten reisten die Astronomen jetzt mit ihren Zeitmaschinen ins All. Warum Zeitmaschinen? Ganz einfach. Die Milchstraßensysteme besitzen gewaltige Entfernungen zur Erde. Nur etwa drei Dutzend von ihnen stehen sozusagen vor der Haustür: Sie gehören, wie unsere Galaxis, zur lokalen Galaxiengruppe. Die nächstgelegenen, auffälligen Mitglieder dieses Haufens, die Große und die Kleine Magellansche Wolke, trennen rund 165 000 Lichtjahre von uns. Als ihr Licht auf die Reise ging, jagten Urmenschen auf der Erde Mammuts. Umgekehrt blicken wir in die Vergangenheit ferner Objekte zurück. Im ersten Kapitel haben wir den Grund für diesen Zeitmaschinen-Effekt kennengelernt. Das Licht, der einzige Bote, der aus den Tiefen des Kosmos zu uns gelangt, ist mit einer Geschwindigkeit von 300 000 Kilometern in der Sekunde unterwegs. In einem Jahr legt es 9,46 Billionen Kilometer zurück. Daher sind die Nachrichten, die uns vom 24 Trillionen Kilometer (eine 24 mit 18 Nullen) entfernten Andromedanebel erreichen, stets zweieinhalb Millionen Jahre alt.

In den 1920er- und 1930er-Jahren beschäftigten sich die Himmelsforscher sehr intensiv mit den Galaxien. Den »Sternastronomen« vergleichbar, versuchten auch die »Galaxienastronomen« Ordnung in die

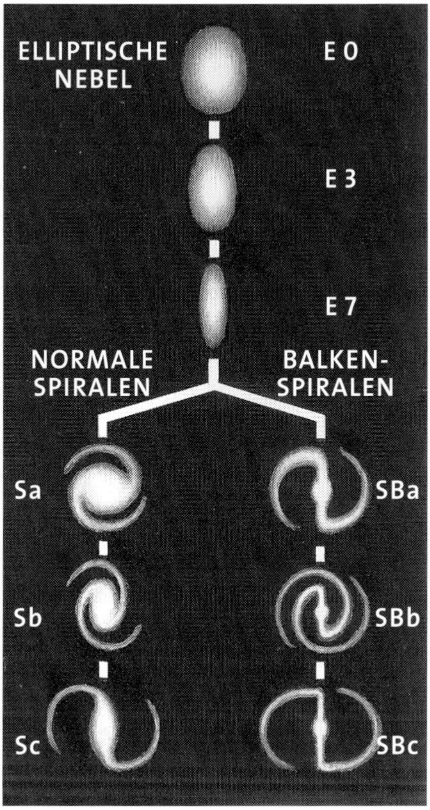

••• Der amerikanische Astronom Edwin Hubble brachte Ordnung in die Formenvielfalt der Milchstraßen. Sein »Zoo« umfasst elliptische Galaxien, Spiral- und Balkengalaxien sowie irreguläre Sternsysteme.

Welt zu bringen. Allerdings ließen sich die Nebel nicht nach Farben unterscheiden wie die Sterne. Und die Einteilung in Leuchtkraftklassen erschien ebenfalls wenig ergiebig. Aber im Gegensatz zu den winzigen Pünktchen der Sterne traten die Galaxien in allen möglichen Gestalten auf. Da gab es große und kleine, runde und ovale, wohlgeformte und unregelmäßige. Edwin Hubble selbst ordnete die Vielfalt der Spindeln und Spiralen, Kreise und Ellipsen. Sein Galaxienzoo wurde im Lauf der Zeit zwar gelegentlich umgebaut, aber der Grundriss gilt noch heute. Er sieht folgendermaßen aus:

Zu den großen Tieren gehören die elliptischen Galaxien. E0 steht für kugelige, E7 für längliche Nebel. E1 bis E6 bezeichnen Zwischenstufen. In dieser Klasse lässt sich jedes siebente Sternsystem unterbringen. Die elliptischen Galaxien scheinen recht alt zu sein und enthalten kaum Gas- oder Staubwolken, aus denen neue Sterne geboren werden könnten. Mehr als die Hälfte aller bekannten Galaxien treten als Spiralen auf.

••• Mehr als eine Billion Sterne enthält die elliptische Riesengalaxie M 87.

••• Die Galaxie M 83 zählt zu den schönsten Spiralen am südlichen Himmel, ist aber auch von unseren Breiten aus zu sehen und ähnelt unserem Milchstraßensystem.

An den entgegengesetzten Seiten eines relativ kleinen, runden Kerns winden sich zwei Spiralarme nach außen. Jenen Systemen, deren Arme eng gewickelt sind, gab Hubble die Bezeichnung Sa, die mit den weniger dichten Armen erhielten den Namen Sb; in diese Kategorie fallen die Andromedagalaxie und auch unsere eigene Milchstraße. Die weit geöffneten Spiralen heißen Sc.

••• Mit weit geöffneten Armen präsentiert sich die Balkengalaxie NGC 1365.

Bei jeder neunten Galaxie steht eine Zigarre im Mittelpunkt: In einem zigarrenförmigen Bereich um das Zentrum gruppieren sich besonders viele Sterne und interstellare Wolken. Aus diesem Grund taufte Hubble solche Spiralsysteme Balkengalaxien.

Schließlich fanden die Astronomen bei ihren Streifzügen zu den Galaxien auch einige Sonderlinge, die sich beim besten Willen in keines der drei genannten Schemen pressen ließen. Sie machten der Bezeichnung Nebel alle Ehre und wurden kurzerhand irreguläre Galaxien genannt. Zwei dieser Außenseiter sind uns schon vertraut: die Große und die Kleine Magellansche Wolke.

• »Achtung, Kannibalen!«

Als die Forscher den Galaxienzoo in den vergangenen Jahren renovierten, haben sie ihn außerdem um ein kleines Gehege erweitert. »Achtung, Kannibalen!«, warnt ein Schild. Damals, als wir an Bord des Raumschiffs *Intergalaxos* eine Reise durch das Weltall bis zur Erde unternommen haben, sind uns die Galaxien als Irrlichter erschienen. Außerdem haben wir bemerkt, dass nur ganz wenige als einsame Schiffchen im weiten Ozean des Kosmos treiben. Die meisten segeln wie die Teilnehmer einer Regatta durch das Universum. Dass die Sternsysteme bevorzugt in Galaxienhaufen auftreten, hatte ein Astronom schon in der Mitte des 19. Jahrhunderts bemerkt. Jeder Amateurastronom kann sich heute mit eigenen Augen davon überzeugen. Er muss dazu sein Fernrohr, 15 Zentimeter Durchmesser sollte die Optik allerdings schon besitzen, in einer klaren, mondlosen Nacht auf eine Region im nordwestlichen Teil des Sternbildes Jungfrau (*Virgo*) richten. Im Gesichtsfeld zeigt sich dem geschulten Auge dann mindestens ein Nebelfleckchen. Bewegt man das Teleskop in kleinen Etappen über den Himmel, tauchen immer neue Wölkchen auf, manchmal bis zu drei oder vier gleichzeitig.

Alle gehören sie zum Virgohaufen. Er braucht sich nicht zu verstecken, denn Fachleute schätzen die Zahl der Boote, die sich an dieser Regatta beteiligen, auf einige Tausend. Da müssen die einzelnen Teilnehmer höllisch aufpassen, dass sie nicht zusammenstoßen. Aber gelegentlich passiert es eben doch, zumal sich die Systeme auf komplizierten Bahnen um den Schwerpunkt des Haufens bewegen: Geraten erst einmal zwei Galaxien auf Kollisionskurs, hält sie nichts mehr auf. Sie steuern unauf-

••• Einige Tausend Sternsysteme gehören zum Virgogalaxienhaufen im Sternbild Jungfrau. Das Foto zeigt einen kleinen Ausschnitt.

haltsam aufeinander zu und beginnen, sich auf immer engeren Bahnen zu umtanzen. Schließlich kommt es zum Crash. Dabei bleiben die Sterne allerdings heil. Das mag erstaunen, die Erklärung ist jedoch einfach: Zwar enthält eine Galaxie im Durchschnitt um die 100 bis 200 Milliarden Sterne. So viele Reiskörner passen in das Schiff einer großen Kirche. Aber sie stehen sehr weiträumig verteilt, eine Handvoll Reiskörner ausgestreut über ganz Europa! Vielmehr trifft es bei einem Galaxiencrash die interstellaren Materiewolken. Sie werden durchgeknetet wie ein Hefeteig.

Nun kommt es darauf an, wer die größere Masse besitzt. Um ein Schlauchboot, das mit einem Ozeanriesen zusammenstößt, ist es schnell geschehen. Und so endet die Begegnung zwischen einer Riesen- und einer Zwerggalaxie für Letztere ausgesprochen unerfreulich. Sie bleibt im Innern des Unfallgegners stecken und wird von ihm förmlich aufgefressen. Während der Ozeanriese weiter seine Kreise zieht, ist das Schlauchboot von der Bildfläche verschwunden. So ergeht es momentan der rund 25 000 Lichtjahre von uns entfernten Canis-Major-Zwerggalaxie im Sternbild Großer Hund: Sie sitzt in unserem Milchstraßensystem fest und wird gerade von ihm zerrupft. Die Galaxis ist ebenfalls ein Kannibale!

Im Zentrum vieler Haufen stehen fette Galaxien. Einige von ihnen scheinen sich ganz auf das Verspeisen ihrer Artgenossen spezialisiert zu haben. Kehren wir noch einen Moment in die Konstellation Jungfrau zurück. Da wir nur relativ wenige Schiffe mit leuchtenden Segeln (sprich: scheinbar helle Sternsysteme) sehen, muss dieser Galaxienhaufen weit entfernt sein. Tatsächlich ist sein Abstand 30-mal größer als der zum Andromedanebel, beträgt also 70 Millionen Lichtjahre. Trotzdem gehört die Virgoregatta zu jenen Sehenswürdigkeiten, die nur einen Katzensprung von uns entfernt sind. Die Astronomen haben den gesamten Himmel nach Galaxienhaufen abgesucht. Die meisten verraten sich erst auf lang belichteten Aufnahmen großer Teleskope. Ihre Zahl geht in die Tausende. Ihre Abstände betragen hundert Millionen bis zu einigen Milliarden Lichtjahren. Eine Milliarde Lichtjahre entspricht der Strecke von fast zehn Trilliarden Kilometern (eine Eins mit 22 Nullen). Ein Düsenjet, der mit 1000 Stundenkilometern unterwegs ist, bräuchte für diese Distanz mehr als eine Billiarde Jahre. Natürlich kann man solche Entfernungen, die unsere Vorstellungskraft sprengen, nicht auf das Lichtjahr genau messen. Dennoch gibt es eine recht zuverlässige Methode. Sie funktioniert mit dem Dopplereffekt.

• Auf der Flucht

Die Wissenschaftler hatten das Licht vieler Sternsysteme in Spektren zerlegt und darin alle möglichen dunklen Striche gefunden. Doch irgendetwas stimmte nicht! Die Fraunhoferschen Linien standen niemals dort, wo sie eigentlich hingehörten. Stets waren sie ein wenig verschoben, bei manchen Galaxien zu kürzeren, bei anderen zu längeren Wellenlängen. Die Forscher überraschte das allerdings nicht, denn sie wussten, warum das so war. Schließlich hatte der österreichische Physiker Christian Doppler (1803 bis 1853) diesen Effekt genau beschrieben. Jedoch nicht speziell für Galaxien, sondern für Lichtwellen allgemein. Ja, er gilt auch für den Schall. Mit ihm hatte Doppler experimentiert. Jeder kann sich übrigens von der Entdeckung des Physikers mit eigenen Ohren überzeugen.

Neben jeder Straße oder Autobahn ist das Experiment möglich, man muss nur einmal auf die Motorengeräusche der vorbeifahrenden Fahrzeuge achten: Von fern kommt gerade ein Sportwagen herangebraust. Das Motorengeräusch wird allmählich lauter, der Ton immer höher. Im nächsten Moment ist der Wagen an uns vorbeigebraust, augenblicklich klingt der Ton tiefer. Warum hat sich die Tonhöhe des Motors geändert? Als sich der Sportwagen mit hoher Geschwindigkeit näherte, wurden die Schallwellen zusammengepresst und dabei wurde ihre Wellenlänge verkürzt. Eine kurze Wellenlänge, also viele Schwingungen in der Sekunde, entspricht aber einem hohen Ton. Als sich das Auto wieder entfernte, dehnten sich die Wellen in die Länge und erzeugten einen tiefen Klang. So erklärte es Christian Doppler im Jahr 1845. Er stellte sich natürlich nicht an die Autobahn, sondern neben ein Bahngleis und ließ auf einem offenen Waggon einen Trompeter an sich vorbeifahren, der dabei ständig denselben Ton blasen musste.

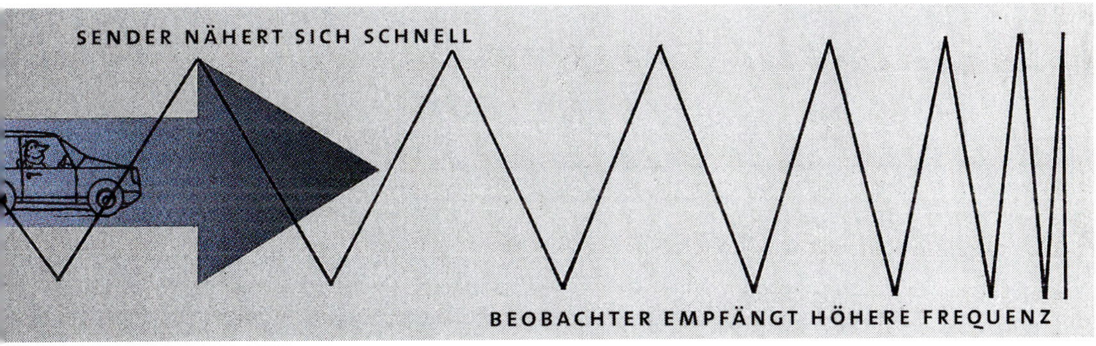

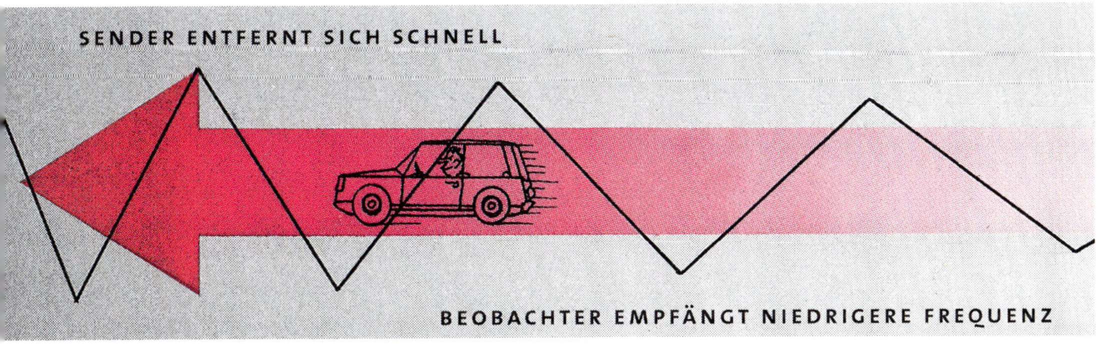

••• Braust ein Auto auf einen ruhenden Beobachter zu, steigt die Tonhöhe des Motors stetig an: Die Schallwellen werden gestaucht. Hat der Wagen den Beobachter passiert, sinkt die Tonhöhe: Die Schallwellen werden gedehnt. Das ist der Dopplereffekt.

Diesem Dopplereffekt folgt nicht nur der Schall, sondern auch die elektromagnetische Strahlung. Nun gibt es zwar kein hohes oder tiefes Licht, dafür aber blaues (kurzwelliges) und rotes (langwelliges). Kommt auf einen unbeweglichen Beobachter mit hoher Geschwindigkeit eine Lichtquelle zu, erscheint ihr Spektrum blau gefärbt. Die Forscher nennen das Blauverschiebung. Entfernt sie sich ebenso schnell wieder, leuchtet der Regenbogen rötlich. Das ist die Rotverschiebung. Dieses Farbenspiel erkennt man jedoch nur bei astronomisch hohen Geschwindigkeiten. So waren die Wissenschaftler verblüfft, dass einige Galaxien mit mehr als sechs Millionen Kilometern pro Stunde davonrasen, während der Andromedanebel mit Tempo eine Million auf die Milchstraße zusteuert. Und tatsächlich wird es in ungefähr fünf Milliarden Jahren zu einem Zusammenstoß mit dem Nachbarn kommen!

Das Messen von Galaxien-Geschwindigkeiten aus Spektren machte den Astronomen großen Spaß. Als einer der Eifrigsten auf diesem Gebiet erwies sich wieder einmal Edwin Hubble. Irgendwie besaß der Mann stets den richtigen Riecher für das Ungewöhnliche. Denn im Jahr 1929 überraschte er seine Kollegen mit einer Meldung, die – ebenso einfach wie sensationell – lautete: Je weiter eine Galaxie entfernt ist, mit umso größerer Geschwindigkeit rast sie davon. Auf dem Bild rechts oben ist der Zusammenhang gut zu erkennen. Die senkrechte Achse gibt die Fluchtgeschwindigkeit an, die waagrechte die Distanz. Die Punkte im Diagramm stellen einzelne Milchstraßen dar. Deren Fluchtgeschwindigkeit bestimmte Hubble aus den Spektren, die Entfernungen anhand von Cepheiden-Sternen. Seitdem haben die Astronomen die von Hubble gefundene Beziehung einige Male korrigiert. Aber das soll uns nicht stören. Wichtiger ist der prinzipielle praktische Nutzen. Hat ein Wissenschaftler aus der Rotverschiebung die Fluchtgeschwindigkeit einer Galaxie abgelesen, liefert ihm das Hubble-Diagramm sofort die dazugehörige Entfernung. Eine wunderbare Sache.

Die Astronomen waren 1929 aber noch aus einem anderen Grund sprachlos. Hubble hatte entdeckt, dass das Weltall auseinanderfliegt. Dabei sieht es so aus, als würden alle Nebel vor unserer Galaxis fliehen – mit Ausnahme jener, die zur lokalen Gruppe gehören. Befinden wir uns also doch im Mittelpunkt des Universums? Nein, der Schein trügt! Stell dir vor, das Klassenzimmer, in dem du dich aufhältst, beginnt plötzlich, sich um das Doppelte zu vergrößern. Dabei nimmt es die Stühle, auf denen die anderen Schüler sitzen, mit. Alle Stühle bewegen sich von mir

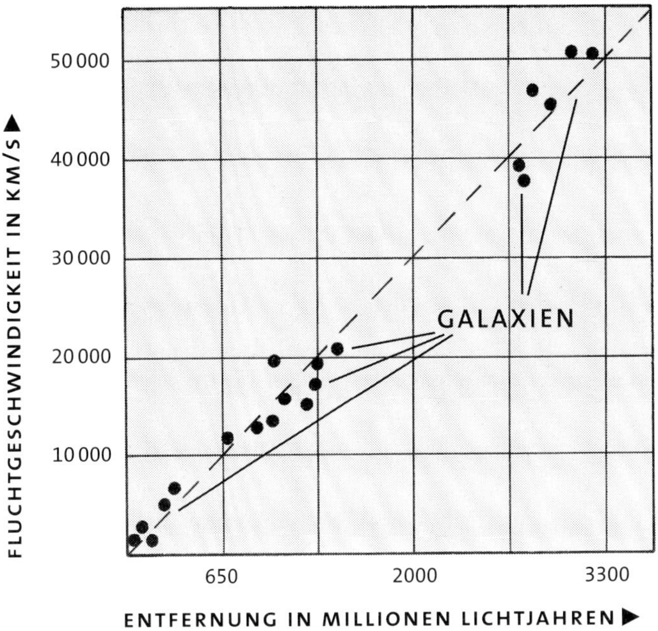

••• Edwin Hubble entdeckte, dass das Weltall expandiert. Das Hubble-Diagramm macht diesen Zusammenhang deutlich: Je weiter eine Galaxie entfernt ist, mit umso größerer Geschwindigkeit rast sie scheinbar davon.

fort, wirst du denken und bei näherem Hinsehen noch eine zweite Entdeckung machen: Dein Nachbar legt nur relativ langsam ein kleines Stückchen zurück, während Schüler in mehreren Metern Entfernung in derselben Zeit eine größere Strecke schneller bewältigen müssen, um mit der Ausdehnung des Klassenzimmers Schritt zu halten. Im Weltraum geht es genauso zu. Die Stühle sind dabei die Galaxien.

Neben diesen Bewegungen haben die Astronomen noch anderes herausgefunden. So scheinen sich die Galaxienhaufen zu größeren Strukturen zusammenzuschließen, zu Superhaufen. Auch die lokale Gruppe mit ihren drei Dutzend Mitgliedern – die beiden prominentesten sind unser Milchstraßensystem und der Andromedanebel – scheint gemeinsam mit dem Virgohaufen einem Superhaufen anzugehören. Solche gewaltigen Verbände sehen nicht etwa kugelförmig oder elliptisch aus, sondern reihen sich aneinander, bilden lange Ketten und ordnen sich dabei so an, als umhüllten sie die Wände von gigantischen Seifenblasen. Der kosmische Ozean gleicht einem Schaumbad.

Vor einigen Jahren haben die Forscher etwas Geheimnisvolles entdeckt: den Großen Attraktor. Seine Anziehungskraft ist unwiderstehlich. Mit einer Geschwindigkeit von rund 2,3 Millionen Kilometern pro Stunde rast unsere Galaxis auf ihn zu. Er sitzt irgendwo in Richtung des Sternbilds Centaurus, zwischen 150 und 200 Millionen Lichtjahre entfernt. Was nach Science-Fiction klingt, ist doch reale Wissenschaft. Die Geschichte des Großen Attraktors beginnt Ende der 1980er-Jahre. Damals untersuchten sieben Astronomen (in Fachkreisen bald als die »sieben Samurai« bekannt) die Verteilung von Galaxien im Universum. Die Forscher fanden heraus, dass sich viele Galaxien schneller bewegen, als man es aufgrund der allgemeinen Ausdehnung des Weltalls erwarten würde. Auch die Galaxis überschreitet das Tempolimit und steuert auf das Zentrum des sogenannten lokalen Superhaufens zu, einer Ansammlung von vielen Sternsystemen mit gewaltigem Gravitationssog. Doch der lokale Superhaufen scheint seinerseits an eine Schwerkraftfessel gebunden zu sein. Tatsächlich liegt in Richtung seines Fluchtpunkts der Hydra-Centaurus-Superhaufen – und fliegt selbst auf eine rätselhafte Masse zu: den Großen Attraktor.

Ist der große Unbekannte eine Wand aus unzähligen Galaxien, ein »Super-Superhaufen«? Oder lauert in den Tiefen des Alls ein ungeheurer Ball aus unsichtbarer Materie? Leider versperren dichte Gas- und Staubwolken unserer Heimatgalaxie den Blick in diese Raumregion. Mit Röntgenteleskopen haben Forscher den Staubschleier gelüftet und dahinter weniger Galaxien entdeckt als erwartet. Wo also liegt der Große Attraktor? Spielt etwa der 500 Millionen Lichtjahre entfernte Shapley-Superhaufen eine Rolle? Fest steht nur: Der Große Attraktor bleibt für Astronomen attraktiv.

• Energiemonster, die es in sich haben

Wenn wir zum Himmel aufblicken, sehen wir nur das, was für das menschliche Auge erkennbar ist. Wir wissen inzwischen, dass unsere Augen ebenso wie gewöhnliche Fernrohre lediglich einen winzigen Ausschnitt aus dem elektromagnetischen Spektrum wahrnehmen. Als die Astronomen in den 1950er-Jahren Radioteleskope einsetzten, tat sich ein neuer Himmel auf. So erwiesen sich bereits bekannte Sternsysteme als extrem starke Radiostrahler. Daher erhielten sie den Namen Radiogalaxien. Die Experten spürten aber auch andere Quellen auf, die sich ebenfalls mit sichtbaren Objekten identifizieren ließen. Diese ähnelten jedoch keinen Galaxien, sondern sie sahen aus wie Sterne. Der holländische Wissenschaftler Maarten Schmidt (geboren 1929) untersuchte das Spektrum eines solchen Radiosterns und zerbrach sich wochenlang den

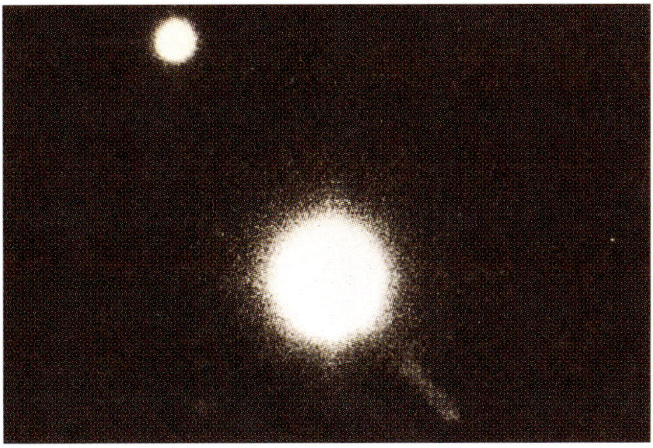

••• Grenzstein im Universum: Astronomen halten Quasare für weit entfernte und daher junge, aktive Galaxienkerne. Das Objekt 3C 273 (unteres Fleckchen) gehört mit einer Distanz von eineinhalb Milliarden Lichtjahren zu den relativ nahen Quasaren.

Kopf, wie er es deuten sollte. Da konnte Schmidt ein noch so cleverer Detektiv sein, die Fingerabdrücke im Regenbogen schienen zu keinem der bekannten Elemente zu gehören.

Maarten Schmidt überlegte, diskutierte den Fall mit Kollegen und fand eines Tages im Jahr 1963 die Lösung. Es handelt sich auch hier um den Dopplereffekt. Nur trat er in einer ungewöhnlichen Verkleidung auf: Er war nämlich extrem groß und verschob die Spektrallinien der bekannten Elemente bis zur Unkenntlichkeit in den roten Bereich. Gemäß der Hubble-Beziehung musste etwa der Radiostern 3C 273 mit einer Fluchtgeschwindigkeit von 160 Millionen Kilometern pro Stunde in die Tiefen des Alls rasen und rund eineinhalb Milliarden Lichtjahre entfernt sein. Aber mit welcher immensen Energie müsste ein Stern strahlen, um über diese Distanz noch derart kräftig zu leuchten! Das Objekt sah nur so aus wie ein Stern, war quasi stellar – war ein Quasar. Rund 1500 dieser Quasare haben die Astronomen bisher in ihren Katalogen vermerkt. Manche entfernen sich mit mehr als 970 Millionen Kilometern pro Stunde oder 270 000 Kilometern in der Sekunde. Das entspricht 90 Prozent der Lichtgeschwindigkeit und einem Abstand von vielleicht zwölf Milliarden Lichtjahren! Welches Geheimnis steckt hinter diesen Meilensteinen am Ende von Raum und Zeit?

Nach den Messungen der Astronomen produzieren Quasare bis zu 100 000-mal mehr Energie als eine gewöhnliche Galaxie. Andererseits schwankt die Stärke ihrer Strahlung innerhalb weniger Tage. Sie kann daher nur aus einer Region stammen, die im Vergleich zum Durchmesser einer Milchstraße »mikroskopisch« klein ist. Woher stammt die unvorstellbare Kraft dieser kosmischen Energiebündel? Quasare scheinen die außergewöhnlich aktiven Kerne von Galaxien zu sein, in denen schwarze Löcher mit einigen Hundert Millionen Sonnenmassen sitzen. Im Vergleich zu ihnen nimmt sich das schwarze Loch im Herzen unserer Milchstraße aus wie eine Maus neben einem Elefanten. Und: Die schwarzen Löcher der Quasare werden reichlich gefüttert, saugen Gas und Sterne an, die sich in einer rasend schnell rotierenden Scheibe um die Schwerkraftschlünde sammeln. Die wirbelnden Wolken produzieren gewaltige Energien, sorgen für starke Magnetfelder und speisen Materiejets, die aus den Quasarkernen herausschießen und auch im Röntgenlicht hell strahlen.

Weil eine Entfernung von zwölf Milliarden Lichtjahren einem Alter von zwölf Milliarden Jahren entspricht, muss es sich bei den Quasaren also um sehr junge Galaxien handeln, die nur wenige Hundert Millionen Jahre nach der Geburt des Weltalls aufleuchteten. Denn das Gesamtalter des Kosmos schätzen die Forscher auf 13,7 Milliarden Jahre. Im nächsten Kapitel werden wir uns ausführlich mit der Babyzeit des Universums beschäftigen. So viel sei schon jetzt verraten: Damals sahen die Galaxien anders aus und der Raum zwischen ihnen war enger als heute. Daher kam es viel häufiger zu Kollisionen zwischen den jungen Milchstraßen. Sie verschmolzen miteinander, wobei Wolken aus Gas und Staub durcheinanderwirbelten und eine wahre Geburtswelle massereicher Sterne auslösten. Die Sterne wiederum gingen nach astronomisch kurzer Zeit als Supernovae zugrunde und endeten als schwarze Löcher, die im Herzen einer Galaxie zu einem einzigen Massemonster zusammenklumpten – gieriger und mächtiger, als wir es uns vorzustellen vermögen. Ein Quasar war geboren.

Um es gleich vorweg zu sagen: Die Galaxiensuche ist eigentlich etwas für fortgeschrittene Amateure. Denn der Anfänger darf nicht erwarten, dass ihm die Milchstraßensysteme ins Auge springen wie helle Sterne oder der Mond. Sämtliche Objekte glimmen nur als schwache, verschwommene Lichter am Firmament. Mit Ausnahme des Andromedanebels und der beiden Magellanschen Wolken geben sie sich erst in einem lichtstarken Feldstecher zu erkennen. Besser geeignet ist natürlich ein Fernrohr. Vielleicht hast du einmal Gelegenheit, die beschriebenen Galaxien mit dem großen Teleskop einer Volkssternwarte zu beobachten. Sie gehören zum Standardprogramm der meisten Sternführungen. Trotzdem wollen wir auf das Vergnügen, selbstständig etwas zu entdecken, nicht verzichten. Machen wir uns also mit dem Fernglas auf die Suche. Soll das Unternehmen erfolgreich werden, müssen wir

- **einen sehr klaren Abend ohne störendes Mond- und Streulicht abwarten,**

- **das Aufsuchekärtchen sorgfältig studieren und nicht etwa hell leuchtende Spiralen oder Ellipsen erwarten, sondern schwache, farblose Lichtfleckchen.**

Zum Warmwerden richten wir unser Glas zunächst auf den Nebel im Sternbild Andromeda. Den hellen Kern und die schwächeren Ausläufer der Arme von *M 31* können wir gar nicht übersehen. Die berühmte Galaxie ist größer als unser Milchstraßensystem und zwei- bis dreimal massereicher. Mit dem Instrument einer Volkssternwarte kannst du außerdem die beiden Begleiter *M 32* und *NGC 205* aufspüren; sie verraten sich als winzige Wölkchen. Diese eigenständigen Sternsysteme flankieren die Andromedagalaxie oberhalb und unterhalb ihrer Längsachse. NGC steht übrigens für *New General Catalogue*, ein Verzeichnis, das zusammen mit zwei Ergänzungen mehr als 13 000 Galaxien, Gasnebel und Sternhaufen enthält.

Ebenso wie Andromeda ist auch die benachbarte Konstellation Dreieck am besten im **Herbst** und im **Winter** zu sehen. Das kleine, unscheinbare Bild hält eine prächtige Galaxie bereit, den *Dreiecksnebel*

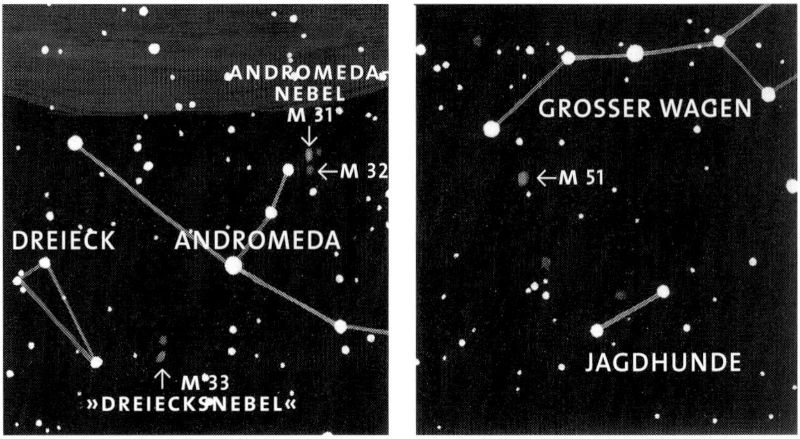

••• Mithilfe dieser Kärtchen findest du die im Text beschriebenen Galaxien.

M 33. Die volle Schönheit dieser rund zweieinhalb Millionen Lichtjahre entfernten Spirale, auf die wir fast von oben blicken, kommt allerdings erst auf Astroaufnahmen richtig zur Geltung. Aber das zarte Fleckchen sollte man einmal mit eigenen Augen gesehen haben. Dies gilt auch für ein Milchstraßensystem, das im **Frühling** und im **Sommer** eine günstige Position am Firmament bezieht. Es gehört zum Sternbild Jagdhunde, obwohl es relativ nahe an der Deichsel des Großen Wagens steht. Charles Messier nahm dieses Feuerrad als 51. Objekt in seine Liste auf. Wegen seines Aussehens erhielt *M 51* im Englischen den Beinamen *Whirlpool*. Tatsächlich ähnelt diese Galaxie einem gigantischen Wasserstrudel. Das Fernglas zeigt davon zwar nichts, lässt das Objekt aber immerhin wie einen verwaschenen, schwachen Doppelstern erscheinen. Die Astronomen glauben, dass *M 51* vor einigen hundert Millionen Jahren an dem kleineren System *NGC 5195* vorbeigerast ist. Beide Galaxien haben sich seither noch nicht allzu weit voneinander entfernt, stehen noch immer unter gegenseitigem Schwerkrafteinfluss und bilden ein bemerkenswertes Milchstraßenpaar. Etwa 30 Millionen Jahre reist sein Licht zu uns.

Wer noch weiter in Raum und Zeit blicken will, muss das Fernglas in das Sommersternbild Jungfrau richten und den *Virgohaufen* in Augenschein nehmen – keine leichte Aufgabe für den Unerfahrenen. Daher trete den Ausflug lieber unter fachkundiger Anleitung auf einer Volkssternwarte an! Sollte diese Galaxienflotte gerade nicht zum Beobachtungsprogramm gehören, bitte den Sternführer trotzdem um einen kurzen Abstecher.

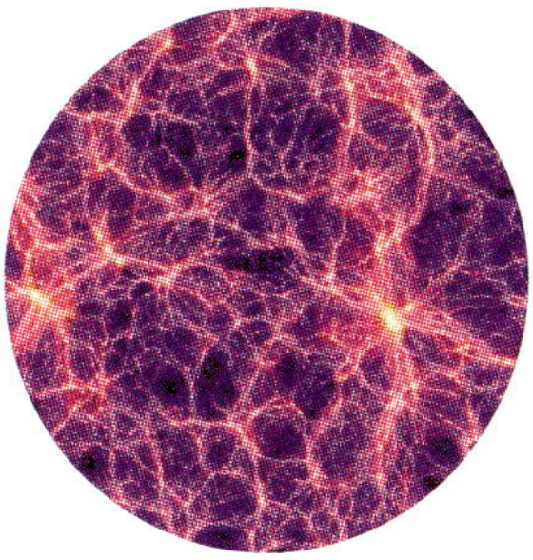

9

Woher kommen wir? Wohin gehen wir?

• Am Anfang war das Chaos

Campo de' Fiori, Rom, 17. Februar 1600. Eine große Menschenmenge schiebt sich an einen Scheiterhaufen heran. Das Reisig knistert, Flammen züngeln empor, Rauch steigt in den winterlichen Himmel. Bei lebendigem Leib wird ein Ketzer verbrannt. Sein Name: Giordano Bruno. Sein Alter: 52. Sein Verbrechen: Die Behauptung, dass es in einem unendlichen Universum unendlich viele Planeten gibt, auf denen intelligentes Leben existiert. Damit aber hatte sich Giordano Bruno den Zorn der Kirche zugezogen. Denn der Philosoph war nicht nur ein überzeugter Anhänger des Kopernikus. Er hatte außerdem die Sphären gesprengt und die Mauern des begrenzten Weltraums niedergerissen, der die Vorstellungen der Menschen bestimmte.

Wie ist das All beschaffen? Ist es offen und unendlich? Lebt es seit ewigen Zeiten und für alle Ewigkeit? Oder ist es geschlossen und endlich? Wurde es geboren? Wird es sterben? Bereits seit Jahrtausenden beschäftigen uns diese Fragen. So berichten Mythen aus Mesopotamien vom Anfang der Welt, als »Himmel und Erde noch keinen Namen hatten«. Apsu, ein Abgrund aus Wasser, und Tiamat, eine ungestüme Kraft, regieren den Kosmos und zeugen die erste Generation von Göttern. Weil sie gleich richtig Lärm machen, fühlen sich ihre Eltern gestört und greifen zu einem drastischen Mittel: Apsu will die jungen Götter vernichten, wird aber selbst Opfer des Gottes Enki. Daraufhin schwört Tiamat Rache und zieht gegen ihre Kinder zu Felde. Die schicken Marduk los, der Tiamat im Kampf tötet und sie in Stücke schlägt. Aus einer der Hälften wird der Himmel, aus der anderen die Erde. Assyrische Reliefs zeigen den Zweikampf zwischen dem Gott Marduk und der Urgöttin, einem gruseligen Mischwesen aus Löwe, Pferd und Adler.

Auch die Griechen, Spezialisten in Sachen Überirdisches, erzählten sich von geheimnisvollen Urwesen: von Gaia (Erde), Erebos (Finsternis) und Nyx (Nacht), die alle einer ungeformten Urmasse entsprungen sind, dem Chaos. Erebos und Nyx gebaren den Tag (Hemera) und aus Gaia ging der Himmel (Uranos) hervor. Gaia vereinigt sich mit Uranos und gebiert das göttliche Urgeschlecht der Titanen. Aus diesem Stammbaum erwächst eine geradezu unüberschaubare Familie von Göttinnen und Göttern. Einigen sind wir bei unseren Spaziergängen über das Firmament schon begegnet (siehe Kapitel 2). Im chinesischen Schöpfungsmythos gleicht das Chaos einem dichten Nebel, den irgendwann farbiges Licht durchdringt. Als sich der Nebel teilt, steigt das Leichte auf und bildet den Himmel, während das Schwere nach unten sinkt und die Erde formt. Zwei starke Kräfte entstehen und halten die Welt in der Waage: das weibliche Yin und das männliche Yang. Aus den beiden werden Sonne und Mond, die Elemente, die Jahreszeiten und schließlich der Mensch. Bei den Ägyptern steckt der Geist Atum hinter allem.

Der Riese Ymir lebt in einer Welt ohne Himmel und Erde. Wolken und Schatten regieren den Norden, Rauch und Feuer beherrschen den Süden. Dann vereinen sich die eisigen Wasser des Nordens und die bitteren des Südens. Sie fließen zusammen und bilden die Erde. Das jedenfalls glaubten die alten Germanen. Und sie wussten auch gleich, wie alles enden würde. Am Tag der Götterdämmerung sollte ewiger Winter die Welt lähmen und ins Nichts zurückstürzen. So ähnlich sieht das auch die Bibel: »Als es das sechste Siegel öffnete, sah ich, wie ein großes Erdbeben entstand. Die Sonne ward schwarz wie ein Trauergewand, der ganze Mond rot wie Blut. Die Sterne fielen vom Himmel auf die Erde, wie der Feigenbaum seine unreifen Früchte abwirft, wenn er vom Sturmwind geschüttelt wird. Der Himmel schwand dahin wie ein Buch, das man zusammenrollt. Alle Berge und Inseln wurden von ihrer Stelle gerückt.« Dass Gott die Welt in sieben Tagen erschaffen hatte, stand ohnehin fest. Der irische Bischof James Usher (1581 bis 1656) wusste auch, wann er damit begonnen hatte: Am Abend des 23. Oktober 4004 vor Christus! Am vierten Tag machte Gott »ein großes Licht, das den Tag regiere, und ein kleines Licht, das die Nacht regiere, dazu auch die Sterne«. Gemächlich geht es im indischen Hinduismus zu, der drittgrößten Religion. Nach einer uralten Geschichte ruht die Erde ewig auf einer Schildkröte, die wiederum von der Weltschlange getragen wird.

••• Nach einem alten Mythos der Hindu wird die Erde von Elefanten getragen, die auf einer Schildkröte stehen, die wiederum auf einer Schlange ruht. Aber was hält die Schlange?

So kommen wir heute nicht weiter! Die alten Mythen mögen ja recht spannend sein. Mit der Wirklichkeit haben sie meist wenig zu tun. Das dachte sich wohl auch Aristoteles. Der Gelehrte versuchte als einer der Ersten, die Welt physikalisch zu erklären. Er stellte die Erde ins Zentrum. Sein Schalen-Universum hatte jedoch grundlegende Fehler. Nikolaus Kopernikus hatte ein besseres Modell. Er setzte die Sonne in die Mitte der Welt und zettelte damit eine Revolution an (siehe Kapitel 4). Seitdem dachten immer mehr Naturforscher und Philosophen über die Beschaffenheit des Kosmos nach. Die Fragen nach dem »Woher« und dem »Wohin« blieben bis heute dieselben. Aber das Weltbild hat sich gewandelt. Vor allem deshalb, weil das Weltall gewachsen ist. Sehen wir uns an, was der Mensch bisher über die Welt herausgefunden hat. Dabei werden wir hie und da den Pfad gesicherter Erkenntnis verlassen, der durch den Garten der Spekulation führt. Dort sprießen viele exotische Pflanzen – manche so fantastisch, wie sie ein Schriftsteller nicht besser hätte ersinnen können.

• Ein Ei explodiert

Giordano Bruno hatte es geahnt: Je genauer Astronomen die Tiefen des Himmels ausloten, umso mehr schrumpft die Erde. Sie ist einer von acht großen Planeten, die einen von Milliarden durchschnittlichen Sternen umkreisen, der einer von Milliarden Galaxien angehört. Diese letzte Erkenntnis gelang Edwin Hubble in den 1920er-Jahren. Hubble entdeckte aber auch, dass sich das Universum ausdehnt (siehe Kapitel 8). Nichts hätte die Kosmologen damals mehr überraschen können. Glaubte doch selbst der geniale Albert Einstein zunächst an ein endliches, unveränderliches, ruhiges Universum. Und jetzt war alles in Bewegung! Die Forscher hatten Mühe, ihre Fassung wiederzufinden. Nur einer hätte zufrieden genickt, wäre er damals noch am Leben gewesen: Alexander Friedmann (1888 bis 1925). Im Juni 1922 hatte der russische Mathematiker eine mit Formeln und Kurven gespickte Arbeit veröffentlicht. Darin präsentierte er ein Universum, das keineswegs in sich ruht: Friedmann hatte berechnet, dass der Kosmos auseinanderfliegen, dass er expandieren müsste. Genau das bestätigte Edwin Hubble. Die Galaxien laufen tatsächlich voreinander davon. Dabei fliegen sie nicht *durch* den Weltraum, sondern *mit* ihm. Das Universum dehnt sich unaufhaltsam aus. Das übrigens ist der Grund für die Rotverschiebung sehr ferner Galaxien. Nicht der Dopplereffekt dehnt bei ihnen die Lichtwellen, sondern der expandierende Raum. Dieser Effekt heißt kosmische Rotverschiebung.

Alexander Friedmann hatte an seinem Schreibtisch in Leningrad das All berechnet. Welch ein Triumph des menschlichen Geistes! Ein Problem konnte der Russe jedoch nicht lösen: Wie und wann hat alles begonnen? Eine Antwort darauf wusste sein Landsmann George Anthony Gamow (1904 bis 1968). Der Astrophysiker studierte ausführlich das Innere der Sterne. Auch über die Idee des Kollegen Friedmann grübelte er nach. Dabei dachte Gamow einfach rückwärts. Und fand Erstaunliches.

Betrachten wir dazu eine DVD mit dem Titel *Galaxienflucht*. Die Milchstraßen fliegen mit dem Raum davon wie die Splitter einer Bombe. Nun halten wir den Film an. Schlagartig bleiben die kosmischen Inseln stehen. Jede verharrt auf ihrem Platz. Das Weltall ist ruhig, die Bewegung eingefroren. Jetzt lassen wir den Film rückwärts laufen. Die Galaxien bewegen sich aufeinander zu. Das Universum schrumpft. Immer größer wird das Gewimmel und Gedränge. Schon stoßen die ersten Sternsysteme aneinander. Immer mehr Milchstraßen berühren sich unsanft. Die Dichte nimmt zu. Ebenso steigt die Temperatur, erreicht Milliarden Grad Celsius. Die Materie hat sich längst aufgelöst. Elementarteilchen irren durch das »Miniversum«. Da, das Weltall verschwindet in einem Punkt! Er ist unendlich klein, unendlich heiß und unendlich dicht. Der Bildschirm bleibt leer.

Als George Gamow die Flucht der Milchstraßen umkehrte, benötigte er dazu keinen DVD-Player (der damals auch noch gar nicht erfunden war). Gamow ließ den Kosmos auf dem Papier zusammenkrachen und den Punkt explodieren. Im Jahr 1947 trat er mit seinen Berechnungen vor die Gemeinde der Wissenschaftler. Den feurigen Anfangszustand des Alls nannte er »Ylem«. Dabei stammt die Idee eines Uratoms gar nicht von ihm, sondern von dem belgischen Priester und Forscher Georges Lemaître (1894 bis 1966). Schon 1931 hatte er in der Fachzeitschrift *Nature* dieses »kosmische Ei« beschrieben, das im Augenblick der Geburt des Alls zerbarst. Das sollte der Urknall gewesen sein. Diesen Namen – englisch *big bang*, »großer Knall« – dachte sich ausgerechnet ein Gegner der Theorie aus, um sie lächerlich zu machen. Aber der Urknall gilt noch heute als die Keimzelle des Kosmos und erfreut sich unter den Wissenschaftlern großer Beliebtheit.

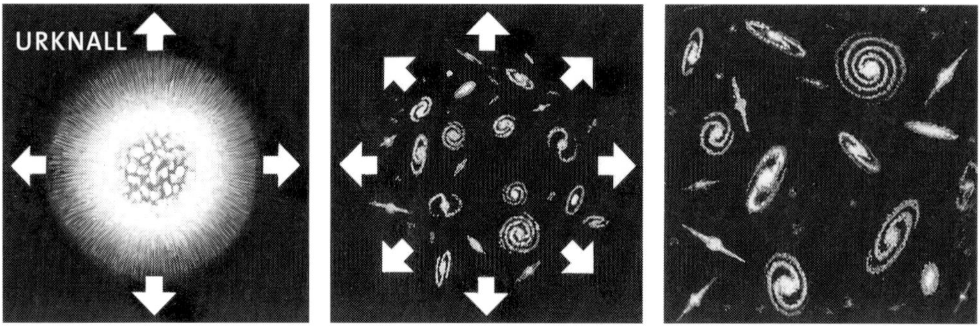

••• Mit dem Urknall hat es begonnen: Vor 13,7 Milliarden Jahren war alle Materie im Universum auf einen Punkt konzentriert. Nachdem er explodiert war, bildeten sich Sterne und Galaxien. Noch heute treiben die Milchstraßensysteme auseinander wie Rosinen in einem Hefeteig.

Ständig haben die Kosmologen am Urknall gefeilt und gebastelt. Warum nur sind sie so hartnäckig geblieben? Warum versuchen sie, den Urknall um jeden Preis zu retten? Die Antwort ist einfach: Wissenschaftler stellen jede Theorie auf eine harte Probe. Das Newtonsche Gravitationsgesetz wäre wenig wert, würde es voraussagen, dass alle Gegenstände nicht auf die Erde fallen, sondern in den Himmel steigen. Jede Modellvorstellung muss sich an der Wirklichkeit beweisen. Aber wie soll das denn mit dem Urknall funktionieren? Die Forscher können das Universum doch nicht in einem Reagenzglas zerplatzen lassen! Nein, aber sie können zum Beispiel mit ihren Teleskopen den Himmel absuchen. Vielleicht hat der Schöpfungsmythos der Herren Gamow und Lemaître dort irgendeine Spur hinterlassen? Tatsächlich haben zwei Mitarbeiter von George Gamow im Jahr 1949 auf ein solches Zeichen hingewiesen. Aber diese bemerkenswerte Prophezeiung erregte damals ebenso wie die gesamte Theorie kaum Aufsehen. Der Urknall verhallte zunächst in den Köpfen der Astronomen. Dabei umgibt uns sein Nachhall. Wir müssen nur genau hinhören.

• Der Nachhall des Urknalls

Tauben sind possierliche Tierchen. Aber in einer Hornantenne haben sie absolut nichts verloren. Deshalb betätigten sich Robert Wilson (geboren 1936) und Arno Penzias (geboren 1933) als Vogelfänger. Denn die beiden waren auf die gefiederten Freunde und vor allem die Resultate ihrer Verdauung nicht gerade gut zu sprechen. Schließlich hatten die Wissenschaftler im Sommer 1964 eine wichtige Aufgabe zu erfüllen. Mit einer großen, hornförmigen Radioantenne horchten sie in die Milchstraße. Die Anlage stand nur einige Hundert Meter entfernt von jenem Ort, an dem Karl Jansky in den 1930er-Jahren Signale aus dem All empfangen hatte (siehe Kapitel 3). Das war natürlich Verpflichtung und spornte Wilson und Penzias an.

••• Im Jahr 1964 entdeckten Arno Penzias (links) und Robert Wilson mit dieser Hornantenne den Nachhall des Urknalls.

Was störte, waren die Tauben. Denn mit ihren Empfängern registrierten die Forscher ein permanentes Rauschen. Es kam gleichmäßig von überallher und konnte eigentlich nur von den Vögeln stammen, die sich in dem Horn eingenistet hatten. Die Tauben wurden ausquartiert, die Antenne gereinigt. Das Rauschen blieb. Also musste der Fehler im Weltraumohr selbst stecken. Die Fachleute zerlegten die Anlage, setzten sie wieder zusammen. Das Rauschen blieb. Verärgert beobachteten sie weiter. Trotzdem veröffentlichten die Forscher ihre unangenehme Entdeckung im Mai 1965. In Stockholm erhielten sie 13 Jahre später dafür den Nobelpreis für Physik. Penzias und Wilson hatten das Echo des Urknalls aufgespürt!

Um das zu verstehen, wird es höchste Zeit für die Geschichte von der Geburt des Weltalls, wie sie die Kosmologen heute erzählen. Der Übersichtlichkeit halber will ich sie in fünf Phasen einteilen.

••• Wie das All auf die Welt kam und heranwuchs: Die Grafik zeigt schematisch die wichtigsten Stationen in der Entwicklung des Universums.

1. Phase: Das Universum ist
0,000 000 000 000 000 000 000 000 000 000 000 000 000 0001 Sekunden alt. Vor seiner Geburt war alles auf einem Punkt konzentriert. Die Gesetze der Physik können jedoch nicht erklären, wie dieses Nichts aussah. Erst nach der oben in Ziffern ausgeschriebenen zehntel-trilliardstel-trilliardstel Sekunde beginnen Raum und Zeit für die Kosmologen zu existieren.

2. Phase: Im Alter von
0,000 000 000 000 000 000 000 000 000 000 000 01 Sekunden blähte sich das All gleichsam in »null Komma nichts« von der Größe eines Atomkerns auf die Größe einer Orange auf. Inflation nennen Fachleute das. Wir werden später noch sehen, was es damit auf sich hat.

3. Phase: Der Kosmos ist gerade einmal 0,00001 (hunderttausendstel) Sekunden alt. Die Grundbausteine der Materie, äußerst merkwürdige Teilchen mit Namen Quarks und Gluonen, bilden Neutronen und Protonen. Diese wandeln sich dauernd ineinander um. Eine Partikelsuppe, zu der auch die Photonen – die Teilchen des Lichts – gehören, erfüllt den Kosmos.

4. Phase: Das Universum ist eine Sekunde alt. Bei einer Temperatur von mehreren Milliarden Grad Celsius vereinigen sich die Materiebausteine zu Wasserstoffkernen, die schließlich Heliumkerne bilden. Nach wenigen Minuten kommt diese besondere Art der Fusion zum Stillstand. Bis dahin hat sie 75 Prozent Wasserstoff, 24 Prozent Helium und eine geringe Menge an Deuterium (schweren Wasserstoff) produziert. Die Temperatur ist unter 900 Millionen Grad Celsius gesunken.

5. Phase: Etwa 380 000 Jahre nach dem Urknall hat sich das Weltall deutlich abgekühlt, auf ungefähr 3000 Grad Celsius. Jetzt erst können Neutronen und Protonen herumfliegende Elektronen einfangen. Auf diese Weise entstehen die Atome. Mit ihnen wollen die Photonen nichts zu tun haben. So machen sich die Lichtteilchen selbstständig und ziehen allein durch den Raum. Ergebnis: Materie und Strahlung werden getrennt. Der undurchdringliche Nebel, der über dem Universum lag, verflüchtigt sich: Das All wird durchsichtig.

Phase 5 ist der Schlüssel zum Urknall, tragen die Photonen doch die

Botschaft von der unvorstellbar heißen Geburt in die Welt hinaus. Stellen wir uns vor, ein Astronom hätte die Photonen schon nach kurzer Reise durch das All aufgefangen: »Da registriere ich eine Strahlung, die einer Temperatur von mehreren Tausend Grad Celsius entspricht«, hätte er überrascht ausgerufen. Damals gab es aber niemanden, der sich darüber wunderte. Denn im jungen Kosmos existierten ja noch nicht einmal Sterne. Heute, knapp 14 Milliarden Jahre später, ist das anders. Zumindest an einem Ort im Universum leben neugierige Astronomen. Zweien von ihnen, Penzias und Wilson, gingen die Photonen in die Falle. Aber nach Jahrmilliarden hatte sich die feurige Botschaft der Lichtteilchen stark abgekühlt. Die einstige Glut des flammenden Infernos glimmt nur mehr mit einer Temperatur von minus 270 Grad Celsius im Bereich der Mikrowellen. Die Mitarbeiter von George Gamow hatten 1949 eine Strahlung mit diesem Wert vorausgesagt. Arno Penzias und Robert Wilson hatten sie 1964 entdeckt. Was beweist den Urknall besser als diese kosmische Mikrowellen-Hintergrundstrahlung!

• Inflation im Schaumbad

Mit immer feineren Messinstrumenten belauschten die Astronomen das Universum. Zu ihrem Leidwesen war die Hintergrundstrahlung aus allen Richtungen mit derselben Intensität zu hören. Die Unterschiede in der Lautstärke, wenn überhaupt vorhanden, betrugen höchstens das Hundertstel eines Prozents. Alle Photonen brachten dieselbe Botschaft zur Erde. Es war zum Verzweifeln. Denn selbst der junge Kosmos hatte eine beachtliche Größe. Daher waren die Lichtteilchen vor Milliarden Jahren aus ganz verschiedenen Landschaften aufgebrochen. Weshalb sollte es in diesen Gegenden, die miteinander gar nichts zu tun hatten, auf den Bruchteil eines tausendstel Grades exakt gleich heiß gewesen sein? Doch es kam noch schlimmer. Große Teleskope lieferten in den 1970er-Jahren ein dreidimensionales Bild des Alls. Die Forscher maßen für jedes Sternsystem die Koordinaten an der Himmelskugel und bestimmten außerdem die Entfernung. Immer mehr Welteninseln zeichneten die Astronomen in ihre Karten. Die sahen schließlich ganz merkwürdig aus: Während manche Regionen mit Galaxienhaufen geradezu übersät erschienen, waren andere völlig leer. Ja, die Milchstraßen ordneten sich an den Rändern gigantischer Blasen an. Das Universum entpuppte sich als ein Milliarden Lichtjahre großes Schaumbad. Wie hatte sich aus einem gleichförmigen Urknall eine solche Netzstruktur entwickeln können?

Schließlich galt es noch ein drittes Rätsel zu klären. »Warum«, so wunderten sich die Wissenschaftler, »ist der Kosmos so groß, wie er ist?« Die Frage klingt komisch. Sie hat aber ihre Berechtigung. Wäre die Expansionsgeschwindigkeit eine Sekunde nach dem Urknall nur um den millionsten Teil eines Hunderttausendmillionstels kleiner gewesen, hätte der Weltraum nicht die heutige Ausdehnung erreichen können. Er wäre womöglich schon früher wieder in sich zusammengestürzt und daher niemals so alt geworden. Welche Kraft hatte dem frisch geborenen Kosmos den richtigen Schwung verliehen? Da hatten die Theoretiker gemeint, der Urknall würde die Welträtsel endlich lösen. Und dann kommen die Praktiker daher, beobachten Hintergrundstrahlung, Schaumbad und Größe des Universums und werfen alles über den Haufen. Das Karussell kosmologischer Weltbilder begann sich zu drehen.

Auch Alan Guth (geboren 1947) vom US-amerikanischen Massachusetts Institute of Technology dachte angestrengt über einen Ausweg aus diesem Dilemma nach. Schließlich stieß er auf die oben in Phase 2 erwähnte Inflation. Deine Eltern beklagen sich bestimmt öfter darüber, dass »schon wieder alles teurer geworden ist«. Fachleute bezeichnen das Steigen der Preise als Inflation. Nun hat der Urknall nichts mit dem Wirtschaftssystem der Erde zu tun. Trotzdem führte Alan Guth diesen Begriff in die Kosmologie ein. Inflation kommt aus dem Lateinischen und bedeutet so viel wie »Sichaufblasen«. Einen treffenderen Namen hätte der Forscher für seine Theorie gar nicht wählen können.

Erkenntnisse der Elementarteilchenphysik brachten Guth auf die Spur einer besonderen Kraft. Sie musste unmittelbar nach dem Urknall angesetzt haben, als der Kosmos so groß war wie ein Atom. Und sie gab dem All einen zusätzlichen Schubs. Innerhalb eines Augenblicks blähte sich das Universum von der Größe eines Atomkerns auf den Durchmesser einer Orange auf. Ebenso rasch, wie der Urschwung gekommen war, ließ er dieser Theorie zufolge wieder nach. Die Inflation löste ein paar Probleme: In der von ihr produzierten Urkugel von fünf Zentimetern Radius war es überall gleich heiß. Die kosmischen Landschaften lagen dicht beisammen, sämtliche Photonen sahen dasselbe und empfingen dieselbe Botschaft. Daher muss die Hintergrundstrahlung überall gleich stark sein. Außerdem zog die Inflation den Raum schön glatt – genau so, wie man ihn heute beobachtet. Und schließlich bewirkte das gerade richtige Inflationstempo, dass der Kosmos exakt mit der kritischen Geschwindigkeit startete. Er wuchs prächtig und entwickelte sich zu dem, was er ist.

Der Urknall ist gut. Die Inflation ist besser. Und was ist am besten? Wir wissen es nicht. Denn selbst das Denkgebäude von Alan Guth hat Mängel und erklärt bei Weitem nicht alles. Auch der Russe Andrei Linde (geboren 1948) hat sich mit der Inflation beschäftigt. Sein Modell klingt noch exotischer: In einer chaotischen Inflation können aus sogenannten Quantenfluktuationen immer neue inflationäre Universen bestehen. Danach ist der Urknall gar nichts Besonderes und schon gar kein Einzelfall. Vielmehr soll unser Weltall nur eines von unzähligen anderen sein. Alles, was wir am Himmel beobachten, gehört zu unserem Universum. Die anderen Kosmen sehen wir nicht und werden sie niemals sehen. Wir ähneln Lebewesen, die in einem winzigen Wassertröpfchen wohnen. Wir glauben, unser Tröpfchen sei alles. Wir wissen nichts von den Abermilliarden anderen Tröpfchen, die im Ozean von Raum und Zeit dahintreiben.

• Die dunklen Seiten des Alls

Als Alan Guth und Andrei Linde begannen, über ihre Weltmodelle nachzugrübeln, wussten sie noch zu wenig über die Schattenseiten des Kosmos. Erstmals aufgefallen waren sie dem Astronomen Fritz Zwicky (1898 bis 1974). Der wunderte sich über die Bewegungen von Galaxien innerhalb von Galaxienhaufen. Warum nur segelten die Sternenschiffe einer solchen Regatta gemeinsam durchs All? Weshalb drifteten sie mit der Zeit nicht auseinander? Anscheinend gab es eine unsichtbare Kraft, die sie zusammenhielt. Für den Coma-Galaxienhaufen etwa kam Zwicky zu einem erstaunlichen Ergebnis: Dessen mittlere Dichte sollte 400-fach größer sein als die aufgrund von Beobachtungen der leuchtenden Materie abgeleitete. Mit anderen Worten: Im Weltall musste es eine ganze Menge unsichtbarer, also dunkler Materie geben. Dies schließen die Forscher auch aus dem Verhalten von Galaxien; sie rotieren so um ihre Achsen, als ob in den Spiralarmen Materie versteckt wäre.

Beobachtungen mit dem Satelliten *WMAP* haben die Annahme eines unsichtbaren Stoffs bestätigt. Demnach bestehen ungefähr drei Prozent des Universums aus ausgebrannten Sternen sowie unsichtbaren Gas- und Staubwolken. Und 24 Prozent des Weltalls stecken in einer dunklen Materie, deren Zusammensetzung bis heute vollkommen rätselhaft ist.

Dennoch muss das geheimnisvolle Etwas existieren. Im Sommer 2006 gelang den Forschern erstmals ein ziemlich klarer Beweis: Die Astrophysiker untersuchten eine Unfallstelle im All – zwei Galaxienhaufen stoßen dort zusammen. Dabei wird das bis zu 200 Millionen Grad Celsius heiße Gas zwischen den kollidierenden Sternsystemen der Haufen wie in einer Luftpumpe verdichtet und weist im Röntgenlicht die Form einer Bugwelle auf. Die dunkle Materie hingegen bildet zwei runde Wolken, die sich problemlos durchdrungen haben. Sie sind natürlich nicht zu sehen, ihre Gestalt leiteten die Wissenschaftler indirekt durch die Art und Weise ab, wie die Schwerkraft der unsichtbaren Masse das Licht weit dahinter liegender Galaxien krümmt. Wenn wir also den funkelnden Sternhimmel betrachten, sehen wir offenbar nur die Spitze des Eisbergs. Ein Astronom befindet sich in einer ähnlichen Situation wie ein Pilot, der bei Nacht über eine Stadt fliegt und lediglich deren Lichter wahrnimmt. Die Gebäude und Straßen, die Parks und Sportanlagen bemerkt er gar nicht. Aber es kommt noch viel schlimmer!

Am Ende eines jeden Jahres kürt die Fachzeitschrift *Science* Durchbrüche in unterschiedlichen Forschungsgebieten. Auf Platz eins 1998 landete die Entdeckung, dass das Universum nicht nur unaufhörlich expandiert, sondern anscheinend sogar immer schneller Tempo aufnimmt. Unabhängig voneinander hatten damals zwei Forscherteams ferne Sternexplosionen untersucht (siehe Kapitel 7). Solche Supernovae vom Typ Ia besitzen sehr ähnliche absolute Helligkeiten und dienen den Astronomen daher als Standardkerzen, die auf einfache Weise deren Distanzen liefern. Die Wissenschaftler kamen zu dem Schluss, dass die beobachteten Supernovae weiter entfernt sind, als es eine gleichmäßige Expansion des Universums erwarten ließ. Das heißt: Das All dehnt sich seit rund sieben Milliarden Jahren offensichtlich immer schneller aus.

Die mysteriöse treibende Kraft, die der Gravitation entgegenwirkt, kennen die Astronomen bis heute nicht. Einen der Kandidaten hatte Albert Einstein ursprünglich als kosmologische Konstante in seine Gleichungen der Relativitätstheorie eingebracht und später als seine »größte Eselei« bezeichnet. Jetzt erlebt diese kosmologische Konstante eine Wiederauferstehung. Und bedeutet gleichzeitig eine der größten Herausforderungen. Denn mit den modernen Theorien lässt sich diese dunkle Energie derzeit nicht erklären. Und eine zu vernachlässigende Größe ist sie auch nicht gerade: Immerhin rund 72 Prozent des heutigen Universums stecken in ihr. So hat die Wissenschaft einen Kosmos geliefert, den sich selbst der kühnste Science-Fiction-Autor noch vor ein paar Jahren nicht einmal im Traum hätte vorstellen können: 72 Prozent dunkle Energie, 27 Prozent dunkle Materie. Und ein kümmerliches Prozent sichtbare Materie.

• Das Universum schäumt im Computer

Wie entstanden die Galaxien? Woher stammt deren blasenförmige Verteilung? Lassen sich solche Fragen angesichts der dunklen Seiten des Alls jemals klären? Die Wissenschaftler haben erstaunliche Antworten gefunden. Besuchen wir einen der Kosmos-Detektive. Der Weg führt uns zunächst in den Untergrund – zum U-Bahnhof München Marienplatz und dort in ein Abteil der Linie 6 in Richtung »Garching-Forschungszentrum«. Die Menschen im Zug, Studenten meist, lesen Fachartikel oder studieren irgendwelche Manuskripte. Manche starren auf den Bildschirm des Laptops auf ihrem Schoß oder unterhalten sich mit ihren Nachbarn. Nach einer halben Stunde Fahrt haben wir die Endstation erreicht und gehen zu Fuß wenige Hundert Meter bis zum Max-Planck-Institut für Astrophysik. Dort, im Raum Nummer 122, sitzt Volker Springel am Schreibtisch und ärgert sich. »Springel, 1024, queued« steht, versteckt zwischen Buchstabenkombinationen und Zahlenkolonnen, auf dem Monitor seines Computers. »Man muss halt warten, bis Platz auf dem Supercomputer ist«, sagt Springel, »in der Regel so an die zwei Tage.« Aber was sind schon zwei Tage angesichts eines Weltalters von 13,7 Milliarden Jahren …

Volker Springel kennt sich aus mit astronomischen Zahlen, organisiert mal schnell 20 Millionen Galaxien – jede mit beiläufig 100 Milliarden Sternen –, verteilt sie auf einen Würfel mit einer Kantenlänge von mehr als zwei Milliarden Lichtjahren. Und schaut dann, was passiert. Na ja, ganz so einfach ist die Sache nicht. Viele Faktoren spielen eine Rolle: Gravitation, kosmologische Konstante, Energie und Materie. Und dann muss zum Beispiel das Superhirn der Universität Leiden endlich bereit sein, müssen die 1024 Rechner Springels Programme abarbeiten und sie damit aus der Warteschleife befreien.

Gravitation? Kosmologische Konstante? Wir verstehen nur Bahnhof! Was in aller Welt macht Volker Springel in seinem 14 Quadratmeter kleinen Büro am Max-Planck-Institut für Astrophysik? Die Frage lässt sich im Grunde leicht beantworten: Er simuliert die Entwicklung des Universums. Um das zu verstehen, müssen wir uns noch einmal auf eine lange Exkursion begeben, zurück zu den Wurzeln von Raum und Zeit.

Wir wissen schon, dass das All mit einem Knall auf die Welt kam. Mit dem Urknall. Darauf jedenfalls deutet die kosmische Mikrowellen-Hintergrundstrahlung hin, die bisher vier Wissenschaftlern den Nobelpreis für Physik beschert hat: Im Jahr 1978 Arno Penzias und Robert Wilson, die sie entdeckt, im Jahr 2006 George Smoot (geboren 1945) und John Mather (geboren 1946), die sie entziffert haben. Für ihre Dechiffrierarbeit nutzten Smoot und Mather die Daten des Satelliten *Cobe*. Das wohl bekannteste Panorama dieses Spähers zeigt eine Ellipse mit verwaschenen roten und blauen Flecken, gleichsam das Babybild des Universums, dessen frühestmögliche Ansicht. Damals, etwa 38 000 Jahre nach dem Urknall, war der Kosmos gerade durchsichtig geworden und die Photonen gingen auf die Reise. Zuvor lag dichter Nebel über dem All, weil Atomkerne und Elektronen wild durcheinanderschwirrten. Seither sind Milliarden Jahre verstrichen, der Weltraum hat sich um das Tausendfache gedehnt. Und so ist von dem einstmals gleißenden Lichtblitz nur mehr ein schwaches Glimmen mit einer Temperatur von exakt minus 270,42 Grad Celsius übrig.

Der Nachhall des Urknalls erreicht uns aus allen Himmelsrichtungen, weil wir ja in jeder Richtung in die Zeit und damit zum Ursprung zurückblicken. So erfahren wir eine ganze Menge über das junge Universum. Wir haben schon gelernt, dass die Unterschiede in der Lautstärke (Strahlungsintensität) höchstens das Hundertstel eines Prozents betrugen. Als die Astrophysiker mit immer feineren Ohren immer genauer lauschten, hörten sie aber doch geringe Differenzen heraus. Das heißt: Damals kann die Materie keineswegs absolut gleichförmig verteilt gewesen sein. Zum Gluck für uns, denn sonst hätten sich Galaxien, Sterne, Planeten und damit das Leben gar nicht bilden können. Tatsächlich variiert die Temperatur in der kosmischen Hintergrundstrahlung von Ort zu Ort um rund ein hundertstel Promille und zeugt damit von winzigen Schwankungen in der Materiedichte des frisch geborenen Weltalls. Die Erklärung: Als sich der Kosmos in seiner Inflationsphase aufblähte, wurde urplötzlich das Brodeln und Blubbern im universellen Nichts (Forscher nennen es Quantenvakuum) verstärkt. Und von diesen Kräuselungen künden die bunten Flecken auf den Babybildern des Satelliten *Cobe* und – in besserer Auflösung – des Weltraumobservatoriums *WMAP*.

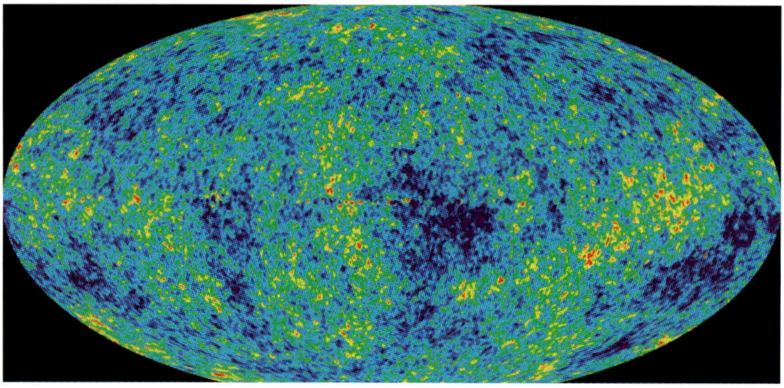

••• Ein Babybild des Universums: Den Nachhall des Urknalls hat der Satellit *WMAP* auf dieser Karte des Mikrowellenhintergrunds festgehalten. Die hellen und dunklen Flecken zeugen von Regionen mit unterschiedlichen Temperaturen und geben Einblick in die kosmische Frühgeschichte.

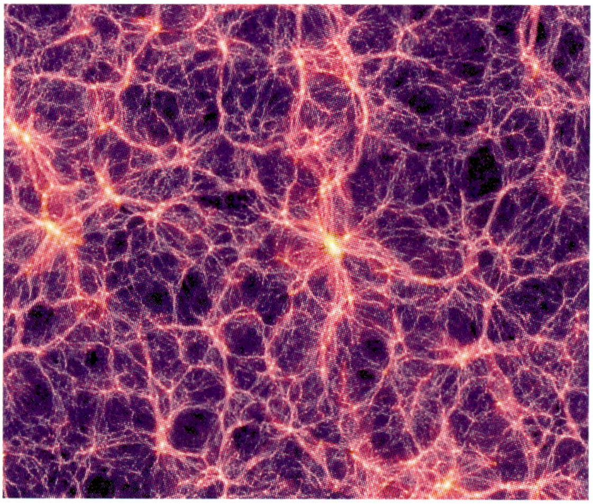

••• Kosmisches Netzwerk: Am Computer stellen Astrophysiker die Entwicklung des Weltalls dar. An den Kreuzungspunkten der Fäden sitzen perlenartige Verdichtungen, die Saatkörner für Sterne und Galaxien. Das Bild zeigt einen Ausschnitt der Millennium-Simulation.

Die Analyse der Mikrowellen-Hintergrundstrahlung bestätigt offenbar das Modell vom inflationären Urknall, das wiederum den Zustand des jungen Universums recht gut beschreibt. Hier setzt die Forschung von Volker Springel an. Sein Rezept ist eigentlich einfach: Man nehme den Anfangszustand der Welt und simuliere ihn mit dem Computer, gebe alle wichtigen physikalischen Gesetze dazu und rechne in der Zeit vorwärts. Dann lasse man das Gebräu vor sich hin köcheln. Schließlich vergleiche man das fertig zubereitete Universum mit dem tatsächlich beobachteten. Nun liegt die Kunst eines Spitzenkochs unter anderem in Auswahl und Mischung der Gewürze. In der Computer-Kosmologie ist es nicht anders: Soll das Menü gelingen, soll also der Rechner aus dem

Anfangszustand der Inflation alle Galaxientypen und deren Verteilung im Raum liefern, müssen die Forscher ihre Rezepte noch ein wenig verfeinern. Mit Zutaten wie der dunklen Energie etwa.

Die ausgefeilten Instrumente der beobachtenden Kosmologie haben in den vergangenen Jahren Ergebnisse geliefert, die den Astrophysikern an ihren Computern nützen. Und sie profitieren auch von der rasch wachsenden Rechnerleistung. Bevor Volker Springel und seine Kollegen an Superhirne gehen, wie sie im Garchinger Leibniz-Rechenzentrum stehen, testen sie ihre Programme zunächst an Workstations und Linux-Clustern. »In der Regel funktionieren die Codes zunächst nicht, man muss die dahintersteckende Physik vereinfachen und ständig Fehler ausmerzen«, sagt Springel. Am Ende stehen dann die fertigen Programme. Erst jetzt ist der Großrechner gefragt. Das Ergebnis eines solchen schrittweisen Herantastens ist die Millennium-Simulation. Einen Monat lang rödelten die 512 Prozessoren des Supercomputers IBM p690 der Max-Planck-Gesellschaft in Garching – ein leistungsfähiger PC hätte dafür 38 Jahre gebraucht. Die Simulation schlägt alle Rekorde.

Das Modell-Universum startet im Alter von einigen 100 000 Jahren nach dem Urknall. In der weiteren Entwicklung zeigen die Rechnungen, wie die anfangs vorhandenen dichten Gebiete netzartige Strukturen ausbilden. Auf den filigranen Fäden sitzen kleine, an den Kreuzungspunkten der Fäden größere perlenartige Verdichtungen. Diese Strukturen zeugen von Massekonzentrationen, die sich von der allgemeinen Expansion des Weltraums abgekoppelt haben und unter der eigenen Schwerkraft kollabieren. Im Wechselspiel aus Bewegung und Gravitation entstehen schließlich mehr oder weniger kugelförmige Klumpen aus dunkler Materie und Gas, im Wesentlichen Wasserstoff und Helium. Das sind die Saatkörner für Sterne und Galaxien. Die größten Klumpen besitzen Massen von einigen Billiarden Sonnenmassen und entsprechen Galaxienhaufen mit mehr als 1000 Sternsystemen. Der Anblick des leuchtenden Netzwerks täuscht ein dicht mit Materie bevölkertes All vor, doch auf großen Skalen gesehen gleicht das Computer-Universum eher einem Schaumbad mit riesigen Blasen. Das kennen wir schon!

In der Tat deckt sich der Anblick des virtuellen Weltalls auf frappierende Weise mit den praktischen Beobachtungen, denn dreidimensionale Himmelsdurchmusterungen liefern großräumige Strukturen, die denen der Millennium-Simulation zum Verwechseln ähnlich sehen. Und in einem weiteren Punkt gibt es eine wunderbare Übereinstimmung: »In unseren Simulationen wachsen kleine Strukturen zu großen – genau so, wie es ein theoretisches Modell beschreibt«, sagt Volker Springel und schaut auf die Uhr. Noch wenige Minuten bis halb elf, dann beginnt im Erdgeschoss des Instituts der Kaffee-Treff, der tägliche Marktplatz für wissenschaftliche und andere Nachrichten.

• Zeitpfeil in die Zukunft

Während Volker Springel aus dem Zimmer stürmt, erinnern wir uns noch einmal an die fünf kurzen Phasen, in denen wir weiter oben die Entwicklung des Universums geschildert haben. Jetzt können wir weitermachen.

6. Phase: Wenige Hundert Millionen Jahre nach dem Urknall ballen sich Gasschwaden zusammen. Die dunkle Materie hilft dabei. Sie beult den Raum aus, in dem sich das Gas sammelt wie das Wasser in einer Pfütze. Die ersten Sterne haben bis zu 200 Sonnenmassen, verpuffen schnell in gewaltigen Supernova-Explosionen und bilden schwarze Löcher, die Materie anziehen und als Quasare hell leuchten. Unter der unwiderstehlichen Kraft der Gravitation kommen vielerorts in sehr kurzer Zeit ungeheure Materiemengen zusammen. Dabei werden erst gar keine Sterne geboren, sondern gleich schwarze Löcher. Umgekehrt verpuffen manche extrem massereichen Sterne, ohne irgendwelche Rückstände zu hinterlassen.

7. Phase: Das Universum ist eine Milliarde Jahre alt und von Sternriesen, Quasaren und den Materiebausteinen gewöhnlicher Galaxien bevölkert. Diese urtümlichen Milchstraßen, Protogalaxien genannt, kollidieren miteinander und bilden die erste Generation Spiralgalaxien.

8. Phase: Fünf Milliarden Jahre nach dem Urknall kommt unsere Milchstraße in Form. Das System verschluckt jede Menge kleine Galaxien, an die 100 sollen es bis heute gewesen sein, und wächst dadurch heran. Gleichzeitig verschmelzen überall im Kosmos Spiralsysteme miteinander und formen fette elliptische Galaxien.

9. Phase: Das Weltalter beträgt neun Milliarden Jahre, als sich im Zentrum einer verstaubten Wasserstoffwolke irgendwo in der Galaxis ein

Stern herausschält: unsere Sonne. In der Scheibe des solaren Urnebels formen sich die Planeten, darunter die Erde.

10. Phase: 300 Millionen Jahre nach der Geburt der Erde erstarrt die Oberfläche zu einer festen Kruste. Außerdem entwickelt sich durch Ausgasung des Erdmantels eine von Kohlendioxid dominierte Atmosphäre und löst damit die erste Uratmosphäre ab.

11. Phase: 200 Millionen Jahre später sinkt die Temperatur auf der Oberfläche unter 100 Grad Celsius. Erst jetzt kann flüssiges Wasser entstehen, das unaufhörlich vom Himmel regnet.

12. Phase: 700 Millionen Jahre nach dem Werden der Erde, etwa 3,8 Milliarden Jahre vor unserer Zeit, tauchen die ersten Lebensformen auf. Deren genaue Geburtsstunde ist ebenso wenig bekannt wie der Geburtsort: kleine Wasserlöcher, Ozeane oder gar Kometen, mit denen Lebensbausteine auf die Erde gelangen?

13. Phase: 540 Millionen Jahre vor unserer Zeit entsteht eine fantastische Vielzahl neuer Tierarten. Das Leben blüht auf. Daher sprechen Fachleute von der kambrischen Explosion (nach dem Wort *Kambrium*, das die damalige geologische Erdperiode bezeichnet).

14. Phase: 65 Millionen Jahre vor unserer Zeit löscht der Aufprall eines ungefähr zehn Kilometer großen Meteoriten rund 70 Prozent aller Tierarten aus. Prominentestes Opfer: die Dinosaurier. Diese kosmische Katastrophe war nicht die Erste ihrer Art. Vor allem die junge Erde wird immer wieder von »Bomben« aus dem Weltraum getroffen. Außerdem setzen Vulkanausbrüche und Erdbeben dem jungen Leben zu.

15. Phase: Vor fünf Millionen Jahren erscheinen auf unserem Planeten die Vorläufer des Menschen. Drei Millionen Jahre später stapfen die ersten Exemplare der Gattung *Homo* durch die afrikanischen Steppen. Auf der Erde hat sich intelligentes Leben entwickelt, das über sich und den Ursprung des Kosmos nachdenkt.

So also liest sich in groben Zügen die Geschichte des Universums. Noch hat das Weltmodell die eine oder andere Schwäche. Vor allem das Rätsel der dunklen Energie beschäftigt die Forscher. Und dann ist da noch das

••• Der Tod der Dinosaurier kam vom Himmel – oder doch nicht? Zumindest streiten die Fachleute, ob der Einschag eines Meteoriten vor 65 Millionen Jahren die alleinige Ursache für das Aussterben der Tiere war.

Geheimnis der Antimaterie – Partikel mit derselben Masse, aber mit entgegengesetzter elektrischer Ladung. So ist das Elektron negativ geladen, sein Gegenstück, das Positron, positiv. Treffen beide aufeinander, vernichten sie sich augenblicklich in einem Energieblitz. (Sehr beliebt ist Antimaterie bei Science-Fiction-Autoren, die ihre Raumschiffe mit diesem Treibstoff durch die Weiten des Weltalls rasen lassen.) Wären beim Urknall ebenso viele Teilchen wie Antiteilchen entstanden, gäbe es keine Materie – und niemanden, der sich heute über das Universum den Kopf zerbricht. Folglich muss beim Urknall ein Ungleichgewicht geherrscht haben. Und tatsächlich: Auf eine Milliarde Antiteilchen kamen eine Milliarde und ein Teilchen! Warum das so war, wissen wir nicht.

So rätseln die Kosmologen über die Vergangenheit. Und interessieren sich gleichzeitig für die Zukunft. Wie wird alles enden? Diese Frage war bis vor einigen Jahren umstritten. Denn das Schicksal des Alls hängt ganz entscheidend davon ab, ob sich der Raum auf ewig ausdehnt oder nicht. Die Entdeckung der dunklen Energie lieferte eine eindeutige Antwort: Ja, der Raum dehnt sich in alle Ewigkeit aus. Aber wie geht es weiter? Astronomen sind zwar keine Hellseher, trotzdem haben sie eine Antwort parat.

»Die Sonne ward schwarz wie ein Trauergewand, der ganze Mond rot wie Blut. Die Sterne fielen vom Himmel …« So beschreibt ein Mann namens Johannes in der Bibel das Ende der Welt. Dieser Johannes lebte vor etwa 2000 Jahren. Von moderner Kosmologie wusste er nichts. Und doch erscheint seine Vision nach den Vorstellungen der Wissenschaftler gar nicht so verkehrt. In etwa fünf Milliarden Jahren, so lautet ihre Theorie heute, beginnt die Sonne sich aufzublähen. In sieben Milliarden Jahren wird sie ein roter Riese geworden sein. Die Erde hat sie dann längst verschlungen. Für die Menschen ist ein »Stern« (die Sonne) »vom Himmel gefallen«. Aber der Hitzetod unseres Planeten bedeutet längst nicht das Ende des gesamten Universums. Und auch die Kollision mit der Andromedagalaxie etwa zur selben Zeit bedeutet nicht das Aus für die Welt. Schrittweise wollen wir uns der Apokalypse nähern und die Endphase des Alls anschauen.

16. Phase: In spätestens zehn Billionen Jahren erlöschen im gesamten Weltall die letzten Sonnen. Und weil keine neuen geboren werden, gehen im Universum die Lichter aus.

17. Phase: In hundert Billionen Jahren treiben nur mehr »Leichen« durch Raum und Zeit: erkaltete Planeten, schwarze Zwerge und Neutronensterne sowie schwarze Löcher. Die Temperatur liegt bei minus 272 Grad Celsius und damit ein Grad über dem absoluten Nullpunkt. Jetzt beginnt der langsame Tod der Galaxien. Während ein Teil der Sternklumpen aus den Milchstraßen ins freie All katapultiert wird, verschwindet der andere in den zentralen schwarzen Löchern.

18. Phase: In zehn Quadrillionen Jahren brechen die Galaxien zusammen.

19. Phase: In hundert Quintillionen Jahren zerfällt die Materie, weil sich die Kernbausteine auflösen. Jetzt regieren nur mehr Massemonster den Kosmos: schwarze Löcher. Doch auch sie sind nicht stabil, allmählich verdampfen sie.

20. Phase: Nach 10^{100} Jahren (eine Eins mit 100 Nullen!) ist das letzte schwarze Loch in einem Feuerwerk aus Gammastrahlen verschwunden. Schließlich bevölkern nur noch Photonen und Neutrinos das All. Unaufhörlich dehnt sich der Raum aus – wie er das seit dem Urknall tut. Irgendwann steht die Zeit still. Die Ewigkeit beginnt.

• Aliens, bitte melden!

Sie heißen E.T., Zylonen oder Frogs. Sie bevölkern ferne Milchstraßen und leben auf faszinierenden Welten. Sie sind meist hochintelligent und wollen das All beherrschen. Sie führen intergalaktische Kriege und bedrohen die Erde. Und sie haben alle dieselben Eltern: fantasiebegabte Schriftsteller, Regisseure und Trickfilmer. Das Geschäft mit den Außerirdischen blüht. Die Frage, ob wir mutterseelenallein auf unserem Staubkörnchen im Kosmos hocken oder ob das Universum von extraterrestrischen Zivilisationen wimmelt, ist ebenso alt wie die Menschheit. Obwohl wir heute mehr vom Kosmos verstehen als jemals zuvor, tappen wir auf der Suche nach einer Antwort immer noch im Dunkeln.

Natürlich wissen es einige Leute besser. Sie behaupten es jedenfalls: Da sollen vor Jahrtausenden Außerirdische auf unserem Planeten gelandet sein und die Kultur mitgebracht haben. Da sollen noch heute ständig Ufos die Erde ausspionieren. Auf dem Mars oder dem Mond soll es Hochkulturen gegeben haben, die jedoch vor langer Zeit ausstarben. Solche Märchen entbehren jeglicher Grundlage. Sie bringen den Märchentanten und -onkeln allerdings viel Geld – vor allem, wenn sie ihre erfundenen Geschichten in Büchern als wissenschaftliche Wahrheiten verkaufen. Die Antwort auf das Zivilisationsrätsel werden wir wahrscheinlich niemals finden. Da müsste schon ein außerirdisches Raumschiff auf der Erde landen und die Fremdlinge müssten sich als solche zu erkennen geben. Oder die Astronomen müssten ein Signal unnatürlichen Ursprungs auffangen. Tatsächlich haben sich einige Wissenschaftler auf die Suche nach extraterrestrischer Intelligenz (SETI) spezialisiert. Dazu funktionieren sie große Antennen zu Weltraumradios um und tasten die Skala nach außerirdischen Sendern ab. Aber nichts rührt sich im Äther. Die einzigen »Radioprogramme« stammen von astronomischen Objekten wie Pulsaren. Oder doch nicht?

Das Signal von »Ziel 4505« beschleunigt den Puls von Seth Shostak. Es sieht so aus, als berge das Wellengemisch die Botschaft einer fremden Zivilisation, eine verschlüsselte Nachricht, die nach 117-jähriger Reise durchs Universum die Schüssel des Radioteleskops getroffen und sich schließlich in den elektronischen Windungen des Verstärkers verfangen hat. Doch einen Tag später folgt die Ernüchterung. Die Pulse stammen von einem Satelliten durchaus irdischen Ursprungs.

Dennoch bleibt Seth Shostak Optimist – wie alle anderen SETI-Astronomen. Frank Drake war der Erste: Im Frühjahr 1960 richtete er die Antenne des Observatoriums von Green Bank im US-Bundesstaat West Virginia zwei Monate lang täglich sechs Stunden auf die Sterne Tau Ceti und Epsilon Eridani. *Ozma* nannte Drake sein Projekt. Dass es stumm blieb im All, störte ihn nicht weiter. Er entwickelte sogar eine Formel für außerirdisches Leben. Die Aufgabe lautete: Wie viele intelligente Kulturen mögen innerhalb unserer Galaxis mit ihren 100 oder 200 Milliarden Sonnen existieren? Die »Drake-Gleichung« umfasst sieben Faktoren und hat einen Nachteil: Sie liefert keine eindeutige Lösung! Zum Beispiel weiß niemand, wie hoch die Zahl jener Sterne ist, um die sich Planeten bilden. Denn nur auf diesen kühlen Himmelskörpern mit fester Kruste würden sich die kleinen grünen Männchen wohlfühlen. Frank Drake glaubt, dass bis zu 100 Millionen Alienkulturen die Milchstraße bevölkern und elektromagnetische Rauchzeichen geben.

Drakes Projekt *Ozma* folgten bis heute mehr als 90 Suchprogramme. Den Durchbruch sollte das von der US-amerikanischen Raumfahrtbehörde NASA im Oktober 1992 gestartete, 100 Millionen Dollar teure Projekt *SETI NASA* bringen. Doch nach einem Jahr drehte der Kongress den Geldhahn zu. Finanziert aus privaten Mitteln lebte das Programm im Februar 1995 unter dem passenden Namen *Phoenix* wieder auf und wurde nach fast zehn Jahren 2004 eingestellt. Die Forscher durchforsteten auf mehreren Millionen Funkkanälen gleichzeitig die Nachbarschaft der Erde im Umkreis von 200 Lichtjahren. Ins All lauschte außerdem

••• Mit der 305 Meter großen Schüssel des Arecibo-Radioobservatoriums auf Puerto Rico lauschten die Forscher nach Signalen von Aliens. Außerdem schickten sie über die Antenne eine Botschaft in den Kugelsternhaufen M 13. Sollten dort intelligente Wesen leben, werden sie die irdische Flaschenpost jedoch erst in rund 25 000 Jahren empfangen.

der Detektor Serendip IV an der 305-Meter-Antenne auf Puerto Rico. Die gigantische Last aus Bits und Bytes verteilt sich auf nahezu fünf Millionen private PCs: Unter dem Projektnamen *SETI@home* kann sich noch heute jeder an der Datenauswertung beteiligen und sich einen attraktiven Bildschirmschoner herunterladen.

Brennpunkt für die Fahndung nach den Aliens ist das im Jahr 1984 gegründete Seti-Institut im kalifornischen Mountain View. Gemeinsam mit der Universität Berkeley planen die kosmischen Detektive ein Superteleskop: 350 Satellitenschüsseln, die zusammengeschaltet mehr Strahlung sammeln als eine 100-Meter-Antenne, sollen in ein paar Jahren rund um die Uhr den Himmel überwachen. Benannt wird die Anlage nach dem Hauptsponsor und Microsoft-Mitbegründer Paul Allen. Skeptiker bezweifeln, dass dieses gigantische Ohr zum Kosmos außer dem rhythmischen Gebrumme von Neutronensternen oder dem Rauschen ferner Quasare jemals etwas anderes erlauscht. Frank Drakes vor Jahren abgegebene Prophezeiung, man werde noch vor dem Jahr 2000 ein Telefonat der Außerirdischen abhören, hat sich jedenfalls nicht erfüllt. Daran ändert auch ein Phänomen nichts, das den Wissenschaftlern anfangs einiges Kopfzerbrechen bereitete.

Es passierte plötzlich und unerwartet: Am 4. September 2005 leuchtete am Himmel für 100 Sekunden im Gammalicht ein greller Blitz auf. Der amerikanische Satellit *Swift* registrierte den Ausbruch. Ergebnis der Auswertung: Die Quelle ist 13 Milliarden Lichtjahre entfernt, liegt irgendwo am Rand von Raum und Zeit. Die Explosion war gewaltig, aber bei Weitem nicht einmalig. Ende der 1960er-Jahre hatte ein US-Spionagesatellit ähnliche Explosionen am Himmel entdeckt. Stammte die Strahlung etwa von russischen Atombombenversuchen? Oder tobt draußen im Weltall ein »Krieg der Sterne«? Detonieren Bomben von hochentwickelten Zivilisationen? Durchschnittlich zweimal pro Tag zündet ein solches kosmisches Feuerwerk. Allein der Satellit *Compton* hat zwischen den Jahren 1991 und 2000 mehr als 2000 dieser Gammablitze beobachtet. Die Kaskaden dauern wenige Zehntelsekunden bis zu einigen Minuten und sind gleichmäßig über das Firmament verteilt.

Weil die Astronomen nicht an kleine grüne Männchen glauben, die irgendwo im All den Aufstand proben, haben sie mindestens 150 Theorien aufgestellt, um das Phänomen zu erklären. Wenn die Blitze, wie man annimmt, aus Milliarden Lichtjahre entfernten Galaxien stammen, gilt es einen Mechanismus zu finden, der die ungeheure Energiemenge erklärt. Zu den Favoriten zählen heute die Kollision von zwei Neutronensternen oder der Zusammenstoß von schwarzen Löchern. Ein weiterer Kandidat sind die sogenannten Hypernovae – Sterne, die mindestens die 20- oder 30-fache Masse unserer Sonne besitzen und noch heftiger zugrunde gehen als Supernovae. Der Stern Eta Carinae könnte eines Tages als Hypernova explodieren. Sein Gammablitz würde alles Leben auf unserer Erde auslöschen.

• Leben in der Nische

So ist es wieder nichts mit den Signalen von Außerirdischen. Um das Schweigen zu brechen, funken die Forscher ihrerseits verschlüsselte Botschaften ins All. Besteht überhaupt die Aussicht auf Erfolg? Werden wir jemals eine Antwort enthalten? Oder gar persönlichen Besuch von Zylonen oder Frogs? Dies alles erscheint äußerst unwahrscheinlich. Die Weiten des Weltraums sind unermesslich. Selbst wenn die Radiobotschaften oder Raumschiffe mit Lichtgeschwindigkeit reisten, bräuchten die Astronauten fremder Zivilisationen von einem Ende unserer Galaxis bis zum anderen 100 000 Jahre. Vom Andromedanebel wären sie zweieinhalb Millionen Jahre unterwegs.

Aber muss die Distanz zum nächsten bewohnten Planeten wirklich so gewaltig sein? Die Astronomen kennen im Umkreis von 12 Lichtjahren immerhin 32 Sterne. Eine zweite Erde haben sie jedoch bei keinem beobachtet. Trotzdem wollen wir annehmen, dass sich auf einem Himmelskörper eine intelligente Kultur entwickelt hat. Terra II soll 1000 Lichtjahre von uns entfernt sein. Nehmen wir weiter an, dass die dortigen Ingenieure ein fantastisches Triebwerk gebaut haben; es beschleunigt ein Raumschiff bis auf ein Zehntel der Lichtgeschwindigkeit. Kühne Astronauten wären damit 10 000 Jahre zu uns unterwegs – eine lange Zeit! Trotzdem wollen wir davon ausgehen, dass die Bewohner von Terra II einen solchen Marathon bewältigen. Aber in welche Richtung sollen sie zu ihrer Exkursion ins Ungewisse starten? Wie sollen sie die 1000 Lichtjahre entfernte Erde finden? Wie können sie wissen, dass ausgerechnet der dritte Planet, der einen von 100 oder gar 200 Milliarden Sternen in der Galaxis umkreist, Leben trägt?

Vielleicht haben die Außerirdischen Superteleskope, wie sie die irdischen Astronomen planen. Mit diesen Instrumenten studieren die Extraterresten die Atmosphären fremder Planeten, indem sie Spektren aufzeichnen und darin nach Linien von Sauerstoff suchen. Bei der Erde würden sie fündig werden. Trotzdem wüssten sie nichts über das Entwicklungsstadium des Lebens, eine sauerstoffreiche Atmosphäre gab es schon vor Millionen Jahren. Eine andere, zuverlässigere Suchmethode wäre der Lauschangriff. So haben die Menschen ganz unfreiwillig Botschaften ins All geschickt: Als um 1920 die ersten Radiosendungen ausgestrahlt wurden, haben deren Wellen unseren Planeten verlassen und bewegen sich seitdem mit Lichtgeschwindigkeit durch den Raum. Fast 90 Lichtjahre weit sind sie bisher vorgedrungen. Die Bewohner von Terra II müssen noch 910 Jahre auf die Signale warten …

Vielleicht starten die Außerirdischen ja aufs Geratewohl. Die Suche nach einer Nadel im Heuhaufen ist nichts dagegen. Ein Beispiel soll das verdeutlichen. Versetzen wir uns in die Lage von winzigen intelligenten Wesen, die in einer Pfütze bei Hamburg wohnen. Eines Tages konstruieren sie ein Gefährt, mit dem sich eine Crew von zehn Mann aufmacht, die Welt zu erkunden. Das Vehikel ist mikroskopisch klein und legt zu Wasser und zu Land täglich einen Zentimeter zurück. Nun soll es auf unserem Planeten noch eine zweite Kolonie intelligenter Einzeller geben. Sie haust in einer Pfütze bei New York. Davon wissen unsere kleinen Abenteurer jedoch nichts. Stell dir einmal die Wahrscheinlichkeit vor, mit der die »Hamburger« zufällig auf die Heimat der »New Yorker« stoßen! Im Vergleich dazu ist ein Sechser im Lotto beinahe unendlich mal wahrscheinlicher! Bei unseren Überlegungen haben wir angenommen, dass es in einer Pfütze bei New York von intelligenten Winzlingen wimmelt. Aber wie sieht das im Universum aus? Unter welchen Bedingungen entsteht das Leben überhaupt? Und wie kann es überleben?

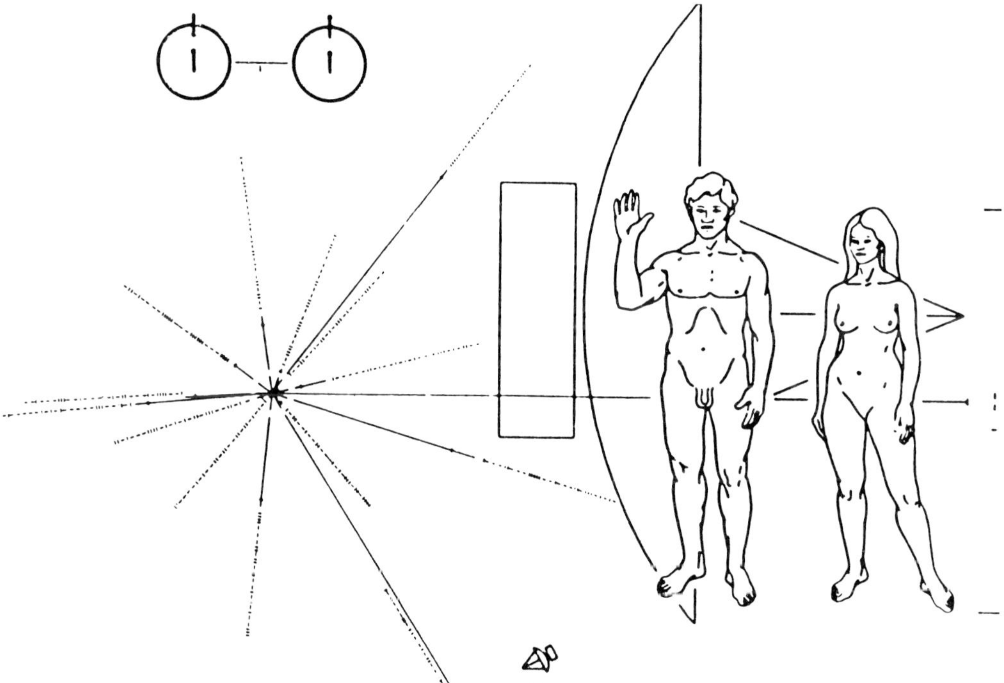

••• Gruß von der Erde an den Rest der Welt: An Bord der beiden *Pioneer*-Sonden befinden sich Bildtafeln mit dem hier gezeigten Motiv. Ob sie eines fernen Tages einer fremden Zivilisation auf einem fernen Planeten »auf den Kopf fallen«, ist äußerst unwahrscheinlich.

Das Leben sitzt auf der Erde in einer schmalen Nische. Unser Blauer Planet hat gerade den richtigen Abstand von der Sonne. Würde die Erde einige Millionen Kilometer näher um sie kreisen, wären die Ozeane längst verdampft. Würde die Erde einige Millionen Kilometer weiter entfernt die Sonne umlaufen, wären die Meere vergletschert. Flüssiges Wasser ist für Organismen jedoch der wichtigste Nährboden. Bei Temperaturen unter null oder mehr als hundert Grad Celsius kann keine noch so primitive Zelle existieren. Die lebensfreundlichen Bedingungen müssen außerdem lange Zeit anhalten. Intelligentes Leben hat sich nicht von heute auf morgen entwickelt, sondern fast vier Milliarden Jahre dafür gebraucht. Bahnstörungen der Erde oder Fehlzündungen im Motor der Sonne hätten dem Gedeihen von Pflanzen und Tieren und damit der Evolution ein rasches Ende bereitet. Und was für ein Glück, dass unser guter alter Mond die Rotationsachse der Erde stabilisiert.

Nicht jeder Stern eignet sich als Lebensspender. So kommt ein Planet in einem Doppel- oder Mehrfachsternsystem gar nicht zur Ruhe: Weil mehrere Sonnen gleichzeitig an ihm zerren, ändert sich ständig seine Bahn. Ein solcher verschlungener Weg taucht den Himmelskörper in ein Wechselbad der Temperaturen. Einmal ist er brütend heiß, dann eisig kalt. Aber auch Einzelsterne haben ihre Tücken. Massearme Gaskugeln geben einen schlechten Ofen ab, sie sind viel zu kühl. Schwere Giganten dagegen leben nur kurz, sie verwandeln sich sehr früh in rote Riesen und fressen ihre Planeten schließlich auf.

Trotzdem verleihen die Astronomen rund zehn Milliarden Sternen innerhalb der Milchstraße das Prädikat »Geeignet zum Unterhalt von Leben«. Sicher leisten sich nicht alle ein eigenes Planetensystem. Und vermutlich wird nicht in allen Systemen jeweils ein Himmelskörper den richtigen Abstand zu seiner Sonne besitzen. Vielleicht erfüllt außer der Erde nur noch ein Planet innerhalb der Galaxis diese Bedingungen. Vielleicht sind es drei Millionen oder fünf Milliarden! Wurde auf jeder dieser exotischen Welten Leben geboren? Hat die Natur dort intelligente Wesen hervorgebracht? Oder sind wir doch allein im All? Sind wir einmalig?

Wir werden wahrscheinlich niemals eine Antwort finden. Denn wie hat der berühmte Naturforscher Isaac Newton einmal gesagt: »Was wir wissen, ist ein Tropfen, was wir nicht wissen, ist ein Ozean!«

ASTROTIPP 9

Du bist sicher ein Computerfreak. Vielleicht hast du in deinem Zimmer sogar einen eigenen Rechner stehen. Na, dann sind das ja die besten Voraussetzungen, um das Universum auf den Bildschirm zu zaubern. Weltraumspiele meine ich dabei aber nicht. Es mag zwar ganz lustig sein, als mächtiger Captain über eine eigene Flotte zu befehlen, Raumschiffe zu jagen, gegen Tarnkappenbomber zu kämpfen oder Planeten von bösen Mächten zu befreien. Aber mir werden solche Spiele ziemlich schnell langweilig. Außerdem haben sie mit der Wirklichkeit nichts zu tun. Und das Hantieren mit Laserkanonen und das Erledigen vermeintlicher Gegner macht mir überhaupt keinen Spaß. Leider wissen die wenigsten, dass es außer dem *Krieg der Sterne* noch viele andere Möglichkeiten gibt, sich mit dem Weltall zu beschäftigen. Einige davon möchte ich vorstellen.

••• Bei wolkenverhangenem Himmel zaubert der Computer jederzeit die Pracht einer Sternennacht auf den Bildschirm.

Wie hat das Firmament am Tag meiner Geburt ausgesehen? Wer das schon immer mal wissen wollte, muss dazu nicht extra in ein Planetarium gehen. Ein Sternentheater lässt sich wunderbar zu Hause aufführen. Der Markt bietet jede Menge **Planetariumsprogramme**. Sie stellen den Himmel über jedem beliebigen Platz auf der Erde dar. Du brauchst außer deinem Geburtsort nur dein Geburtsdatum und die Zeit einzugeben, dann erscheinen in Sekundenschnelle die damals sichtbaren Fixsterne und Sternbilder. Aber vielleicht interessiert dich auch der Anblick vom 12. Mai 3856 vor Christus oder vom 24. Dezember 9426. Auch das ist für die meisten Programme kein Problem.

Die Konstellationen allein sind nicht die einzigen Akteure auf der Himmelsbühne. Erst Sonne, Mond und die Planeten verleihen dem Spiel der Gestirne die richtige Würze. Selbstverständlich dürfen sie im Computer kräftig mitmischen. Auf Knopfdruck beginnen die Wandelsterne sogar unter den Fixsternen herumzuziehen. Mit diesen Animationen kannst du die Schleifen des Mars oder die rasante Fahrt des Merkurs verfolgen. Darüber hinaus verfügen die meisten Programme über eine Funktion, mit der sich Objekte wie Galaxien oder Gasnebel suchen und finden lassen. Dabei zeigt der Computer nicht nur den Ort am Himmel und eine knappe Beschreibung; er liefert auch noch Fotos von Milchstraßen, Sternwolken oder Kometen. Spannend ist es, einen Ausschnitt des Himmels zu vergrößern.

Wer sich zum Nulltarif zu den Sternen zoomen möchte, der ist bei **WorldWideTelescope** der Firma Microsoft genau richtig. Unter der Adresse http://www.worldwidetelescope.org/ kann man sich das etwa 20 Megabyte große Programm herunterladen und damit durch Raum und Zeit navigieren. Per Mausklick bewegst du dich schwerelos zwischen den Galaxien oder lässt dich von vorbereiteten Touren führen. Auch beim ebenfalls kostenlosen **Google Sky** (http://earth.google.de/sky/skyedu.html) entdeckst du Sternbilder, Planeten und Nebelflecken und erfährst viel über Position, Größe oder Umlaufbahnen der Gestirne. Die hochaufgelösten Weltraumbilder stammen unter anderem vom Weltraumteleskop *Hubble*. Animationen verdeutlichen den Verlauf der Mondphasen und die Stellung der Planeten für zwei Monate im Voraus. Außerdem werden die verschiedenen Stadien im Leben eines Sterns dargestellt.

Apropos Sternleben: Du kannst mit den Gestirnen auch experimentieren. Dafür gibt es **Berechnungsprogramme**, die manche Amateurastronomen selbst schreiben und zum Teil kostenlos vertreiben. Manche sind speziellen Themen gewidmet, wie Sonnen- und Mondfinsternissen, Planeten oder Planetoiden. Die Entdeckung eines Kometen ist für den Sternfreund sicher nicht alltäglich. Aber gelegentlich fotografiert er doch ein schwaches Fleckchen, das in keinem

Katalog verzeichnet ist. Meist stellt sich heraus, dass ein anderer schneller war. Trotzdem macht die »Nachentdeckung« eines Schweifsterns großen Spaß. Mithilfe eines geeigneten Programms lassen sich die Koordinaten bestimmen und aus mehreren Beobachtungen schließlich die wahre Bahn des kosmischen Vagabunden im Sonnensystem.

Nicht wenige Fotografen nutzen **Bildbearbeitungsprogramme**, um damit ihre eigenen Himmelsaufnahmen auszuwerten. Früher mussten sich die Astrofotografen ganz schön plagen. Stundenlang verharrten sie oft in klirrender Kälte und passten höllisch auf, dass das Fernrohr exakt dem Motiv folgte. Erst in der Dunkelkammer zeigte sich der Erfolg oder der Misserfolg, wenn aufgrund eines Nachführfehlers plötzlich alle Sterne kleine Schwänze hatten. Heute gehen die Amateure mit sogenannten CCD-Kameras auf Sternenjagd. Belichtungszeiten von einigen Sekunden bis zu wenigen Minuten genügen, und am Monitor des mit der CCD-Einrichtung verbundenen Computers bauen sich die Ansichten ferner Welten auf. Ebenfalls am Bildschirm werden sie überlagert und ihr Licht auf diese Weise addiert. Ist ein Foto nichts geworden, wandert es sofort in den elektronischen Papierkorb – und ein neuer Versuch wird gestartet. Die meisten Aufnahmen sehen zunächst relativ flau aus: Ein Bildbearbeitungsprogramm erhöht den Kontrast, enthüllt die tollsten Details oder stellt das Objekt in Farbe dar.

Sicher hast du schon einmal einen Satelliten über das Firmament ziehen sehen. Oder war es gar die Internationale Raumstation ISS? Antworten liefert **Heavens Above**. Unter der Adresse http://www.heavens-above.com/ findest du alles rund um die künstlichen Himmelskörper, etwa die Zeiten ihrer Sichtbarkeit, Karten mit den genauen Bahnen und vieles mehr. Das Beste: Alles ist auf deinen Beobachtungsort abgestimmt. Anmelden, geografische Koordinaten eingeben und los geht's!

Anhang

• Plan der Astronomie-Ausstellung im Deutschen Museum

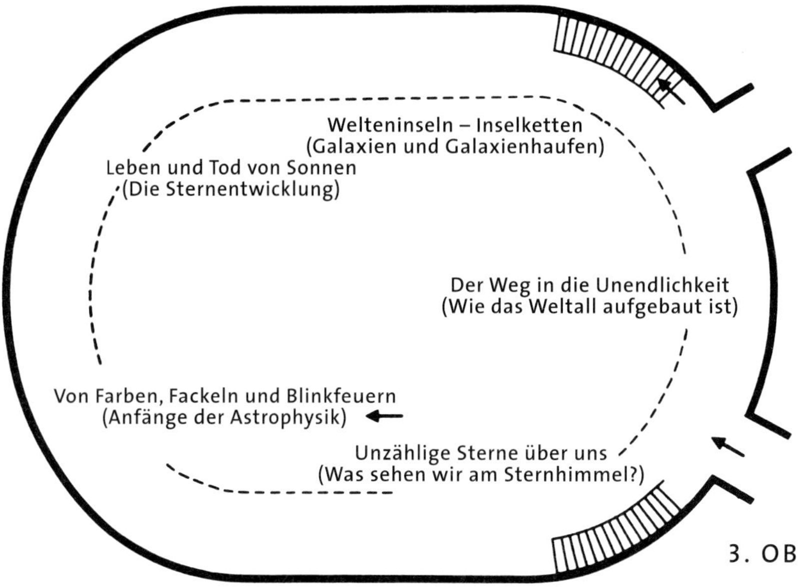

3. OBERGESCHOSS

GALERIE

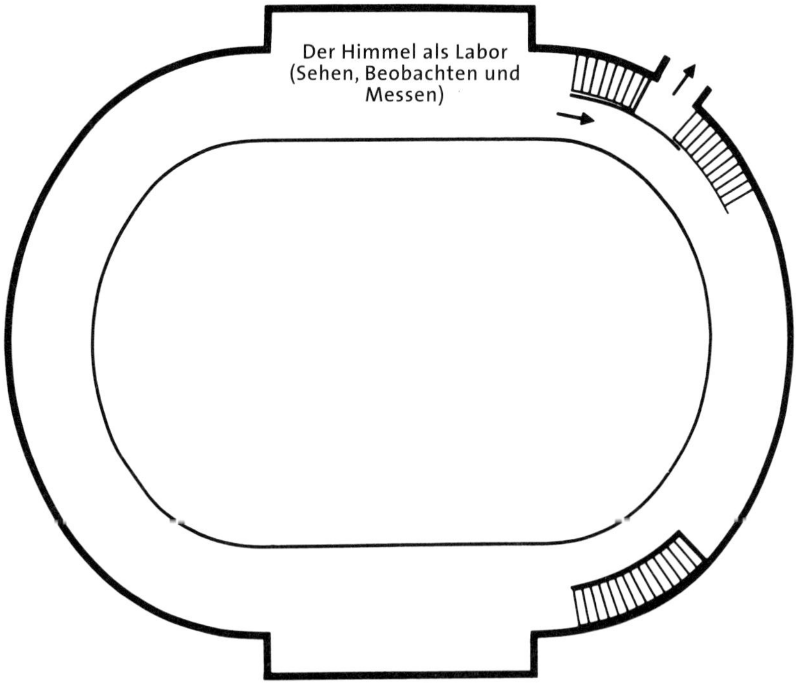

5. OBERGESCHOSS

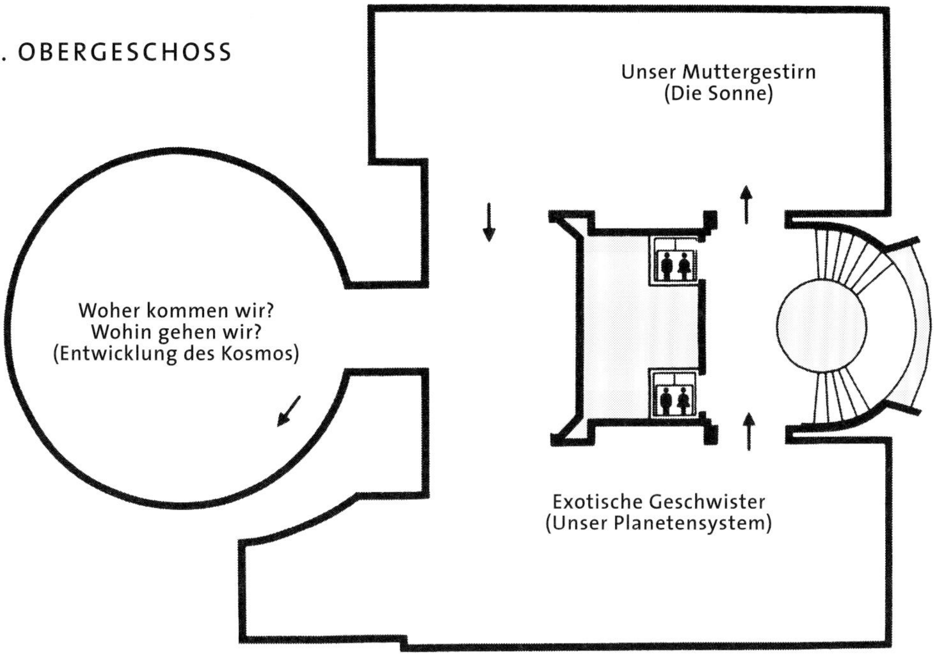

ASTRO-QUIZ

Willst du wissen, ob du schon zu den Profis unter den Amateurastronomen gehörst? Dann mach einfach mit beim großen Astro-Quiz: 20 Fragen aus der Himmelskunde. Jeweils drei Antworten gebe ich dir zur Auswahl. Aber nur eine ist richtig! Hinter jeder Antwort steht in Klammern eine Zahl. Die bringt dich auf die Spur der Lösung, denn sie bedeutet einen bestimmten Buchstaben im Alphabet: Zum Beispiel entspricht eine »2« dem zweiten Buchstaben (B), eine »15« dem fünfzehnten (O) oder eine »26« dem sechsundzwanzigsten (Z). Alle Buchstaben aneinandergereiht und in die Kästchen eingetragen ergeben einen Satz. Viel Spaß beim Rätseln!

PS: Schreibe auf ein Extrablatt die Buchstaben des Alphabets und nummeriere sie von 1 bis 26. Dann hast du es leichter. Solltest du übrigens nicht sofort auf den richtigen Trichter kommen, darfst du im Buch nachblättern. Darin findest du alle Antworten. Du musst nur ein wenig suchen ...

1. Der nächstgelegene Fixstern heißt

a: Sirius (23)
b: Proxima Centauri (1)
c: Wega (14)

2. Wie schnell rast das Licht durch die Welt?

a: Mit 300 Metern in der Sekunde (5)
b: Mit 40 000 Kilometern in der Stunde (17)
c: Mit 300 000 Kilometern in der Sekunde (19)

3. Zirkumpolar nennt man ein Sternbild, wenn es

a: an einem Beobachtungsort nie untergeht (20)
b: gerade aufgeht (14)
c: gerade untergeht (8)

4. Der Orion ist auf der nördlichen Erdhalbkugel ein typisches

a: Sommersternbild (2)
b: Wintersternbild (18)
c: Frühlingssternbild (5)

5. Die Jahreszeiten entstehen wegen

a: der wechselnden Temperaturen der Sonne (13)
b: dem unterschiedlichen Abstand Erde – Sonne (18)
c: der Neigung der Erdachse (15)

6. Mit Größenklasse bezeichnen die Astronomen

a: die Helligkeit eines Himmelskörpers (14)
b: den Durchmesser eines Planetoiden (25)
c: die Schweiflänge eines Kometen (3)

7. Delta-Cephei-Sterne gehören zu den

a: Pulsationsveränderlichen (15)
b: optischen Doppelsternen (9)
c: physischen Doppelsternen (8)

8. Was bedeutet Fusion?

a: Die Verschmelzung von Wasserstoff zu Helium (13)
b: Die Explosion eines Sterns (25)
c: Die Geburt der Sonne (21)

9. Als planetarische Nebel beobachten die Forscher

a: Staubwolken um die Planeten (1)
b: Hüllen ausgebrannter Sterne (9)
c: ferne Sonnensysteme (17)

10. Pulsare sind

a: pulsierende Sterne (8)
b: schnell rotierende Neutronensterne (5)
c: ein Meteorstrom (19)

11. Die Supernova 1987A zündete

a: in unserer Galaxis (23)
b: im Andromedanebel (15)
c: in der Großen Magellanschen Wolke (13)

12. Was ist ein Galaxienhaufen?

a: Die Ansammlung von Sternsystemen (1)
b: Eine andere Bezeichnung für die Milchstraße (2)
c: Zwei Galaxien, die zusammenstoßen (16)

13. Im Jahr 1929 entdeckte Edwin Hubble

a: den Planeten Pluto (20)
b: die Flucht der Galaxien (3)
c: einen neuen Kometen (18)

14. Die Erdatmosphäre schützt uns vor

a: Radiostrahlen (10)
b: Röntgenstrahlen (8)
c: Lichtstrahlen (18)

15. Bei den Sonnenflecken handelt es sich um

a: kühle Stellen auf der Sonne (20)
b: heiße Stellen auf der Sonne (5)
c: Fehler in der Optik von Sonnenteleskopen (13)

16. Die Temperatur der sichtbaren Sonnenoberfläche beträgt

a: 15 Millionen Grad (26)
b: 5700 Grad (19)
c: 28 000 Grad (4)

17. Nikolaus Kopernikus behauptete, dass sich

a: die Sonne um die Erde dreht (3)
b: die Sonne um den Mond dreht (13)
c: die Planeten um die Sonne drehen (16)

18. Der Große Rote Fleck ziert den Planeten

a: Mars (14)
b: Saturn (20)
c: Jupiter (1)

19. Die kosmische Hintergrundstrahlung stammt

a: vom Urknall (19)
b: von den Quasaren (21)
c: von Kugelsternhaufen (13)

20. Die Astronomen schätzen das Alter des Universums auf

a: 9,8 Milliarden Jahre (7)
b: 40 Milliarden Jahre (2)
c: 13,7 Milliarden Jahre (19)

• Mein Lösungssatz lautet:

○○○○○○○○○○●○○○○○●○○○○○

Literaturhinweise

Bücher für schlechtes Wetter

Bührke, Thomas, *Lift off, Die Geschichte der Raumfahrt*, Berlin Verlag
• Wie der Mensch nach den Sternen greift – kurz, aber erstaunlich vollständig.

Garlick, Mark A., *Der große Atlas des Universums*, mit CD, Kosmos Verlag
• Ein faszinierender Bildband astronomischer Objekte.

Hawking, Lucy und Stephen, *Der geheime Schlüssel zum Universum*, cbj
• Spannender Science-Fiction-Roman um schwarze Löcher und einen Computer.

Herrmann, Dieter B., *Der Jugendbrockhaus Weltall und Raumfahrt*, Brockhaus Verlag
• Astronomie und Raumfahrt in Stichworten auf einen Blick.

Kippenhahn, Rudolf, *Amor und der Abstand zur Sonne, Geschichten aus meinem Kosmos*, Piper Verlag
• Anekdoten, die kaum einer kennt, über die Sterne und ihre Erforscher.

May, Brian / Moore, Patrick / Lintott, Chris, *Bang! Die ganze Geschichte des Universums*, Kosmos-Verlag
• Eine Reise vom Anfang bis zum Ende des Weltalls mit vielen Bildern.

Nielsen, Maja, *Kosmonauten, Mit 20 Millionen PS ins All*, Gerstenberg Verlag
• Fesselnde Reportagen über Abenteurer in der Schwerelosigkeit.

Röthlein, Brigitte, *Der Mond, Das Neueste über den Erdtrabanten*, dtv
• Lehrreiches und Kurioses über den Erdbegleiter.

Bücher für klaren Himmel

Celnik, Werner E. / Hahn, Hermann-Michael, *Astronomie für Einsteiger, Schritt für Schritt zur erfolgreichen Himmelsbeobachtung*, Kosmos Verlag
• Für unerfahrene Sternfreunde, die das Firmament selbst erforschen wollen.

Hahn, Hermann-Michael, *Welches Sternbild ist das?* Kosmos Verlag
• Alles, was man über die Konstellationen wissen muss.

Jäger, Thomas, *Der Starhopper, 20 Himmelstouren für Hobby-Astronomen*, Oculum-Verlag
• Die schönsten Objekte am Firmament sicher finden und beobachten.

Karkoschka, Erich, *Drehbare Welt-Sternkarte, Für den nördlichen und südlichen Sternenhimmel*, Kosmos Verlag
• Einfache Orientierung am Himmel auf einen Dreh.

Keller, Hans-Ulrich, *Kosmos Himmelsjahr, Sonne, Mond und Sterne im Jahreslauf*, Kosmos Verlag
Eine unentbehrliche Hilfe für die eigene Beobachtung – für jeden Tag des Jahres.

Lacroux, Jean / Legrand, Christian, *Der Kosmos Mondführer, Mondbeobachtung für Einsteiger*, Kosmos Verlag
• Der Erdtrabant ist immer einen Ausflug wert, auch wenn man am Boden bleibt.

Scagell, Robin, *Der Sternenhimmel, Ein Atlas zur Himmelsbeobachtung*, Dorling Kindersley Verlag
• Ein nützlicher Reiseführer für eigene Exkursionen in die Tiefen des Weltalls.

Stoyan, Ronald, *Teleskop-1x1, Ein Handbuch für Fernrohr-Besitzer*, Oculum-Verlag
• Die perfekte Gebrauchsanweisung für die Benutzung des eigenen Fernrohrs.

Zeitschriften für Wissensdurstige

Sterne und Weltraum, Verlag Spektrum der Wissenschaft, erscheint monatlich
• Neuigkeiten aus Astronomie und Raumfahrt, nur für fortgeschrittene Amateure.

Astronomie + Raumfahrt, erscheint 6-mal im Jahr, Friedrich Verlag
• Neuigkeiten aus Astronomie und Raumfahrt, für Lehrer und Schüler.

Interstellarum, Oculum-Verlag, erscheint 6-mal im Jahr
• Tipps und Tricks für fortgeschrittene Sternfreunde, die sich praktisch betätigen.

SONNE, Vereinigung der Sternfreunde, erscheint 3-mal im Jahr
• Mitteilungsblatt für die Profis unter den Amateur-Sonnenbeobachtern.

Adressen für Surfer

www.nasa.gov
Homepage der US-Raumfahrtbehörde NASA (englisch).

www.spacetelescope.org/
Europäische Homepage des Weltraumteleskops *Hubble* (englisch).

www.eso.org/public/
Homepage der Europäischen Südsternwarte (englisch).

www.dlr.de
Homepage des Deutschen Zentrums für Luft- und Raumfahrt.

www.vds-astro.de/
Homepage der Vereinigung der Sternfreunde (VdS).

www.marssociety.de
Homepage der deutschen Sektion der Mars Society.

www.seti.org/
Den Außerirdischen auf der Spur – Homepage des SETI-Instituts (englisch).

www.astronomie.info/
Aktuelle Informationen für Interessierte aus Astronomie und Raumfahrt.

www.astronews.com/
Neueste Nachrichten aus Astronomie und Raumfahrt.

www.astronomie.de
Astronomieportal mit Nachrichten und Hintergründen für Amateure.

www.public.asu.edu/~sciref/exoplnt.htm
Geschichte und Erforschung von extrasolaren Planeten (englisch).

http://lexikon.astroinfo.org/
Alles rund um Astronomie und Raumfahrt – mit Lexikon.

www.wissenschaft-online.de/astrowissen/
Ausführliches Online-Astronomielexikon mit Hunderten von Stichwörtern.

http://the-moon.wikispaces.com/
Virtuelle Touren über die Mondoberfläche (englisch).

http://earth.google.de/sky/skyedu.html
Per Mausklick einfach durch das Weltall »googlen«.

http://www.worldwidetelescope.org/
Virtuelle Reisen durch Raum und Zeit in drei Dimensionen.

www.mpa-garching.mpg.de/~museum/museum/index.html
Cosmic cinema mit Filmen über Supernovae, schwarze Löcher und vieles mehr.

www.heavens-above.com/
Bahndaten der Internationalen Raumstation und zahlreicher Satelliten (englisch).

Register

• Bildnachweis

© Bildarchiv astrofoto: 148, 186, 256 oben
© CNES / D. Ducros: 92
© Deutsches Museum: 149, 193, 239, 241, 241, 275, 288
© ESA: 89
© ESA / DLR / FU Berlin (G. Neukum): 123 unten
© ESO: 13, 81, 222, 225, 256 unten
© Bernd Flach-Wilken: 252 oben
© J.P. Harrington and K.J. Borkowski (University of Maryland), and NASA/ESA: 219
© Helmut Hornung: 94, 109, 142, 172, 297
© Robert Hurt / SSC / Caltech / JPL / NASA: 244
© Peter Hückel: 155
© Landesamt für Denkmalpflege und Archäologie Sachsen-Anhalt, Juraj Lipták: 41
© MaxPlanckForschung 4/2005 / Helmut Rohrer: 245
© MPG: 87
© MPI für Astrophysik: 284 unten
© NASA: 22
© NASA / ESA / AURA / Caltech: 252 unten
© NASA, ESA and The Hubble Heritage Team (STScI/AURA): 122
© NASA, ESA and The Hubble Heritage Team (STScI/AURA) - ESA/Hubble Collaboration: 208
© NASA, ESA and Steven Beckwith (STScI) and the HUDF Team: 16
© NASA / JPL: 101, 114, 115, 116, 126 (2), 127, 129, 131, 132, 133, 134
© NASA / JPL-Caltech / O. Krause (Steward Observatory): 85
© NASA / JPL / Cornell: 123 oben, 295
© NASA / John Hopkins University Applied Physics Laboratory / Carnegie Institution Washington: 118
© NASA / WMAP Science Team: 284 oben
© National Astronomy and Ionosphere Center: 292
© Naturwissenschaftliche Rundschau: 36
© NOAO / AURA / NSF: 259, 265
© NSO / AURA / NSF: 167
© Rieskrater-Museum / Foto Stangel: 139
© SSRO / PROMPT and NOAO / AURA / NSF: 257
© Sterne und Weltraum: 138
© Universitätssternwarte München: 177, 179
© Martin Rothe: 66, 166